E^{ts} ARDOUIN 2009

MUSÉE
LITTÉRAIRE

2e SÉRIE IN-4°.

9542

Eugène Ardam et Cie

MUSÉE
LITTÉRAIRE

ET

SCIENTIFIQUE

DE

L'ÉCOLE ET DE LA FAMILLE

RELIGION, MORALE, LITTÉRATURE, SCIENCES, ETC.

PAR MM.

PH. THOMAS LEFEBVRE

Ancien principal de collége,
Officier d'académie, membre de plusieurs
sociétés savantes.

FERDINAND PIÉROT-OLRY

Professeur de sciences naturelles à Paris,
membre de différents cercles littéraires
et scientifiques.

LIMOGES
EUGÈNE ARDANT ET Cⁱᵉ, ÉDITEURS.

AVANT-PROPOS

Les livres ont leur destin; le nôtre a son histoire; mais cette histoire, nous ne la raconterons pas. Pourquoi? D'abord parce que nous la réservons pour un autre temps, qui n'est peut-être pas fort éloigné; ensuite parce que, quelque intérêt qu'elle ait pour nous, elle en aurait fort peu pour nos lecteurs.

Or, cela posé, que nous ont demandé nos éditeurs? Un *Musée littéraire et scientifique de l'école et de la famille*. Un musée! c'est-à-dire un somptueux édifice où la jeunesse, entraînée par le désir de connaître, porte ses pas impatients. De vastes portiques, des colonnes élégantes, des marbres ayant revêtu toutes les formes, des métaux habilement ciselés, le chêne travaillé avec une rare industrie, y font éclater la richesse et la beauté des armes, des meubles les plus usuels, des livres et des tableaux. Son pied en foule toutes les dalles, les brillantes mosaïques; son œil avide en suit tous les détails, y fouille tous les coins pour trouver les trésors qu'il y cherche, entassés par les mains les plus habiles. C'est comme une sorte de panthéon où tous les dieux, nous voulons dire tous les arts, ont leur place. Quelle merveilleuse chose! mais aussi quelle ambition, quelle témérité d'avoir seulement pensé à décorer un livre d'un pareil titre!

Que nos lecteurs se rassurent; notre édifice sera plus mo-

deste; il se composera seulement de dix parties parfaitement
distinctes [1]. Telles que ces sœurs dont parle un poëte latin, elles
se ressembleront sans doute par l'unité du dessin, par la direction des lignes, mais une nuance sensible les caractérisera
suffisamment pour que la variété donne à chacune d'elles sa
physionomie propre. Ce seront les enfants d'une même famille
avec des traits différents.

C'était néanmoins une grande tâche qu'on nous imposait,
d'autant plus grande que, pour seconder les vues des hommes
éclairés dont les succès sont dus à un dévouement soutenu aux
intérêts de la jeunesse, il nous fallait un zèle qui répondît au
zèle dont ils sont animés. Nous sommes religieusement descen-
dus en nous-mêmes, et nous nous sommes mis à l'œuvre.

Nous venons donc offrir aux chefs de famille et aux instituteurs de tous les degrés un livre de quatre cents pages, imprimé
sur beau papier, en caractères neufs, avec une grande justification; un livre de lecture enfin, destiné à se ranger humblement
auprès de ceux qui, chaque année, sont distribués en prix ou
offerts en étrennes.

Pour mériter cette place que nous ambitionnons, nous avons
voulu que la famille et l'école eussent, pour ainsi dire, sur le
même rayon, une instruction solide et un agréable délassement.
Nous avons essayé de parler d'histoire, de géographie, de
sciences, de littérature et de morale, dans un langage qui, en
piquant la curiosité, en éveillant l'attention par la nouveauté
de la forme, pût arriver jusqu'au cœur et y laisser de salutaires
impressions. Faire aimer ces belles choses, les couronner par
les gloires de la religion, dont le souffle créateur fécondera,
nous le souhaitons du moins, quelques-unes de nos pages,
nous a semblé une entreprise tout à fait convenable à notre
âge et à notre profession.

---

1. Le *Musée de l'école et de la famille* formera une collection de   volumes.

Aurons-nous réussi? L'événement nous l'apprendra. Ce que nous savons toutefois, c'est que nous avons eu constamment en vue de faire le bien, et nous déclarons que, Français, catholiques et membres de l'université, nous n'avons point oublié les obligations étroites que ce triple titre nous faisait une loi de respecter.

Il est bien entendu d'ailleurs que dans une pareille collaboration, dans un livre où tous les articles sont signés, chacun demeure personnellement responsable de ses pensées, de ses opinions et de son style.

On conçoit aussi que, pour rester fidèles à notre titre, nous avons dû mettre à contribution quelques-uns des chefs-d'œuvre de notre littérature. Nous ne finirons donc pas sans prier ceux et celles de nos auteurs vivants, à qui nous avons fait des emprunts, de recevoir le public hommage de nos remercîments et de notre reconnaissance. Nous les prions en même temps de nous pardonner les changements que nous avons dû faire subir aux morceaux que nous leur avons pris, dans le but d'assurer une parfaite harmonie à l'ensemble de notre travail.

Paris, mai 1859.

PH. T. L. et FERDINAND P. O.

MUSÉE

LITTÉRAIRE ET SCIENTIFIQUE

DE

L'ÉCOLE ET DE LA FAMILLE

I

CONSIDÉRATIONS SUR LES LETTRES

On a dit. et l'histoire a prouvé. que les lettres prennent l'empreinte des mœurs. que nous retrouvons toujours dans un ouvrage la couleur du siècle où il a été écrit ; mais telle est aussi la condition de l'esprit humain. qu'il suit. en quelque sorte, dans ses progrès et sa décadence, la marche des empires. Reportons nos yeux sur la formation des sociétés ; voyons un État s'agiter dans son berceau. si je puis le dire : les lettres ne font entendre qu'avec peine un faible vagissement, ou si elles osent essayer quelques pas, ces pas sont incertains et tremblants. L'État grandit ; les lettres grandissent avec lui, et. comme dans l'effervescence d'une impétueuse jeunesse, elles s'élancent dans la carrière pour y faire admirer leur superbe audace, qu'elles croient de la force. L'État est-il enfin constitué, a-t-il pris son rang parmi les autres États. alors, et c'est ici une considération fort importante. alors, selon le caractère de la nation et la différence des mœurs, ou les lettres s'énervent loin des sentiers de la gloire. au sein des frivolités, en folâtrant sur des fleurs, ou elles déploient la vigueur de l'homme. dont elles font voir en même temps la dignité et la noblesse, jusqu'à ce qu'enfin elles vieillissent et meurent avec l'État, qui vieillit et succombe au temps et à l'épuisement. Voilà la cause de l'étonnement qui nous saisit involontairement. quand nous voyons le génie, cet aigle indé-

pendant et sublime, laisser tomber, faut-il le dire? ses ailes brillantes, et,
pris au piége, traîner son lien, ou planer au contraire aux plus hautes
régions de l'air, et, comme un astre vainqueur, tracer dans l'espace mille
sillons lumineux.

Les lettres, soumises ainsi que les États à la loi d'une impérieuse nécessité, doivent donc s'éteindre, hélas! quand le foyer qui les alimentait
s'est éteint. En créant le monde, Dieu l'a livré au changement. « Que tout
roule, a-t-il dit, dans un ordre certain, mais que tout change!... Moi seul,
je ne changerai pas! »

Mais, quand même tout resterait debout autour d'elles, il y a dans les
lettres, comme dans toutes les choses de la création, un principe mystérieux et caché qui fait, en se développant, que tout ce qui a atteint son
degré de maturité doit nécessairement s'altérer insensiblement et périr.
Il arrive aussi, et il est plus d'une fois arrivé, que l'esprit, épuisé par le
nombre et la variété de ses productions, languit, comme glacé par l'âge,
et semble attendre que de nouveaux feux le raniment et que de nouvelles
semences viennent le féconder. C'était là, si je puis le dire, la maladie
qui, dans les derniers temps, travaillait les lettres chez les anciens. La
Grèce, usant de son droit d'aînesse, et descendue la première dans les
champs de la science, y avait recueilli les prémices de tous les fruits, et
n'avait laissé à glaner à ceux qui viendraient après elle que quelques
épis qu'elle avait négligés. Les Romains, en marchant sur les pas des
Grecs, n'eurent que la gloire de les imiter, et nous aurions subi à notre
tour la loi qu'ils avaient reçue de leurs devanciers, si, par la volonté de
Dieu, de nouvelles routes ne se fussent ouvertes à l'esprit humain. Ajoutons que le désir inquiet de conquérir une vérité qui leur échappait sans
cesse, avait depuis longtemps jeté les hommes dans un véritable dédale
d'opinions et de systèmes inextricables; et, par l'instabilité de leurs doctrines, j'en demande pardon à la philosophie et aux philosophes, ils
avaient amené les peuples et les lettres au bord du précipice qui allait
les engloutir.

Écoutons-les parler tous! Quel chaos! quelle confusion!... C'est à l'honnête, nous dit l'un; c'est au plaisir, nous dit l'autre, qu'il convient de
rapporter les actes de notre volonté. Nous n'avons de connaissances que
par la raison, s'écrie celui-ci; non, s'écrie celui-là, elles nous viennent
des sens. Les uns nient qu'il y ait un Dieu et proclament le néant, ou
ne voient dans l'arrangement des choses créées que l'œuvre du hasard.
Les autres veulent bien confesser que Dieu existe, mais quel Dieu!... un
être sourd, impassible et froid, buvant le nectar dans une coupe d'or, sans
daigner abaisser les yeux sur la terre et voir ce qui s'y passe. Un dernier

enfin, plus audacieux ou plus insensé peut-être, doute de l'existence, de la réalité de tout ce qui l'environne, doute s'il n'est pas lui-même une ombre vaine et un songe!... Dans le transport ou le délire, si vous l'aimez mieux, d'une imagination malade, ils s'enfoncent avec intrépidité, et entraînent les autres sur leurs pas, au milieu de tant de systèmes divers, que l'on dirait que tout est la vérité, excepté la vérité elle-même.

Mais, comme il y a une alliance intime entre la philosophie et les lettres, que l'une est la base des autres qui l'embellissent, voilà les lettres menacées dans leur existence même; voilà que le mensonge les presse et les assiège... Qui les délivrera de ce double danger? qui retiendra par de fortes digues le torrent de l'esprit humain débordé? qui portera la lumière au sein de cette nuit ténébreuse où vont s'égarer les pas incertains de l'homme? N'est-il pas temps que le désordre cesse?... au trouble qui agite tous les esprits, à cette ardeur qui les embrase, à ces mouvements qui nous font voir le monde comme en travail de la vérité, on sent qu'un grand changement va s'opérer; mais il n'y aura là rien de terrestre; tout nous viendra d'en haut. Un point lumineux apparaît dans le ciel, à l'orient; déjà son éclat perce les nuages qui enveloppaient la terre; des paroles mystérieuses sont entendues; l'oreille de l'homme est attentive, son cœur s'ouvre à l'espérance... le Christ va naître!

Il est né enfin! quelle révolution soudaine! Voici d'autres hommes et d'autres mœurs. La terre prend une face nouvelle : un esprit divin agite la masse du monde, et, mêlé à ce grand corps, il le pénètre tout entier. Dans les flots salutaires d'une sagesse toute céleste, qui ne se renferme pas dans l'obscurité jalouse des écoles, les âmes se purifient, les caractères s'assouplissent, les vertus semblent se rapprocher davantage de la nature divine.

Avec la société qui change, les lettres vont aussi changer. L'influence de la morale chrétienne va partout s'étendre, et, pour les lettres comme pour le monde, une nouvelle race est descendue des cieux.

L'idolâtre et le chrétien sont en présence; nous examinerons ailleurs et plus tard les doctrines qu'ils prêchent; nous ferons voir ce qu'il y a au fond de leurs cœurs, et comment se sont ouvertes d'autres sources où l'esprit humain s'est plongé pour se rajeunir.

Ces questions sont graves; mais elles tiennent si essentiellement à l'étude des lettres, dont nous voudrions pouvoir raviver le feu dans toutes les âmes, que nous osons espérer de nos lecteurs cette part de bienveillance à laquelle peuvent avoir droit les écrivains qui, interrogeant leur conscience, inscrivent les arrêts qu'elle dicte à leur sincérité.

PH. T. L.

II

PENSÉE

Dans un sermon sur l'*Honneur*, Bossuet a dit, avec une autorité de langage devant laquelle il ne nous reste qu'à nous incliner :

« Certes, les choses humaines ne sont pas si désespérées que les vices qui ne sont que vices, qui montrent toute leur laideur sans aucune teinture d'honnêteté, soient honorés dans le monde. Les vices que le monde couronne sont ces vices spécieux qui ont quelque mélange de vertu. »

III

LA GLACE

On appelle ainsi l'eau à l'état solide. Elle prend cette forme à un abaissement de température qui commence à zéro et au-dessous. Cependant lorsqu'elle est parfaitement limpide et à l'abri de toute agitation, l'eau peut être abaissée à 8, 10 et même 12 degrés au-dessous de zéro, sans perdre sa fluidité.

L'eau en se congelant augmente considérablement de volume. Cela tient à ce que la masse solidifiée est composée d'aiguilles ou de lamelles qui, groupées irrégulièrement, laissent entre elles des interstices dont le volume s'ajoute à celui du liquide et en diminue la densité. L'accroissement de volume de l'eau va jusqu'au quatorzième de sa masse primitive ; de sorte qu'il faudrait, pour l'arrêter, une puissance capable de réduire d'un quatorzième le volume de la glace. Cette force d'expansion est des plus énergiques. Pour en donner une idée, nous citerons l'expérience suivante. Le major Williams, se trouvant à Québec pendant un hiver rigoureux, introduisit de l'eau dans une bombe d'un pied de diamètre, et la ferma hermétiquement avec un tampon de bois enfoncé à coups de massue. Il exposa cette bombe à l'air, qui était à 28° au-dessous de zéro. Après quelque temps la congélation de l'eau eut lieu. Le tampon de bois fut lancé, avec une très-forte explosion, à plus de quatre cents pieds, et il sortit de la bombe un mamelon de glace de huit pouces de longueur.

Lorsque l'eau qui s'infiltre dans les fissures des rochers vient à se congeler, elle fend quelquefois des masses énormes de pierre, d'où le dicton : *Il gèle à pierre fendre*. C'est ainsi que l'on peut expliquer les dégradations qu'éprouvent certaines pierres dites *pierres gélives*, et qui, sous l'influence de la gelée, sont brisées en petits fragments. La rupture des tuyaux de conduite, des corps de pompe, n'a pas une autre cause. Enfin, c'est à l'expansion de l'eau dans la congélation qu'est due l'influence désastreuse de la gelée sur les plantes. Lorsque le liquide renfermé dans leurs tubes capillaires vient à se solidifier, l'augmentation de volume brise ces enveloppes et en détruit complètement le système organique.

Voici quelques détails dus à Mayran sur la solidité de la glace, solidité si grande, qu'elle est capable de résister aux plus violents efforts faits pour la briser.

Pendant l'hiver de 1740, on construisit à Saint-Pétersbourg, suivant les règles de la plus élégante architecture, un palais de glace de cinquante-deux pieds et demi de longueur sur seize pieds et demi de largeur et vingt de hauteur, sans que le poids des parties supérieures et du comble, qui étaient aussi de glace, parût endommager le moins du monde la base de l'édifice. La Néva, rivière voisine, où la glace avait environ deux à trois pieds d'épaisseur, en avait fourni les matériaux. Pour accroître cette merveille, on plaça devant le bâtiment six canons, aussi de glace, avec leurs affûts, et deux mortiers dans les mêmes proportions que ceux de fonte. Ces pièces étaient du calibre de celles qui portent ordinairement trois livres de poudre. On ne leur donna cependant que le quart de la charge, et on les tira. Le boulet d'une de ces pièces alla percer, à soixante pas, une planche épaisse de deux pouces, et l'explosion ne fit point éclater le canon, qui avait au plus quatre pouces d'épaisseur.

Pour ajouter à l'originalité du palais de glace, l'architecte avait eu soin d'en arroser toutes les parties extérieures d'une quantité d'eau diversement colorée; se congelant aussitôt, celle-ci forma des espèces de stalactites de l'effet le plus pittoresque. L'épreuve des canons de glace se fit ensuite avec pompe, et toute la cour voulut y assister.

Un autre usage de la glace qui, au premier coup d'œil, paraît plus extraordinaire encore, c'est celui qu'en fit un physicien anglais en 1763. Il tailla un morceau de glace en lentille de près de quatre mètres de diamètre et de quinze centimètres d'épaisseur. Il l'exposa aux rayons du soleil, et il enflamma, à plus de deux mètres de distance, de la poudre, du papier et d'autres substances combustibles.

Il est assez curieux de voir que l'on pourrait mettre le feu à un magasin à poudre avec un morceau de glace.

En hiver, les vitres se couvrent de glace au dedans et non pas au dehors. Ceci se justifie sans difficulté. L'air de l'appartement, étant plus chaud que l'air extérieur, laisse retomber les vapeurs qu'il contient, et ces vapeurs s'attachent aux vitres. Pendant la nuit, l'air venant à se refroidir, ces mêmes vapeurs se gèlent et forment ces belles ramifications que, dans notre jeune âge, nous avons si souvent admirées.

La dilatation de l'eau au moment où elle se congèle explique pourquoi les glaçons flottent à la surface de ce liquide. Cette légèreté spécifique de la glace est un fait remarquable par sa singularité, et les conséquences en sont des plus importantes. En effet, si l'eau, en se solidifiant, diminuait de volume, les glaçons qui se forment à la surface de ce liquide, devenus plus pesants que lui, tomberaient au fond et s'y accumuleraient; en sorte qu'à la suite d'un froid intense et prolongé, il n'y aurait pas d'étangs ou de rivières qui ne fussent complétement gelés. Cet inconvénient, dont il serait facile de prévoir les funestes résultats, est fort heureusement impossible, parce que la couche glacée, qui recouvre l'eau restée liquide, garantit celle-ci du froid de l'atmosphère et en prévient la congélation. Aussi, dans les hivers les plus longs et les plus rudes des climats habités, la glace n'acquiert-elle jamais plus de trois pieds d'épaisseur.

FERDINAND P. O.

IV

RUTH ET NOÉMI

Près des fertiles coteaux d'Engaddi, où se colore en mûrissant la grappe parfumée, sur la route qui conduit à Euphrata, voyez assises deux femmes, dont les ronces et les cailloux du chemin ont blessé les pieds..... pauvres femmes que mènent deux sentiments qui, pour n'être pas de la même nature, n'en ont pas moins de force : l'amour du pays et le dévouement filial. C'est Ruth la Moabite, et Noémi, la veuve d'Élimelech. L'une est encore jeune et belle, et, quoiqu'elle ait déjà porté son fardeau de douleur, une douce espérance semble l'animer; et l'on dirait que son œil, perçant l'avenir, aime à se reposer sur un horizon lointain, dont l'aspect radieux fait tressaillir ses pudiques entrailles d'une joie sainte et pure; l'autre fut belle aussi, mais le chagrin, plus que le temps, a terni l'éclat de ses traits et sillonné son front, car son cœur saigne encore d'une triple blessure.

Pendant cette courte halte, à l'ombre d'un térébinthe au tronc résineux et toujours vert, qui garantit à peine les deux voyageuses de l'ardeur des rayons d'un soleil brûlant, Noémi dit à Ruth : « Orpha, votre sœur, a entendu ma voix; elle est retournée à son peuple et à ses dieux; elle trouvera le repos dans la maison du mari qui consolera son veuvage. La mort a brisé les liens qui l'unissaient à mon fils; mais le Seigneur, en récompense du bonheur qu'elle lui a donné pendant les jours qu'ils ont vécu ensemble, usera de sa bonté envers elle, et n'appesantira point sa main sur la tête d'Orpha comme il l'a appesantie sur moi. Faites donc, ma fille, comme elle a fait; laissez la veuve d'Élimelech, dont les yeux ont vu ses deux enfants, votre mari et le mari d'Orpha, s'endormir de leur dernier sommeil dans la terre étrangère, laissez-la aller redemander un dernier asile à ceux de sa tribu. La famine nous avait chassés du pays de Juda jusqu'au torrent d'Arnon, mais le Seigneur a regardé son peuple, et il lui donne aujourd'hui de quoi se nourrir. Partez, partez, ma fille; vous aurez toujours une place dans le cœur de votre mère..... »

Et Ruth, la Moabite, lui répondit, les yeux baignés de larmes et en se prosternant devant elle dans la poussière :

« Non, ma mère, je ne vous quitterai pas; car vous êtes ma mère, et vos flancs ont porté celui dont les os reposent dans la terre de Moab, et qui fut mon mari; je ne vous quitterai pas, et en quelque lieu que vous alliez, j'irai avec vous; votre peuple sera mon peuple, votre dieu sera mon dieu, et je serai ensevelie où vous le serez. »

Noémi ne s'opposa plus au désir de sa fille; elles partirent ensemble et elles arrivèrent à Bethléem.

« Voici Noémi, disaient les femmes en voyant la veuve d'Élimelech. — Ne m'appelez plus Noémi, ce nom veut dire *belle;* mais appelez-moi *Mara* [1], car le Seigneur m'a remplie d'amertume. Quand je suis sortie du pays de Juda, j'étais comblée de biens : mari, enfants, richesses; j'y reviens veuve et pauvre, et pleine d'affliction. »

Cependant on commençait à couper les orges, et le lendemain de l'arrivée, quand le soleil sortait de sa couche matinale, comme un époux glorieux, Ruth, la Moabite, dit à Noémi :

« J'irai, si vous l'agréez, ramasser dans quelque champ les épis échappés aux moissonneurs.

— Allez, ma fille, » répondit Noémi.

Ruth se leva et partit.

Or ce fut dans le champ du riche Booz, proche parent d'Élimelech, que Ruth glana en suivant les moissonneurs.

Booz, qui, comme un maître vigilant, était venu de Bethléem, vit la jeune fille et dit au jeune homme qui dirigeait les moissonneurs : « A qui est cette fille? » Le jeune homme répondit : « C'est cette Moabite qui est venue avec Noémi du pays de Moab. »

---

1. Le mot *mara* signifie *amère.*

Booz dit à Ruth avec bonté : « N'allez point dans un autre champ pour glaner, et si vous avez soif, buvez de l'eau dont mes gens boivent. »

Et Ruth dit à Booz : « D'où me vient ce bonheur que vous daigniez me traiter favorablement, moi qui suis une femme étrangère? — Je sais ce que vous avez fait à l'égard de votre belle-mère; puissiez-vous recevoir une pleine récompense du Seigneur, du Dieu d'Israël, sous les ailes de qui vous avez cherché votre refuge! »

Ruth, qui s'était prosternée, se releva et continua à ramasser les épis ; le soir, elle en avait recueilli trois boisseaux.

L'espérance et la joie rentrèrent avec la jeune femme dans la demeure de Noémi; mais combien cette joie fut plus grande, quand Booz, cet homme prudent et bon, déclara, en présence des anciens du peuple, assemblés à la porte de la ville, qu'il prenait pour femme Ruth la Moabite, la veuve de Mahalon, le fils d'Élimelech et de Noémi, mort au pays des anciens *Emin*, ce peuple de géants autrefois si redoutés!

Les anciens répondirent : « Puisse cette femme qui entre dans votre maison être belle comme *Rachel* et féconde comme *Lia*! Qu'elle soit un exemple de vertu dans Euphrata, et que son nom soit célèbre dans Bethléem ! »

Booz prit donc Ruth et l'épousa. De la couche nuptiale, que fleurit le Seigneur, sortit *Obed*, celui qui fut le père d'Isaï, père de David.

Mlle FUSON, institutrice.

V

ÉLECTRICITÉ ATMOSPHÉRIQUE

Il existe une similitude singulièrement frappante entre les effets de la foudre et ceux de l'électricité : l'éclair a la forme sinueuse de l'étincelle électrique; la foudre, comme nos batteries, fond et volatilise les métaux; elle enflamme pareillement les matières combustibles, brise et déchire les mauvais conducteurs de l'électricité; de plus, les animaux qu'elle frappe se putréfient rapidement, comme ceux qui périssent par l'effet d'une décharge électrique.

Ces rapports ne suffisaient pas cependant pour établir l'identité de la foudre avec l'électricité de nos machines; il fallait des preuves plus décisives, des expériences plus directes. Le premier essai tenté pour lever tous les doutes fut fait en France, le 10 mai 1752, par Dalibard. Ce physicien eut l'idée ingénieuse de puiser l'électricité jusque dans les nuages, où on la supposait exister dans les temps d'orage. Il avait dressé à cet effet plusieurs barres de fer isolées et terminées en pointe. L'une d'elles, de quarante pieds de hauteur, placée dans un jardin de Marly (Seine-et-Oise), fut électrisée par l'approche d'un nuage orageux. Pendant un quart d'heure, elle donna de nombreuses étincelles, qui servirent à charger des bouteilles de Leyde. Dans le même moment on entendit un coup de tonnerre, et dès lors l'identité de l'électricité et de la foudre fut complétement démontrée.

Franklin ignorait que l'on eût fait cette expérience en France ; il attendait, pour la tenter, l'entier achèvement d'un clocher en construction à Philadelphie. La flèche de l'édifice devait recevoir la barre de fer isolée que notre grand physicien se proposait d'employer. Il lui vint ensuite à l'idée qu'un cerf-volant, qui dé, sserait les édifices les plus élevés, atteindrait mieux le but. En conséquence, il attacha par les quatre coins un mouchoir de soie aux extrémités de deux baguettes de sapin, placées en croix ; il y ajouta les accessoires ordinaires du cerf-volant et une pointe de métal. A l'approche d'un orage, il se rendit dans un champ, aux environs de la ville. Craignant le ridicule dont on ne manque pas de couvrir les essais infructueux, il n'avait voulu, comme il le dit avec ingénuité, mettre aucun étranger dans la confidence ; son fils fut la seule personne qui l'accompagna. C'était en juin 1752. Après avoir lancé le cerf-volant, il attacha une clef au bout de la ficelle, puis un cordon de soie qu'il assujettit à un poteau, afin d'isoler l'appareil [1]. Aucun signe d'électricité ne se montrait ; Franklin commençait à désespérer de la réussite, lorsqu'il vit quelques brins de chanvre effilé autour de la ficelle s'écarter les uns des autres et se redresser. Il présenta aussitôt le revers de la main à la clef et, à son inexprimable joie, il en tira la bienheureuse étincelle. Son émotion fut si grande qu'il ne put retenir ses larmes. Il racontait par la suite qu'il serait mort dans ce moment-là sans le moindre regret. La pluie survint, la ficelle s'humecta, et la clef dégagea de l'électricité en abondance. Franklin se retira alors ; il était temps : un peu plus tard la corde, tout à fait humide, aurait apporté à l'expérimentateur une terrible preuve à l'appui de ses prévisions. L'illustre Américain fit ensuite assujettir sur sa maison une tige de fer isolée, et répéta avec cette tige toutes les expériences électri-

---

1. Nous rappellerons à nos lecteurs qu'un corps est dit *isolé* quand il est séparé de la terre par un mauvais conducteur. Dans cet état il peut garder assez longtemps son électricité. Les corps qui s'emploient le plus fréquemment comme isoloirs sont les cordons de soie, les tubes de verre recouverts de gomme laque, et surtout les cylindres de cette dernière substance.

ques. Deux clochettes attachées à l'appareil l'avertissaient par leurs mouvements de l'approche d'un nuage orageux.

Franklin et Dalibard, on le pense bien, ne furent pas les seuls à soutirer l'électricité des nuages; leurs essais se trouvèrent en effet bientôt répétés dans tous les pays. L'expérience que fit Romas près de Lille, en 1756, est l'une des plus remarquables. La voici telle qu'elle est racontée dans l'*Histoire de l'électricité*, de Priestley, et citée par M. Gay-Lussac :

« Le cerf-volant avait sept pieds et demi de haut et trois pieds de large ; la corde était une ficelle de chanvre dans laquelle on avait entrelacé un fil de fer, et M. de Romas l'ayant terminée par un cordon de soie, mit l'observateur, par une disposition particulière de son appareil, en état de faire toutes les expériences qu'il jugerait à propos, sans aucun danger pour sa personne.

« Au moyen de ce cerf-volant, le 26 mai 1750, vers une heure après-midi, quand il l'eut élevé à cinq cent cinquante pieds de terre, avec une corde de sept cent quatre-vingts pieds, il tira de son conducteur des étincelles de trois pouces de long et de trois lignes d'épaisseur, dont le craquement se fit entendre à une distance de deux cents pas. En tirant ces étincelles, il sentit comme une toile d'araignée sur son visage, quoiqu'il fût à plus de trois pieds de la corde du cerf-volant; sur quoi il ne crut pas qu'il y eût de la sûreté pour lui à rester si proche. Il cria à tous les assistants de se retirer, et lui-même s'éloigna d'environ deux pieds.

« Se croyant alors en sûreté et n'ayant plus personne autour de lui, il porta son attention sur ce qui se passait dans les nuages qui étaient immédiatement au-dessus du cerf-volant; mais il n'aperçut d'éclairs ni là ni nulle part; on n'entendit pas le moindre bruit de tonnerre, et il ne tomba pas du tout de pluie. Le vent, qui venait de l'ouest et était assez fort, éleva le cerf-volant de cent pieds au moins plus haut qu'auparavant.

« Ensuite, jetant les yeux sur le tube de fer-blanc qui était attaché à la corde du cerf-volant [1], à environ trois pieds de terre, il vit trois pailles, dont une avait près d'un pied de long, la seconde quatre à cinq pouces, et la troisième trois ou quatre pouces, se lever toutes droites et danser en rond comme des marionnettes, sous le tube de fer-blanc, sans se toucher l'une l'autre. Ce petit spectacle, qui réjouit beaucoup plusieurs personnes de la compagnie, dura près d'un quart d'heure; après quoi, quelques gouttes de pluie étant tombées, il sentit encore la toile d'araignée sur son visage, et en même temps il entendit un bruit continu, sem-

---

1. Ce tube de fer-blanc remplaçait apparemment la clef de Franklin.

blable à celui d'un petit soufflet de forge. Ce fut un nouvel avertisse-
ment de l'accroissement de l'électricité; et dès le premier instant que
M. de Romas aperçut sauter la paille, il n'osa plus tirer aucune étincelle,
même avec toutes les précautions, et il pria de nouveau les spectateurs
de s'éloigner encore davantage.

« Immédiatement après, arriva la dernière scène et M. de Romas avoue
qu'elle le fit trembler. La plus longue paille fut attirée par le tube de fer-
blanc, sur quoi il se fit trois explosions, dont le bruit ressemblait fort
à celui du tonnerre. Quelqu'un la compara à l'explosion des fusées vo-
lantes, et d'autres au bruit que ferait une grande cruche de terre en se
brisant contre le pavé. Il est certain qu'on l'entendit du milieu de la ville,
malgré les différents bruits qui s'y faisaient.

« Le feu qu'on aperçut à l'instant de l'explosion, avait la forme d'un
fuseau de huit pouces de long et de cinq lignes de diamètre. Mais la circonstance la plus étonnante et la plus amusante fut que la paille qui avait
occasionné l'explosion, suivit la corde du cerf-volant. Quelqu'un de la
compagnie la vit, à quarante-cinq ou cinquante brasses de distance, attirée et repoussée alternativement, avec cette circonstance remarquable que,
à chaque fois qu'elle était attirée par la corde, on voyait des éclairs de
feu, et l'on entendait des craquements qui n'étaient cependant pas si forts
que dans le moment de la première explosion.

« Il faut remarquer que, depuis le temps de l'explosion jusqu'à la fin
des expériences, on ne vit point du tout d'éclairs et à peine entendit-on
du tonnerre. On sentit une odeur de soufre fort approchante de celle
des écoulements électriques lumineux qui sortent du bout d'une barre de
métal électrisée. Il parut autour de la corde un cylindre lumineux de
trois à quatre pouces de diamètre : M. de Romas ne douta pas que, si c'eût
été de nuit, cette atmosphère électrique n'eût paru de quatre à cinq pieds
de large. Enfin, après que les expériences furent terminées, on découvrit
un trou dans le terrain, précisément sous le tuyau de fer-blanc, d'une
grande profondeur et d'un demi-pouce de large, qui probablement fut fait
par les grands éclats qui accompagnaient les explosions.

« Ces expériences remarquables finirent par la chute du cerf-volant,
attendu que le vent passa tout à coup à l'est, et qu'il survint une pluie
très-abondante mêlée de grêle. Lorsque le cerf-volant tomba, la corde
s'accrocha sur un auvent et ne fut pas plus tôt dégagée, que celui qui la
tenait éprouva un tel coup à ses mains et une telle commotion dans tout
son corps, qu'il fut obligé de la lâcher ; et la corde, tombant sur les pieds
de quelques autres personnes, leur donna aussi un coup, mais bien plus
supportable.

« La quantité de matière électrique que ce cerf-volant tira une autre fois des nuées est vraiment étonnante : le 28 août 1756, on en vit sortir des courants de feu d'un pouce d'épaisseur et de dix pieds de longueur. Cet éclat surprenant, qui aurait peut-être produit des effets aussi pernicieux qu'aucun autre dont il soit fait mention dans l'histoire, fut conduit avec sécurité, par la corde du cerf-volant, à un conducteur placé tout auprès, et le bruit en fut égal à celui d'un pistolet. »

Ajoutons que les expériences de cette nature exigent les plus grandes précautions. M. de Romas fut un jour renversé par une violente décharge, et le professeur Richman, de Saint-Pétersbourg, reçut le coup de la mort.

Les anciens, dit M. Becquerel[1], paraissent s'être beaucoup occupés de l'électricité atmosphérique. Suivant eux, faire descendre le tonnerre ou la Divinité était une seule et même chose. Selon Pline, Numa avait eu fréquemment ce pouvoir. On prétend même que le procédé à l'aide duquel on tire des nuages le fluide électrique était connu de Numa Pompilius, et que Tullus Hostilius, son successeur, périt pour avoir maladroitement employé ce dangereux moyen. Pline offre en effet ce texte remarquable relatif à Tullus Hostilius : « Dans le moment où il évoquai maladroitement la descente de la foudre par le procédé de Numa, Tullus fut frappé de la foudre : *Quod scilicet fulminis evocationem imitatum parum rite, Tullum Hostilium ictum fulmine.* » (Pline, livre II, c. LIII.)

On trouve encore, dans Lucain, une citation qui a trait au même sujet. Aruns, savant Étrurien, instruit dans les mouvements du tonnerre, est dit avoir rassemblé les feux de l'éclair dispersés dans l'espace, et les avoir ensevelis dans la terre.

> . . . *Aruns dispersos fulminis ignes*
> *Colligit et terra mœsto cum murmure condit.*
>   LUCAIN, *Phars.*, I, 606.

Il est impossible de s'expliquer avec plus de précision sur l'emploi des paratonnerres pour soutirer la foudre. Ce passage ne doit pas causer de surprise ; car les Étrusques, au rapport des auteurs anciens, et à en juger par les antiquités qu'ils nous ont léguées, avaient, à une époque très-reculée, une civilisation fort étendue.

                                        FERDINAND P. O.

1. *Traité de l'électricité*, t. I.

VI

LE LAC LÉMAN OU LAC DE GENÈVE

(Extrait d'une correspondance inédite.)

A MON FRÈRE E. B.

A BIRMINGHAM (ANGLETERRE, COMTÉ DE WARWICK).

De Villeneuve (Suisse, canton de Vaud).

Ainsi le sort nous mène, mon cher Ernest, ou plutôt, ainsi la Providence nous guide dans la carrière que nous suivons résolûment : tu vis et tu dois vivre quelque temps encore au milieu des fumées industrielles de Birmingham; moi, je suis à Villeneuve, petit bourg à l'extrémité orientale du lac Léman, et j'en partirai dans deux jours. La rade de Villeneuve est couverte de barques à voiles triangulaires, et semble attendre la population des vallées voisines sur ce lac, magnifique émeraude, dit un poète, enchâssée dans des montagnes de neige. Devant moi, presque sous mes fenêtres, est une petite île qui me sourit (Lord Byron), île verte au-dessus de laquelle soufflent les brises de la montagne, tandis que les eaux du Léman roulent leurs vagues contre ses rives, où naissent des fleurs aussi fraîches que belles.

Je ne suis pas venu à Villeneuve pour ne pas confier aux eaux qui le baignent, non pas César et sa fortune, mais les riantes espérances qui m'animent. La barque sera bientôt prête; j'y descends, suis-moi dans mon voyage de circumnavigation.

« Mon lac est le premier! » s'écriait Voltaire, et Voltaire avait raison, car aucun lac d'Europe n'est supérieur en beauté au lac de Genève. « C'est la mer de Naples, écrivait naguère un touriste; c'est son ciel bleu, ce sont ses eaux bleues, et plus encore ses montagnes sombres qui semblent superposées les unes aux autres, comme les marches d'un escalier du ciel; seulement chaque marche a trois mille pieds de haut; puis, derrière tout cela, apparaît le front neigeux du mont Blanc, géant curieux, regardant par-dessus la tête des autres montagnes, qui, près de lui, ne sont que des collines. On a peine à détacher le regard de la rive méridionale du lac pour le porter sur la rive septentrionale; c'est cependant de ce côté que la nature a secoué le plus prodigieusement ces fleurs et ces fruits de la terre, qu'elle porte dans un coin de sa robe. »

Ne crains rien pour   frère, mon cher Ernest, sur cet océan en miniature, qui a presque   forme d'un croissant. Malgré quelques écueils, malgré sa profondeur qui atteint, près de Meillerie, jusqu'à trois cent cinquante mètres, le lac présente une navigation agréable et facile. Depuis une époque fort reculée, où des chars exécutèrent la traversée de Nyon à Thonon, il ne paraît avoir jamais été gelé. La truite, l'ombre-chevalier, le féra, le brochet et la carpe, parmi les vingt-huit espèces de poisson qu'il nourrit, jouissent d'une réputation méritée. Le lac a une circonférence d'environ trente-cinq lieues. Des quarante et un cours d'eau qui lui apportent le tribut de leurs ondes, le plus imposant est le Rhône, arrivant des Alpes ; souillé dans une lutte de soixante-quinze lieues contre les rochers, il s'épanche dans le vaste bassin ouvert devant lui, s'y dépouille du limon dont il était chargé, en sort brillant et pur, et va se montrer à la Rome protestante.

Tous ces détails, je les tiens du patron de la barque ; je te les transmets à peu près tels qu'il me les a donnés, moins la façon, tout en achevant de disposer ses agrès.

Nous partons enfin de la pointe la plus orientale pour arriver à la rive opposée, en longeant la côte vaudoise.

Voici d'abord le château de *Chillon*, à l'imposant beffroi, aux murailles blanches tapissées de lierre, vieille forteresse du moyen âge, dont chaque tour pourrait raconter de lamentables aventures. Là-bas, c'est la paroisse de *Montreux*, éparse le long du lac jusqu'à *Clarens*, et dont les maisons riantes, semées comme des perles sur un fond de verdure, sont peuplées d'étrangers. Assis près de la baie qui porte son nom, Clarens n'offre pas sans doute la réalité poétique que respire la prose de J. J. Rousseau, mais il n'est pas non plus sans un certain charme. Tu crois peut-être, mon cher frère, que, comme tant d'autres, j'y ai cherché les frais bosquets plantés par l'écrivain ; non, mais j'ai fermé les yeux et je me suis laissé aller au doux balancement du petit navire, qui m'entraînait le long de ces rives parfumées. La barque glissa rapidement devant la tour de Peilz, et bientôt je découvris *Vévey*, cette jolie petite ville blanche, propre, anglaise, comme dit V. Hugo, confortable, chauffée par les pentes méridionales du mont *Chardonne*, et abritée par les Alpes, mais où cinq mille habitants vivent des miettes tombées de la table de l'opulence. De Vévey à *Ouchy*, qui sert de port à la ville de Lausanne, ce ne sont que monuments romains. Ouchy, a-t-on dit fort spirituellement, est une sentinelle chargée de faire signe aux voyageurs de ne point passer sans venir rendre hommage à *Lausanne*, la reine vaudoise, où se sont abritées en tout temps de grandes célébrités européennes, attirées par les paysages enchanteurs qui se déroulent devant moi, et surtout par l'honnête simplicité d'une population prévenante.

Voilà *Vizy*, *Morges*, le château d'*Allaman*, où séjournèrent l'historien Maubert et Joseph Napoléon, *Rosse*, d'où notre Laharpe a tiré son origine. Salut aux vignobles renommés de la *Côte*, au château de *Prangins* qu'habita Voltaire! J'aperçois plus loin *Nyon*, cette bonne ville du pays de Vaud, qui n'a pas moins d'importance que Morges et beaucoup plus que Rosse; le château de *Coppet* et ses bosquets réguliers, qui me rappellent le ministre Necker et Madame de Staël : leurs tombes sont élevées là, dans un parterre dont le père et la fille ont foulé les allées, de sorte qu'avec le parfum des fleurs ou croirait respirer quelque émanation de leur génie. Après Coppet, se présentent *Versoix*, *Genthod*, patrie de Charles Bonnet, le château de *Pauthex*, ancienne propriété de Joséphine, enfin *Genève* s'élevant sur deux collines inégales de grandeur, séparées par le Rhône à l'endroit même où ce fleuve, affranchi de l'alliance du Léman, se précipite vers la France, qui lui tend les bras.

A moi aussi elle tend les bras, cette France bien-aimée; je la reverrai le cœur tout ému comme le cœur d'un fils qui revoit sa mère dont rien n'a pu effacer en lui le souvenir! Adieu, mon cher Ernest! Puisse le Ciel nous réunir bientôt sur les bords de cette Seine qui nous a vus jouer enfants, et dont les eaux réfléchiront maintenant les traits de deux hommes qui n'ont vécu chez les étrangers que pour mieux aimer leur patrie!...

HENRI BASSOT.

VII

AVANTAGES DE L'ESPRIT RELIGIEUX

Il ne suffit pas, ma fille, pour être estimable, de s'assujettir extérieurement aux bienséances : ce sont les sentiments qui forment le caractère, qui conduisent l'esprit, qui gouvernent la volonté, qui répondent de la réalité et de la durée de toutes nos vertus. Quel sera le principe de ces sentiments? La religion : quand elle sera gravée dans notre cœur, alors toutes les vertus couleront de cette source; tous les devoirs se rangeront chacun dans leur ordre. Ce n'est pas assez pour la conduite des jeunes personnes que de les obliger à faire leur devoir; il faut le leur faire aimer : l'autorité est le tyran de l'extérieur, qui n'assujettit point le dedans. Quand on prescrit une conduite, il faut en montrer les raisons et les motifs, et donner du goû' ur ce que l'on conseille.

Nous avons tant d'inté. pratiquer la vertu, que nous ne devons ja-

mais la regarder comme notre ennemie, mais comme la source du bonheur, de la gloire et de la paix.

Vous arrivez dans le monde : venez-y, ma fille, avec des principes,
vous ne sauriez trop vous fortifier contre ce qui vous attend. Apportez-y
toute votre religion; nourrissez-la dans votre cœur par des sentiments;
soutenez-la dans votre esprit par des lectures convenables.

Rien n'est plus heureux et plus nécessaire que de conserver un sentiment qui nous fait aimer et espérer, qui nous donne un avenir agréable,
qui accorde tous les temps, qui assure tous les devoirs, qui répond de nous
à nous-mêmes, et qui est notre garant envers les autres. De quel secours
la religion ne vous sera-t-elle pas contre les disgrâces qui vous menacent!
car un certain nombre de malheurs vous est destiné. Un ancien disait
« qu'il s'enveloppait du manteau de sa vertu. » Enveloppez-vous de celui
de votre religion : elle vous sera d'un grand secours contre les faiblesses
de la jeunesse, et un asile assuré contre un âge plus avancé.

Les femmes qui n'ont nourri leur esprit que des maximes du siècle, tombent dans un grand vide en avançant dans l'âge : le monde les quitte, et
leur raison leur ordonne aussi de le quitter. A quoi se prendre? le passé
nous fournit des regrets, le présent des chagrins, et l'avenir des craintes.
La religion seule calme tout et console tout; en vous unissant à Dieu, elle
vous réconcilie avec le monde et avec vous-même.

Mme DE LAMBERT.
Avis d'une mère à sa fille.

VIII

LA VRAIE LIBERTÉ

Ne nous trompons pas sur ce que nous devons entendre par notre indépendance : il y a en effet une sorte de liberté corrompue, dont l'usage est
commun aux animaux comme à l'homme, et qui consiste à faire tout ce
qui plaît. Cette liberté est l'ennemie de toute autorité; elle souffre impa-
tiemment toutes règles; avec elle, nous devenons inférieurs à nous-
mêmes; elle est l'ennemie de la vérité et de la paix, et Dieu a cru devoir
s'élever contre elle! Mais il est une liberté civile et morale qui trouve sa
force dans l'union, et que la mission du pouvoir lui-même est de protéger :
c'est la liberté de faire sans crainte tout ce qui est juste et bon. Cette sainte
liberté, nous devons la défendre dans tous les hasards, et, s'il le faut,
exposer pour elle notre vie.

J. WINTHROP.

IX

LE PAUVRE ET LE FEU

CONTE MORAL, TIRÉ D'UN VIEUX FABLIAU

Voici l'hiver et son triste cortége ;
Qu'autour du feu chacun range son siége,
Et tous, ce soir, d'un ancien fabliau
Écoutez bien le récit que j'abrége...
Pour être vieux, il n'en est pas moins beau.
Sous le fermoir de maint livre gothique,
Pour qui l'y cherche, il se trouve toujours
Un bon conseil, une sage pratique
Qui de la vie aide à régler le cours.

C'était Noël, si j'ai bonne mémoire,
Dans son domaine, Ubald, un haut baron
(Il est encor des barons dans l'histoire,
Se promenait, affrontant l'aquilon.
Ce n'était point un baron ordinaire,
Ni son château quelque sanglant repaire
De détrousseurs, de félons, de bandits,
Comme certains par le peuple maudits.
Pensers pieux, inspirés par la fête,
Chrétiennement s'échauffaient dans la tête
Du bon seigneur, dont le cœur, la raison
Plaignaient les maux que l'affreuse misère,
Hôte cruel, apporte à la chaumière,
Aux sombres jours de la froide saison.

Donc il rencontre, au détour d'une allée,
Un mendiant, à mine désolée,
Aux yeux hagards et que la faim creusait,
Courbé, transi, sur la terre gelée :
Rien qu'à le voir soudain on frémissait.
Vous comprenez qu'Ubald à cette vue
Est tout chagrin ; sa bonne âme est émue,
Et, sans tarder, il allonge ses doigts,
Puis il les plonge au fond d'une escarcelle
Qu'ouvre au malheur sa charité fidèle.
Il en retire un gros écu tournois
Qu'il donne au pauvre, et s'en va... toutefois
Il réfléchit : « Un écu!... bagatelle!
« Le froid est vif ; il lui faudrait du bois...
« Sans bois, l'hiver, hélas! le pauvre gèle! »

Et, dès le soir, conduit par le fermier,
Un bon charroi de fagots, de bourrées,
Par leur lien étroitement serrées,
Rendra la vie et la joie au foyer
Du pauvre diable, et de l'âpre froidure
Garantira sa dolente nature.

    Ce fut bien fait!... Le souffreteux Brisquet
(C'était le nom de l'homme de village)
En quatre temps a battu le briquet,
Et, d'un bon feu prisant fort l'avantage,
Il jette en l'âtre un fagot, puis s'étend
Près du foyer... La chaleur se répand;
Il se ranime, et l'éclat de la flamme,
Qui lui sourit, a versé dans son âme
D'un doux espoir le rayon consolant...
Il faut si peu, si peu, quand on est sage!
Du feu, du pain, voilà l'homme content,
Et le besoin ne veut pas davantage.

    C'est parler d'or... Mais les jaloux désirs
Courent plus vite et plus loin; des plaisirs,
Sans le besoin, la voix se fait entendre;
Nous la suivons. Brisquet, sans plus attendre,
Dans le foyer jette un nouveau fagot,
Puis deux, puis trois, tant et si bien, ma fine!
Que tout y passe; et cet esprit falot
Que le démon pousse, excite, lutine,
S'éjouit fort, voyant que la maison
De feux partout s'échauffe et s'illumine...
Plaisir souvent égare la raison.
Le feu s'accroît; bientôt le toit s'embrase,
Croule avec bruit sur Brisquet et l'écrase;
Son pauvre corps brûle comme un tison,
Au beau milieu de sa stupide extase.

    Le fabliau d'où j'ai tiré ceci
S'arrête là, puis il conclut ainsi:
Arrière ceux dont la langue peu sûre
Prêche qu'on peut, sans crainte, aux passions
Livrer son cœur, puisque dame Nature
Les y plaça. « Faut il que nous fessions,
« Disent ces fous, de la vie un carême;
« Que le corps sec, l'œil éteint, le front blême,
« Sans vivre un jour, tous les jours nous mourions?
« A sa bonté ferons-nous cette injure? »

Non; mais trop peu ni trop ne font mesure.
User, c'est bien; abuser, c'est fort mal.
Ne franchissons jamais le point fatal
Que nous marqua la nature indulgente,
Et n'allons pas, d'une main imprudente,
Pour nous chauffer, mettre en feu la maison...
L'auteur le dit, et l'auteur a raison.

PH. T. L.

X

LA LAMPE PHILOSOPHIQUE

OU LES ÉLÉMENTS DE L'EAU

Introduisons un peu de limaille de fer dans un flacon, versons par-dessus une certaine quantité d'acide sulfurique étendu d'eau, bientôt il se produit un bouillonnement intérieur : il y a formation de gaz.

Voulons-nous reconnaître la nature de ce produit, fermons le vase avec un bouchon traversé par un tube de verre effilé, et approchons de son extrémité une allumette en ignition : aussitôt une flamme bleuâtre et pâle nous annoncera la présence de l'hydrogène.

Éteignons la flamme et attachons une vessie à l'extrémité du tube : elle s'étend, se gonfle et, si nous lui rendons la liberté, elle ira frapper le plafond du laboratoire, où elle restera suspendue. L'hydrogène pèse quatorze fois et demie moins que l'air; il tend donc à s'élever jusque dans les régions raréfiées de l'atmosphère qui peuvent faire équilibre à sa légèreté.

Rallumons cette lampe curieuse et présentons au-dessus de sa flamme une soucoupe de porcelaine; nous serons étonnés de voir, au lieu de la fumée produite par la flamme d'une bougie, des gouttelettes claires et limpides, que nous ne tarderons pas à reconnaître pour de l'eau pure. L'hydrogène, en brûlant, donne effectivement de la vapeur d'eau que le froid de la soucoupe condense.

Chose curieuse! on fait donc de l'eau avec de l'hydrogène brûlé. Jusqu'en 1781 on avait cru que l'eau était un élément. Cavendish, chimiste anglais, osa le premier soutenir publiquement le contraire et heurter les opinions reçues jusqu'alors.

Après avoir soigneusement répété les expériences des chimistes français, il annonça que l'eau est un composé.

On traita bien de folie l'assertion de Cavendish; mais Watt, en Angle-

terre, et Lavoisier, en France, parvenaient vers le même temps à des
résultats identiques, et ne laissaient rien à désirer à leurs démonstrations.
La vieille théorie dut donc s'effacer devant les lumières de la science
naissante.

Lorsque l'hydrogène brûle dans l'air, il se combine avec l'un des deux
éléments de ce fluide, qui ne peut être que l'*oxygène,* car l'autre, qui est
l'*azote,* n'est pas propre à la combustion.

Bientôt tous les chimistes s'occupèrent à produire des quantités d'eau
plus ou moins grandes, à l'aide de divers appareils, dans lesquels il entrait uniquement de l'oxygène et de l'hydrogène. Il fut alors facile de
constater qu'il fallait, pour faire de l'eau, deux volumes d'hydrogène
contre un d'oxygène.

La plus belle expérience faite à ce sujet eut lieu en 1790. Trois chimistes célèbres, Fourcroy, Séguin et Vauquelin, y employèrent cent
quatre-vingt-cinq heures, sans quitter le laboratoire; ils se reposaient
alternativement sur un matelas jeté dans un des coins de l'appartement.
L'opération, commencée le mercredi 13 mai, ne fut achevée que le
vendredi 22 du même mois. Les expérimentateurs consommèrent 515 litres
36 centilitres de gaz hydrogène, 267 litres 30 centilitres de gaz oxygène,
et obtinrent 384 grammes 82 centigrammes d'eau parfaitement pure, que
l'on conserve encore au muséum d'histoire naturelle de Paris.

Nous avons prononcé le nom de Lavoisier et nous le prononcerons bien
des fois encore, car la science lui doit beaucoup. Lavoisier fut en effet
l'un des créateurs de la chimie moderne. Fermier général et possesseur
d'une fortune brillante, ce grand homme ne put échapper, malgré ses
talents et ses vertus, à la rage sanguinaire des niveleurs de 1793. Traduit
devant le tribunal révolutionnaire, qui le condamna à mort, il demanda en
vain un sursis de quelques jours pour terminer des recherches du plus
grand intérêt : *La république,* répondit le farouche Dumas, *n'a besoin ni
de savants ni de chimistes!...* Lavoisier périt le 8 mai 1794, à l'âge de cinquante ans, et dans la force de ses facultés. En apprenant cette perte fatale,
Lagrange, autre illustration de l'intelligence humaine, dit à Delambre,
qui se trouvait près de lui : Il ne leur a fallu qu'un moment pour faire
tomber cette tête, et cent ans peut-être ne suffiront pas pour en produire
une semblable [1].

FERDINAND P. O.

1. L. Girardin : *Leçons de chimie élémentaire.*

XI

MONSIEUR ROBERT

OU L'HOMME SENSIBLE

Un homme qui, dans le monde littéraire, a eu sa part, sinon de gloire, mais de réputation, avait reçu de la nature un fonds de sensibilité qui s'épandait partout et sur tout, au point que ses perpétuelles émotions ne manquaient pas, le plus souvent, d'exciter une hilarité involontaire.

Ce n'est pas que M. Robert (c'est sous ce pseudonyme que nous cacherons le véritable nom de l'auteur dont nous voulons parler), ce n'est pas que M. Robert n'eût quelquefois pourtant touché juste au fond du cœur des autres dans des drames qui ont ému la foule; mais, si ses comédies faisaient pleurer, sa manière d'être constamment attendri était très-risible; il racontait sans cesse des événements malheureux, ou plutôt il trouvait de quoi s'affliger dans les choses les plus ordinaires de la vie. Un froid égoïste venait-il à parler en riant d'une condamnation à mort, M. Robert pleurait en racontant un mariage : jugez, d'après cela, de ce qu'il pouvait faire d'un enterrement.

Le corbillard était comme le char de triomphe de *ce bon M. Robert*, ainsi qu'on l'appelait; il le guettait, il était à l'affût de toute cérémonie funèbre, et, pour peu qu'il eût connu le défunt, il prononçait sur sa tombe un discours dont ses larmes étaient la plus entraînante éloquence; aussi était-il connu des fossoyeurs, qui le regardaient comme un des leurs et faisant partie de l'entreprise des pompes funèbres. Un matin, pendant un discours prononcé par un membre de l'Institut sur la tombe d'un de ses confrères, le chef des fossoyeurs dit assez haut pour être entendu de tous : « Est-ce qu'il serait possible que nous n'eussions rien de vous aujourd'hui, monsieur Robert? »

Un autre jour, deux convois de personnes de sa connaissance avaient lieu à peu près à la même heure, l'un à *Montmartre*, l'autre au *Père-Lachaise*. M. Robert se trouva un peu en retard pour le second, et ne rejoignit l'enterrement qu'au cimetière; il courut aussitôt à l'endroit où il aperçut du monde, et, tout haletant, il prononça un discours des plus attendrissants : c'étaient un éloge, des regrets, des bénédictions et des larmes sur le père de famille, l'homme de talent, l'homme de bien qu'il venait de perdre. Il y eut bien un peu d'étonnement de la part de ceux qui étaient autour de lui; mais M. Robert pleurait si bien, qu'il leur fit verser des larmes, et tout se passa convenablement. Seulement, quand il eut fini et qu'il chercha ses amis pour recueillir les éloges auxquels son éloquence avait droit, il ne vit que des visages qui lui étaient complétement étrangers, et qui n'exprimaient plus que la surprise ; car le mort dont il avait célébré les vertus de famille était toujours resté garçon, et ses talents si vantés s'étaient bornés à la vente de denrées coloniales. L'orateur s'était trompé de convoi, et son éloquence et ses larmes avaient coulé sur la tombe étonnée d'un mort inconnu !

Mᵐᵉ ANCELOT.

XII

PITIÉ POUR LES ANIMAUX

Évitez, mes jeunes lecteurs, cette barbarie irréfléchie qui se plaît à tourmenter les animaux, à se faire un jeu de leurs souffrances. Comme vous, ces êtres inférieurs sont sensibles ; si la douleur ne se manifeste chez eux ni par les cris ni par les larmes, elle n'en est pas moins réelle, témoin ces mouvements désordonnés qui réjouissent tant les petits bourreaux. Que penseriez-vous de l'homme vigoureux qui, vous étreignant de ses mains puissantes, s'amuserait à vous tordre les membres, à vous arracher le nez et les oreilles, à vous percer d'une broche, et rirait de vos horribles contorsions ? Quand donc vous pourrez saisir des insectes nuisibles, écrasez-les promptement : leur faire endurer les tourments d'une longue agonie serait un odieux abus de votre supériorité, qui annoncerait un cœur méchant et lâche.

Saint François d'Assise aimait singulièrement les animaux ; il ne pouvait pas voir mener les agneaux à la boucherie ; il pleurait et donnait ses vêtements pour les racheter de la mort. Lorsqu'il passait le long des pâturages, il saluait amicalement les troupeaux, qui venaient à lui et lui faisaient fête à leur manière. Apercevant un jour, dit le charmant auteur de sa vie, une pauvre petite brebis qui paissait seulette au milieu d'un troupeau de chèvres et de boucs, il fut ému de pitié et dit à ses frères : « Ainsi notre doux Sauveur était au milieu des Juifs et des pharisiens. » Ils résolurent d'acheter la brebis ; mais ils ne possédaient rien au monde que leurs manteaux. Arrive un marchand, qui, instruit du sujet de leur douleur, paye la brebis. Saint François la mena avec lui chez l'évêque de la ville, qui s'émerveillait fort de la simplicité du saint.

C'est ainsi que le plus aimable, le plus doux de ces amis de Dieu qu'honore la poétique Italie, pratiquait l'amour des créatures données ici-bas à l'homme pour compagnons et pour serviteurs du dernier ordre, je veux dire les animaux.

FERDINAND P. O.

XIII

SUR LE SENTIMENT DE NOTRE EXISTENCE

MÉDITATION RELIGIEUSE

Je sens que j'existe, que je vis ; je suis un être qui peut se rendre témoignage de son existence. Mon œil jouit du magnifique spectacle que présente la nature ; il voit les plaines émaillées de fleurs, les prés verdoyants et les forêts majestueuses ; mon oreille écoute avec délices le doux murmure des ruisseaux, les sons précipités de l'alouette, ou le chant mélodieux du rossignol.

Je respire avec ravissement le parfum des fleurs ; le zéphyr, en se jouant dans ma chevelure, rafraîchit, de son haleine bienfaisante, mon visage brûlant ; des branches chargées de fruits m'offrent une nourriture exquise : la pêche veloutée, l'abricot succulent et la cerise m'invitent tour à tour à les cueillir. Je le puis, si je le veux, et tous mes sens jouissent en quelque sorte à la fois. L'être qui a la conscience de ces agréables sensations, c'est moi ! — qui, moi ? — une énigme pour moi-même : j'existe maintenant, et je n'existais point autrefois ; mais je suis, et je sens mon existence.

Qui m'a donc mis ici ? quelle puissance a donné cette admirable structure à mon corps ? qui m'a doué de la précieuse faculté de jouir de tout ce qui m'environne ? quel est l'être à qui je suis redevable de tous ces bienfaits ? — C'est Celui qui a créé ces globes et ce firmament dont la magnificence nous étonne, c'est Celui dont la constante sollicitude s'étend à tout ; mais que sont les plaisirs d'une nature matérielle auprès des sentiments de l'âme, auprès de ces tendres émotions qu'il a placées dans mon cœur ?

Les plus agréables jouissances de la nature me paraîtraient bientôt insipides, si j'étais isolé sur la terre ; aussi la main bienfaisante du Créateur a-t-elle voulu me donner pour compagnons, des êtres doués comme moi d'un cœur sensible, des êtres susceptibles de partager les plaisirs d'autrui. Tout ce qui m'entoure est animé, chacune de ces feuilles est couverte d'une foule d'insectes ; tous vivent, tous ressentent la bonté du suprême arbitre de toutes choses. Mille oiseaux charment à l'envi le bosquet par leur ramage enchanteur, et tandis que le lion exprime en rugissant le bonheur

d'exister, ici roucou'e une tourterelle; là j'entends siffler la linotte; plus
loin sautille la fauvette, qui fredonne un air joyeux et se réjouit de son
existence. Je suis au milieu de tous ces êtres divers, je vois, je sens, je
partage leurs plaisirs; mais un sentiment intérieur, un pouvoir inconnu
m'avertit que j'ai de la ressemblance avec Celui qui m'a créé.

Une voix secrète me dit: « Jouis de la vie qui t'est donnée. » Mille émotions alors, mille sentiments inconnus s'élèvent dans mon cœur. Les mouvements de la nature me portent vers des parents chéris; la sympathie
m'attache à l'ami loyal et dévoué; l'hymen et la tendresse paternelle me
font trouver des charmes inexprimables dans la société intime d'une compagne vertueuse et dans le cercle d'enfants dociles qui doivent être, au bout
de notre carrière, les appuis de nos pas chancelants. — Toutes ces sensations sont produites par des objets extérieurs, pour accroître ma félicité.

Qu'il est bon cet Être infini qui m'a comblé de tant de biens! quelle doit
être son inépuisable bonté! il est tout amour. Te ressembler par l'amour,
ô mon Dieu! voilà ma vocation; tout m'annonce que c'est ta loi suprême;
ma conscience m'en avertit: ce précepte est gravé dans mon cœur en caractères ineffaçables. Le désir de voir heureux tout ce qui m'entoure est
le plus ardent de mes désirs. Tout est bonheur pour l'homme de bien. Les
peines mêmes, par les consolations qu'elles lui procurent, ne sont pas sans
charmes, et si nous ne sommes point heureux par nous-mêmes, ne le de-
venons-nous pas en partageant le bonheur de nos semblables? le plus
pur des sentiments que tu as excités dans notre âme, Seigneur, n'est-ce
pas la faculté de prendre part au chagrin et à la joie des autres? « Mes
enfants, nous dis-tu, c'est à vous-mêmes que je confie le soin de votre
bonheur. Étendez ces bras que je vous ai donnés pour vous secourir mu-
tuellement; goûtez le plaisir d'essuyer une larme sur l'œil de votre frère. »

Voilà les discours que présente la nature entière: la faible vigne sou-
tenue par l'ormeau, le lierre rampant qui, pour s'élever, s'unit à l'arbre
vigoureux, les fleurs des jardins, les moindres plantes des champs nous
parlent le même langage. Oui, ce n'est qu'en aimant, en aimant comme
tu nous l'ordonnes, que je sens le prix de mon existence.

Traduit de l'allemand D'ECKERTSHAUSEN.

XIV

PENSÉE DE RACINE

« Dieu tient le cœur des rois entre ses mains puissantes. »

XV

LE COLISÉE

Le Colisée, dont la gravure a tant de fois essayé de représenter les grandes ruines, rappelle tout à la fois Vespasien, qui le fonda à son retour de la guerre de Judée, et Titus, qui l'inaugura, l'an 80 de Jésus-Christ, par une fête où, pendant cent jours, périrent cinq mille lions, tigres, panthères, et des milliers de créatures humaines.

Chaque pierre ici porte sa tache de sang. Que, dans leur amour pour les arts, les uns appellent le pinceau, les autres le burin à leur secours pour peindre sur la toile ou graver sur le cuivre ces antiques débris que, vengeurs du monde, les soldats de Totila et le temps, ce grand démolisseur, ont jetés dans la poussière; qu'ils déplorent, les uns et les autres, les dévastations de la famille des Barberini; qu'ils comptent les colonnes, les galeries, les portiques de cet immense édifice où plus de quatre-vingt mille spectateurs pouvaient trouver place; qu'ils regardent tout cet ensemble comme le plus grand témoignage de la grandeur romaine; quant à moi, je n'y vois qu'une arène où s'entr'égorgeaient les gladiateurs, pour le divertissement d'un peuple féroce, et, au lieu des applaudissements homicides donnés à l'heureux vainqueur, je n'entends plus que le râle des mourants et les horribles rugissements des bêtes qui se partageaient, en les déchirant, les membres des enfants du Christ, hommes ou femmes, vieillards ou jeunes hommes, dont le sang généreux arrosa, pour les féconder, les racines de l'arbre de la croix.

Que m'importe la forme ovale du Colisée ou Colossée, son arène de quatre-vingt-quinze mètres et sa circonférence de cinq cent quarante-sept! Ne vois-je pas se creuser au niveau du sol ces profondes loges aux portes de fer, qui contenaient cinq cents lions, quarante éléphants, des tigres et des panthères? J'oublie bien vite, à cette vue, que la scène de cet amphithéâtre était décorée de trois mille statues de bronze, de colonnes de jaspe ou de porphyre, d'une balustrade de cristal et de vases précieux. Vespasien y fit travailler près d'un million d'hommes et douze mille Juifs que le sort des armes avait fait tomber entre ses mains. Ces pierres colossales, ces portiques circulaires superposés les uns aux autres, toutes ces magnificences, ces trophées, ces arcs de triomphe, en résumant à nos yeux la Rome antique, attestent sans doute la puissance du génie de l'homme; mais l'usage que le peuple roi faisait de ce prodigieux monument, dont la face du nord conserve les restes les plus curieux, accuse, après tant de

3

siècles, le caractère des hommes qui s'y entassaient les jours de fête. Quels abominables jeux! quels affreux spectacles! N'ajoutons qu'un mot : c'était près de là que s'élevait la statue colossale de Néron; c'était, pour ainsi dire, sous les yeux de ce monstre, que se donnaient ces luttes impies, que se célébraient ces immolations de chrétiens.

L'homme qui n'a pas laissé s'éteindre dans son cœur tout sentiment d'humanité, ou qui n'a pas renoncé à la foi de ses pères, se console du moins de toutes ces horreurs à l'aspect du symbole de la paix et de la réconciliation, à l'aspect de cette divine croix qui s'élève aujourd'hui au milieu de cet amphithéâtre, pour dire au monde que tous les hommes sont frères et qu'ils doivent vivre dans les douces étreintes de la charité, qui est Dieu lui-même!

PH. T. L.

XVI

VARIÉTÉS CHINOISES

ARCHITECTURE, MAISONS, DINERS, COSTUMES

Les habitations riches, chez les Chinois, se ressemblent toutes, du moins à l'extérieur : qui en a vu une les a toutes vues. Les distributions mêmes sont semblables; elles ne diffèrent entre elles que par l'ornementation. Le goût, les mœurs, les habitudes de ce peuple n'ont pas varié depuis des siècles.

L'architecture des maisons chinoises n'en est pas une. C'est un système fantastique, bizarre, grotesque, démoniaque, insensé, qui n'appartient qu'à cette nation. Je ne saurais mieux caractériser cette architecture, qu'en disant qu'elle semble éclose d'un cerveau plongé dans l'ivresse de l'opium.

Au dehors, les habitations sont tristes et nues, mais toutes enveloppées d'un mur que les Chinois appellent le *mur du respect*, elles n'ont qu'une ouverture ou porte extérieure; mais il n'en est pas de même des façades intérieures donnant sur des jardins. Toute la finesse du goût, toute la féerie des décorations sont réservées pour les parties cachées au public: rien de plus léger, de plus gracieux que l'intérieur de ces petits palais de bois et de briques construits en véritable marqueterie. Les toits à angles relevés sont couverts en planchettes ou en tuiles demi-circulaires, vernissées, de couleur grise si le maître de la maison est un simple bourgeois, verte ou rouge si c'est un mandarin, jaune si l'édifice appartient à l'État Les extrémités des arêtes sont terminées par des figures de bêtes fantastiques.

Les côtés nord et ouest sont bâtis en briques; le côté sud en bambous et en joncs. Des plantes, produisant des fleurs délicieuses et suaves par les parfums qu'elles exhalent, encadrent, de leurs festons odorants, les fenêtres ou plutôt les mille ouvertures qui règnent d'un bout à l'autre des murs intérieurs. Un balcon enveloppe ces mêmes façades. Le rez-de-chaussée est formé de grandes pièces dont les murailles, couvertes de bois, imitent la ciselure.

Les Chinois sont de mauvais architectes, mais d'habiles décorateurs. Dans leurs habitations les yeux sont agréablement frappés par des applications de bois rares, recouverts de coloris admirablement nuancés.

La première pièce sert de vestibule. Le maître de la maison y reçoit ses amis. Le fond est occupé par un canapé en treillis de fils de bambous. Çà et là, de petites consoles en bois vernissé supportent des vases de porcelaine, qui ne ressemblent pas à ceux qui sont envoyés en Europe; de ces vases s'élancent des plantes, caricatures du règne végétal; on trouve encore là des vases pour les parfums, il y en a même d'énormes, à claire-voie, qui font l'office de chaises et de fauteuils. Aux plafonds, aux embrasures des portes et des fenêtres, sont suspendues de petites lanternes en papier peint ou en tissu léger, couvertes de figures grotesques. Tout cela, de prime abord, choque le goût de l'Européen; mais il finit par s'y faire et par trouver dans cette ornementation quelque chose d'original qui n'est pas sans un certain charme.

Chez les gens riches, les cloisons sont toutes en bois précieux et odorant; il en est de même pour les meubles, dont beaucoup sont dorés et surchargés de sculptures fantasques.

Les autres pièces des appartements sont à peu près dans le même genre. On y trouve peu de gros meubles, les Chinois étant toujours dans l'usage de serrer leurs effets dans des coffres ou bahuts; du reste, ils ont peu de linge et de vêtements.

Après avoir parcouru les diverses pièces de l'habitation dans laquelle j'avais reçu, depuis la veille au soir, une gracieuse hospitalité, je parvins à gagner les parterres. J'y étais encore vers dix heures du matin, lorsqu'on vint, de la part de mon mandarin, m'inviter à prendre part au déjeuner. Je fus agréablement surpris à cette douce parole, et, traversant les grands appartements de réception, je fus introduit dans la salle à manger. Je n'avais pas encore vu mon hôte; il m'accueillit avec la plus grande cordialité. Ses manières étaient affables; il eût pu rivaliser, pour les attentions et la politesse, avec les courtisans des cours de l'Europe. Il me pria de rester couvert.

C'était un homme d'environ quarante ans. Sa physionomie était ouverte et intelligente. Évidemment il ne se livrait pas au culte de l'opium.

Sa queue me parut remarquable par sa longueur, son épaisseur. la beauté des cheveux et la coquetterie avec laquelle ils étaient nattés. Il portait une longue robe bleue. couverte de broderies d'or et de soie, broderies qui représentaient la tête traditionnelle du dragon, des oiseaux, des papillons, des fleurs, toutes choses parfaitement inconnues dans l'univers entier, mais d'un travail délicieux. Des bottes de satin noir, un chapeau de paille d'une extrême finesse. avec deux plumes de paon retombant sur ses épaules, chapeau orné vers le front du bouton de corail rouge, insigne de sa dignité, complétaient son costume de mandarin.

Tout autour de la salle à manger régnaient de beaux paravents. Le déjeuner consistait en une foule de petits plats empilés les uns sur les autres, contenant une soupe aux nids d'oiseaux, des colimaçons de mer, des nageoires de requin, des œufs couvés et durcis avec leurs petits poulets, et une quantité d'autres friandises chinoises. J'avais bon appétit, je trouvai tout cela fort bon. Le repas dura deux heures, y compris la cérémonie de la pipe, à laquelle on ne saurait échapper sous aucun prétexte.

Nous avons déjeuné tous les trois, le gouverneur, mon guide et moi. Pour le mandarin gouverneur, j'étais un objet de haute curiosité. Aussi mon estimable hôte crut-il devoir offrir à ses amis le plaisir de mon exhibition en guise de bête rare. Le soir, à dîner, nous étions une vingtaine de convives, mais pas une seule femme.

Nos Chinois avaient tous la face jaunâtre, bistrée et osseuse; ils sentaient leur origine *mongolique*. Ils portaient sur la tête un chapeau à larges bords, ayant beaucoup d'analogie avec l'instrument de musique militaire qui a pris d'eux le nom de chapeau chinois. Il ne manquait à la coiffure de nos convives que des clochettes et des grelots.

Le dîner servi, chacun se mit à table comme il l'entendit. Mon voisin de gauche m'offrit un râble de jeune chat de lait, l'autre une aile de hibou, un troisième voulut absolument me faire la politesse d'une cuisse de chien. En Angleterre, pour faire honneur à son hôte, chacun lui porte un toast; en Chine, on bourre son assiette des morceaux réputés les plus délicats.

Heureusement pour moi, mes braves Chinois avaient bon appétit. Ils se mirent, à l'aide de leurs ongles transparents, polis, durs comme de la corne, à découper les viandes et à engloutir force morceaux de tout ce qu'on voyait sur la table. Je compris en ce moment l'utilité des ongles humains.

Le vin de riz et le thé ne tardèrent pas à circuler; mais je me bornai à prendre quelques verres de différents sirops, dont il me serait aussi difficile d'analyser le goût que de dire les noms.

Le repas terminé, et il n'avait pas duré moins de trois mortelles heures, une enfant d'une dixaine d'années, fille du maître de la maison, vint nous offrir des liqueurs. Après son départ, la conversation devint générale.

PIERRE DE LACOUR.

XVII

LE VORTICELLE ROTIFÈRE

Le *vorticelle rotifère* n'est qu'un atome vivant qu'on trouve dans la terre que le vent emporte sur le toit. Aussitôt qu'on humecte d'une goutte d'eau cet atome inanimé, la vie s'y réveille, son organisation se développe, et l'on voit paraître, comme par enchantement, un animal dont la tête est ornée de deux panaches, que leur perpétuel mouvement giratoire fait ressembler aux ailes d'un moulin à vent, et qui lui servent pour saisir au passage les insectes dont il se nourrit. Dès que la goutte d'eau est réduite en vapeur, l'être merveilleux disparaît pour faire place à l'atome de poussière informe, lequel, au bout de dix et de vingt ans, peut de nouveau recouvrer le mouvement et la vie pour les reperdre et les reprendre encore à la volonté de l'observateur.

Le rotifère a le corps formé d'une multitude d'anneaux rayés longitudinalement. Il devient à son gré gros et court, mince et long ; il a même le pouvoir de faire disparaître ses deux petits panaches, ainsi que sa queue, qui est armée d'un trident épineux. Ces deux panaches ne sont point un simple ornement, ils servent à former dans l'eau un courant, qui entraîne vers la bouche du rotifère les corpuscules dont il fait sa pâture. Il les met en jeu aussitôt qu'il veut attirer sa proie, et c'est par une illusion d'optique que cette machine ressemble à une roue qui tourne sur son essieu. La queue du rotifère lui est encore très-utile : lorsqu'il veut marcher, il accroche le trident qui la termine au plan sur lequel il se trouve, et, allongeant l'autre extrémité de son corps comme un ver qui rampe, il décroche sa queue et la retire ; puis il recommence le même manège avec une agilité surprenante, jusqu'à ce qu'il soit parvenu à son but.

On a vu des rotifères revenir à la vie jusqu'à quinze fois, en laissant de grandes distances entre l'époque de leur mort et celle de leur résurrection. Ce qu'il y a de singulier, c'est que, si ce petit animal est entièrement nu au moment où il se dessèche, il ne ressuscite plus ; mais il renaît constamment lorsqu'on a soin de le couvrir de poussière. Dans l'état de dessèchement, quelques naturalistes assurent qu'il supporte le feu le plus ardent sans périr.

AIMÉ MARTIN. *Lettres à Sophie.*

XVIII

LA SAINTE VIERGE

Après Notre-Seigneur Jésus-Christ, il n'est rien de plus doux, de plus parfait, de plus digne d'amour, que celle qui fut choisie pour être sa mère. Le rang sublime de Marie, sa collaboration à notre salut, la vénération qui lui est justement rendue parmi les peuples, le culte glorieux que lui décerne la sainte Église, sont autant d'excellents motifs qui nous engagent à consacrer quelques bonnes paroles à cette heureuse créature, dont le nom seul est la terreur de l'enfer et la joie du ciel.

Nous ne suivrons pas la Mère de notre Dieu dans les péripéties de sa vie si humble, si pure et cependant si abreuvée d'épreuves douloureuses. Nous parlerons uniquement de la dévotion à Marie et des marques de gratitude inspirées par sa miséricordieuse bonté aux grandes âmes et aux plus beaux siècles.

Dès le temps de David la radieuse figure de Marie se dessine aux yeux des générations. Salomon l'avait vue s'élever au milieu des filles de Juda, comme *le lis entre les épines*; Élie en prière la découvre sur le Carmel, et Isaïe la publie en son immortelle prophétie : Voici *qu'une vierge conce-vra et enfantera un fils qui sera nommé Emmanuel.* — Chez les sages de l'antiquité païenne, Zoroastre annonce aux mages que le Messie sera conçu par une vierge. Les Égyptiens, substituant le mensonge du souvenir à la réalité de l'attente, rendent un culte involontaire à la Mère de notre Dieu en adorant la virginité maternelle d'Isis. Il n'est pas jusqu'aux lamas de la Chine et du Japon qui, remplis de la même idée, ne racontent que Bouddha naquit de la vierge *Maha-Mahi* et que Foé s'incarna dans un sein virginal.

Destinée de toute éternité à renfermer dans son chaste sein, « Celui que le monde ne saurait contenir, » Marie ne pouvait être une femme ordinaire. Aussi reçut-elle toutes les vertus et tous les attraits : plus belle que Rachel, plus douce qu'Abigaïl, plus courageuse qu'Esther, plus tendre et plus aimable que Rebecca, la Vierge ne peut souffrir la comparaison avec aucune des femmes qui l'ont précédée. Ses yeux, dit Salomon, sont doux et veloutés *comme ceux des colombes*; de ses lèvres, vermeilles *comme des bandelettes d'écarlate*, sort une voix pure et mélodieuse à l'égal du son des harpes qui guident Israël aux combats; sa démarche est comme la *fumée des parfums*, et sa beauté est égale à celle de *la lune naissante*; humble et recueillie, elle se cache dans le silence de sa demeure, *comme la colombe qui fait son nid dans le creux des pierres.* Oh! Marie! s'écriait plus tard saint Bernard, vous êtes cette femme unique dans laquelle le Sauveur a trouvé son repos et déposé sans mesure tous ses trésors. Voilà pourquoi le monde entier, ô ma sainte reine, honore votre chaste sein comme le temple de Dieu, dans lequel a été commencé le salut du monde. C'est là que s'est faite la réconciliation entre Dieu et l'homme. Mère auguste de Dieu, vous êtes ce jardin fermé dans lequel la main souillée par le péché n'a jamais pénétré, pour en cueillir ces fleurs que l'Église appelle la violette de l'humilité, le lis de la pureté et les roses de la charité!

Suivant une tradition juive, c'est de la grotte sépulcrale de Gethsémani que partirent les premiers hommages rendus à la Reine des cieux. Bientôt la Grèce, sous l'influence des idées chrétiennes, se hâta de purifier ses temples, et la déesse de la Fortune céda sa place sur l'autel des Lares à celle qu'on appelait la *Toute-Sainte*. Moins heureuse, l'Italie dut pendant des siècles abriter sa ferveur sous les voûtes des catacombes. Mais lorsque la croix eut brillé libre et triomphante sur le *labarum* impérial, les opulentes cités élevèrent à Marie des chapelles de marbre et de porphyre, tandis que les campagnes lui dressaient de rustiques autels, où d'humbles colonnes de lierre s'entrelaçaient à des voûtes de pampre et de jasmin. D'un autre côté, l'Angleterre, cette contrée de prédilection à laquelle le sang de ses martyrs devait un jour mériter le beau titre de l'*île des Saints*, l'Angleterre fournissait à la Reine des anges de nombreuses chapelles de chaume qui rappelaient la crèche de Bethléem. Avant la bataille d'Hasting, nous voyons Guillaume le Conquérant faire bénir son drapeau et demander la victoire au nom de Marie. Dans le vaste royaume de Hongrie, il n'était de seigneur, si puissant qu'il fût, qui ne mît un genou en terre au nom de Marie. En Pologne, l'héroïque Jean Sobieski, défendant le christianisme contre le mahométisme, n'eut pour combattre un si puissant ennemi que trois mille hommes et le nom de Marie! Dans le Bas-Empire, Léon le Grand, alors simple soldat, voit apparaître, auprès d'une source isolée à laquelle sa pitié l'avait fait conduire un pauvre vieillard aveugle, la Vierge toute sainte, qui le bénit et lui promet l'empire. Parvenu à la couronne, il n'oublie pas cette insigne faveur, et à peine a-t-il revêtu la bandelette d'or et de perles, qu'il élève à Notre-Dame de la Fontaine une riche et majestueuse basilique. A Constantinople, la fille de Théodose II fait construire, sous l'invocation de la *Panagia*, trois églises. C'est dans l'une d'elles qu'on dépose, sur un autel éblouissant d'or, ce célèbre portrait de la vierge Marie, envoyé d'Antioche, et peint par saint Luc d'après l'auguste modèle.

Jetons-nous nos regards sur l'Espagne, nous y voyons au son de la cloche le promeneur s'arrêter, l'artisan suspendre ses travaux, les causeries cesser, les guitares devenir muettes, le grand d'Espagne découvrir ce front superbe qui a le droit de rester couvert devant la royauté, et la foule recueillie, murmurer à voix basse la *prière du Pardon* [1]. En Flandre, nous trouvons des barons qui prennent le nom de Marie pour cri de guerre. A Venise ce sont les doges qui se font peindre à genoux devant la Reine des cieux, qu'ils prennent pour égide. Dans notre belle France, le culte de Marie commence avec la monarchie. Clovis pose sur les ruines d'un temple de druides, encore empreint du sang humain, la première pierre de Notre-Dame, et Childebert achève cette magnifique cathédrale. Charlemagne, après avoir fait bâtir en Allemagne trois églises dédiées à Marie, emporte avec lui dans sa tombe l'image de l'auguste Mère de Dieu, comme le plus vif objet de sa vénération. A leur tour, Louis le Débonnaire et Charles le Chauve ne négligent jamais d'invoquer la Vierge au milieu des batailles. C'est sous le règne de ce dernier que fut célébrée chez nous pour la première fois la fête de l'Immaculée Conception, instituée depuis peu par l'Église d'Orient [2]. Le roi Robert, non content d'avoir élevé sur les bords de la Loire des monastères dédiés à Marie, institue un ordre militaire sous le nom de chevaliers de Notre-Dame de l'Étoile. Ces valeureux athlètes, choisis dans l'élite de la noblesse, portaient sur la poitrine une étoile d'or, destinée à leur rappeler sans cesse qu'ils avaient consacré à Marie leur cœur et leur épée.

Au plus beau siècle des croisades, la voix puissante d'un grand réformateur, d'un homme de génie, mieux que tout cela, d'un grand saint, contribue à donner un élan nouveau au culte de la Vierge. Saint Dominique institue cette sainte et pieuse association du Rosaire, cette sublime synthèse de l'Évangile, ce livre de la pauvre femme du peuple qui ne sait pas lire, comme ce fut celui où Bossuet puisa ses plus sublimes inspirations sur les mystères ; ce livre dont Louis IX, Charles le Téméraire, François Ier,

---

1. L'origine de l'*Angelus* remonte au pape Urbain II, qui ordonna que tous les jours, au matin, à midi et le soir, la cloche engagerait les fidèles à invoquer Marie pour le succès des croisades. Les guerres saintes eurent un terme, mais la prière survécut à sa cause première. Toutefois ce ne fut que sous Louis XI que l'*Angelus* s'introduisit en France, tel que nous le récitons aujourd'hui.

2. Dans la jolie église de Saint-Séverin, à Paris, et sur un marbre adapté au modeste pilier qui sépare la chapelle de la Vierge de celle du Calvaire, on lit :

« *C'est dans cette église que fut érigée, en 1311, la première confrérie établie en France, en l'honneur de la très-sainte Vierge, sous le titre de sa Conception immaculée. Ici était la chapelle de cette antique confrérie, dont l'institution primitive eut lieu à Londres, en 1228* (Lefèvre *et* Le Beuf, *Histoire de Paris*). »

Quel touchant retour vers la foi naïve de nos pères ces paroles n'éveillent-elles pas chez celui qui prie ! Oh ! combien on se sent délicieusement ému en foulant ce sol où, pendant un intervalle de six siècles, l'amour et la confiance sont venus tant de fois soupirer aux pieds de la Reine des anges !

Charles Quint, Henri IV et Louis XIV firent souvent leurs plus chères délices. Loin de se laisser aller au mépris de la prétendue monotonie du chapelet, qui, selon les incrédules, consiste à murmurer toujours la même parole, ces grands hommes n'ignoraient point que « l'amour n'a qu'un mot et qu'en le disant toujours on ne le répète jamais. »

Désormais la foi a besoin de s'exprimer autrement que par des prières. Elle cisèle sa ferveur sur le marbre, et elle consacre à la Mère du Sauveur ces féeriques cathédrales dont chaque pierre devait exalter sa gloire. Oh ! alors l'enthousiasme était grand ! C'était tout un peuple qui se faisait artiste ; c'étaient cent mille bras quelquefois, comme à Strasbourg, qui traduisaient la pensée d'un seul homme. Ceux-ci fouillaient de légers chapiteaux ou ciselaient d'élégantes consoles, tandis que les moines préparaient dans leurs cellules les vitraux imagés ; ceux-là extrayaient des carrières un calcaire docile au ciseau, et d'autres dépeuplaient les forêts de leurs châtaigniers séculaires. Parfois, lorsque la nuit jetait ses sombres teintes sur l'édifice commencé, on voyait tout à coup étinceler mille flambeaux dont l'éclat faisait pâlir le front des étoiles. C'était la foule qui, tant son zèle était ardent, oubliait les fatigues du jour et redoublait de courage en chantant des hymnes à Marie ! D'aussi chaleureux transports devaient nécessairement produire des chefs-d'œuvre. C'est ce qui eut lieu. Aussi, voyez : c'est Notre-Dame de Strasbourg, jetant sa flèche dans les airs à quatre cent quatre-vingts pieds du sol ; c'est Notre-Dame de Reims, la cathédrale des sacres ; c'est Notre-Dame de Chartres, avec ses trois mille statues ! enfin c'est Notre-Dame d'Amiens, toute glorieuse de sa forêt de colonnes et de cette flèche qui s'élance dans les cieux, comme une aspiration de l'humanité vers le Tout-Puissant [1] ! Et cette majestueuse église de Notre-Dame de Paris, n'est-ce pas un des plus étonnants miracles qui soient sortis de la main des hommes ? Regardez ces monceaux de pierres, toutes taillées, toutes brodées, toutes couvertes de statues, de têtes d'anges, de fines colonnades. Voyez ces cinq étages qui se développent à l'œil avec ordre et grandeur. Quels travaux ! Ah ! c'est que Notre-Dame de Paris est l'ouvrage d'un peuple, d'un siècle et d'une religion. Peuple, religion, siècle, tous trois y ont mis ce qu'ils avaient de force, de puissance et de richesse. Aussi semble-t-il que cette vieille basilique, au milieu des colliers, des festons et des rosaces dont elle est si merveilleusement habillée, se trouve comme fière de la noblesse et de la sainteté de son origine.

Quand le moyen âge ne dédie point à Marie ses cathédrales, il lui réserve du moins une magnifique chapelle, qu'il place derrière le sanctuaire, et

---

1. L'abbé J. Corblet, *Discours historique sur le culte de la sainte Vierge.*

c'est là que, par la séduction de ses pompes, il nous ravit jusqu'à l'extase. Les corbeilles des chapiteaux se tapissent de vignes et de lierre; les clefs de voûte, comme à Saint-Gervais, se complaisent dans le caprice de leurs fantaisies; les fenêtres se ramifient en fleurons aériens; les vitraux de pourpre et d'or resplendissent de légendes imagées, — sorte de relique d'un art remonté au ciel avec la foi primitive, — et la statue de Marie s'abrite sous la riche dentelle d'un gracieux pinacle.

Nous voici naturellement conduites à dire un mot du délicieux mois de mai, de ce beau mois de Marie si pompeusement célébré en France, et qui résume à lui seul le culte de la Reine des anges.

Mai! quels doux souvenir ce seul nom n'éveille-t-il pas; Mai! mois des fleurs, des espérances, des promesses! Mai! mois de la renaissance et de la vie. Voyez comme tout s'anime et se féconde à ses doux rayons : la plante tressaille, l'agneau bondit, le moucheron et le scarabée se jouent et tourbillonnent dans la lumière. Tout s'entr'ouvre et s'épanouit au souffle tiède de ses brises : les fleurs et les âmes. La nature entière semble exhaler un sourire de bien-être et de sérénité, un soupir de parfums, de tendresse et d'amour. Marie réclame pour elle ces brûlantes aspirations, Marie veut en avoir la plus large part. C'est le seul mois qui ne soit point sanctifié par une de ses fêtes; Marie se le réservera tout entier. A la plus belle des vierges ne fallait-il pas offrir les prémices des premiers beaux jours? Lorsque tous les arts lui avaient adressé leurs plus doux hommages, la nature ne devait-elle pas s'associer à ce culte universel de la poésie, de la musique, de la sculpture et de la peinture? Oui, il était bien juste que le printemps offrît à Marie le parfum de ses brises, l'émail de ses prairies, la naissante verdure des bois et le doux chant des oiseaux.

Il est une autre pratique pieuse de création récente et qui obtient des fruits encore plus abondants que le mois de Marie. Nous voulons parler de l'archiconfrérie, dont l'institution présente un caractère tout providentiel. Établie en 1836 à Paris, dans une église pauvre, abandonnée[1], elle ne présenta d'abord qu'une cinquantaine de fidèles qui se réunissaient pour

_____

1. L'église *Notre-Dame des Victoires,* située entre la Bourse et le Palais-Royal, et destinée à perpétuer le souvenir de la célèbre et solennelle consécration que fit de sa couronne et de son royaume, en 1638, à la miséricordieuse Vierge des victoires, le roi Louis XIII, le Juste. Sanctuaire des miracles, elle reçut la prière et les actions de grâces successives de la reine Anne d'Autriche, de la pieuse Marie-Thérèse, et enfin de cette aimable Dauphine qui y vint apporter son offrande après la naissance si désirée du duc de Bourgogne. — Le 9 juillet 1853, au milieu d'une immense affluence, la madone de Notre-Dame des Victoires s'enrichissait de deux couronnes d'or inat ornées d'émail et de pierres fines. Ce don précieux, d'une valeur de 12,000 écus romains, est dû à la munificence de Pie IX, ce vénérable pontife des malheurs, des épreuves et des pardons.

adresser leurs prières au cœur immaculé de la Mère du Sauveur. L'association passa par le creuset des épreuves; mais Dieu la soutint en l'environnant de prodiges. Au bout de quelques années, le sénevé s'était fait arbre, le gland s'était fait chêne, et aujourd'hui l'archiconfrérie étend partout ses puissantes ramifications. Le catholique de Singapore est associé à celui de Pondichéry ; le fidèle de Smyrne prie pour ses confrères de Siam, et le Canada se recommande aux prières du Chili.

Certes la rapidité de cette propagation prouve bien que le culte de Marie est toujours vivant dans les cœurs, et s'il en fallait une autre preuve, nous parlerions de ces nombreux pèlerinages consacrés à la Vierge, de ces mille lieux bénis où viennent affluer chaque année un nombre incalculable de voyageurs.

A ce mot de pèlerinage, certains lecteurs souriront peut-être. Et cependant, si l'on y regardait de près, ne reconnaîtrait-on pas que l'esprit de pèlerinage est un sentiment naturel au cœur de l'homme. Quel est celui qui parcourt sans émotion des lieux qui ont été autrefois les témoins de grands événements, des lieux que des hommes célèbres ont habités pendant leur vie. Quel est celui qui revoit froidement la chambre où mourut sa mère, le verger que son père, qui n'est plus, cultiva autrefois de ses mains chéries. Il semble que tous les objets qui ont survécu à ceux qu'on regrette soient imprégnés de leur âme, et que cette dernière se trouve là plus présente qu'ailleurs. Aussi toutes les religions ont-elles encouragé l'esprit de pèlerinage. Les Chinois ne s'inclinent pas moins dévotement devant la tombe de leurs aïeux et le tombeau de Confucius, que le musulman à la Mecke et le chrétien à Jérusalem devant le saint sépulcre.

Allez donc, dirons-nous aux âmes aimantes, aux âmes éprouvées, allez vers cette image de Marie qui brille au sommet des montagnes, ouvrez vos cœurs à l'hymne argentin des cloches, suivez ces longues processions de villageois qui apparaissent sur la poussière comme sur la neige des chemins. Écoutez : le chant des cantiques s'élève dans les airs, comme aux jours des grands bienfaits de Dieu. La solitude se réjouit et devient féconde ; un calme ineffable se fait dans l'âme. Marie, qui tient son enfant dans ses bras, dissipe les plus mortelles tristesses par un seul sourire... Charmante religion, dit Châteaubriand, qui oppose ainsi à ce que la nature a de plus sombre et même de plus terrible ce que le ciel a de plus doux ! aux tempêtes du cœur comme aux tempêtes de l'Océan, un petit enfant et une tendre mère !

Allez ! vous pouvez choisir. Il n'est pas un point du globe qui ne parle de Marie. En France, c'est Notre-Dame de la Délivrance, où les marins viennent pieds nus accomplir le vœu qu'ils ont fait au milieu des tempêtes;

c'est Notre-Dame de Fourvière, d'où Pie VII bénit Lyon et toute la France; c'est Notre-Dame de Halle, où l'historien Juste Lipse suspendit devant l'autel une plume d'argent. — En Pologne, c'est Notre-Dame de Calvaria, où l'opprimé va rêver à la liberté. — En Italie, c'est Sainte-Marie Majeure, la plus belle des quarante-six églises que Rome a dédiées à la Vierge. — Dans la Péninsule, c'est Notre-Dame de Mont-Serrat, dont un des piliers porte encore l'épée de saint Ignace. C'est enfin au milieu des mers, Notre-Dame de Lampadouze, placée sur un îlot désert et éclairant de sa lumière mystique l'obscurité des nuits.

Que ne devons-nous pas d'ailleurs à Marie, nous pauvres femmes, autrefois si dégradées et descendues au rang des esclaves? N'est-ce pas son culte qui nous a réhabilitées et relevées de notre humiliante position. Une fois la noble compagne de l'homme en honneur dans la personne de Marie, le caractère de la femme n'a plus inspiré le mépris, on l'a vénérée, on l'a traitée avec des égards infinis. Sans doute Marie eut la plus belle part entre toutes celles de son sexe à la régénération du monde; mais les autres femmes ont participé à sa mission de salut, comme à son caractère de femme. Le monde sera sauvé par elles; elles sont maîtresses de l'univers, parce que l'éducation leur est confiée, et que nul ne les peut suppléer dans les nobles fonctions de cet apostolat. Aux jours même des grands dangers publics, ce sont encore des femmes qui ont relevé le drapeau de la France : Sainte Geneviève et Jeanne d'Arc.

Mlles MARIE ET ADÈLE PIÉROT-OLRY.

XIX

LES CAVES A MARGOT

Qui n'a pas entendu parler de la grotte de la Balme et des grottes d'Arcy, celles-ci dans le département de l'Yonne, celle-là dans le département de l'Ain? Notre bon pays de France abonde en grottes qui n'ont jamais manqué d'attirer les amateurs de ces curiosités naturelles. Il en est une cependant, qui semble être moins connue que les autres, mais qui mérite de l'être. Toutes les choses de ce monde ont leur destin, depuis les livres jusqu'aux plus puissants empires, et même jusqu'aux *caves à Margot*, près de Saint-Pierre d'Erve, dans le département de la Mayenne, avec lequel nous ferons plus tard connaissance.

Mais d'abord quelle est cette *Margot?* — C'est une fermière, dit l'un; — c'est une servante, dit l'autre; — non pas, dit un troisième, c'est une fée, et une fée bienfaisante, qui s'est condamnée à habiter ces grottes pour y veiller sur son trésor. — Un trésor! courons-y, disent-ils tous trois; la chose en vaut la peine; une part dans les richesses de la fée, si elle nous refuse le tout, arrangera merveilleusement nos affaires. — Suivons-les, en appelant sur eux les bonnes grâces de la Margot des *grottes de Sanges* (c'est leur véritable nom).

Nos trois compères, avant de partir, se sont munis d'une poule noire. La poule noire, en effet, joue un grand rôle dans ces rencontres; c'est un agent dont la crédulité se sert comme d'un intermédiaire entre le monde d'en haut et le monde d'en bas. Donc nos bons Manceaux se glissent furtivement dans la grotte. Ils en fouillent le sol en tout sens; ils interrogent les parois avec la main ou avec la pioche; ils en approchent avidement leurs oreilles; ils vont par-ci, ils vont par-là... la fièvre de l'or les brûle sous ces voûtes glacées; mais, hélas! peines perdues!... on n'a jamais ouï dire que l'invisible maîtresse du lieu ait dit son secret à quelqu'un.

Quand il n'y aurait ni Margot ni trésor dans ces grottes, elles ne mériteraient pas moins d'être visitées; la convoitise des bas Manceaux nous en a montré le chemin, qu'une savante curiosité y guide nos pas.

Les caves à Margot, ou plutôt les grottes de Sanges, sont une suite de salles plus ou moins régulières; les unes sont octogones, les autres affectent différentes formes : c'est un jeu de la nature. Les voûtes en sont formées par des rochers dont plusieurs sont tellement fendus, qu'ils semblent être sur le point de tomber. Un de ces rochers, couvert de stalactites, étonne par sa parfaite ressemblance avec la partie inférieure d'un homme coupé par la moitié. Qui sait si ce n'est pas un pauvre diable que la fée aura ainsi fait périr en punition de sa téméraire audace? Les habitants du canton ne doivent pas y voir autre chose, et le soir, à la veillée, plus d'un cœur palpite peut-être encore au récit de la légende, qui varie assurément dans sa forme, mais dont le fond reste toujours le même, tant les idées superstitieuses, une fois qu'elles ont pénétré dans l'esprit du vulgaire, s'y cramponnent et y résistent aux bonnes paroles de la raison, de la science et même de la religion!

L'entrée de quelques salles est bouchée par des blocs de rochers, dont deux s'élèvent jusqu'à la voûte. A travers leurs anfractuosités on aperçoit des précipices dont une sonde de cent pieds n'a pu atteindre le fond. Des stalactites de formes bizarres sont attachées aux parois du rocher, d'autres sont suspendues à la voûte. Ce rocher est extrêmement dur; il est formé d'une terre argileuse, sur laquelle on a cru voir les traces d'une chèvre. Ce n'est pas de l'herbe qu'elle allait brouter là; c'est peut-être le trésor de Margot qu'elle allait y chercher; et pourtant qu'en aurait-elle fait? Les gens du pays ne répondront jamais à cette question-là.

Ce n'est pas tout; avant de sortir, remarquons ces nappes d'eau qui, d'espace en espace, s'y étendent peu larges et peu profondes; puis jetons dans l'air un nom qui nous est cher, et, le son répercuté par les concavités de la grotte, ce nom ira se multipliant par l'effet de la voix qui se prolonge jusqu'en ses moindres inflexions.

Le jour baisse; le dîner nous appelle; partons en disant adieu aux caves de Margot et à leurs stalactites. Nous n'y avons pénétré qu'en rampant, eh bien! rampons encore pour en sortir. Il y a bien des gens dans le monde qui n'avancent pas autrement.

PH. T. L.

XX

PETITE GALERIE MORALE

Dans le bonheur évitons la joie bruyante : le malheur est un maître qu'il ne faut ni avertir, ni tenter.

—

La vraie piété est simple, sans ostentation, fait le bien en vue de Dieu et non des hommes, cache ses bonnes actions et publie celles des autres. Ses paroles attirent, elles ont la douceur du miel. Ses discours, pleins de charité, respirent l'amour du prochain. Elle a droit au respect et à la confiance, parce qu'elle porte le cachet du respect et de la conviction.

— Savez-vous pourquoi l'homme, qui n'a qu'un seul nez, a cependant deux yeux?

— Non.

— C'est afin qu'il y regarde à deux fois avant d'aller se heurter quelque part. Et savez-vous pourquoi ces yeux sont sur le front et non pas sur le dos?

— Non.

— C'est pour qu'il porte ses regards en avant et non pas en arrière; qu'il songe à l'avenir et non pas au passé. Et savez-vous pourquoi ces yeux sont placés si haut?

— Non.

— C'est pour le contraindre à élever son esprit vers le ciel, lui dont le corps est si fortement attaché à la terre.

—

Dès que l'homme est en sécurité sur ce qui concerne le nécessaire, il se tourmente aussitôt pour le superflu; quand les besoins matériels sont satisfaits, les chagrins moraux commencent à se faire sentir, afin de rétablir cet équilibre de maux et de plaisirs qui se partagent l'humanité tout entière.

—

L'humanité est la première des vertus.

FERDINAND P.-O. Mes lectu ..

—

XXI

ESTHER DEVANT ASSUÉRUS [1]

Assuérus avait enfin cédé aux perfides instances de son ministre Aman; l'Amalécite triomphait, et les messagers porteurs des ordres du roi s'étaient déjà élancés sur toutes les routes de l'empire.

C'en était fait, hélas! et l'orgueil d'Aman, en versant des flots de sang, allait se venger de la noble fierté du fils de Jaïr. Le cruel édit venait d'être affiché dans Suze; Mardochée déchira ses vêtements, et, laissant éclater l'amertume de son cœur, il remplissait de cris la place de la ville. Les malheureux Juifs, que Nabuchodonosor victorieux avait arrachés à leur chère patrie, pour les jeter, avec le roi Jéchonias, au milieu d'un peuple ennemi, unissaient leurs larmes à ses larmes. Quelles plaintes douloureuses retentissaient de toute part!... Partout le jeûne, le deuil et la désolation!... partout la cendre était comme le lit funèbre de ces infortunés. Aman l'a voulu, ils ne reverront plus les lieux où ils sont nés; la grande ombre de la mort va s'étendre sur eux... « Jérusalem! Jérusalem! terre sacrée où dorment nos pères, se disaient-ils, nos pieds ne fouleront plus les dalles de ton temple! Les sycomores ne nous verseront désormais ni l'ombre ni la fraîcheur; nous n'irons plus nous désaltérer à l'eau de tes fontaines; nos lyres seront muettes, et les échos de tes montagnes ne rediront plus, le long des rives du Jourdain, les louanges du Seigneur!... Jérusalem! Jérusalem! »

Le cœur de Mardochée se déchire de nouveau à ces tristes lamentations; mais soudain une pensée saisit son esprit; une lumière divine semble

—

1. Dans un sujet que la muse de Racine a gravé en beaux vers dans la mémoire de tous ceux qui ne sont pas tout à fait étrangers aux lettres, l'auteur a dû se borner à quelques réminiscences des Livres saints, et à renfermer dans un petit nombre de lignes les principaux chapitres du livre d'Esther. (<i>Note des éditeurs.</i>)

l'éclairer... il se lève, et, la tête couverte d'un sac, il se rend à la porte du palais, sans oser en franchir le seuil.

C'était là qu'Esther brillait de tout l'éclat de sa beauté, dans le pompeux appareil des cours de l'Asie, à l'ombre du trône d'Assuérus. Heureuse que sa jeunesse et ses charmes eussent trouvé grâce aux yeux du grand roi, mais simple et modeste, instrument toujours docile des desseins de Dieu, elle laissait sa vie s'écouler tranquille et pure dans l'asile discret, où elle attendait que son royal époux la fît appeler près de lui. Elle était entourée de ses filles, qui avaient été autrefois ses rivales, mais à qui sa candeur et sa bonté avaient fait oublier leur défaite et son triomphe. Elle leur racontait l'histoire miraculeuse d'un peuple dont elle taisait le nom, son passage à pied sec à travers les flots de la mer, ses courses dans le désert, ses combats, ses victoires, son établissement dans un pays où coulaient des ruisseaux de lait et de miel, puis ses malheurs et ses désastres, qui avaient mis fin à sa grandeur et à sa puissance, parce que Dieu s'était retiré de lui.

Elle disait toutes ces choses merveilleuses, quand tout à coup un immense cri de douleur retentit jusqu'au fond du palais et dans son cœur. Esther tressaillit, car Esther était Juive! Esther, jeune, innocente et belle, était condamnée à mourir!... Elle l'ignorait encore; mais, comme si l'instinct du malheur lui eût révélé tout ce qu'il y avait d'horrible dans ce cri qu'elle avait entendu, et croyant avoir reconnu parmi toutes ces voix la voix plus forte et plus déchirante de l'oncle qui l'avait élevée auprès de lui, elle appela Athax, que le roi lui avait donné pour la servir, et l'envoya vers Mardochée, aux portes de la demeure royale, où il se tenait habituellement. Le fidèle serviteur revint bientôt rapporter à Esther tout ce que Mardochée lui avait dit.

La reine alors, s'élevant à toute la hauteur de sa destinée, s'arma d'un courage qu'elle n'aurait pas auparavant soupçonné dans son cœur, et résolut, au risque de sa vie, dont elle fit le sacrifice à son peuple et à son Dieu, d'aller, sans avoir été appelée, jusqu'à la salle du trône. Cependant elle fit dire à Mardochée par Athax : « Allez, assemblez tous les Juifs que vous trouverez dans Suze, et priez pour moi. Passez trois jours et trois nuits sans manger ni boire, et je jeûnerai de même avec les filles qui me servent; et après cela j'irai trouver le roi, contre la loi qui le défend, en m'abandonnant au péril et à la mort. »

Mardochée exécuta ce qu'Esther lui avait ordonné.

Cependant la reine, dont le cœur s'était affermi dans la prière, se revêtit le troisième jour de ses habits royaux. L'or brillait à son diadème, les diamants couraient en ruisseaux sur son manteau de l'étoffe la plus précieuse ; l'odeur des plus suaves parfums s'exhalait de tout son corps, et sa beauté était ainsi rehaussée par la magnificence de sa parure.

Esther invoqua de nouveau le Seigneur Dieu d'Abraham, qui est le conducteur et le sauveur de tous; puis, s'avançant appuyée sur une de ses filles et cachant la tristesse de son âme, qui était saisie de frayeur, elle se présenta devant le roi !...

Le fier Assuérus, dans toute la majesté de sa puissance et de sa gloire, était assis sur son trône resplendissant de pierreries; mais une pensée de meurtre semblait charger son front d'un nuage de sang; il était terrible à voir. Au bruit qui se fit autour de lui à l'apparition de la reine, il releva la tête; ses yeux étincelaient d'une sombre fureur, tant le mépris, qu'il croyait qu'on avait fait de ses ordres, blessait son despotique orgueil. « Eh quoi ! s'écria-t-il, sans avoir été appelée !... quelle témérité ! quelle audace !... »

A ces mots Esther, dont le teint vermeil s'effaça tout à coup sous une mortelle pâleur, sentit son cœur défaillir et pencha la tête sur l'épaule frémissante de celle de ses femmes qui la soutenait.

Dieu changea soudain l'âme du roi : à la vue d'Esther tremblante, presque évanouie, le feu de sa colère s'éteignit, la tendresse de l'époux reprit ses droits sur le cœur du prince où la douceur et la clémence répandirent comme une fraîche rosée. Craignant pour celle qu'il avait choisie entre toutes les autres, Assuérus s'élança de son trône, la soutint entre ses bras jusqu'à ce qu'elle eût repris ses esprits, l'entoura de ses caresses et lui dit: « Qu'avez-vous, Esther ? je suis votre frère, ne craignez point ! » Puis, voyant qu'elle demeurait toujours dans le silence, il étendit sur elle son sceptre d'or, déposa un baiser sur son front, en ajoutant avec bonté : « Pourquoi ne parlez-vous point? » Esther alors lui répondit timidement : « Seigneur, vous avez apparu à mes yeux avec la majesté et l'éclat d'un ange; mon cœur a été troublé par la crainte de votre gloire. » En disant ces mots elle fut encore sur le point de s'évanouir; le roi en était troublé, et ses officiers le consolaient.

Esther, ne doutant plus de l'amour d'Assuérus et forte de l'appui de Dieu qui l'inspirait, lui avoua qu'elle était Juive, et qu'ainsi l'arrêt que l'impie Aman avait surpris à sa volonté royale retombait sur sa tête. Aussitôt l'édit fut révoqué, Aman attaché à la potence qu'il avait fait dresser pour Mardochée; ses biens furent donnés à la reine, et le courageux fils de Jaïr sortit du palais avec le roi. Il portait les marques de l'autorité dont la clémence d'Assuérus venait de le revêtir, et toute la ville fut transportée de joie.

Mlle FUSON, institutrice.

4

XXII

PENSÉE DE RACINE

(*Esther*, acte III, sc. 9.)

Que le Seigneur est bon ! que son joug est aimable !
Heureux qui dès l'enfance en connaît la douceur !
Les biens les plus charmants n'ont rien de comparable
Aux torrents de plaisirs qu'il répand dans un cœur.

XXIII

PROVIDENCE DE DIEU

OBSERVATIONS SUR LA CONFORMATION DES ANIMAUX

Une chose très-digne de remarque, c'est que les animaux à qui la nature n'a point donné d'armes pour se défendre sont doués d'une excessive vitesse, comme le lièvre, le bouquetin, le chamois, le cheval et le chameau, etc., tandis que les animaux bien armés ont assez communément un mouvement lent et grave, comme le taureau, l'éléphant, le rhinocéros, l'hippopotame, etc. Les reptiles, composés d'anneaux mobiles, n'avaient besoin ni de jambes ni d'ailes, parce qu'ils trouvent leur habitation et leur nourriture tout près d'eux, dans la première motte de terre; mais il fallait de longues jambes aux oiseaux qui habitent les vases des marais; et les grues, les cigognes, les ibis, furent placés sur des espèces d'échasses. Ceci nous conduit à une observation très-intéressante, c'est que les pieds des animaux sont proportionnés à leur taille, à leurs habitudes et à leurs mouvements. L'éléphant, d'une pesanteur prodigieuse, a été posé sur quatre colonnes; le cerf, le bouquetin, la vigogne, ont des jambes menues et fortes, qui semblent faites pour l'agilité; les pieds des animaux qui vivent dans l'eau, comme la loutre, le castor, le cygne, l'oie, le canard, sont pourvus d'une membrane qui s'étend comme une rame; les mains de la taupe sont faites pour creuser; l'élan, qui fuit sur la neige, a les jambes inflexibles et se tient roide sur le verglas le plus glissant, ce qui lui donne les moyens d'échapper au loup, son plus cruel ennemi; le sabot fendu de la chèvre l'aide à grimper sur les rochers; les pieds larges, calleux et faits en forme de coussinets du chameau, sont appropriés au sol mouvant et sablonneux des déserts; ses longues jambes lui donnent les moyens de franchir le même espace en faisant la moitié moins de pas qu'un autre animal, tandis que son grand cou, levé perpendiculairement, place sa tête au-dessus des vagues sablonneuses dont le vent l'environne, et ses yeux, défendus par des paupières charnues, hérissées de poils et à demi fermées, lui découvrent au loin sa route au milieu des nuages de sable qui obscurcissent les airs. Tous ces avantages procurent au chameau une marche sûre et facile, dans un terrain où les autres animaux vont à pas lents et courts, et où ils ne tardent pas à périr. Le chameau est le vaisseau des déserts, que l'homme n'eût jamais traversés sans lui.

Ainsi les pieds des animaux varient suivant les lieux où ils vivent. Ils ont été prévus pour donner des habitants à toutes les parties du globe. Un voyageur raconte que, dans ses courses au centre de l'Afrique, il voyait avec étonnement l'âne qui portait son bagage, broncher et tomber à chaque pas, tantôt dans des terrains fangeux, tantôt sur des rochers arides, où cependant on reconnaissait les traces fraîches des hippopotames. Ainsi ces animaux pesants, dont les pieds sont terminés par quatre sabots garnis de semelles épaisses, foulaient légèrement une terre pour laquelle les pieds de l'âne n'avaient pas été faits, et il est à remarquer que l'âne était inconnu dans cette partie du monde.

L. AIMÉ-MARTIN.

XXIV

LE VALET DE TRÈFLE

OU L'HOTELIÈRE DE CHESTER

La reine Marie, la terrible fille de Henri VIII et de Catherine d'Aragon, avait chargé le docteur Cole, catholique fougueux, de porter en Irlande l'ordre de chasser les protestants de cette île. Cole, à Chester, fit venir à l'auberge où il était descendu le maire de cette ville, et, frappant de la main sur une botte qu'il lui montra : « Voici, lui dit-il, un ordre de notre gracieuse souveraine pour débarrasser l'Irlande des hérétiques. » La curiosité avait porté l'hôtelière, Élisabeth Edmonds, protestante zélée, à venir à la porte de la chambre écouter ce qui s'y disait. Lorsque Cole reconduisait le maire, elle se glissa dans l'appartement, ôta de la boîte la lettre-patente de la reine, et lui substitua un jeu de cartes, sur lequel elle retourna le valet de trèfle. Cole aborda heureusement à Dublin le 4 octobre 1558, alla tout de suite au château, fit convoquer le conseil, et, après avoir, dans

un discours étudié, préparé l'assemblée à l'objet de sa mission, il remit la
boîte, annonçant qu'elle contenait les ordres de la reine. Le secrétaire du
conseil ouvre la boîte, et, jugez de l'étonnement de tous les assistants ! il
n'y trouve qu'un vieux jeu de cartes, avec le valet de trèfle par-dessus.
Cole protestait qu'il avait reçu la lettre de la propre main de la reine ; il ne
pouvait concevoir comment cette singulière métamorphose s'était opérée.
« C'est bon, c'est bon, dit le vice-roi, qui ne pouvait s'empêcher de rire ;
retournez en Angleterre chercher une autre lettre-patente ; en attendant
nous mêlerons les cartes. » Cole, de retour auprès de Marie, obtint de nouveaux ordres et les garda mieux ; mais tandis qu'il était à Polyhead à
attendre un vent favorable, on apprit la mort de la reine et l'avénement au
trône de sa sœur Élisabeth. Alors Cole rebroussa chemin, se doutant bien
que sa lettre-patente était comme non avenue. La veuve Edmonds ne commença à parler de sa supercherie qu'après la mort de Marie ; la nouvelle
s'en répandit partout. Lorsque le vice-roi d'Irlande passa par Chester, à son
retour en Angleterre, il apprit de l'hôtelière toutes les particularités de
l'aventure, et s'empressa de les raconter à Élisabeth, à qui ce tour plut si
fort, qu'elle accorda à cette femme si bien avisée une pension annuelle de
quarante livres sterling.

YRIÈS.

XXV

ANNE DE MONTMORENCY

CONNÉTABLE DE FRANCE

Il est, chez tous les peuples civilisés, de ces illustres familles au nom
desquelles, quand on vient à le prononcer, s'inclinent les fronts les plus
superbes, sous peine de renier un passé glorieux. L'exercice des plus
hautes charges de l'État, de grands talents, des vertus éclatantes, des services rendus à la patrie, sont comme les liens d'une solidarité morale, qui
unissent le passé au présent, ou bien ce sont comme des phares lumineux
dont les rayons éclairent l'avenir. Une nation, ainsi que les hommes qui
en composent les familles, a ses ancêtres, et malheur à celle qui, dans son
aveugle orgueil, n'aurait pour des noms révérés qu'une lâche et froide
indifférence !

Dans ces grandes familles, il faut placer en France, au premier rang, celle
des Montmorency, dont le fondateur vivait il y a plus de neuf siècles. Il

s'appelait Bouchard, sire de Montmorency; et les chefs de cette antique maison avaient autrefois reçu le titre de *premiers barons chrétiens, premiers barons de France*. Toutes les branches sorties du même arbre ne semblèrent point en épuiser la séve généreuse. Portez donc haut la tête, descendants de cette famille, qui ne le cède qu'aux maisons souveraines, et soyez fiers de compter dans cette longue suite d'aïeux six connétables, onze maréchaux, quatre amiraux, des grands maîtres et des grands chambellans.

Anne de Montmorency naquit en 1493, à Chantilly, sur les bords de la Nouette, où devaient, plus tard, venir se reposer de leurs fatigues les Condé, ces foudres de guerre, qui furent tous aussi l'honneur de notre France.

Anne n'avait que vingt-deux ans, quand François Ier, son ami, et dont il avait été compagnon d'enfance, livra aux Suisses, que payait l'or du duc de Milan et du fougueux cardinal de Sion, cette terrible *bataille de géants*, comme disait Trivulce, sous les murs de Marignan (1515).

Anne était là près du roi-chevalier; il y combattit comme il avait déjà combattu à Ravenne (1512), avec le même courage qu'il seconda Bayard dans sa belle défense de Mézières (1521). Nommé maréchal de France en 1522, il dut cette haute dignité à son grand courage, puis eut l'honneur de faire lever le siège de Marseille au connétable de Bourbon, qui marchait sous les drapeaux impies de la révolte, et de le forcer à évacuer toute la province. A Pavie (1525), il accourut sur le champ de bataille dans l'espoir de faire changer la fortune; mais il était trop tard; ses courageux efforts furent infructueux, et il partagea la captivité du roi avec son frère et un de ses parents. Ainsi, dans la même journée, trois Montmorency tendirent, avec François Ier, leurs mains aux fers de l'heureux Charles-Quint.

Anne traita de sa rançon, revint en France, contribua puissamment à rendre son maître à la liberté. Pour prix de ses services, il obtint le gouvernement du Languedoc, la charge de grand maître de France et l'administration des affaires. Quand l'empereur, enflé de l'étendue de sa domination et du bonheur inouï de ses armes, ne respirait que la conquête de la France, Montmorency se jeta sur la Provence, qu'il arracha, par de savantes manœuvres, aux mains de Charles, qui s'enfuit devant lui avec moins des deux tiers de son armée. Anne se couvrit alors d'une véritable gloire, et la reconnaissance lui donna le nom de *Fabius français*. Il court bientôt en Picardie, de là dans le Piémont, et remporte une victoire à Suze. Le 10 février 1538 il fut nommé Connétable; c'était la cinquième fois que l'épée de la France était confiée à cette noble famille. Le vaillant guerrier devint comme l'arbitre suprême de toutes les affaires; mais sa

puisance était trop haute pour être durable, et en 1541 il perdit les bonnes
grâces de François Ier. Retiré à Chantilly, puis à Écouen, il supporta son
exil avec la même hauteur de caractère qu'il avait apportée au commandement des armées et au maniement des affaires. Henri II, à peine monté
sur le trône (1547), s'empressa de rappeler son ami et de lui rendre l'administration avec plus de pouvoir. L'année suivante, Montmorency com-
prima la révolte de Bordeaux. En 1557 il voulut secourir Saint-Quentin,
assiégé par les Espagnols, mais il fut battu et fait prisonnier.

Depuis cette époque, la fortune sembla l'avoir abandonné sans retour.
Qu'est-il besoin de rappeler sa rivalité avec les Guise, la *malheureuse* paix
de Cateau-Cambrésis, la mort de Henri II, qui entraîna la ruine de sa puissance, son absence de la cour et des affaires pendant les dix-sept mois de
règne de François II, son retour sous Charles IX, le fameux triumvirat
dont le nom seul rappelle toutes les horreurs de la guerre civile, son zèle
peut-être trop ardent contre les protestants, la bataille de Dreux, et enfin
la bataille de Saint-Denis, où Montmorency fut victorieux et atteint d'un
coup mortel? Il expira le 12 novembre 1567, âgé de soixante-quatorze ans.

Sa vie ne fut point exempte de reproches, et Voltaire a été juste quand
il a dit de lui : « Homme intrépide à la cour comme dans les armées, plein
de grandes vertus et de défauts, général malheureux, esprit austère, difficile, opiniâtre, mais honnête homme et pensant avec grandeur, » L'histoire n'offre point un sujet plus fidèle à son roi et à son pays. Ce fut lui
qui osa dire à Catherine de Médicis, au moment de la mort de Henri : « Le
Français ne se lasse jamais de servir ses rois, mais il est incapable d'obéir
aux lois des étrangers. »

Brantôme a laissé une histoire du connétable; c'est dans cet historien
que l'on peut voir quelles étaient les qualités, l'austérité habituelle, la
brusquerie et l'inflexible rigueur de Montmorency pour tout ce qui touchait
à la discipline, et comme il *rabrouait* ses gens pour la moindre faute. Il ne
manquait jamais de dire ses prières, même à la tête des troupes.

IE. I. L.

XXVI

DE L'INSTINCT CHEZ LES ANIMAUX

PREMIER ENTRETIEN

Tous les animaux possèdent ce qu'on est convenu d'appeler un instinct,
faculté qui les pousse vers les objets utiles et les éloigne de ceux qui peu-

vent leur nuire. « Le petit agneau sent de loin sa mère et court au-devant d'elle. Le mouton est saisi d'horreur aux approches du loup, et s'enfuit avant d'avoir pu le discerner. Le chien de chasse est presque infaillible pour découvrir, par la seule odeur, le chemin du cerf. Il y a ainsi, dans chaque animal, un ressort impétueux qui rassemble tout à coup les esprits, qui tend tous les nerfs, qui rend toutes les jointures plus souples, qui augmente d'une manière incroyable, dans les périls soudains, la force, l'agilité, la vitesse et les ruses, pour fuir l'objet qui le menace de sa perte. Cet instinct n'est point la connaissance; cette dernière est le privilège de l'homme, l'être raisonnable par excellence. La sagacité et la dextérité de l'instinct sont donc admirables, non dans la bête, qui n'a point la conscience de ses déterminations, mais dans la sagesse supérieure qui la conduit, qui pense et qui veille pour elle[1]. » Une différence absolue, dit Buffon, sépare d'ailleurs l'instinct des animaux et l'intelligence de l'homme. C'est qu'aucun d'eux n'est susceptible de la perfectibilité de l'espèce; ils ne sont aujourd'hui que ce qu'ils ont été, que ce qu'ils seront toujours, et jamais rien de plus, parce que, leur éducation étant purement individuelle, ils ne peuvent transmettre à leurs petits que ce qu'ils ont eux-mêmes reçu de leurs père et mère. Ainsi les castors, si admirables dans leurs travaux, ne sont pas plus ingénieurs ou architectes que les abeilles ne sont géomètres. Ne voit-on pas que si les castors avaient notre génie et nos connaissances en architecture, les castors d'aujourd'hui ne bâtiraient pas précisément comme ceux du temps de Vespuce? L'esprit humain combine et perfectionne sans cesse; l'esprit des castors ne combine et ne perfectionne jamais. Si seulement ils élevaient une fois des cabanes carrées! mais ce sont éternellement des cabanes rondes ou ovales. Ils se meuvent, comme les planètes, dans le cercle que la nature leur a tracé, et ne le franchissent jamais. L'homme seul reçoit l'éducation de tous les siècles; seul il perfectionne et progresse.

Aidé du délicieux ouvrage du Rév. G. White, l'*Histoire naturelle de Selborne*, et des *Contemplations de la nature* de C. Bonnet, nous allons exposer quelques-uns des faits les plus propres à nous émerveiller et à nous attendrir à la pensée de cette bonté divine qui donne l'industrie au faible et la prévoyance à l'insouciant.

Remarquons-le tout d'abord, la conservation de la vie, la propagation de l'espèce et le soin des petits, sont les trois principaux motifs auxquels semblent obéir les animaux dans la manifestation de leur instinct. Mais tous ne sont pas également à admirer à ces trois égards. Ainsi, pendant que l'a-

---

1. Fénelon : *Traité de l'existence de Dieu.*

raignée industrieuse dresse un filet à sa proie, et qu'elle attend, en chasseur
patient, que quelque insecte vienne donner dans ce piége, l'huître, immobile sur la vase, ne sait qu'ouvrir et fermer son écaille. Lorsque le polype,
privé de sexe, ne connaît point les plaisirs de l'amour, le papillon, plus
heureux, voltige autour de sa femelle, et sollicite, par ses jeux, des faveurs
qu'elle ne semble d'abord lui refuser que pour mieux enflammer ses désirs. Quand la sauterelle, le lézard, la tortue, le crocodile pondent dans la
terre ou dans le sable, et laissent au soleil le soin d'échauffer leurs œufs,
c'est moins pour elles-mêmes que pour leurs petits, que les abeilles construisent ces gâteaux dont l'ordonnance et les proportions sont déterminées
sur les règles de la plus fine géométrie. Chaque jour, elles apportent à
manger à leurs nourrissons, et, par une attention singulière, elles propor-
tionnent la nourriture à leur âge et à leur force. On n'est pas moins frappé
de la sollicitude des fourmis pour leur progéniture et du courage avec
lequel elles défendent leurs petits. On a vu une fourmi partagée par le
milieu du corps, transporter les uns après les autres, huit ou dix de ses
nourrissons.

Beaucoup d'espèces cherchent leur vie ou leur retraite dans l'intérieur
de la terre ou dans celui des plantes ou des animaux; d'autres se construisent avec un art merveilleux des nids ou des coques, où elles passent les
temps d'inaction ou de faiblesse; d'autres plus habiles encore, savent
comme nous, se faire des habits, qu'elles tirent des matières mêmes dont
elles se nourrissent. Elles dépouillent nos draps et nos fourrures de leurs
poils, et en fabriquent avec de la soie une espèce d'étoffe dont elles se vêtissent. La forme de leur habit est très-simple mais très-commode; c'est
une sorte de manchon ou de fourreau, qu'elles s'entendent à allonger et à
élargir au besoin; elles l'allongent, en ajoutant à chaque bout de nouvelles
couches de soie et de poils; elles l'élargissent, comme nous élargissons une
manche, en le fendant par le milieu suivant sa longueur et en y ajustant
une pièce. Vous devinez que je parle des *teignes domestiques.* Leur vêtement est toujours de la couleur de l'étoffe sur laquelle il a été pris. Si donc
la teigne dont l'habit est bleu, passe sur un drap rouge, les élargissures
seront rouges; elle se fera un habit d'arlequin, si elle passe sur des draps
ou des étoffes de couleurs variées. Elles vivent des mêmes poils dont elles
se vêtissent; il est singulier qu'elles les digèrent, plus singulier encore
que les couleurs ne s'altèrent point par la digestion, et que leurs excréments
soient toujours d'une aussi belle teinte que celle des draps qu'elles ron-
gent. — Les *teignes champêtres*, qui se confectionnent des habits de
feuilles, surpassent encore en industrie les teignes domestiques.

Ajoutons aux réflexions qui ouvraient cet article, que, sans nul doute, l'influence de l'homme perfectionne les qualités naturelles des bêtes. Aussi remarque-t-on dans l'histoire de plusieurs animaux, comme l'éléphant, le chien, le castor et certains oiseaux, des traits qui semblent provenir de l'exercice d'une faculté supérieure à un instinct aveugle. Nous donnerons, à cet égard, la parole à notre auteur anglais.

« Je m'amusais un jour, dit-il, à faire manger le pauvre éléphant d'Exeter-Change à Londres ; une pomme de terre ronde que je lui présentai roula sur le plancher, trop loin pour qu'il pût l'atteindre ; il s'appuya contre les barreaux de sa loge, allongea sa trompe et parvint à toucher le tubercule, mais sans pouvoir le saisir. Après plusieurs efforts infructueux, il s'avisa de souffler dessus fortement, de manière qu'elle allât frapper contre le mur opposé et revînt ensuite rebondir de son côté, où il s'en empara sans difficulté. »

Le fait suivant contribuera encore à établir l'existence, chez plusieurs animaux, d'un instinct qui n'est point ordinaire ; nous l'empruntons au docteur Darwin. Un jour qu'il se promenait dans son parc, il aperçut sur le sable une guêpe aux prises avec une énorme mouche dont elle venait de s'emparer.. Se baissant pour mieux les observer, il vit la guêpe désunir la tête de l'abdomen de la mouche, et s'envoler en prenant entre ses pattes le tronc, auquel les ailes restaient attachées. Le vent agissant sur celles-ci fit tournoyer la guêpe en tous sens et contraria sa marche. Elle redescendit alors dans l'allée de sable, scia avec délibération, l'une après l'autre, les deux ailes qui avaient causé son embarras, et s'enfuit avec sa proie.

Plusieurs oiseaux, afin de s'opposer à la déperdition de la chaleur, ont l'instinct, lorsqu'il fait froid, de se tenir tous ensemble le plus près possible les uns des autres. J'ai observé les hirondelles, à la fin de l'automne, suspendues comme un essaim d'abeilles, les ailes étendues, sous les rebords d'un toit. Plus d'une fois on a trouvé des roitelets, pendant l'hiver, ainsi agglomérés. Allan Cuningham raconte dans son style naïf le trait suivant :

« Une nuit très-froide du mois de décembre, et pendant un temps de neige, je m'esquivai de la maison paternelle (j'avais alors dix ans) pour aller à la chasse des moineaux qui construisent leurs nids dans les toits de chaume de nos paysans. Ils y pratiquent des trous semblables à ceux que font les hirondelles sur le bord des rivières. J'enfonçai la main dans un de ces trous, et j'empoignai quelque chose de moelleux et de chaud ; un petit cri étouffé m'annonça au même instant que ce quelque chose était en vie. Je n'eus rien de plus pressé que de l'emporter chez mon père et de le contempler à mon aise à la chandelle. Le petit peloton se composait de quatre roitelets en vie, roulés ensemble, leurs têtes cachées sous leurs ailes et leurs pattes rentrées en dedans, de sorte que l'extérieur présentait l'aspect d'une boule de plumes d'un brun nuancé. J'ai acquis la conviction que c'est ainsi que ces oiseaux se garantissent du froid rigoureux de l'hiver. Peut-être me demanderez-vous si ma mémoire me sert bien dans cette circonstance. Je vous répondrai que oui ; car un des roitelets, se détachant de la boule, alla donner juste dans la chandelle auprès de laquelle mon père lisait, ce qui m'a valu de sa main une de ces fustigations qu'un enfant n'oublie de sa vie. »

Les abeilles montrent une intelligence rare pour obvier à la difficulté qu'elles éprouvent à se soutenir ur la surface polie du verre qu'on place quelquefois dans leurs paniers. J'ai l'habitude, dit l'intéressant auteur anglais que nous avons déjà cité, de poser dans la partie supérieure de mes ruches de paille de petits globes en cristal, afin qu'ils soient remplis de miel. Or j'ai constamment remarqué qu'avant d'entreprendre la construction de leurs rayons, ces insectes déposent, à des distances régulières, des gouttes de cire, qui leur servent de marchepieds sur la surface glissante du verre. En effet, chaque abeille appuyait ses deux pattes du milieu sur un de ces points, tandis que ses pattes de devant s'accrochaient à celles de derrière de l'abeille qui la précédait. Elles formaient ainsi une échelle au moyen de laquelle les travailleurs parvinrent au haut de la ruche et commencèrent leurs opérations.

Le pouvoir qu'ont ces insectes de donner de l'air à leurs ruches, et d'empêcher ainsi la fusion de la cire au contact d'une température trop élevée, prouve qu'ils sont guidés par quelque chose de plus que l'instinct, car, à l'état naturel, les abeilles ne sont pas confinées dans des paniers ni exposées aux rayons du soleil. Dans la grande chaleur, on peut remarquer au bas de la ruche un certain nombre d'individus agitant leurs ailes avec une telle rapidité, que le mouvement en est presque imperceptible. Si, tandis que ce manége a lieu, on approche une chandelle de l'ouverture qui se trouve à la partie supérieure, elle sera immédiatement éteinte par le courant d'air produit par cette manœuvre. Cependant j'ai constaté que, la chaleur acquérant une certaine intensité, tous leurs efforts devenaient impuissants pour maintenir la température de leur ruche à un degré convenable, et que la cire se fondait. Dans ce cas il est dangereux d'en approcher de trop près, à cause de l'extrême irritation des abeilles.

Dans les îles Bermudes il existe des araignées qui font leurs toiles entre des arbres séparés par une distance de plus d'un mètre. Elles lancent leurs fils en l'air, et le vent les porte d'un arbre à un autre. Leur toile, lorsqu'elle est achevée, est tellement forte, que les oiseaux viennent s'y prendre. C'est un fait maintenant reconnu que les araignées projettent un fil en l'air pour se faciliter les abords d'un objet difficile à approcher.

Les castors ne sont pas seulement des modèles en fait d'industrie conservatrice : on reste frappé d'étonnement et comme stupéfié à la vue de leurs ouvrages. Peu s'en faut qu'en étudiant leur histoire, le lecteur ne s'imagine assister à celle d'une espèce d'homme. On ne sait ce qu'on doit admirer le plus dans leurs travaux, tant la grandeur et la solidité, l'art prodigieux, les vues fines et le dessin général y brillent de toutes parts. Une société de castors semble être une académie d'ingénieurs qui travaillent sur des plans raisonnés, qui les rectifient ou les modifient au besoin, qui les suivent avec autant de constance que de précision.

C'est vers les mois de juin ou de juillet que les castors se forment en corps de société, au nombre de deux à trois cents. Ils s'assemblent aux bords des lacs ou des rivières. On sait qu'ils sont amphibies. Il leur importe surtout de se rendre maîtres des eaux au milieu desquelles ils bâtissent, et de prévenir les effets de leurs crues et de leurs baisses. Ils y parviennent, comme nous, par des digues et par des écluses. Une de ces digues est quelquefois un ouvrage immense, et l'on ne comprend point que des brutes aient pu le projeter, le commencer et le finir. Représentez-vous une rivière de quatre-vingts ou cent pieds de largeur : il s'agit de rompre l'effort de son courant. Les castors construisent donc une digue ou u chaussée de quatre-vingts ou cent pieds de longueur sur dix à douze d'épaisseur à sa base. Rien de plus vrai ni de moins vraisemblable, et quand on l'a vu et revu, on veut le revoir encore pour le croire.

Les castors n'ont reçu pour toutes ressources que quatre fortes dents incisives, quatre pieds, dont les deux antérieurs sont garnis d'une espèce de doigts, et une queue écailleuse faite en manière de pelle ovale. C'est pourtant avec de pareils instruments qu'ils maîtrisent les eaux et qu'ils osent défier nos maçons et nos charpentiers, munis de leur truelle, de leur plomb et de leur hache.

S'ils trouvent sur le bord de la rivière un grand arbre, ils le coupent par le pied, en faisant de plus fortes incisions à un côté, pour déterminer la direction qu'il doit prendre dans sa chute. Ils l'ébranchent pour le coucher suivant sa longueur et en faire la principale pièce de la digue. Tandis qu'une partie des castors s'occupent à ce travail, d'autres vont chercher de plus petits arbres, qu'ils coupent et taillent en forme de pieux, et qu'ils voiturent d'abord par terre, ensuite par eau, jusqu'au lieu où ils doivent être employés. Ils construisent avec ces pieux un pilotis, qu'ils fortifient en entrelaçant entre les pieux des branches d'arbres. En même temps d'autres castors apportent une sorte de mortier qu'ils ont pétri avec leurs pieds. Ils le font entrer dans le vide du pilotis et le battent ensuite avec leur queue. Ils plantent ainsi plusieurs rangs de pilotis, dont tout l'intérieur est solidement maçonné. Sur le haut de la digue ils pratiquent deux ou trois ouvertures pour ménager des décharges à l'eau, et ils savent les élargir ou les rétrécir, selon que la rivière hausse ou baisse. Si par l'impétuosité de son courant elle fait une brèche à la digue, ils se mettent aussitôt à la réparer.

La digue est proprement un ouvrage public, auquel tous les castors travaillent de concert; dès qu'il est achevé, la grande société se partage en plusieurs sociétés particulières, qui prennent chacune leur quartier et s'y construisent une habitation commode. Cette habitation est une manière de hutte ou de cabane, ovale ou ronde, à un ou plusieurs étages, bâtie sur un pilotis plein, et qui sert à la fois de fondement et de plancher; les murs ont environ deux pieds d'épaisseur et sont très-bien maçonnés, les parois se trouvent revêtues d'une sorte de stuc, appliqué avec tant de soin, qu'il semble que la main de l'homme y ait passé, et ce n'est pourtant que la queue du castor qui exécute cela. La cabane offre toujours deux issues ou sorties, l'une pour se rendre à terre, l'autre pour aller à l'eau. Les plus grandes cabanes ont huit à dix pieds de diamètre, les plus petites, quatre à cinq; celles-là logent seize, dix-huit ou vingt castors; celles-ci deux, six ou huit de ces animaux. Il y a toujours autant de mâles que de femelles.

Ces asiles, dit Buffon, sont non-seulement très-sûrs, mais encore très-propres et très-commodes; le plancher est jonché de verdure; des rameaux de buis et de sapin servent de tapis; jamais les castors ne souffrent sur ces derniers la moindre malpropreté. La fenêtre qui regarde sur l'eau fait l'office de balcon; les industrieux mammifères s'y tiennent au frais et y prennent le bain pendant la plus grande partie du jour; ils sont alors debout, ont la tête et les parties antérieures du corps élevées, tandis que toutes les parties postérieures plongent dans le fleuve.

Les plus grandes bourgades de castors présentent un groupe de vingt à vingt-cinq maisons; mais de telles bourgades se rencontrent rarement, les plus communes sont de dix à douze. Chaque république possède son district et ne tolère jamais la présence d'aucun étranger.

FERDINAND F. O.

XXVII

L'IMMORTALITÉ

L'ombre succède au jour, le printemps à l'hiver;
Le torrent court au fleuve et le fleuve à la mer.
Le grain germe en moisson, le gland s'élève en chêne;
Le fruit naît de la fleur. Le taureau dans la plaine,
Le tigre en ses déserts, l'aigle au faîte des monts,
Les reptiles dormants dans leurs antres profonds,
Le vermisseau qui rampe en se cachant sous l'herbe,
Et le hardi coursier qui dresse un front superbe,
L'onde, la flamme, l'air, enfin chaque élément,
Aux lois du Créateur soumis aveuglément,
Compose un des anneaux de cette chaîne immense
Que la mort interrompt, mais que Dieu recommence.
Tant d'êtres émanés de son souffle divin,
Sans demander leur cause, accomplissent leur fin;
Et passifs instruments de ses décrets suprêmes,
Ignorent leur auteur et s'ignorent eux-mêmes.

L'homme, atome d'un jour, mais atome pensant,
Seul de l'intelligence obtint le don puissant.
Armé de son génie, il dompte la nature;
Le temps, il le décrit; l'espace, il le mesure;
Sur les mers il étend un sceptre audacieux,
Et sonde d'un regard les profondeurs des cieux.
Son esprit, pour trouver le mot du grand mystère,
Cherchant une patrie ailleurs que sur la terre,
D'un besoin de croyance ardemment agité,
Aspire à l'infini, songe à l'éternité.

La foi brille, et soudain, comme un phare sublime,
Éclairant son vaisseau sur le bord de l'abîme,
Montre à ses compagnons, vers le céleste port,
Une seconde vie exempte de la mort.

Oui, tout naît pour mourir et tout meurt pour renaître,
Notre âme, remontant vers le souverain Être,
Fière d'abandonner sa terrestre prison,
Libre enfin, envahit un nouvel horizon,
Contemple l'Éternel, des astres et des anges
Entend les doux concerts murmurer ses louanges.

A. BIGNAN

N. B. On trouvera ci-après le même sujet traité en prose par M. Ferdinand P. O.

XXVIII

LES FRUITS ET LES ARBRES DE LA FRANCE

La France est un pays à fruits : la Touraine en abonde ; les espèces de poires les plus délicates portent dans toute l'Europe des noms français, sans doute à cause de leur origine.

L'abricot de Nancy, dit-on, est ce que les ducs de Lorraine ont apporté de meilleur des croisades ; d'autres prétendent que c'est un pacha qui en fit présent au prince Eugène de Savoie.

Cependant quelques-uns de nos meilleurs fruits sont venus des forêts : la poire de Saint-Germain, par exemple, a été trouvée dans la forêt de ce nom. La nature, pour me servir de l'expression de Bernardin de Saint-Pierre, a choisi ces fruits sur la table des animaux, afin de les placer sur celle de l'homme ; et pourtant les semences de ces fruits savoureux ne produisent que des sauvageons.

Les bords de la Loire, la Limagne, les vallées du Dauphiné, sont célèbres par leur belle végétation ; le Périgord a ses truffes, végétal singulier, qui paraît se propager presque comme les animaux, en émettant de petites truffes qui grossissent aux dépens de la truffe mère ; on ne le trouve que dans le voisinage de certains arbres, surtout du chêne noir.

La même province et les contrées adjacentes fournissent au peuple un fruit qui, pendant plusieurs mois de l'année, est presque sa seule nourriture ; le châtaignier est pour lui ce que le cocotier ou l'arbre à pain est pour les insulaires des climats tropicaux. Faute de grains, les hautes Cévennes seraient peu habitées, si elles n'avaient pas le châtaignier, dont le fruit y est plus petit et plus doux que la châtaigne de Portugal ou de Sicile. Sur les falaises de Glanès (Pas-de-Calais), le chou prospère comme dans le jardin potager le mieux entretenu. Les rochers du Dauphiné nourrissent le frêne et le mélèze, dont la tige droite semble atteindre les nues, et qui fournit la manne et la térébenthine ; mais il faut à cet arbre une élévation de cinq cents mètres au moins au-dessus du niveau de la mer. En Dauphiné comme dans le désert de l'Arabie, les feuilles du mélèze portent une substance cristallisée qu'on peut manger ; c'est une manne moins efficace en médecine que celle de Calabre, et certainement moins mielleuse et moins nourrissante que celle que les Arabes tirent de l'*alhagi* de leurs déserts. Les Landes, dont le nom ne rappelle que l'idée de l'aridité, ont des prodiges de végétation ; dans leurs *pignadas*, le pin forestier s'élève ordinairement de vingt-six à trente-trois mètres ; l'arbousier, qui croît auprès de cet arbre, n'en atteint que le tiers; mais il offre, toute l'année, la réunion singulière de feuilles, de fleurs et de fruits. Un arbre venu de l'étranger, et qui ne s'éloigne guère des bords de la Méditerranée, le *micocoulier*, fournit aux paysans du Midi des manches de fouet et des fourches dont ils font un commerce considérable. Une quarantaine d'espèces de saules embellissent les campagnes et les parcs.

Les chênes, en France, ne sont pas aussi variés; on n'en connaît que dix espèces, et environ seize variétés; ils n'y atteignent pas ces formes gigantesques qui étonnent le voyageur dans le Nord. La hache du laboureur a fait disparaître les forêts antiques où les druides célébraient leur culte sanguinaire. Le vieux chêne de la commune de Pommeraie, dans l'arrondissement de Beaupréau, paraît avoir échappé, comme par miracle, à cette destruction; il a quinze mètres de circonférence, et on le croit âgé de près de deux mille ans; tel serait aussi l'âge d'un chêne qui se trouve dans la cour d'une maison rurale auprès de Saintes (Charente-Inférieure); au niveau du sol, le tronc a huit mètres de tour; à hauteur d'homme, six à sept; dans le tronc, qui est creux, on a pratiqué une petite chambre de trois à quatre mètres de diamètre sur trois mètres de haut, et on y a taillé en plein bois un banc qui fait le tour des parois, tapissées de fougères et de lichens. L'énorme chêne de la forêt de Brothonne (Eure), connu dans le pays sous le nom de *la cerve*, ne doit pas être moins vieux. Les forêts de la Bretagne ont, dit-on, plusieurs prodiges semblables; mais le chêne le plus gigantesque peut-être de toute la France est celui qu'on voit devant la mairie de Labes, près de Saint-Palais, dans les Basses-Pyrénées. Sa circonférence est de dix-neuf mètres; à l'intérieur, qui est creux, il présente une salle ou une étable de sept mètres de tour, et de presque autant de hauteur : une trentaine de moutons peuvent s'y mettre à l'abri; aux racines noueuses qui sortent de terre et forment des espèces d'arceaux sous lesquels un mouton peut passer, on croirait presque voir un de ces vieux bananiers de l'Inde : la nombreuse famille se compte par les branches qui touchent la terre.

L'orme parvient aussi à des proportions prodigieuses. Au douzième siècle, les conférences politiques entre les rois de France et les ducs de Normandie se tenaient près de Gisors, à l'ombre d'un vieil orme capable, par sa grosseur et l'étendue de ses rameaux, d'abriter les deux cours : c'était, comme dit l'historien Guillaume le Breton, la gloire des plaines du Vexin. Malheureusement les guerres qui suivaient habituellement les conférences ont fait disparaître cet orme colossal. Celui qui ombrage la place publique de Brignolles est si vieux qu'il a fallu le soutenir par un pilier de bois. Il a six à sept mètres de tour, et verdit comme tant d'autres colosses de son âge, quoique le tronc en soit entièrement creux, et qu'il n'y reste qu'une écorce de vingt-cinq centimètres. Un vieil orme, près de l'église du village de Brettange (Moselle), a un tronc de quatre mètres soixante-cinq centimètres à la base, et de deux mètres trente centimètres à deux mètres soixante-cinq à une certaine hauteur. Ce tronc est creux, mais il y est resté des cloisons ligneuses concentriques, entre lesquelles on peut passer, et qui ressemblent à des corridors. On vénère ce vieil arbre comme un contemporain des druides.

Un châtaignier, non loin de Becherel, dans le département d'Ille-et-Vilaine, a neuf mètres de tour, mesuré à un mètre d'élévation.

Les vieux tilleuls acquièrent en France des formes colossales. Celui du village d'Exquemicourt, à une lieue et demie d'Hesdin (Pas-de-Calais), peut couvrir un régiment entier. On voyait, il n'y a pas encore longtemps, un prodige semblable devant le château de Chaille, auprès de Melle en Poitou. Un vieux tilleul, de vingt mètres de haut et de cinq mètres de circonférence, y répandait, comme un cèdre du Liban, un ombrage de plus de cent mètres de tour. Six branches, parfaitement horizontales, s'étendaient jusqu'à la longueur de quatorze mètres : elles avaient un mètre de diamètre auprès du tronc. Le département de la Haute-Saône possède également des tilleuls énormes, mais pourtant moins gros que celui de Chaille.

Dans les autres espèces d'arbres, les géants sont plus rares. Cependant il faut remarquer l'énorme peuplier, de près de huit mètres de circonférence, qui s'élève sur la promenade de l'Arquebuse, à Dijon, et les vieux ifs de la Normandie, arbres consacrés aux morts par le pieux souvenir de leurs familles.

Mais n'oublions pas le pommier, l'arbre de la Normandie ; s'il ne le dispute ni en hauteur ni en grosseur avec tous les arbres dont nous venons de parler, il peut du moins être fier des services qu'il rend à cette heureuse contrée. Il y ombrage la pelouse verte qui entoure l'habitation champêtre; il s'associe, dans les souvenirs du Normand, aux jeux de son enfance, aux doux plaisirs de la maison paternelle. On le rencontre partout dans la campagne; au printemps il en fait l'ornement par ses fleurs d'un blanc rosé, qui parfument l'air; et en automne il en est la richesse, par l'abondance des fruits qui fourniront la boisson favorite des habitants.

G. D. DEPPING.

XXIX

UN COUCHER DE SOLEIL A MEXICO

Le ciel est parfaitement pur, non pas de ce bleu foncé qu'on admire en Italie, mais d'un bleu délicat, d'une extrême suavité. Les grands vallons élèvent sous le ciel leurs sommets d'une étincelante blancheur, qui devient graduellement une blancheur dorée. A gauche, sont des montagnes d'un ton gris cendré très-doux, à droite, d'autres montagnes d'un bleu mat; le ciel prend ces teintes vertes, fleurs de pêcher, si rares dans nos climats, mais fréquentes sous les tropiques, et qu'a si bien décrites Bernardin de Saint-Pierre. Les cônes neigeux semblent reposer sur une pyramide de violettes, qui s'éclaire et s'empourpre aux splendeurs du couchant. Pendant que je contemple ces métamorphoses de la lumière, j'écoute la cloche d'un couvent et le cri égaré d'un petit oiseau. La plaine est parfaitement uniforme de ton, simple et sévère; c'est la campagne de Rome, bordée par des cimes qui ressemblent à ce que l'on imagine de l'Himalaya. Mais, nouvel incident survenu dans ce magique spectacle, voici que la base de la montagne est devenue d'un gris tirant sur le bleu; les sommets sont roses, puis ce rose, au moment de son plus vif éclat, pâlit soudainement; les nuages ont conservé le leur et semblent un reflet céleste des cimes terrestres qui se décolorent. Le *Popocatépetl* [1] résiste plus longtemps; enfin il blêmit, et son cratère neigeux n'offre plus qu'un blanc mat, remplacé bientôt par la teinte presque livide que prennent en Suisse les glaciers, quand le soleil a disparu. L'aspect de cette neige terne, après l'éblouissement que produisent les derniers feux de la lumière, est profondément triste; c'est un brusque passage de ce que la vie a de plus brillant à ce que la mort a de plus sombre.

J. J. AMPÈRE, membre de l'Académie française.
(Promenade en Amérique.)

1. Ou la *Puebla*, montagne volcanique du Mexique.

XXX

L'AVE MARIA

OU LA PRIÈRE DU SOIR

Imitation libre de lord Byron, *Don Juan*, chap. III, str. 101, 102, 103.

> « Un culte sans amour est un stérile hommage. »
> (RACINE le fils, *Relig.*, ch. VI, v. 261.)

Salut, Marie!... à toi, vierge des douces heures,
Sur la terre et les eaux, salut! reine des cieux,
Qui, d'un rayon d'amour versé sur nos demeures,
Comme un astre de paix, viens caresser nos yeux!

Salut, Marie!... est-il, dans la course ordonnée
Du temps comme à regret à l'homme mesuré,
Une heure plus suave, une heure couronnée
D'un plus saint diadème en l'espace azuré?...

Ah! bénis soient les lieux où mon âme ravie
De cette heure charmante a senti les douceurs,
Et, déployant son aile en des flots d'harmonie,
S'élançait loin du monde et des profanes cœurs!

La cloche du hameau dans les airs balancée
Jetait au jour mourant un solennel adieu;
L'hymne du soir, unie à sa voix cadencée,
Montait, simple et pieuse, aux arceaux du saint lieu!

Dans un calme profond s'endormait la nature;
Pas un souffle dans l'air ne glissait... seulement
Chaque feuille des bois, en son léger murmure,
Exhalait sa prière au roi du firmament.

La prière! l'amour!... c'est toute notre vie!
Trop heureux ici-bas le mortel que sa foi,
Blanche étoile du soir, tendre vierge Marie,
Par ce double chemin, élève jusqu'à toi!...

PH. T. L.

XXXI

MOSAÏQUE

Sous Charlemagne et ses successeurs, on portait la barbe épaisse, longue et touffue. Sous François Ier, elle se taillait en pointe. Sous Henri IV, on la portait arrondie et de la longueur de trois doigts, avec deux moustaches effilées et raides, en forme de barbe de chat. Sous Louis XIV, l'usage autorisait les moustaches seules.

Le fait suivant prouve qu'elles étaient autrefois extrêmement respectées dans l'Espagne et le Portugal. Un fameux général, Juan de Castro, se trouvant sans argent dans les Indes, coupa une de ses moustaches et envoya demander aux habitants de Goa 200,000 fr. sur ce gage : on les lui prêta sur le champ, et dans la suite il retira ce singulier nantissement[1].

———

Ne laissez pas votre vieux père frapper de ses doigts roides et glacés à votre porte, qui ne veut pas s'ouvrir. Ouvrez-la lui, laissez-lui la meilleure place au foyer, à la table et au lit. La malédiction des vieillards pèse sur le front des mauvais fils et le ride avant l'âge.

———

Le violon, connu en France dès le neuvième siècle, se nommait *rebec* ; il n'avait que trois cordes. Le plus ancien à quatre cordes est de Kerlin, et a été fabriqué en 1449.

———

Jules César ne pouvait entendre le chant du coq sans frissonner. Ticho-Brahé, cet homme si habile dans l'astronomie, sentait ses jambes défaillir à la rencontre d'un lièvre ou d'un renard. Marie de Médicis, reine de France et femme de Henri IV, ne pouvait souffrir la vue d'une rose, pas même en peinture. Lamotte-Levayer ne pouvait entendre le son d'aucun instrument et goûtait le plus vif plaisir au bruit du tonnerre.

———

Un vieillard centenaire, qui habite Paris, a rédigé une note hygiénique ainsi conçue : Premier repas, un verre d'eau pure à neuf heures du matin; second repas, un potage, un rôti, une compote, un verre de vin vieux à deux heures après midi; troisième repas, un tour de promenade, sans fatigue, à quatre heures; quatrième repas, un verre d'eau sucrée, le soir à neuf heures, en se mettant au lit.

———

1. D'autres disent que des négociants de Goa   contentèrent de sa parole.

Ceux qui contractent, entre frères et sœurs, des habitudes malveillantes et grossières, restent malveillants et grossiers avec tout le monde. Que le commerce de famille soit tout à fait beau, tendre, saint ; et quand l'homme sortira de sa maison, il portera dans ses relations avec le reste de la société ce besoin d'estime, d'affections nobles, cette foi dans la vertu, qui est le fruit d'un exercice journalier de sentiments élevés.

———

En terminant la prière du *Pater* par ces mots : « *Délivrez-nous du mal,* » si vous croyez demander à Dieu de ne vous accorder que du bien, vous vous trompez ; la traduction du latin : *Libera nos a malo,* donne *délivrez-nous du mauvais,* c'est-à-dire du *tentateur,* du *malin,* contre lequel nous ne pouvons lutter seuls et sans secours ; mots qui d'ailleurs continuent bien l'idée des précédents : *Ne nous laissez pas succomber à la tentation.*

———

Le fameux Nicolas Ferry, connu sous le nom de *Bebé,* était un nain remarquable par sa petitesse ; à vingt-trois ans il n'avait que trente-trois pouces. On le jugea digne d'être présenté au roi. Il lui fut porté dans un pâté, comme le nain du duc de Bavière.

Un jour donc que ce singulier personnage se promenait dans Paris, on le remarqua ; et comme la foule se rassemblait autour de lui, Bebé, qui ne voulait pas se donner en spectacle, prit la fuite et disparut presque aussitôt.

On le chercha vainement, on ne le trouva point ; et cependant on l'avait sous les yeux. Bebé, passant devant la boutique d'un cordonnier, s'était caché dans une de ces grosses bottes de postillon qu'on appelle *bottes fortes.*

———

Il y a quelques années, un fragment de roche de quartz aurifère venant de la Californie, et de la grosseur du poing d'un homme, tomba à terre par accident et se fendit. On découvrit alors au centre un grand clou de fer, parfaitement droit et présentant une tête régulièrement dessinée. Il était fermement encastré dans le quartz et légèrement oxydé.

Par qui ce clou a-t-il été fait ! A quelle époque s'est-il trouvé renfermé dans cette masse de quartz avant sa cristallisation ? Comment est-il venu en Californie ? Si la tête de ce clou pouvait parler, elle nous apprendrait, sur l'histoire de l'Amérique beaucoup de choses dont nous sommes complétement ignorants.

———

On ne conçoit pas comment l'homme peut s'oublier au point d'insulter un sexe à qui il doit sa mère : cette seule considération ne devrait-elle pas le lui faire vénérer[1] ?

Les gentilshommes, dit Beaumanoir, se battaient entre eux, à cheval et avec leurs armes, et les vilains se battaient à pied et avec le bâton. De là il suivit que le bâton était l'instrument des outrages, parce qu'un homme qui en avait été battu avait été traité comme un vilain.

En outre, le chevalier entrait dans l'arène, la tête couverte du casque et la visière baissée ; le vilain paraissait à visage découvert ; il pouvait seul être frappé à la figure. Voilà pourquoi il y a encore aujourd'hui quelque chose d'infamant à recevoir un coup au visage ou un soufflet.

L'homme qui s'occupe plus de bien dire que de bien faire est pareil à ces horloges sonores et mal réglées, dont le carillon peut charmer les oreilles, mais qu'il ne faut pas consulter pour savoir l'heure.

FERDINAND P. O. *Mes petites lectures*

XXXII

LES BOUGUIS

Les Bouguis sont une des principales tribus des Célèbes, qui font partie des îles pittoresques de l'Océanie. Cette race industrieuse se distingue par sa hardiesse, son intelligence et son habileté native dans la navigation ; elle est, sous ce rapport, entre les habitants des îles océaniennes, ce que sont les Hydriotes entre les Grecs de l'Archipel. Leurs gracieuses pirogues rasent les récifs les plus inabordables, et, sur ces frêles embarcations, ils entreprennent des voyages aventureux. On les voit exporter jusque dans la Chine les produits de leur plage, avec le kriss, arme fatale souvent empoisonnée dans le suc de l'oupas, et le tripan, mollusque savoureux dont les sybarites du céleste empire font leurs délices. Ces marins sont d'ailleurs enclins à la guerre et à la piraterie. La romance ci-jointe retrace quelques-unes des innombrables merveilles de l'Océanie. Un voyageur européen, qui a publié d'intéressantes pages sur cette contrée jusqu'alors inconnue (M. Rientzi), nous en a dépeint les Cyclades, véritables îles fortunées, où se trouvent les plus extraor-

1. C'est la pensée de Legouvé (*Mérite des femmes*) :

« Tombe aux pieds de ce sexe à qui tu dois ta mère. »

dinaires contrastes dans les hommes comme dans les plantes, les mons-
tres et les plus belles fleurs, les anthropophages et les doux Polyné-
siens, amants des jeux et de la poésie. Des mammifères ailés, des
dragons volants, des oiseaux reptiles, y semblent réaliser toutes les créations de la fable et bouleverser les annales de la science humaine. Parmi
les curiosités de la nature, apparaissent le cygne noir et l'aigle blanc de
l'Australie, la colombe verte de *Soulou* et l'argus étincelant de pierres
précieuses. Au pied des montagnes bleues de Java, croît l'oupas, auquel
des relations hyperboliques attribuaient la propriété d'empoisonner tout
ce qui en approche. Cette version est aujourd'hui démentie, comme celle
qui en fait un instrument de supplice et d'épreuve pour les condamnés.
Son feuillage sinistre et sa gomme vénéneuse ont donné lieu au récit des
premiers voyageurs. Les éclatantes phosphorescences des mers, enri-
chies d'admirables coquillages et de madrépores lumineux, et les magiques
spectacles d'une terre nouvelle, ont dû prêter un aspect phénoménal à
leurs visions. Aucune des cinq parties du monde n'égale ces bords où
voltigent les ravissants oiseaux de paradis, dont la plume orne la coiffure
des noirs Papouas. Les peuplades océaniennes mâchent le bétel et boivent
le kawa, extrait d'une espèce de poivrier enivrant.

Tous ces détails étaient nécessaires pour l'intelligence de la romance du
Bougui, que l'auteur suppose chantée dans le cours d'une traversée. Ainsi
la géographie, l'histoire et la poésie se trouvent réunies pour l'instruction
et le plaisir des lecteurs.

ROMANCE DU BOUGUI

OCÉANIDE

D'où viens-tu, léger coquillage,
Compagnon des vieux pèlerins?
Redis-moi ton lointain voyage,
Les murmures des flots marins.
As-tu vu dans la Malaisie
Le cygne noir et le bétel,
Les fleurs de la Polynésie,
Où règne un printemps éternel?

Dans cette mer éblouissante
As-tu nagé, vivant émail,
Sur cette vague incandescente,
Parmi des temples de corail,
As-tu vu les femmes cuivrées
Y baigner leurs cheveux flottants,

Et les tuniques diaprées
Des coryphènes éclatants?

As-tu vu les oiseaux reptiles,
La feuille du terrible oupas,
Les riants paradis des îles
Où dansent les noirs Papouas?
Est-ce la voix de leurs syrènes
Dont tu répètes les accords,
Ou leurs étranges phénomènes...
Ma pirogue a rasé ces bords.

Connais-tu l'argus du rivage,
L'aigle blanc, les monts de Java,
Les colombes au vert plumage,
Le philtre enivrant du kawa?
Jouais-tu sous les arcs sonores
Où la perle fait son berceau,
Lorsque les ardents madrépores
Enflamment le cristal de l'eau?

Je crois revoir tous ces prodiges
Au bruit de tes vagissements.
Tu gardes leurs mille prestiges
Dans tes secrets enchantements;
Viens orner mon humble demeure,
Avec ma flèche et mon tambour;
Raconte à Nelhi qui me pleure
Et mes périls et mon retour.

SÉBASTIEN RHÉAL
(*Divines féeries de l'Orient et du Nord.*)

XXXIII

PARIS AU TEMPS DE PHILIPPE-AUGUSTE

(1180 — 1223)

Paris, dans ces vieux temps, n'étalait point encore
L'éclat majestueux dont son front se décore.
On entendait au loin mugir de longs troupeaux,
Au lieu même où, paré de nobles chapiteaux,
Le Louvre se déploie en portiques superbes;
La Seine visitait des bords tapissés d'herbes.

Et les quais orgueilleux qu'elle bat en grondant,
N'avaient point asservi son cours indépendant ;
Près des toits somptueux et des enclos modestes,
Des arbres déployaient leurs parures agrestes.
Du moderne Paris rien n'offrait la splendeur,
Mais tout y présageait sa future grandeur.
    Philippe avait ouvert l'école fortunée
Qui des filles du roi se dit l'auguste aînée [1];
Et les yeux, à travers mille confus brouillards,
Entrevoyaient déjà la lumière des arts,
Dont le naissant éclat et la timide aurore
Paraissaient ressembler au pâle météore
Qui dans la sombre nuit fait trembler ses rayons ;
Et tandis qu'enseignant le Dieu que nous croyons,
L'Église combattait les cultes idolâtres,
Les schismes hérissés d'erreurs opiniâtres ;
Tandis que, s'opposant à l'incrédulité,
Son zèle ardent sondait la docte antiquité
Et répandait au loin ses richesses fécondes,
La science cachée en ces mines profondes,
Partout se dévoilant, aux yeux étincelait ;
Des siècles sur l'airain l'antiquité parlait ;
Des ouvrages fameux l'éloquence exhumée
Ressaisissait déjà sa vieille renommée ;
Riche de grands combats et de faits éclatants,
L'histoire s'échappait des ténèbres du temps,
Et du sage Platon les sublimes doctrines
Mêlaient ce nom divin aux vérités divines.

F. A. PARSEVAL.

XXXIV

DES EXPOSITIONS INDUSTRIELLES.

Il appartenait essentiellement aux expositions d'imprimer une louable activité à nos manufactures, en excitant l'émulation, en popularisant la gloire industrielle. L'exposition des produits de l'industrie est une de ces

---

1. Entre diverses traditions sur l'origine de l'université, le poëte a pu choisir celle qui faisait le plus d'honneur à son héros ; mais il est prouvé que l'existence de cette compagnie est antérieure de plusieurs siècles à Philippe-Auguste.

PH. T. L.

grandes conceptions qu'enfanta la révolution, et que les vicissitudes politiques n'ont pu faire disparaître.

On était aux derniers jours de l'an VI ; il s'agissait de célébrer avec éclat le sixième anniversaire de la république. Pour répondre aux intentions du directoire, M. François de Neufchâteau, alors ministre de l'intérieur, convoqua une espèce de commission afin de discuter et d'arrêter les mesures à prendre. Malgré la divergence des avis exprimés, la réunion était unanime pour reconnaître que le programme habituel des danses, des jeux, des mâts de cocagne, etc., ne suffisait pas et qu'il convenait de trouver un moyen d'amusement, un spectacle qui intéressât par sa nouveauté. Enfin un membre proposa de joindre aux réjouissances diverses de la fête une exposition des ouvrages de peinture, de gravure et de sculpture. Cette idée fut goûtée par le ministre et lui suggéra la pensée de faire participer à la même solennité les arts mécaniques comme les arts d'agrément, et chacun s'empressa d'adhérer à une mesure dont l'exécution parut devoir impressionner favorablement l'esprit public.

Les produits de l'industrie et des arts furent donc exposés, pour la première fois, au champ de Mars, le 19 septembre 1798. Cette exposition ne dura que trois jours. On n'y vit pas de soieries, tandis que la filature de coton s'y fit remarquer, et, chose singulière, le tissu qui provoqua le plus la curiosité, fut la coiffure domestique dite *bonnet de coton*, de même que tous les produits d'une utilité commune et générale. Vingt-cinq médailles furent décernées aux exposants des objets les plus estimés.

Il ne parut à la première exposition que des artistes ou manufacturiers de Paris et du voisinage ; mais on remarqua que cette innovation avait été accueillie avec beaucoup de faveur par les villes de fabrique. Aussi s'empressèrent-elles de concourir à la deuxième et à la troisième exposition, qui eurent lieu également à l'anniversaire de la république, l'une du 19 au 24 septembre 1801 ; l'autre du 18 au 24 du même mois de 1802, sous le ministère Chaptal, et dans la cour du Louvre.

L'exposition de l'an IX (1801) dépassa toutes les espérances : on y remarqua les tapis de la maison Sallandrouze, d'admirables tissus faits avec la laine des troupeaux espagnols naturalisés, et ceux qui avaient été fabriqués avec la laine française, améliorée par les mérinos. Parmi les exposants auxquels le jury décerna des récompenses, figurent deux noms qui méritent d'être mentionnés. Un Lyonnais, Jacquart, dont les travaux ont contribué à perfectionner une foule d'industries, obtint une simple médaille de bronze pour un mécanisme, dit le rapport du jury, qui supprime dans la fabrication des étoffes brochées l'ouvrier appelé tireur de lacs. Dans cette même exposition, un des plus beaux noms de l'ancienne aristocratie, M. de La

Rochefoucault-Liancourt recevait, de son côté, une médaille pour la fabrication mécanique des cardes à laine et à coton. Ainsi, à côté de l'ouvrier
ennobli par le travail, le grand seigneur qui ennoblit le travail !

L'exposition de l'an IX coïncida avec le séjour que fit à Paris un des
hommes d'État les plus illustres de l'Angleterre, Fox. Le premier consul,
qui le comblait de prévenances, désira l'accompagner lui-même dans les
galeries de l'exposition du Louvre. M. Fox ne fut pas moins surpris que les
autres visiteurs étrangers du progrès rapide de nos manufactures. Tout le
monde connaît la saillie qu'il laissa échapper dans cette circonstance, et
qui respirait cette fierté et ce patriotisme si recommandables chez le peuple
anglais. Un personnage de la suite du premier consul, en examinant un
globe terrestre du géographe Poirson, faisait remarquer assez maladroitement que l'Angleterre y occupait bien peu de place. « Oui, s'écria vivement M. Fox, c'est dans cette île si petite que naissent les Anglais, et c'est
dans cette île qu'ils veulent tous mourir. Mais, ajouta-t-il, en étendant le
bras autour du globe, pendant leur vie ils remplissent ce globe de leur
puissance. »

A l'exposition de l'an X (1802) paraît une industrie dont l'idée est venue
de l'Orient : nous voulons parler de l'imitation des châles de cachemire.
On doit aux caprices de la mode l'introduction de l'usage des châles en
France, usage qui a pris un si grand développement. Sous le directoire,
les femmes portaient des cheveux courts, bouclés et sans poudre ; dans les
salons et même hors des appartements, elles n'avaient pas de manches à
leurs robes et ne connaissaient pas l'usage des fichus ; de là l'utilité d'un
vêtement libre et flottant qu'elles pussent jeter facilement sur leurs épaules
pour couvrir les bras, la gorge et la taille. Les châles indiens de cachemire
que quelques personnes, au retour de l'expédition d'Égypte, rapportèrent
en France, répondirent parfaitement aux exigences de la mode, et les
femmes renommées par leur bon goût adoptèrent le cachemire, dont la
consommation ne tarda pas à devenir importante. Mais le véritable cachemire étant rare et fort cher, nos fabricants s'appliquèrent à l'imiter.
M. Ternaux, un des premiers, versa dans le commerce les châles faits avec
de la laine de mérinos et qu'on a appelés de son nom. Plus tard vint
l'emploi du duvet que portent les chèvres réunies en immenses troupeaux
par les Tartares Kirghiz, au nord de la mer Caspienne. Cette matière ne
différait pas de celle dont se servaient les Cachemiriens, et provenait d'une
autre espèce de chèvre particulière à une province du petit Thibet. Les
chèvres de la race kirghize ont été depuis introduites en France par
MM. Ternaux et Amédée Jaubert.

La plupart des anciennes fabriques de Lyon présentèrent leurs remarquables produits à l'exposition de l'an x. Des fils et tissus, fabriqués à la mécanique, y firent également leur première apparition. Ce n'est pas sans peine que le gouvernement parvint à faire adopter ces machines. Le mécanicien anglais Douglas, que Chaptal avait appelé en France, en fournit, dans l'espace de deux années, plus de trois cents.

Dès ce moment, sous la vigoureuse et active impulsion du premier consul, qui montrait autant de sollicitude pour les arts de la paix qu'il avait déployé d'aptitude et de talent pour les arts de la guerre, la France présentait un intéressant spectacle de confiance et de prospérité; cet homme supérieur, qui plaçait son titre de membre de l'Institut avant celui de général, visitait les fabriques, examinait tout lui-même, inspirait, excitait le besoin du progrès. Parcourant ainsi les villes de l'ouest et du nord, et trouvant en tous lieux des établissements créés par Ternaux, il s'écria avec admiration : Mais je vous trouverai donc partout? et il attacha lui-même la croix de la Légion d'honneur sur la poitrine de cet ouvrier de la première heure. Napoléon se bornait alors à encourager l'industrie, dont il devait plus tard, sous l'influence des événements, renouveler la face en suggérant, en développant l'imitation des produits exotiques.

Cette révolution industrielle était près d'être inaugurée par les décrets de Berlin et de Milan, qui jetèrent la France dans le système continental, quand s'ouvrit, sur la place des Invalides, l'exposition de 1806, sous le ministère de Champagny. Une conquête remarquable signala cette quatrième fête de l'industrie : ce fut la fabrication des mousselines de Tarare et de Saint-Quentin. On y vit figurer, pour la première fois, les manufactures du Haut-Rhin, qui ont acquis depuis une légitime célébrité. A côté des riches productions de la fabrique des soieries, à côté des satins, des velours, etc., un nouvel appareil inventé par M. Gensoul, de Lyon, pour le filage de la soie, éveilla surtout l'intérêt. Cette exposition dura du 25 septembre au 19 octobre.

Ces réjouissances pacifiques furent ensuite suspendues pendant plusieurs années; l'industrie devait, elle aussi, partager le deuil de la patrie.

HENRI DACQUÈS.

XXXV

VIE D'HORACE

TIRÉE DE SES OUVRAGES [1]

Horace (Q. Horatius Flaccus) naquit à Venouse, le 8 décembre, l'an de Rome 689, soixante-cinq ans avant Jésus-Christ, sous le consulat de L. Auré-lius Cotta et de L. Manlius Torquatus. Son père était un affranchi, huissier préposé aux ventes publiques. Il ne voulut point envoyer son fils aux écoles de Venouse, que fréquentaient cependant les *fils illustres d'illustres centu-rions;* mais il le conduisit à Rome pour lui faire apprendre ce que tout chevalier et tout sénateur faisait apprendre à ses fils. Horace y suivit les leçons d'un certain Orbilius. Son père l'accompagnait chez tous ses maîtres et le conserva pur non-seulement de toute action honteuse, mais encore de tout soupçon. Il se plaisait à former le cœur de son fils. Pour le détourner d'un vice, il le lui signalait toujours par des exemples; il l'exhor-tait à vivre avec économie, avec frugalité, content de ce que sa tendresse amassait pour lui. « Les sages, lui disait-il, t'apprendront ce qu'il faut fuir, ce qu'il faut rechercher; ils t'en expliqueront les causes; pour moi, je suis content, si je puis te transmettre les mœurs transmises par mes pères, et, tandis que tu as besoin d'un guide, préserver de tout danger et ta vie et ton nom. »

A l'âge de vingt-deux ans, Horace se rendit à Athènes pour y compléter son éducation par l'étude de la philosophie. De cruelles circonstances l'arrachèrent à cet aimable séjour : les tempêtes civiles le jetèrent, soldat novice, dans un parti qui ne pouvait pas résister contre le puissant Auguste. Il se rangea sous les drapeaux de Brutus, qui lui donna le commandement d'une légion. Bientôt la victoire trahit les courageux efforts des par-tisans de la république, et la bataille de Philippes fut perdue, l'an de Rome 711. Notre poëte, il faut le dire, et lui-même en convient gaiement, ne s'y conduisit point en héros; il prit la fuite et abandonna son bouclier. Il revint à Rome, mais pauvre, mais sans emploi. Il songea donc à se créer des ressources, et il acheta une charge de greffier du trésor; mais ce fut surtout dans son talent qu'il chercha d'honorables moyens d'existence.

Son génie ne pouvait rester longtemps inconnu. Virgile, son excellent

---

1. Nous ne rapportons pas ici les vers ou les fragments de vers qui, dans ses odes, ses satires, ses épîtres et l'*Art poétique*, nous ont servi à établir tout ce que nous disons. Ceux à qui la lecture de ce poëte est familière, rendront justice, nous l'espérons, à notre scrupu-leuse exactitude.

ami, et Varius en parlèrent à Mécènes. Le jeune poëte lui fut présenté. Arrivé devant le ministre, Horace prononça quelques mots entrecoupés, car sa modestie l'empêchait presque de parler. Il raconta simplement son histoire; Mécènes répondit peu de mots, selon sa coutume, et Horace se retira. Neuf mois après, Mécènes le rappela et l'admit au nombre de ses amis. C'était une grande gloire d'avoir su plaire à un homme si réservé dans ses choix. Mécènes introduisit bientôt Horace auprès de l'empereur, qui, oubliant son titre de tribun, l'honora de son estime et voulut même le rapprocher de sa personne en lui donnant une place de secrétaire; mais, craignant d'enchaîner sa chère liberté, le poëte refusa. Auguste eut le bon esprit de ne pas s'en fâcher. C'est pourtant, dit M. Vanderbourg, l'homme capable de refuser un tel emploi dans l'intimité du maître du monde, après avoir porté les armes contre lui, que Voltaire ose traiter d'*adroit esclave!* Comment n'a-t-il pas senti combien le refus du poëte et la facilité d'Auguste à pardonner font d'honneur à l'un et à l'autre?

L'an de Rome 723, Horace accompagna Mécènes, que de grands intérêts appelaient à Brindes : la réconciliation d'Auguste et d'Antoine. Fontéius Capiton avait été envoyé par Antoine, Mécènes par Auguste, et Coccéius, ami des deux adversaires, était en quelque sorte chargé du rôle d'arbitre. La paix de Brindes fut le résultat de cette conférence. On croit que c'est au retour de ce voyage, si admirablement raconté par le poëte, qu'il fut assailli sur la mer de Sicile, près du cap Palinure, par une violente tempête, qu'il rappelle dans l'ode IV du livre III.

Depuis ce moment sa vie s'écoula partagée entre les affaires et les délassements de la campagne. Tantôt, ami de la vie active, il bravait le tourbillon des affaires publiques; tantôt, comme à la dérobée, il retombait dans les idées d'Aristippe, et s'efforçait de se soumettre les choses sans leur être soumis. Caché, loin du bruit, dans la retraite qu'il aimait, il venait rarement à Rome. A son humble fortune convenaient d'humbles plaisirs; et ce qui le charmait, ce n'était plus le faste royal de Rome, c'était la solitude de Tibur ou les délices de Tarente. Esprit indépendant et fier, il n'aurait pas voulu changer contre tous les trésors de l'Arabie son repos et sa liberté.

Quant à sa philosophie, quant à ses goûts, on en trouve des traces dans tous ses ouvrages. Horace cependant n'était d'aucune secte, et, résolu à ne jurer sur la foi d'aucun maître, il abordait partout où le vent le poussait; il était épicurien par goût, quoiqu'il fît cas des platoniciens.

Paresseux, il travaillait ses vers. Il avait des envieux, et il devait en avoir. Il était d'un caractère irritable; mais il s'apaisait facilement. Sa plume n'attaqua jamais la première; elle le protégea, mais comme une épée dans le fourreau.

Horace était de petite taille et avait de l'embonpoint. Ses cheveux blanchirent de bonne heure, et il souffrait d'une maladie d'yeux que les Romains appelaient *lippitudo.*

Ce grand poëte mourut la même année que Mécènes, l'an de Rome 746, le 27 novembre, à l'âge de cinquante-sept ans, huit ans avant Jésus-Christ, vingt ans avant la mort d'Auguste, qu'il institua son héritier. Il fut enterré à l'extrémité des Esquilies, près du tombeau de Mécènes.

PH. T. L.

XXXVI

TRADUCTION D'UNE ODE D'HORACE

(Liv. Ier, ode xiv.)

A LA RÉPUBLIQUE

Sous l'allégorie d'un vaisseau, il détourne la république de s'engager de nouveau dans les horreurs de la guerre civile.

O vaisseau, d'un nouvel orage
Tu vas donc braver le danger !
Ah ! que fais-tu ? reste au rivage :
Loin du port crains de t'engager !...
De rames la vague en furie
A déjà dépouillé tes flancs ;
N'entends-tu pas ton mât qui crie,
Blessé par les fougueux autans ?

Ne vois-tu pas que ta carène,
Sans l'appui d'un câble noueux,
Ne peut plus de l'humide plaine
Soutenir le choc écumeux ?
Tes voiles ne sont plus entières !...
Surpris par un nouveau malheur,
Pour toi plus de Dieux tutélaires
Qu'implore ta juste douleur !

Des bois dont le Pont se couronne,
En vain, illustre rejeton,
Au sort, hélas ! qui t'abandonne,
Tu vantes ta gloire et ton nom.
Crois-tu qu'à la poupe embellie
De l'éclat d'un luxe impuissant

Le nautonnier livre sa vie,
Quand gronde le flot mugissant?

O toi qui fais couler mes larmes,
Hier objet de mes regrets,
Mais aujourd'hui de mes alarmes
Et de mes ennuis inquiets,
Prends garde !... si tu crains l'outrage
Des tyrans orageux de l'air,
Des Cyclades au blanc rivage
Évite la funeste mer !...

PU. T. L₉

XXXVII

IL Y A DES VOLEURS

AILLEURS QUE SUR LES BANCS DE LA COUR D'ASSISES

Parmi vos gens bien élevés, qui garderaient fidèlement un dépôt et à qui vous pourriez sans crainte confier la clef de votre coffre-fort, i en est plus d'un qui n'hésitera pas à spéculer sur la peur ou sur la crédulité publique, et à *empocher* des millions pour sa part de bénéfice dans une entreprise dont les plans mêmes ne sont pas encore tracés : ces grosses aventures de bourse où se font tant de fortunes, où l'on s'enrichit sans génie et sans travail, sont, pour la plupart, des escroqueries, et, à défaut des tribunaux, devraient être punies comme telles par l'opinion. Vous punissez un homme qui a faim et qui dévore un pain à l'étalage d'un boulanger, et vous ne punissez pas un millionnaire qui, à défaut de toutes les ressources de la publicité et trompant le public sur les chances probables d'une entreprise, double et triple sa fortune par d'odieuses manœuvres et ruine quelquefois cent familles dans la même journée. Il n'y a pas de moyen honnête de gagner un million sans mise de fonds préalable, sans travail et sans découverte utile. Personne n'est dupe de ces honnêtes gens, qui parlent de leur probité parce qu'ils n'offensent pas la loi écrite, et qui dévorent comme des sangsues la substance d'un peuple; mais personne n'a assez de cœur pour déserter leurs salons, pour repousser la main qu'ils vous tendent et pour les traiter comme ils le méritent , c'est-à-dire comme des fripons et des escrocs. Ils tiennent partout le haut du pavé; ils sont même jurés à leur tour, et ils appliquent à de pauvre:

diables nos sévères lois sur les jeux de hasard, sur le prêt usuraire, sur la
mendicité. Leur faste et leur impunité sont une insulte au travail et à la
vertu.

J. SIMON (*Le Devoir*, p. 462.)

XXXVIII

LE VOYAGEUR

QUI FAIT PLUS DE CHEMIN AVEC SA TÊTE QU'AVEC SES PIEDS

Disons avant tout que ce titre ingénieux n'est pas de notre cru. Il nous
est fourni par un excellent ouvrage, *les Lectures courantes*, de M. Lebrun.
— Oui, qui le croirait? chacun de nous décrit avec sa tête un plus long
parcours qu'avec ses pieds, quoique, dans la marche, toutes les parties de
notre corps se meuvent d'après une impulsion commune et uniforme.

Plus d'un lecteur va se récrier contre cette proposition, en apparence si
anormale. Et cependant, rien n'est si vrai, si positif, puisque c'est le fait
de tous les jours et de chacun de nous. Recueillons donc un peu notre
esprit, et faisons appel à nos modestes connaissances en géométrie et en
astronomie.

D'abord, nous savons tous que la terre est ronde. Nous n'en donnerons
pas ici la démonstration; ce n'est pas le lieu. Nous n'avons point oublié
d'ailleurs les preuves qui, à cet égard, nous furent autrefois fournies.
Nous avons encore bien présente l'image de ce navire qui, s'éloignant du
port et voguant vers une terre nouvelle, disparaît en dérobant successivement à nos regards son corps principal, ses voiles, puis le sommet de son
grand mât. Nous nous souvenons aussi de Magellan, ce célèbre navigateur
qui, se dirigeant avec une intrépidité invincible et sans défaillance vers le
côté où le soleil se couche, revenait par le côté où cet astre se lève, dans
le port même d'où il était parti, et fournissait ainsi une preuve sans réplique de la rondeur de la terre et de son isolement dans l'espace.

D'un autre côté, on sait que plus le rayon d'une circonférence est grand,
plus cette circonférence est elle-même considérable. — Or, supposons qu'un
voyageur fasse le tour du globe; ses pieds et sa tête décrivent chacun une
circonférence dont la terre est le centre, et dont la différence des rayons
sera fournie par la distance des parties extrêmes de son corps. Cette distance, chez un homme de taille ordinaire, est de $1^m,75$. Comme ensuite le

rayon de la terre, à l'équateur, mesure 6,377,109 mètres, soit 12,754,218 mètres pour le diamètre, la circonférence du globe ou celle décrite par les pieds de notre voyageur sera donc 12,754,218 × 3,1416 (rapport du diamètre à la circonférence), soit 40,068,651 mètres. — Le rayon de la circonférence engendrée dans le second cas étant de 6,377,110^m,75, et le diamètre de 12,754,221^m,50, la circonférence décrite par la tête du même voyageur serait à son tour de 40,068,645^m,771, c'est-à-dire que celle-ci ferait 5^{m}50 de plus que les pieds.

C'est à un Anglais, Sterne, que nous devons ce curieux calcul. Assurément, il serait dérisoire d'y rattacher aucune importance pratique. Mais en le reproduisant, n'aurions-nous eu pour effet que de rappeler un utile rapport géométrique, *celui du diamètre à la circonférence d'un cercle,* que notre modeste travail mériterait encore l'attention bienveillante de nos lecteurs.

FERDINAND P. O.

XXXIX

UTILITÉ DES ÉTUDES LITTÉRAIRES

Les études littéraires, en obligeant l'intelligence à sonder tour à tour les problèmes les plus divers, deviennent pour ceux qui s'y dévouent une excellente gymnastique. Fortifiées par cette épreuve, nos facultés peuvent s'appliquer avec succès à tous les ordres de connaissances. L'esprit, façonné par les études littéraires au maniement du langage, trouve dans le langage même un auxiliaire pour le développement et l'analyse de la pensée ; car il ne faut pas oublier que l'art d'écrire et de parler ne sert pas seulement à l'expression des idées que nous avons conçues, mais bien aussi et non moins souvent à la détermination des idées encore confuses, à peine ébauchées au fond de notre conscience, et qui n'ont pas encore acquis pour nous-mêmes une complète évidence.

GUSTAVE PLANCHE (*Revue des Deux-Mondes*).

XL

LE STYLE RÉFLÉCHIT LA MORALE PUBLIQUE

Des germes corrompus infectent-ils les cœurs,
Bientôt le mauvais goût naît des mauvaises mœurs.
L'esprit, à la nature, aux vertus infidèle,
Se corrompt sous l'erreur qui devient son modèle;
Privé de la franchise, il perd son abandon,
Et de toucher le cœur il n'a plus l'heureux don.
  Des siècles écoulés interroge l'histoire :
Partout, avec les mœurs, des arts périt la gloire.
Lorsqu'Athène imita les mœurs de Sybaris,
La mollesse des cœurs passa dans ses écrits.
Descends chez les Romains, place-toi sous Octave :
Avec Rome déjà le talent s'y déprave;
Ce n'est plus ce goût sûr, cette simplicité,
Ni du trait primitif l'aimable pureté;
Cet art qui du vrai seul adore et suit la trace,
Qui, même à la raison, fait approuver l'audace,
Qui, sous le joug des lois, glorieux de fléchir,
Fait respecter la borne au lieu de la franchir.
C'est Ovide, en un mot, qui succède à Virgile,
Ovide, heureux Protée et séducteur habile,
Qui, dans ses vers, ami du brillant et du faux,
Fait, à force de grâce, absoudre ses défauts,
Mais dont les successeurs, école téméraire,
Cherchent, loin des anciens, un nouvel art de plaire,
Et de l'esprit du maître idolâtrant l'abus,
Outrèrent ses défauts, sans avoir ses vertus.
Observe nos Français aux jours de la régence,
Jours d'avides calculs et d'aveugle licence,
Où le venin des mœurs, gagnant tous les esprits,
De la littérature empoisonna les fruits :
Deux écrivains [1] alors brillants, pleins d'artifice,
Du vieux temple du Goût assiégeaient l'édifice,
Et, des États du Pinde avilissant les lois,
Novateurs factieux, en décriaient les rois.

1. Fontenelle et Lamotte.

L'un, des pompons de cour avait chargé l'églogue;
L'autre, du ton naïf dépouilla l'apologue;
Tous deux, par la finesse et la subtilité,
Remplacèrent la force et la simplicité...

HYACINTHE MOREL.

XLI

SAINT JEAN CHRYSOSTOME

ARCHEVÊQUE DE CONSTANTINOPLE.

L'an 347, sous le règne de Constance et de Constant, dans ce quatrième
siècle où l'Église, dit l'abbé Auger, fut le plus fertile en hommes aussi
recommandables par leur génie que par leurs vertus, naquit à Antioche,
capitale de l'Orient, l'année même du concile de Sardique, de parents
chrétiens et de noble condition. *Jean,* surnommé plus tard *Chrysostome*
(bouche d'or). Son père, nommé *Second,* était maître de la cavalerie de la
province de Syrie, et s'était distingué dans la carrière des armes; sa mère
était *Anthusa,* qui resta veuve à l'âge de vingt ans, et ne voulut pas se
remarier. C'était une pieuse dame, dont les hautes vertus arrachèrent au
sophiste Libanius cet aveu qui dut lui coûter : « Quelles merveilleuses
femmes se trouvent parmi les chrétiens! » Elle se dévoua tout entière à
l'éducation de son fils et de sa fille; car Jean avait une sœur dont le nom
n'est pas connu.

Pendant que les ariens, aux conciliabules d'Arles et de Milan (355),
faisaient condamner de nouveau l'intrépide Athanase; qu'ils souscrivaient
la seconde formule de Sirmium (357), et que dans l'ombre se formait, pour
éclater plus tard, sous la conduite d'Eudoxius, patriarche intrus d'Antioche,
et du diacre Aétius, la secte des Anoméens, qui devait un jour se dissiper
au souffle puissant de la bouche de Jean; lorsque Julien s'efforçait de
replacer sur les autels les images des dieux du paganisme, et de donner
un éclatant démenti aux saintes prophéties; lorsque, après lui, l'empereur
Jovien, chrétien zélé, laissait à chacun le libre exercice de son culte : Jean,
dirigé par son excellente mère, consacrait les premières années de sa vie
aux plus saintes et aux plus sérieuses occupations. Il avait atteint sa
dix-huitième année lorsqu'elle se détermina enfin à l'envoyer dans les
écoles publiques; il y étudia la rhétorique sous Libanius, et la philosophie
sous Adragantius; il suivit le barreau pendant quelque temps; il composa
plusieurs discours qui le firent remarquer, et un entre autres en l'honneur
des empereurs, qu'il envoya à Libanius.

Cependant le goût des spectacles, de la parure, de tout ce que Chrysostome appela plus tard la *bassesse du siècle*, et qu'il expia dans la pénitence et les larmes, s'insinuait peu à peu dans cette âme ardente ; mais il s'arracha bientôt à ces funestes distractions ; il s'arrêta sur la pente qui l'entraînait, et renonça à ses premières études pour se livrer à celle des saintes Écritures. Ce changement en appela un autre : simple et modeste dans ses habits, l'homme du monde devint grave et sérieux, et allait souvent à l'église pour prier.

Saint Mélèce, alors évêque d'Antioche, ayant appris ce changement, admit Jean auprès de sa personne, par considération pour ses talents et l'excellence de son génie, jugeant sans doute de quelle utilité il serait un jour à l'Église. Après l'avoir instruit pendant trois ans des vérités de la religion, il lui conféra le baptême et le fit lecteur.

Chrysostome s'était fait des amis dans le cours de ses études, et de ses amis, le plus cher était Basile. Les deux jeunes gens délibérèrent long-temps sur le genre de vie qu'ils devaient suivre ; ils se déterminèrent pour la vie solitaire ; mais Anthusa (1er livre du *Traité du Sacerdoce*) s'opposa fortement à l'exécution de ce projet, et Jean, par respect pour la volonté d'une mère chérie, se borna à une *retraite* dans la maison maternelle. Cette scène touchante entre la mère et le fils se passait vers l'an 372. C'est aussi vers cette époque que l'on peut fixer ses voyages à Jérusalem et dans les environs, chez les solitaires des bords de l'Euphrate, apparemment pour se dérober à la persécution de Valens, une des plus cruelles qui aient été exercées contre les chrétiens (de 370 à 378).

Après la mort de sa mère, dont on ne sait pas précisément la date, il se livra à toutes les austérités de la vie religieuse ; jeûnes, veilles, mortifications, rien ne lui coûta pour éteindre le feu des plus ardentes passions. Le projet qu'il avait conçu de vivre dans une profonde retraite allait enfin se réaliser, lorsque le bruit se répandit que les évêques assemblés à Antioche pour remplir divers siéges vacants, songeaient à l'appeler, ainsi que son ami Basile, aux honneurs de l'épiscopat. Mais Chrysostome évita par sa fuite de monter sur le siége où il devait un jour paraître avec tant d'éclat. Basile fut nommé à l'évêché de Raphanée en Syrie. Jean était allé chercher un asile dans les montagnes voisines d'Antioche.

Ce fut là qu'il s'assujettit pendant quatre ans aux plus dures pratiques de la vie ascétique. Ensuite il se renferma dans une affreuse caverne, qu'il fut obligé de quitter au bout de deux ans, tant ses forces étaient épuisées. Un historien (Pallade) affirme qu'il y passait presque toutes les nuits sans dormir, ce qui affaiblit tellement sa santé, qu'il ressemblait à un cadavre plutôt qu'à un homme vivant. C'est dans cette retraite qu'il composa les six livres du *Traité du Sacerdoce*, chef-d'œuvre de leur auteur; l'*Apologie de la vie religieuse et solitaire;* les *Consolations à Théodore;* deux traités de la *Componction;* la *Comparaison entre un solitaire et un roi.*

Jean fut contraint de renoncer à un genre de vie aussi austère ; il revint à Antioche respirer l'air natal; mais il en porta jusqu'à la fin de ses jours les honorables cicatrices *(Epist.* LXXV, *ad Cyriac.).* Saint Mélèce l'ordonna diacre vers la fin de 380 ou au commencement de 381, à l'âge de trente-trois ou trente-quatre ans. Il remplit ces fonctions pendant cinq ans, et c'est alors qu'il écrivit, pour un religieux nommé Stagyre, son traité *de la Providence* et d'autres ouvrages non moins remarquables. Flavien, qui avait succédé à Mélèce (386), l'ordonna prêtre et lui conféra, avec le sacerdoce, le ministère de la prédication. Ii s'en acquitta pendant douze ans avec un tel succès, que l'on accourait, dit Fleury, à ses homélies, commes les abeilles à un champ émaillé de fleurs. Qui aurait pu, en effet, ne pas être attiré aux pieds de cette chaire du haut de laquelle il fit entendre ses discours fameux sur la Genèse, sur les psaumes, les Évangiles de saint Matthieu et de saint Jean, sur les épîtres de saint Paul, et un très-grand nombre de sermons sur le dogme et sur la morale chrétienne? On connaît assez, sans qu'il soit besoin de le rappeler, dans quelle mémorable occasion furent prononcées les vingt-deux homélies sur les statues, sept jours après la sédition qui avait éclaté à Antioche, et en l'absence de Flavien, qui était allé à Constantinople plaider la cause des révoltés (387).

La réputation de sa vertu et de son éloquence se répandit bientôt dans tout l'empire romain, et Eutrope, ministre favori d'Arcadius. Eutrope, qui l'avait connu dans son voyage à Antioche, le proposa, pour l'évêché de Constantinople, à la place de Nectaire, mort le 27 septembre 397. Son élection se fit du consentement unanime du clergé et du peuple, avec l'agrément de l'empereur. Mais il fallait déterminer Jean Chrysostome à quitter Antioche, où il était aimé. Astérius, comte d'Orient, fut chargé de cette mission délicate, s'en acquitta avec adresse, et le conduisit à Constantinople, où notre grand docteur trouva plusieurs évêques réunis par l'ordre d'Arcadius, qui voulait rendre cette ordination tout à fait solennelle. Parmi ces évêques était Théophile d'Alexandrie, qui, ayant remarqué en lui l'empreinte d'une âme forte et vigoureuse, s'opposa à son ordination. Mais Eutrope lui enjoignit d'y procéder sans délai, sous peine d'avoir à se justifier des crimes dont on l'avait accusé dans plusieurs mémoires présentés aux évêques. L'ordination eut lieu le 26 février 398, trois ans après la mort du grand Théodose, la troisième année du règne d'Arcadius, et la cinquante et unième de Jean Chrysostome.

Sa conduite, pendant son épiscopat, fut digne de sa vie passée ; ainsi qu'à Antioche, cette ville presque toute chrétienne, mais également voluptueuse et frivole, il réforma les mœurs du clergé, rétablit l'ordre parmi les veuves, attaqua avec énergie et sans ménagement les vices des grands et du peuple. Il prêchait trois ou quatre fois par semaine, et quand il le pouvait, sept jours de suite. Il menait une vie fort retirée, ne buvait point de vin, et joignait enfin l'exemple au précepte. Aussi ses auditeurs étaient en si grand nombre, qu'il quittait la place ordinaire et s'asseyait au milieu de l'église, sur la tribune des lecteurs, pour que les fidèles fussent plus à portée de l'entendre. Bientôt la ville changea de face, la piété refleurit, les spectacles furent abandonnés, les païens et les hérétiques abjurèrent leurs trop longues erreurs. Constantinople n'était plus reconnaissable, au témoignage de Pallade (chap. v).

Ce fut aussi pendant ce temps que son zèle s'étendit aux églises de la Thrace et du Pont, qu'il réforma. Il eut une grande part dans la réconciliation de Flavien avec le pape Syrice et les Églises d'Occident et d'Égypte. Il travailla à la conversion des Goths et des Scythes nomades, et, toujours ferme et courageux, maintint les immunités de l'Église contre les audacieuses entreprises d'Eutrope et de Gaïnas. La disgrâce du premier fournit à son talent l'occasion de se montrer avec un nouvel éclat. L'ambition dévorait le ministre d'Arcadius; mais la haine du commandant des Goths, la haine non moins ardente de l'impératrice Eudoxie, le précipitèrent dans l'abîme. Il vint chercher un asile dans cette même église dont il avait violé les priviléges; il fut sauvé par l'éloquence de Jean, mais il périt bientôt après, et perdit la tête comme coupable de trahison.

Toujours altéré de sang, Gaïnas voulut encore qu'on lui livrât trois principaux personnages de l'empire; Jean Chrysostome accompagna ces malheureux, et son éloquence triompha de la férocité du barbare. Gaïnas était arien; il demanda une église en faveur de ceux de sa communion. La généreuse résistance du saint évêque empêcha ce scandale. Peu de jours après, le barbare leva l'étendard de la révolte; mais, déclaré traître, il s'enfuit dans la Thrace, qu'il mit à feu et à sang. Le trop faible Arcadius eut recours à la négociation; Chrysostome se chargea d'aller trouver Gaïnas, qui vint au-devant de lui, le reçut dans sa tente, l'écouta en silence et lui présenta ses enfants. Néanmoins il persista dans sa rébellion, fut défait par un général des Huns, qui envoya sa tête à Constantinople.

Jean Chrysostome, à son retour, quitta encore une fois sa ville épiscopale pour aller pacifier les églises d'Asie. Pendant son absence, *Sévérien* de Gabales, dans la Célésyrie, à qui il avait confié le soin de son troupeau, se persuada, parce qu'il avait obtenu quelque succès par ses prédications,

qu'il lui serait facile de supplanter Chrysostome. Celui-ci, instruit par Sé-
rapien, revint à Constantinople après trois mois d'absence (401), expulsa
de la ville l'ingrat et perfide cabaleur, qui se retira à Chalcédoine, d'où
il revint à la sollicitation d'Eudoxie. L'impératrice parvint à le récon-
cilier avec le patriarche.

Ce n'était pas l'ennemi le plus redoutable de Jean. Le patriarche
d'Alexandrie devait bientôt lui susciter de plus grands embarras. En effet,
les solitaires d'Égypte, dont plusieurs avaient été disciples de saint Antoine
et de saint Macaire, avaient été accusés d'origénisme par Théophile, qui
les fit enlever à main armée de leurs cellules. Ces solitaires, chassés de
partout, vinrent trouver Chrysostome, qui leur promit sa médiation. Il
écrivit en conséquence à Théophile ; mais l'impérieux Égyptien lui répondit qu'aux termes des canons de Nicée, nul évêque ne devait s'ingérer
dans les affaires qui ne sont pas de son ressort. Théophile, mandé par
l'altière et vindicative Eudoxie, qui croyait avoir à se plaindre de la hardiesse des discours de Jean, vint à Constantinople dans l'intention d'attaquer
l'évêque sur son propre siège. Il réussit dans sa conspiration. Jean garda
dans cette grave circonstance son noble caractère ; il résista aux décrets du
conciliabule tenu dans le bourg du Chêne. Cité de nouveau, il fut condamné par contumace. L'empereur le bannit (402) ; mais son exil ne dura
qu'un jour. La nuit suivante, on ressentit les secousses d'un tremblement
de terre. L'impératrice, épouvantée, demanda le rappel du saint. Assurée
du consentement de l'empereur, elle écrivit à Jean pour l'inviter à revenir
à Constantinople. On avait fait partir en diligence un des chambellans,
nommé Bisson, pour le ramener de Prénète dans la capitale. Ce retour fut
un véritable triomphe. Jean ne voulut pas d'abord rentrer dans sa ville
avant de s'être justifié des accusations portées contre lui. En vain il demanda qu'on rassemblât un concile, il ne put l'obtenir (403), et tout ce
qu'on lui accorda fut qu'un grand nombre d'évêques, qui se trouvaient à
Constantinople, signeraient un acte par lequel ils déclareraient que, nonob-
stant ce qui s'était passé dans le conciliabule du Chêne, ils reconnaissaient
Chrysostome pour légitime évêque de Constantinople.

L'église de la capitale ne jouit que deux mois du calme qu'avait procuré
le rétablissement de son évêque. Une statue avait été élevée en l'honneur
d'Eudoxie. On fit, comme à l'ordinaire, de grandes réjouissances ; mais le
tumulte et les cris troublèrent le service divin ; l'évêque se plaignit ; Eudoxie se crut offensée, et l'on a prétendu que Jean avait prononcé ces terribles paroles : « Hérodiade est encore furieuse ; elle danse encore ; elle
demande encore la tête de Jean. » Mais ce n'est qu'une calomnie, et les
critiques ont prouvé que le discours où elles se trouvent est manifestement

supposé. Une nouvelle conspiration s'ourdit contre l'évêque; on lui oppose des canons faits par les ariens contre saint Athanase; Jean offre hardiment de répondre à ses accusateurs, on ne le permet pas, et il est déclaré que, suivant le quatrième et le douzième canon d'Antioche, il n'était plus recevable à se justifier. Sa réponse était facile, puisque la première déposition n'avait point été légitime; mais le timide Arcadius s'empressa de céder aux vœux des ennemis de Chrysostome, et lui ordonna de quitter son église avant la fête de Pâques (carême de 404). Les amis de Jean déployèrent dans cette circonstance le plus grand zèle : efforts inutiles!... l'église fut ensanglantée, le sanctuaire profané; une partie des prêtres et des diacres furent jetés en prison; on chassa même de la ville les laïques constitués en dignité, qui proclamaient hautement l'innocence de Chrysostome.

Cependant l'évêque était encore à Constantinople et dans la maison épiscopale. Il écrivit au pape Innocent Ier. Ces lettres furent portées par quatre évêques, accompagnés de deux diacres. Pendant ce temps on attenta plusieurs fois à sa vie. Cinq jours après la Pentecôte, quatre des ennemis les plus acharnés de l'évêque firent une dernière démarche auprès de l'empereur, et le 20 juin Jean fut enlevé de Constantinople.

Le peuple fit grand bruit; le sang coula de nouveau, même dans l'église. Ce trouble durait encore lorsque l'on vit le feu prendre à la grande église, qui fut réduite en cendres. De l'église, la flamme, poussée par le vent du nord, alla s'attacher au palais où s'assemblait le sénat. On ne put découvrir l'auteur de l'incendie; les catholiques le regardèrent comme l'effet de la vengeance céleste; la cour, au contraire, voulut en rendre responsables les amis du saint et le saint lui-même. Chrysostome était retenu prisonnier en Bithynie; on l'accusait de l'embrasement de l'église; il demanda à être entendu, mais on ne voulut pas l'écouter, tant on redoutait son éloquence! Il fut envoyé sous bonne garde à Cucuse, en Arménie.

Il partit, et arriva à Cucuse après soixante-dix jours de marche, comme il le dit lui-même, pendant lesquels il eut à lutter contre une fièvre ardente. Il demeura un an à Cucuse. L'hiver, qui fut plus rude en Arménie qu'à l'ordinaire, l'incommoda extrêmement. Ses ennemis le firent transférer, l'année suivante, à Arabise; cependant il paraît, d'après ce qu'il dit lui-même, qu'il y alla de son propre mouvement, pour se mettre à l'abri des incursions des Isaures, qui désolaient la contrée. Arabise était à vingt lieues environ de Cucuse; les désagréments du logement qu'il y avait pris, la rigueur de l'hiver (406), le firent retomber dans une maladie grave dont il ne se guérit qu'au commencement du printemps. Ce fut alors qu'il retourna à Cucuse.

Le pape Innocent, les évêques du concile d'Italie et l'empereur Honorius, qui, dès l'année 405, s'étaient intéressés au rétablissement de Chrysostome, firent de nouveaux efforts auprès d'Arcadius; mais celui-ci, dominé par la faction qui avait juré la perte du saint, se refusa aux nouvelles demandes qu'on lui adressa de rassembler un concile à Thessalonique.

Les ennemis de Jean obtinrent de l'empereur l'ordre de le transférer en toute hâte à Pityonte, sous prétexte qu'il pourrait encore être l'occasion de quelques troubles. Pityonte était la dernière ville de l'empire sur la côte orientale du Pont-Euxin. Deux officiers étaient chargés de le conduire; l'un lui témoigna quelque bienveillance, mais l'autre était assez brutal et assez cruel pour faire sortir Jean par les plus grandes pluies, puis l'exposer aux plus fortes chaleurs. Lorsqu'ils furent près de Comane, dans le Pont, ils passèrent outre sans s'y arrêter, et allèrent à deux lieues plus loin loger dans les bâtiments d'une église. Le lendemain matin, Jean Chrysostome pria ses gardes de ne pas partir avant le milieu du jour; ils ne l'écoutèrent point, et allèrent jusqu'à une lieue et demie au delà; mais une douleur de tête dont le saint souffrait cruellement les obligea de revenir sur leurs pas. Il changea d'habits, se vêtit de blanc, reçut la communion, fit sa prière avec ceux qui étaient présents, et rendit l'âme en prononçant le dernier *amen*. Sa mort arriva le 14 septembre, sous le septième consulat d'Honorius, à l'âge de soixante-trois ans. Il avait occupé le siége de Constantinople pendant neuf ans et sept mois, dont il passa plus de trois en exil.

Sa mort ne fit qu'augmenter sa gloire, qui brilla surtout de l'éclat des plus odieuses persécutions. Saint Jean Chrysostome est mis par saint Augustin au nombre des plus illustres docteurs de l'Église. Soleil de tout l'univers, selon saint Nil (liv. III, *Ep*. cxcix), honneur de l'épiscopat, il joignit à la foi la plus pure l'esprit le plus élevé et la science la plus profonde. Est-il besoin de parler de son éloquence? N'a-t-elle pas produit les plus admirables effets? N'est-il pas vrai que cent mille auditeurs se pressaient autour de la chaire d'où se précipitaient des flots de doctrine qui, dans leur cours rapide et non pas orageux, déracinaient les vices en même temps qu'ils fertilisaient l'arbre de la piété et de la vertu?

PH. T. L.

XLII

JULIEN ET LE CHEF DES CHAMAVES [1]

Julien parut alors pour relever la fortune de Rome ; chacun de ses pas fut marqué par une victoire ; il délivra la Gaule, chassa les Allemands et repoussa les Francs. En 358, après de sanglants combats, il défit les Francs saliens, qui avaient envahi la Belgique ; il vainquit ensuite les Quades et les Saxons, et contraignit l'intrépide tribu des Francs-Chamaves à lui demander une seconde fois la paix. Il exigeait que le roi des Francs lui livrât son fils en ôtage. Le chef des Chamaves vint le trouver et lui dit en versant des larmes : « Plût au ciel qu'il me fût permis de te livrer l'ôtage que tu demandes ; mais mon fils a péri, il y a peu d'années, dans un des combats que je t'ai livrés ; ainsi je perds à la fois en lui la consolation de mes malheurs et l'espoir de fléchir ton ressentiment : si tu refuses de me croire, la fortune aura épuisé sur moi tous ses traits. Si je n'étais qu'un soldat, je braverais les rigueurs de mon sort ; mais je suis roi, et je ne puis supporter l'excès des maux qui tombent sur ma nation. »

Julien, touché de ces paroles, fait paraître à l'instant un jeune captif : « Voilà, dit-il, ce fils que tu pleurais ; il a reçu par mes soins une éducation conforme à son rang. Puisse ce don que je te fais rendre plus durable la paix que je t'accorde, et me servir de garantie contre la turbulente inconstance des Francs. »

Les armes du héros romain n'avaient fait que vaincre les barbares ; sa générosité les soumit ; et tant que Julien régna, non-seulement les Francs cessèrent leurs incursions dans la Gaule, mais on les vit même servir comme auxiliaires dans les légions romaines.

Le comte DE SÉGUR.

XLIII

L'AME DE L'HOMME

SON IMMORTALITÉ

Au delà de cette vie y a-t-il une vie nouvelle, ou bien l'homme se trouve-t-il scellé tout entier dans la tombe ? Brûlante question, qui, au sortir de

---

1. Les Chamaves, *Chamavi*, peuple de la Germanie, habitèrent à l'est de l'Yssel, et firent partie de la ligue francique avec les Angrivariens, dont le pays, nommé *Angrie*, faisait partie de la Westphalie.

ce monde, diminue les terreurs du tombeau par le charme de cette consolante idée qu'on touche au port de la béatitude éternelle. « L'immortalité de l'âme, dit Pascal, est une chose qui nous importe si fort et qui nous touche si profondément, qu'il faut avoir perdu tout sentiment pour être dans l'indifférence de savoir ce qui en est; toutes nos actions et toutes nos pensées doivent prendre des routes si différentes, selon qu'il y aura des biens éternels à espérer ou non, qu'il est impossible de faire une démarche avec sens et jugement, qu'en les réglant par la vue de ce point, qui doit être notre dernier objet. »

Les preuves de l'immortalité de l'âme sont tirées : 1° de la nature de l'âme, de ses facultés et de ses sentiments; 2° de la justice de Dieu; 3° de la croyance de tous les peuples.

1° L'âme, étant immatérielle, doit évidemment échapper à la loi de la mort, puisque cette dernière n'est rien autre chose que le dérangement et la séparation des parties constituantes des corps. Les atomes ainsi isolés ne périssent point; seulement le corps formé par leur réunion cesse d'exister. Les mêmes effets ne sauraient se produire pour l'âme, être simple, spirituel, composé d'un seul tout, n'étant sujet par conséquent à aucune désorganisation, à la mort. Il est constant d'ailleurs que depuis le premier jour du monde rien n'est perdu ou anéanti dans la nature. Les parties rudimentaires des corps subissent des déplacements, entrent dans la composition d'autres corps, mais n'en continuent pas moins d'exister : d'où il faut conclure que l'âme, œuvre divine, bien plus parfaite que ces diverses portions de matière, ne perd pas plus qu'elles l'existence qui lui a été donnée.

Les facultés de l'âme offrent une nouvelle preuve de son immortalité. Tous les êtres que nous connaissons dans l'univers sont bientôt arrivés au degré de perfection qu'ils peuvent atteindre. Leurs diverses aptitudes se trouvent limitées comme leurs formes matérielles. Tous ils sont aussi parfaits qu'ils peuvent le devenir, lorsqu'une fois chez eux le corps a acquis tout son développement. Des siècles de vie n'ajouteraient rien à leur connaissance ou à la puissance de leurs actions. Leurs facultés sont circonscrites dans un cercle qu'ils ne peuvent franchir. Une fois la limite atteinte, leur destinée est remplie et leur vie se borne au terme fixé. Qu'il en est bien autrement de l'homme! Quand il vivrait des millions d'années, sans cesse de nouvelles connaissances viendraient s'ajouter à la somme de celles qu'il possède déjà. Chaque jour quelques vérités jusque-là ignorées, l'élèveraient à un nouveau degré de perfection. Tel est le brillant apanage désigné par le nom de perfectibilité de l'esprit humain. Or, puisqu'aux portes de la tombe l'homme n'a pas tiré de ses facultés tout l'usage possible, puisqu'il n'a pas atteint le degré de perfection auquel il pouvait aspirer, sa destinée n'est donc point terminée, sinon cette perfectibilité serait un don du Créateur sans objet, sans utilité aucune : hypothèse blasphématoire contre la sagesse divine, qui n'a doté inutilement aucune créature d'un attribut. L'âme doit donc passer dans une autre vie où elle atteindra, avec là fin qui lui a été proposée, la perfectibilité absolue de son être.

Replions-nous un instant sur nous-mêmes, nous verrons en outre qu'il y a, au plus profond de notre cœur, un vif désir d'une vie future. Si l'âme s'éteint au tombeau, d'où nous vient donc ce besoin de bonheur qui nous tourmente? Il est certain que l'âme demande éternellement; à peine a-t-elle obtenu l'objet de sa convoitise, qu'elle réclame encore : l'univers entier ne la satisfait point. Nos passions ici-bas se peuvent aisément rassasier : l'amour, l'ambition, la colère, ont une plénitude assurée de jouissance; ce besoin de félicité seul manque de satisfaction comme d'objet. Aussi est-ce avec une bien grande profondeur de sens que Bossuet a dit : « L'homme traîne jusqu'au tombeau la longue chaîne de ses espérances trompées. »

Au milieu de ses palais superbes, de ses jardins délicieux, de ses richesses immenses, de l'éclat resplendissant de sa gloire, Salomon est contraint d'avouer que le bonheur fuit devant lui; il a essayé de tout, et il s'est fatigué de tout. Alexandre, Dioclétien, Charles-Quint, maîtres du monde, ne trouvent pas dans la pompe impériale, dans leurs vastes États, sur lesquels le soleil ne se lève ni ne se couche, le bonheur, cette ombre fugitive que poursuit leur cœur insatiable. Le premier dévore par des larmes amères son impuissance, qui s'arrête devant les vastes plaines de l'Océan. Les deux autres cherchent dans le calme de la solitude et d'un cloître une félicité que leur refusent la splendeur de la cour et une autorité sans limite. Si donc il est impossible de nier que l'homme espère jusqu'au tombeau, s'il est certain que les biens de la terre, loin de combler nos souhaits, ne font que creuser l'âme et en augmenter le vide, il faut conclure qu'il y a quelque chose au delà du temps : donc l'âme est immortelle.

Pourquoi ensuite cette ardeur insurmontable pour la gloire et l'immortalité, qui agite le villageois comme le citadin, le paisible cultivateur comme le guerrier impétueux, l'ignorant comme l'homme de génie? Chose digne d'attention ! ce besoin d'immortalité augmente dans l'homme à proportion qu'il prend plus de soin de perfectionner sa raison et de cultiver son intelligence. Un sophiste fameux ayant parlé un jour à Alexandre le Grand d'une infinité de mondes comme d'une vérité incontestable, un torrent de pleurs inonda le visage du conquérant. Ces pleurs,

c'est le désir insatiable de gloire qui les lui arracha. Qui n'a pas été frappé
de ces paroles mémorables de César lisant la vie d'Alexandre : « Hélas! à
trente ans le Macédonien avait déjà conquis le monde, tandis que moi, je
n'ai encore rien fait pour l'immortalité! » — « Je n'eusse jamais entrepris,
dit Caton, tant de travaux civils et militaires, si j'avais cru que ma gloire
dût finir avec ma vie; mais je ne sais comment mon esprit, en s'élevant
au-dessus de lui-même, semblait croire que c'était en sortant de la vie qu'il
commencerait à vivre. » Or cette aspiration innée chez tous les hommes,
indépendamment de leur propre volonté, cette vive sympathie pour toute
action grande, glorieuse, extraordinaire, cette soif de bonheur, en un
mot, qui peut l'avoir allumée au foyer de la vie, sinon le souverain
Créateur? Donc, si le besoin d'immortalité vient de Dieu, il doit être satisfait un jour, d'où il suit encore que l'âme est nécessairement immortelle.
« Quand l'immortalité de l'âme serait une erreur, dit Montesquieu, je
serais fâché de ne pas la croire. J'avoue que je ne suis pas si humble que
les athées; je ne sais pas comment ils pensent; mais pour moi, je ne veux
pas troquer l'idée de mon immortalité contre celle de la béatitude d'un
jour. Je suis charmé de me croire immortel comme Dieu même. »

La conscience vient aussi fortifier la croyance à l'immortalité de l'âme.
« Si le vice n'est qu'une conséquence physique de notre organisation, dit
M. de Châteaubriand, d'où vient cette frayeur qui trouble les jours d'une
prospérité coupable? Pourquoi le remords est-il si terrible qu'on préfère
se soumettre à la pauvreté et à toute la rigueur de la vertu, plutôt que
d'acquérir des biens illégitimes? Pourquoi y a-t-il une voix dans le sang,
une parole dans la pierre? Le tigre déchire sa proie et dort; l'homme
devient homicide et veille. Il cherche les lieux déserts, et cependant la
solitude l'effraye; il se traîne autour des tombeaux, et cependant il a peur
des tombeaux. Son regard est mobile et inquiet; il n'ose regarder le mur
de la salle du festin, dans la crainte d'y lire des caractères funestes ; ses
sens semblent devenir meilleurs pour le tourmenter; il voit, au milieu de
la nuit, des lueurs menaçantes; il est toujours environné de l'odeur du
carnage; il découvre le goût du poison dans le mets qu'il a lui-même
apprêté; son oreille, d'une étrange subtilité, trouve le bruit où tout le
monde trouve le silence ; et sous les vêtements de son ami, il croit sentir
un poignard caché. »

Une deuxième preuve générale de l'immortalité de l'âme se tire de la
justice de Dieu. De toute nécessité, il est dû une récompense à la vertu,
une punition au crime. Or, sur cette terre, on chercherait en vain la réa-
lisation de cette belle loi. Les biens de ce monde sont distribués indiffé-
remment aux bons et aux méchants. Le plus souvent même, l'impiété, le

mensonge et le vice nagent dans l'abondance et la prospérité, tandis que la vertu lutte contre la misère, contre la faim et leur hideux cortège. Que de fois n'a-t-on pas vu le mérite oublié, méconnu, des familles plongées dans la plus affreuse détresse par les machinations de la mauvaise foi, des prisons regorgeant d'innocentes victimes, la vertu immolée sur l'échafaud, tandis que le vice couronné de forfaits, échappant au glaive de la justice humaine, étonnait le monde par le spectacle d'un luxe insolent et d'une prospérité sans bornes. Quel exemple plus frappant de cette vérité que l'infortunée Marie Stuart expirant sous la hache du bourreau, alors que son injuste rivale se drapait superbement sur les marches du trône, et s'éteignait plus tard avec l'apparente tranquillité du juste. Oh ! non, après cette vie mortelle il y a une vie meilleure, une vie où la vertu sera exaltée et où le crime trouvera son châtiment, sinon la justice de Dieu ne serait qu'un vain mot, qu'une promesse mensongère et désespérante.

Sans la croyance à une vie future, quel motif l'homme aurait-il pour rester fidèle au bien ? Pourquoi sacrifierait-il ses jouissances, ses plaisirs afin d'obéir aux prescriptions de la conscience ? Si aucune récompense ne lui est réservée au delà de la tombe, pour quelle raison ne chercherait-il pas son bonheur dans le monde, dût-il se le procurer par le meurtre, le vol, la trahison, le parricide, l'adultère ? Comment ne pas le justifier de s'être frayé le chemin de la félicité à travers tous ces forfaits, puisque la recherche du bonheur forme le premier, le plus important de ses devoirs ? Affreuse maxime, que celle qui nie la certitude d'un avenir ; sans elle, les lois inviolables de la société s'évanouissent ; la discipline des mœurs périt, et le genre humain n'est plus qu'un assemblage d'insensés, de barbares, d'impudiques, de furieux, de fourbes, de dénaturés, qui n'ont d'autre loi que la force, d'autre frein que leurs passions et la crainte de l'autorité ; d'autre lien que l'irréligion, d'autre dieu qu'eux-mêmes. Voilà cependant le monde sans la foi à l'immortalité de l'âme ! Que penser d'une doctrine qui pousse à d'aussi affreuses conséquences, sinon qu'elle est une doctrine monstrueuse.

Une dernière preuve générale de l'immortalité de l'âme se tire de l'universalité de cette croyance. De l'aveu même des plus ardents ennemis de toute religion, l'immortalité de l'âme a toujours servi de fondement à la foi de tous les peuples. La superstition, les vices, l'ignorance, ont bien pu la combattre, mais jamais l'anéantir en aucun lieu de la terre. Qu'on remonte jusqu'à la naissance des siècles ; qu'on lise l'histoire des royaumes et des empires : Égyptiens, Chaldéens, Perses, Indiens, Grecs, Romains, Gaulois, Germains, tous ont professé cette grande vérité. La métempsycose, l'Elysée, le Tartare de la mythologie, les jugements de Minos et de Radamante, le vautour de Prométhée, le tonneau des Danaïdes et mille autres superstitions du paganisme en font foi, puisqu'elles reposaient toutes sur la croyance à une autre vie.

Cette même croyance était générale dans le nouveau monde avant que Christophe Colomb y abordât. L'illustre Robertson dit dans ses ouvrages : « Nous trouvons la foi de l'immortalité de l'âme établie d'un bout de l'Amérique à l'autre ; en certaines régions, plus vague, plus obscure ; en d'autres, plus développée et plus parfaite, mais nulle part inconnue. »

D'où a pu venir enfin au genre humain cette étrange idée d'immortalité, si tout périt avec le corps ? Comment la vue des hommes mourant de la même manière que les plantes et les brutes a-t-elle permis à des machines pétries de boue, ne devant avoir pour unique objet que la vie animale, une félicité sensuelle, d'engendrer des sentiments aussi nobles, des idées aussi sublimes ? Comment une semblable croyance, qui n'aurait pas dû même trouver un inventeur dans l'univers, aurait-elle pu rencontrer une docilité universelle parmi tous les peuples, chez l s plus sauvages comme chez les plus civilisés, chez les plus polis comme chez les plus grossiers, si Dieu n'avait pas imprimé cette foi dans tous les cœurs ? — « D'ailleurs, dit Massillon, si tout meurt avec nous, les soins du nom et de la postérité sont donc frivoles ; l'honneur qu'on rend à la mémoire des hommes illustres, une erreur puérile, puisqu'il est ridicule d'honorer ce qui n'est plus ; la religion des tombeaux, une illusion vulgaire ; les cendres de nos pères et de nos amis, une vile poussière, qu'il faut jeter au vent et qui n'appartient à personne ; les dernières intentions des mourants, si sacrées parmi les peuples les plus barbares, le dernier son d'une machine qui se dissout ; et pour tout dire en un mot, si tout meurt avec nous, les lois sont donc une servitude insensée ; les rois et les souverains, des fantômes, que la faiblesse des peuples a élevés ; la justice, une usurpation sur la liberté des hommes ; la loi des mariages, un vain scrupule ; la pudeur, un préjugé ; l'honneur et la probité, des chimères ; les incestes, les parricides, les perfidies noires, des jeux de la nature et des noms que la politique des législateurs a inventés ? »

Il est donc hors de doute que l'âme est immortelle, et Dieu, qui est la source de toute lumière, n'aurait certainement pas voulu tromper l'homme en lui donnant mensongèrement un pressentiment invincible d'un avenir de félicité.

Nous ne saurions expliquer en quoi consiste le bonheur de l'autre vie ; il faudrait l'avoir ressenti pour le bien connaître. Ce que nous savons, c'est que « l'œil n'a jamais vu, que l'oreille n'a point entendu, que le cœur de l'homme n'a jamais goûté ce que Dieu réserve à ceux qu'il aime. »

— « Qu'on s'imagine toutefois, dit Châteaubriand, à qui il faut sans cesse
recourir quand il s'agit des choses du ciel, qu'on s'imagine un être parfait,
source de tous les êtres, en qui se voit saintement et clairement tout ce qui
fut, est et sera ; que l'on suppose en même temps une âme dévorée d'envie
et de besoins, incorruptible, inaltérable, infatigable, capable d'une attention
sans fin ; qu'on se la figure contemplant le Tout-Puissant, découvrant sans
cesse en lui de nouvelles connaissances et de nouvelles perfections, passant d'admiration en admiration, et ne s'apercevant de son existence que
par le sentiment prolongé de cette admiration même ; concevez de plus
Dieu comme souveraine beauté, comme principe universel d'amour ;
représentez-vous toutes les amitiés de la terre venant se perdre ou se
réunir dans cet abîme de sentiments, ainsi que des gouttes d'eau dans la
mer, de sorte que l'âme fortunée aime Dieu uniquement, sans pourtant
cesser d'aimer les amis qu'elle eut ici-bas : persuadez-vous enfin que le
prédestiné a la conviction intime que son bonheur ne finira point : alors
vous aurez une idée, à la vérité très-imparfaite, de la félicité des justes ;
alors vous comprendrez que tout ce que le chœur des bienheureux peut
faire entendre, c'est ce cri : *Saint ! saint ! saint !* qui meurt et renaît éternellement, dans l'extase éternelle des cieux. »

FERDINAND P. O.

XLIV

LOUIS XI ET LA FRANCHE-COMTÉ

Avec le fils de Philippe le Bon tomba, pour ne plus se relever, la puissance des ducs de Bourgogne. Peu de temps après sa mort, Marie, sa fille
unique, résistant à toutes les obsessions de Louis XI, épousa le jeune
Maximilien d'Autriche, fils de l'empereur Frédéric. La maison d'Autriche
était alors si pauvre, que Marie dut fournir à son futur époux l'argent
nécessaire pour son voyage auprès d'elle. Elle lui apporta en dot la
Flandre, le Brabant, la Hollande, l'Artois, l'Alsace et la Franche-Comté,
dont elle faisait ainsi un État rival de la France.

Louis XI, cependant, ne s'était pas oublié à la mort de Charles le Téméraire. Il réclama, à titre d'apanage et à défaut d'héritiers mâles du dernier
duc de Bourgogne, cette province comme devant revenir à la couronne
de France, et il appuya ses prétentions par la force des armes. Les Bour-
guignons sincèrement attachés à la fille de leur duc, lui résistèrent de

tout leur pouvoir; mais ses intrigues eurent leur succès accoutumé, et la Bourgogne fut définitivement réunie à la France.

La Franche-Comté devait éprouver le même sort, et Louis XI la fit aussi envahir par ses généraux. Les habitants, qui ne voyaient en lui qu'un usurpateur, et, dans ses soldats que le fléau de leur pays, se défendirent avec courage. Durant cinq ans cette malheureuse province fut un théâtre de guerre, de dévastation et de carnage. Dole, sa capitale, deux fois vainement assiégée, fut prise enfin et détruite de fond en comble, défense même fut faite aux habitants de relever leurs maisons. Louis XI, irrité de leur résistance et du premier échec de ses armes, les condamna à vivre dans leurs caves; il transféra son parlement à Salins, où il rendit d'ailleurs de fort bonnes ordonnances de justice.

Vesoul ne fut pas plus heureuse, et la plupart des villes du comté eurent à souffrir toutes les horreurs de la guerre. Saint-Claude seul trouva grâce aux yeux du superstitieux monarque. Il s'y rendit en pèlerinage pour l'accomplissement d'un vœu, y passa quatre jours dans les exercices d'une minutieuse dévotion, sur le tombeau de monseigneur saint Claude, et laissa, à son départ, plusieurs marques de sa munificence. Le traité d'Arras, conclu le 23 décembre 1482, mit fin aux hostilités et commença pour l'Europe un nouveau droit des gens. Ce fut un des derniers actes, et le plus important peut-être, de la vie si bien remplie de Louis XI. Il mourut quelques mois après au Plessis-lez-Tours, âgé de soixante ans; il en avait régné vingt-deux.

La princesse Marie mourut la même année, 1483, à l'âge de vingt-six ans, des suites d'une chute de cheval. « Elle fut pleurée de tous ses sujets, dit Gollut, comme celle qui avait été chérie et honorée pour les singulières vertus et douceurs d'icelle. »

M. GINDRE DE NANCY.

XLV

LA BATAILLE DE MORGARTEN

(CANTON DE ZUG)

Le 15 novembre 1315

Uri, Schwitz, Unterwald se refusaient à reconnaître pour souverain Léopold, duc d'Autriche, et ne quittaient plus leurs armes. De s n côté, Léopold voulait donner un grand exemple. Il sentait l'importance d'étouffer la révolte dans son foyer même; quinze mille, d'autres disent

7

vingt mille hommes, rassemblés par lui sous les murs de Baden, n'attendaient, pour marcher, que le signal. Avant de le donner, Léopold réunit
ses officiers; tous sont d'avis d'attaquer. Un seul seigneur, le comte de
Tockenbourg, conseille la mansuétude, essaye de conjurer la tempête,
s'interpose comme médiateur. D'abord Léopold ne veut rien entendre; à la
fin néanmoins il s'adoucit et consent au pardon, si les révoltés se soumet-
tent et se déclarent ses sujets, ses vassaux, comme les Lucernois.

« Nous n'avons point offensé la maison d'Autriche, répondent au comte
de Tockenbourg les confédérés; nous avons brisé un joug qui nous semblait insupportable. Si Léopold vient attaquer, nous le recevrons de notre
mieux, appuyés sur Dieu et notre bon droit. »

Quand le comte rapporta ces paroles, Léopold furieux dressa le plan
d'attaque; puis il consulta les astrologues qui suivaient l'armée. Tous
assurèrent l'infaillibilité du succès. Seul le fou du prince, Cuni de Staken,
ne partagea point l'avis des astrologues. Après le conseil de guerre où le
plan fut discuté, Léopold, se tournant vers lui, avait ajouté : « — Et toi,
que t'en semble? — Rien de bon, répondit Staken; vous savez admirablement comment il faut entrer dans le pays; mais personne ne vous a
dit comment on s'y prendra pour en sortir. »

L'armée autrichienne se composait de troupes d'élite, où figuraient
beaucoup de nobles personnellement intéressés au succès de Léopold.

Les confédérés n'avaient que treize cents combattants, armés d'épées, de
flèches et de massues; leur chef était un vieillard, Rodolphe Reding de
Biberegg; mais une âme fière animait le corps du vieillard, mais ces
treize cents paysans inexpérimentés marchaient pour défendre les tombeaux de leurs pères et les berceaux de leurs enfants.

Avant la mêlée, un bruit confus de voix se fait entendre : ce sont les
exilés, proscrits par les lois, et qui viennent demander en grâce de mourir
sous les bannières nationales. — « Retirez-vous, s'écrie Reding, retirez-
vous; la patrie ne veut pas pour défenseurs des gens qui l'ont désho-
norée. » Les exilés obéissent, sans renoncer à combattre. Retranchés
au-dessus du lac d'Egéri, près de la frontière de Schwitz, où doivent passer
les bataillons autrichiens, ils rassemblent des troncs d'arbres, des fragments de rochers, et attendent l'ennemi.

« Léopold, dit un historien que nous allons laisser parler, croyait aller
plutôt à une partie de plaisir qu'à un combat. Il marchait en tête de
l'armée avec une nombreuse cavalerie. L'infanterie occupait l'arrière-
garde et ce fut une faute grave, car le passage, extrêmement étroit, était
bordé, d'un côté, par la colline que défendaient les exilés : d'un autre, il
était baigné par les eaux du lac d'Egéri, et il venait aboutir à un terrain

marécageux et impraticable, au-dessus duquel s'élevait la tour de Schornau. Dès que l'ennemi se trouve engagé dans ces défilés, les exilés font rouler sur lui des troncs d'arbres, des blocs de sapins, d'énormes pierres, qui renversent, écrasent hommes et chevaux. La noblesse, pesamment armée, ne peut s'arrêter ni tourner bride, parce que la masse d'infanterie, pressée dans le défilé, lui ferme le passage. Il faut qu'elle avance. Alors, des rochers et de la tour de Schornau, qui les cachaient aux regards, sortent les treize cents héros, qui, se jetant à genoux, prient avec ferveur, puis se relèvent en poussant de grands cris, se précipitent au milieu de cette cohue d'hommes et de chevaux, et, avec leurs larges épées qu'ils tiennent des deux mains, avec leurs lourdes massues, leurs longues hallebardes, commencent un affreux massacre. Tous restent fermes sur ce terrain glissant qu'ils ont souvent pratiqué, et à l'aide de crampons dont ils se sont munis d'avance. Pressée de front par les Suisses, écrasée par les débris qu'on lance sur elle du haut de la colline, la cavalerie se renverse sur l'infanterie, la culbute, y jette le désordre, et se laisse égorger ou se précipite dans le lac d'Egéri, afin d'échapper à la colère de ces paysans pour lesquels ils témoignaient, une heure auparavant, le plus insultant mépris. L'infanterie ne résista pas davantage.

« Toutes les maisons d'Alsace, de Thurgovie et d'Argovie furent plongées dans le deuil. Il n'y en eut aucune qui ne comptât parmi les morts au moins un des siens. La cavalerie, presque entièrement composée de gentilshommes, perdit quinze cents guerriers tant tués que noyés. L'infanterie éprouva des vides plus considérables encore, tandis que quinze Suisses seulement restèrent hors de combat. » Un chroniqueur raconte qu'étant sorti pour aller à la rencontre de son père, qui avait accompagné Léopold avec plusieurs de ses concitoyens, il aperçut le duc pâle, abattu, presque mourant, s'empressant de regagner le territoire autrichien, et n'ayant autour de lui que peu de soldats fidèles, seuls restes de cette sanglante déroute.

Les vainqueurs finirent la journée comme ils l'avaient commencée, en adressant à Dieu des actions de grâces pour le succès qu'ils venaient d'obtenir. Après avoir dépouillé les morts et partagé le butin, ils regagnèrent Brunneu. Là, les soldats d'Uri s'embarquèrent sur le lac. Au moment où partaient ceux d'Unterwald, on vint leur annoncer que le comte de Strassberg brûlait leurs maisons, enlevait leurs troupeaux, et portait le fer et la flamme dans la contrée. Aussitôt cent braves de Schwitz se joignent aux Unterwaldois; leurs bateaux rapides sillonnent le lac; un vent favorable les pousse au rivage où les attendent leurs femmes, leurs enfants, des bras desquels ils s'arrachent pour voler à de nouveaux succès.

Repousser l'ennemi dans le bas Unterwald, gagner les hautes vallées, fondre sur trois mille hommes du comte de Strassberg dispersés dans la campagne, les mettre en fuite, reprendre sur eux tout le butin qu'ils ont pillé, les chasser du territoire ou les acculer au lac, fut l'affaire de quelques heures. Peu d'instants auparavant le comte avait reçu de Léopold, en signe de déroute, un gantelet retourné. Strassberg pouvait lui renvoyer le même gantelet. Désormais la campagne n'était plus tenable par l'Autriche. Sous les bannières de Schwitz et d'Unterwald arrivaient incessamment de nouveaux soldats; les troupes du comte, venues bien moins pour combattre que pour piller, se défendaient mollement. Alors le comte, blessé, ne songeant qu'à fuir, se fit jour, suivi de quelques braves, à travers les rangs ennemis et gagna Lucerne.

Si, dans cette mémorable journée, les trois cantons se couvrirent de gloire, ils s'en montrèrent dignes par la manière dont ils surent en profiter. La conquête d'une liberté politique les préoccupa seule. Ils respectèrent la propriété de leurs ennemis, continuèrent à payer les redevances dues aux seigneurs temporels et spirituels qui possédaient dans le pays quelque fief, et se gardèrent de souiller par des injustices, des spoliations ou des violences, une révolution que des abus de pouvoir avaient provoquée.

ÉMILE BÉGIN.

XLVI

APPLICATION

DE L'INÉGALE ABSORPTION DES SURFACES

C'est sur l'inégale absorption des surfaces blanches et brunes que repose le moyen très-simple usité dans les Alpes pour accélérer la fonte des neiges. Étendez sur de la neige des morceaux de drap blanc, bleu, jaune, rouge et noir, vous trouverez après un certain temps que le drap noir s'est enfoncé dans la neige, le rouge moins profondément, et que le blanc occupe encore la surface. Les montagnards, afin de hâter le moment où les labours deviennent possibles, saupoudrent ainsi leurs champs de terres noires ou de cendres.

L'expérience précédente, qui est de Franklin, nous en rappelle une autre non moins ingénieuse du même physicien. Voulant persuader ses compatriotes des bons effets du plâtre en agriculture, le philosophe américain fit ensemencer un champ et traça en lettres gigantesques avec

de la poudre de plâtre, ces mots : *Ceci a été plâtré*. Une magnifique végétation mit bientôt en relief les mystérieux caractères, et montra toute la
vérité du précepte dont ils étaient la preuve vivante. Une telle manière
de convaincre valait, on l'avouera, les meilleurs écrits.

FERDINAND F. O.

XLVII

LES RÉVOLUTIONS

« Une révolution, dit l'empereur, est un des plus grands maux dont le
ciel puisse affliger la terre ; c'est le fléau de la génération qui l'exécute.
Tous les avantages qu'elle procure ne sauraient égaler le trouble dont
elle remplit la vie de leurs auteurs. Elle enrichit les pauvres, qui ne sont
point satisfaits ; elle appauvrit les riches, qui ne sauraient l'oublier ; elle
bouleverse tout ; aux premiers moments fait le malheur de tous et le
bonheur de personne.

« Le vrai bonheur social, il faut en convenir, est dans l'usage paisible,
dans l'harmonie des jouissances relatives à chacun. Dans les temps
réguliers et tranquilles, chacun a son bonheur : le cordonnier est aussi
heureux dans sa boutique que le roi sur le trône ; le simple officier jouit
autant que son général. Les révolutions les mieux fondées détruisent tout
à l'instant même et ne remplacent que dans l'avenir ; la nôtre a semblé
d'une fatalité extraordinaire. C'est qu'elle a été une éruption morale aussi
inévitable que les éruptions physiques, un vrai volcan. Quand les
combinaisons chimiques qui produisent celui-ci sont complètes, il éclate.
Les combinaisons morales qui produisent une révolution étaient à point
chez nous ; elle a éclaté. »

Mémorial de Sainte-Hélène, par le comte DE LAS CASES (6e volume.)

XLVIII

LA MAISON DE MICHEL-ANGE

Florence, 1836.

La tombe des grands hommes, en inspirant le recueillement et le respect,
provoque les regrets et la tristesse ; mais il n'en est pas ainsi des lieux qui
ont été leur berceau ou leur résidence ; tout nous y rappelle une vie qui a

passé par l'étude pour arriver à la gloire. Fiers de nous identifier avec eux, nous assistons à la conception et à l'enfantement de leurs chefs-d'œuvre ; nous participons aux joies de leurs triomphes ; nous croyons encore les entendre et les voir. On dirait que l'enceinte des murs où ils ont vécu conserve un écho sonore de leur parole, un reflet de leur image. Avec quel pieux empressement nous aimons à contempler, à toucher les objets qui leur ont appartenu ! Notre enthousiasme se figure qu'ils ressuscitent exprès pour nous faire accueil dans leur maison, nous admettre à la confidence de leurs travaux et nous initier au mystère de leur génie. Tout ce que nous voyons est une explication de leur vie, un commentaire de leurs ouvrages.

Si, dans Florence, la via Ricciarda se souvient de Dante, et la via Guicciardini de Machiavel, la via Ghibellina n'est pas moins splendidement partagée, puisque l'une de ses maisons, aujourd'hui numérotée 7588, avait pour habitant Michel-Ange. Rien de triste ne se mêle aux souvenirs de cette précieuse demeure, qui n'a été témoin ni de son extrême vieillesse, ni de sa mort ; son dernier soupir s'est exhalé dans la ville où les papes le disputaient aux Médicis, et il fallut un pieux larcin pour dérober à Rome ses restes mortels et les transporter à Florence, où le deuil national lui décerna des obsèques magnifiques, et plus tard un mausolée dans le panthéon toscan de Santa Croce.

Un de ses arrière-neveux prétendit le glorifier davantage, et pour cela il fit de la maison de Michel-Ange un musée particulier, un tabernacle intime où sa mémoire semble toujours vivante. On conçoit notre respectueux saisissement, lorsque nous avons passé la porte qu'il avait coutume de franchir, monté l'escalier dont il gravissait les marches, et salué l'appartement où il fécondait son génie par une méditation continuelle. Le travail était son élément vital, sa passion dominante, et, chose singulière, loin d'abréger son existence, le travail la soutint jusqu'à sa quatre-vingt-dixième année.

Pendant le siége de Florence, en 1529, quand il avait entouré le mont San Miniato de bastions et de remparts, futur objet des louanges de Vauban, il retournait à son atelier. S'il ne pensa jamais au mariage, c'est qu'il voulait se dévouer tout entier au culte de l'art. Travailleur infatigable, il sculptait de la main droite et peignait de la main gauche, comme s'il eût voulu forcer la nature à lui fournir un instrument de plus pour multiplier ses chefs-d'œuvre.

Nous n'avons pas la prétention de recommencer, après tant d'autres, l'analyse et la biographie d'un talent que l'école florentine s'énorgueillit d'avoir eu pour fondateur. Nous voulons seulement conseiller aux *touristes* la visite du séjour qui a été souvent le confident et le théâtre de ses travaux. Ils trouveront dans sa maison de Florence l'appendice des nombreuses créations de son incomparable génie : à savoir un bas-relief en marbre figurant le combat d'Hercule et des Centaures, des portes en bois peintes ou sculptées, divers dessins, entre autres celui d'une Vierge, et les portraits de ses neveux. Quant à sa propre ressemblance, elle y respire dans une statue en marbre, qui le représente assis, dans un buste également en marbre, dans un autre buste en bronze, modelé après sa mort, et dans quatre de ses portraits, dont le dernier par lui-même. Reproduite à différentes phases de son âge, la figure de l'immortel artiste indique la nature de son talent plus remarquable par la force et par l'austérité, que par la morbidesse et par la grâce ; toutes les richesses recueillies dans ce musée de famille achèvent de donner un spécimen de son caractère et de ses habitudes.

On se plaît à voir le prie-Dieu qui raconte sa piété, l'épée qui parle de sa bravoure, la chambre où il couchait habillé de pied en cap afin d'être plus tôt armé pour le travail, les fioles contenant les couleurs qu'il broyait et préparait lui-même, tant il mettait de conscience dans l'exercice de son art ; mais son pinceau et son ciseau, où sont-ils ? Le temps ne nous les a point légués, comme s'il eût pressenti que personne ne serait plus capable de s'en servir ! Une des cinq pièces de son appartement, située au deuxième étage, renferme une galerie de tableaux à l'huile représentant différents traits de sa vie, et dûs à Jacopo d'Empoli, à Matteo Rosselli et à quelques autres peintres. Une seconde pièce contient des fresques relatives à l'histoire de ses ancêtres. Le salon, simplement meublé, a pour ornement le buste du chevalier Cosimo Buonarotti, ministre de l'instruction publique et digne héritier d'un nom déjà porté avec honneur par Michel-Ange le jeune, qui fut non-seulement l'éditeur éclairé des poésies de son oncle, mais lui-même un poëte recommandable, et par Philippe Buonarotti, savant antiquaire du dix-huitième siècle. Ainsi les descendants du grand homme ont fondé et perpétuent sa mémoire, en rassemblant et en gardant comme des reliques plusieurs débris de ses œuvres ; de pareils fragments n'ont pas moins de prix que ses dessins au crayon et à la plume, conservés dans le palais des Uffisi, et son ébauche en marbre de saint Matthieu, exposée dans la cour de l'Académie des beaux-arts. Au milieu de ces trophées domestiques, la gloire de Michel-Ange semble se compléter et grandir. On ne pense pas uniquement à la supériorité artistique dont il fut redevable aux inspirations de son génie plus qu'à sa lecture de Dante, aux leçons de Guirlandaio et aux conseils d'Ange Politien ; on songe au rôle politique et militaire qu'il joua, soit comme ambassadeur auprès du pape Jules II, alors résidant à Bologne, soit comme ingénieur chargé des fortifications de Florence assiégée par les armées réunies de Charles-Quint et de Clément VII ; on réfléchit encore à ses vertus privées, à son noble désintéressement, à son studieux amour de la retraite, à son fidèle attachement pour ses parents, pour ses amis, pour ses élèves, et même pour son serviteur Urbino, qu'il soigna malade et qu'il pleura mort.

Le fond de son caractère était l'accord de la force et de la bonté, deux qualités qui se concilient dans les âmes d'élite. Comment donc admettre que, poussant le fanatisme de son art jusqu'à l'oubli de l'humanité, il ait fait attacher un homme en croix pour trouver le modèle du Christ agonisant? C'est là une de ces fables injurieuses dont la calomnie flétrit quelquefois l'histoire des hommes illustres. On veut d'ailleurs que tout en eux soit extraordinaire ; ce n'est pas assez de la bizarrerie de certains goûts ; on leur suppose de la singularité dans le vice et de l'originalité dans le crime.

Tel ne fut point Michel-Ange ; sa conduite, comme son talent, eut pour unique mobile la passion du grand, du beau, de l'idéal. Aussi sa modeste maison de la via Ghibellina mérite-t-elle plus de sympathie et plus de respect que les autres fastueuses demeures de la cité des Médicis ; le domicile des princes n'est qu'un palais, celui des grands artistes est un sanctuaire.

A. DIGNAN.

XLIX

DEUX STROPHES DE J. B. ROUSSEAU

Au faîte des honneurs un vainqueur indomptable
Voit souvent ses lauriers se flétrir dans ses mains.
La mort, la seule mort met le sceau véritable
    Aux grandeurs des humains.

Combien avons-nous vu d'éloges unanimes
Condamnés, démentis par un honteux retour !
Et combien de héros glorieux, magnanimes,
    Ont vécu trop d'un jour !

L

LA GROTTE DE NOTRE-DAME DE LA BALME

(ISÈRE)

Lyon, 18 août 185...

Le 15 du mois dernier, à six heures du matin, nous montâmes en voiture, ma sœur, mon frère et moi. Le soleil s'était levé radieux ; il n'y avait pas un nuage dans le ciel ; la journée promettait d'être chaude, et le voyage charmant. Nous prîmes la route de Lyon à Genève ; à neuf heures, nous étions vis-à-vis le village de la Balme, dont nous étions séparés par le Rhône, que j'avais vu, l'an dernier [1], descendre des Alpes, traverser le lac Léman, sans s'y arrêter, comme un grand seigneur traverse la foule avec laquelle il n'a garde de se confondre. Nous traversâmes le fleuve en bateau.

L'aspect du pays est triste, le village pauvre ; mais cela nous importait peu ; c'était la grotte que nous voulions voir, et nous l'avons vue. Nous avons été bien payés de nos peines, et notre sœur Émilie ne s'est pas plainte le moins du monde de la fatigue ; la curiosité, ce péché mignon des femmes, l'étonnement et l'admiration lui donnaient des forces. Mon frère lui vint quelquefois en aide, et c'était pour moi un agréable spectacle de voir ce cher Ernest lui tendre une main complaisante et courtoise, quand elle avait un pas difficile à franchir. La crainte et les indécisions de l'une, la résolution et la fermeté de l'autre, qui gourmandait avec bonté la timidité de notre compagne de voyage, m'amusaient beaucoup. Je ne refusais mon concours de sages conseils et d'encouragements ni à l'un ni à l'autre, mais je me renfermais le plus souvent dans mon rôle de guide et de spectateur. Ces lieux que j'avais déjà visités, pendant mes deux derniers voyages dans le midi, je les revoyais avec mille fois plus de plaisir dans la compagnie de deux êtres qui sont si chers à mon cœur. Mais je reviens à notre point de départ.

Le chemin qui conduit à la grotte est bordé de chaumières qui lui servent d'avenue, et le sentier que nous suivions, tout rapide qu'il est, est cependant assez facile ; il s'étend le long d'un petit ruisseau venant de la Balme. Émilie ouvrit de grands yeux à la vue d'une voûte naturelle du rocher, élevée d'une centaine de pieds et s'arrondissant avec orgueil en une sorte d'arc de triomphe. C'était la fête de Notre-Dame ; de tous les villages voisins étaient accourus de pieux laboureurs, des femmes, des enfants, qui tous demandaient à la Vierge d'intercéder pour eux et leurs

1. Voir la page 13 de ce volume.

moissons auprès de l'auteur de tous les biens. Cette voûte est véritablement le portique d'un temple. Sous ce portique, à droite, est une
chapelle. On y dit la messe tous les dimanches; l'entrée de la grotte sert
de nef aux gens du hameau. C'était quelque chose de bien touchant que
cette cérémonie, loin du luxe et de la pompe des villes, dans le silence
religieux de la campagne, où le chant des petits oiseaux se mêlait, sans la
troubler, à la voix des chantres rustiques!... Il nous semblait que les prières
sorties de ces cœurs simples et reconnaissants étaient le plus pur encens
qu'on pût offrir à Dieu. Il y a là une heure de recueillement, dont le
doux et précieux effet est de mettre dans l'âme un calme qui la ranime en
l'épurant. Émilie était tout émue, et, après la messe, Ernest ne manqua
pas de lui réciter les vers qui s'échappèrent, un jour, du cœur d'un poète,
dans les circonstances où nous nous trouvions tous les trois :

« Dans le flanc d'un rocher dont le front sourcilleux,
Couvert d'épais buissons, s'élève jusqu'aux cieux,
L'œil étonné découvre une large ouverture
Qu'ont taillée avec art les mains de la nature;
Le lierre, qui serpente en verdoyants rameaux,
Étend de tous côtés ses festons inégaux;
Une croix, près de là, sur un tertre placée,
De pieux souvenirs entretient la pensée,
Et dans l'âme jetant une sainte terreur,
La ramène un moment devant son Créateur.
Plus loin, un peuplier que le zéphyr balance
Mesure la hauteur de cette voûte immense,
Et des oiseaux, cachés sous le feuillage vert,
Le doux gazouillement charme l'écho désert;
Plus loin, en avançant dans la grotte profonde,
D'un rapide torrent on entend mugir l'onde;
De rochers en rochers, de détours en détours,
Il roule, et dans le fleuve il va finir son cours;
Mais au-dessus des flots où sa base est assise,
Sous la voûte s'élève une modeste église;
Là, des hameaux voisins, en un jour solennel,
Le peuple vient en foule adorer l'Éternel.
Quel spectacle touchant! quelle cérémonie!
Des cantiques pieux la rustique harmonie,
Le bruit de la prière et le bruit du torrent,
Du ministre sacré le saint recueillement,
L'encens qui sur l'autel s'élevant en nuages,
Emportait dans les cieux ses vœux et ses hommages,

Tout à mon âme émue, où naissait la ferveur,
Du Dieu de l'univers annonçait la grandeur;
Et, saisi de respect, et d'amour et de crainte,
J'adorais ses bienfaits et sa majesté sainte. »

L. AIMÉ MARTIN.

Nous rendîmes justice au talent de l'auteur, surtout à la vérité de sa description et de sentiments que nous venions d'éprouver nous-mêmes; puis nous quittâmes la foule, et nous poursuivîmes notre route le long du torrent.

Des flambeaux brillaient dans nos mains, et il nous fallut gravir, non sans peine, au milieu des décombres que le torrent entraîne sans cesse après lui. La voûte du souterrain est découpée de la manière la plus irrégulière : ici elle s'abaisse, là elle s'arrondit en dôme. Du fond, lorsqu'on se retourne, l'œil aperçoit encore le hameau, ainsi que le ruisseau qui sort de la grotte. — « Allons, dis-je à Émilie, courbe la tête, et marche entre Ernest et moi. » La voûte, en effet, se déprime en cet endroit, et il faut, sur un sol glissant, passer entre des roches serrées, les unes auprès des autres. C'est ainsi que nous pénétrâmes dans une grande salle, riche en stalactites et bientôt dans un lieu tout à fait curieux. C'était là, sans doute, que se baignaient les nymphes et les fées de la grotte. Des bains de pierre blanche sont remplis d'eau et rangés les uns à côté des autres, ou élevés en gradins. On les croirait, dit l'auteur des *Merveilles et beautés de la nature en France*, taillés dans la pierre et disposés ainsi par la main des hommes, et que la sculpture en a décoré plusieurs. Point du tout; la nature a tout fait ici, et c'est à elle seule qu'on doit ces petites stalactites parsemées de grains brillants comme du cristal. L'eau, en tombant de bassin en bassin, forme les plus jolies cascades et un spectacle véritablement enchanteur; partout des franges gracieuses, de merveilleuses ciselures, des festons disposés de manière à tromper les yeux : les palais des rois n'ont rien de plus magnifique.

On passe de là, en descendant à une profondeur d'environ quatre mètres, dans plusieurs grandes salles en forme de rotonde. A l'extrémité de la dernière est *la salle des diamants*, dont les murs étincellent de cristallisations qui sont comme autant de pierres fines. En avançant encore, on est arrêté par des fosses assez profondes; le passage est difficile et dangereux, et si notre excellente mère eût été là, elle ne nous aurait pas permis d'aller plus loin; mais nous étions trop avancés pour retourner en arrière. Quelle fut la surprise de mes deux compagnons de voyage, quand nous nous trouvâmes tout à coup sur les bords d'un lac !... On n'en aperçoit pas d'abord la vaste étendue; on ne voit qu'un canal qui semble se perdre sous les voûtes très-basses de la grotte. Un batelet était là; nous hésitions cependant, mais bientôt, laissant Émilie sur le bord, et, après l'avoir confiée à la garde d'un guide sûr, nous nous élançâmes dans le batelet... et *vogue la galère !* Le lac n'a d'abord que peu de profondeur, mais bientôt la rame n'en atteignit plus le fond; il y a jusqu'à douze pieds d'eau. On entendait à peine le bruit des flots; l'air était pur et tranquille; nous fîmes très-commodément le tour du lac. Autrefois, dit-on, il n'en était pas ainsi; à l'exception d'un curé, au commencement du dix-septième siècle, personne peut-être n'avait exploré le lac de la grotte, lorsqu'un Suisse, accoutumé aux voyages périlleux, osa y pénétrer, afin d'examiner la partie de la grotte jusqu'alors inaccessible. Nous saluâmes d'un double cri ce lac solitaire, et le nom de Bourrit retentit au loin. Il y avait près d'une heure que nous étions dans la barque; le bruit sourd des vagues semblait augmenter, quand tout à coup nous nous trouvâmes sous une vaste rotonde qui termine le lac. Quel admirable tableau s'offrit à nos regards ! Ce n'était pas une vaine illusion; c'était la réalité dans toute sa magnificence naturelle.

Revenus au point de l'embarquement, nous aurions pu visiter une autre branche des grottes, mais Émilie nous retint auprès d'elle, et il fallut nous contenter du récit de notre guide : « Ce sont, nous dit-il, des passages longs et étroits, où règne un froid humide; ils aboutissent à une grande salle remplie d'objets singuliers, tels que tombeaux, faisceaux d'armes, tuyaux d'orgue, figures de moines et culs-de-lampe attachés à la voûte. On faisait remarquer autrefois une boutique de charcutier : les stalactites imitaient, en effet, des jambons, du lard, etc.; on y montrait même un capucin priant. (Depping.) »

Cependant il nous fit gravir dans un labyrinthe de galeries jusqu'au sommet de la voûte du vestibule, dont j'ai parlé en commençant. Un spectacle étonnant nous y attendait : à droite, nous voyions les noirs enfoncements des souterrains; à gauche, à travers l'ouverture de la grotte, un délicieux paysage, un fleuve superbe et des scènes champêtres qui paraissent comme encadrées dans le vaste portique de la grotte.

Ici finit notre voyage; nous couchâmes à la Balme, et le lendemain nous revînmes à Lyon, d'où je vous écris au nom de la sœur et des deux frères que vous aimez et qui vous aiment.

HENRI BASSOT.

(Extrait d'une correspondance inédite à laquelle nous ferons encore plus d'un emprunt.)

LI

LE PATRE ÉTIENNE

OU LA CROISADE DES ENFANTS

En 1212 il n'était question, dans toute la France, que d'un jeune berger appelé Étienne, qui demeurait dans un village des environs de Vendôme. On racontait de lui des choses extraordinaires. Des signes particuliers justifiaient sa mission aux yeux des peuples égarés : ses moutons se seraient inclinés devant lui en signe de vénération, et bientôt une foule d'hommes et d'enfants vinrent pour lui rendre hommage et le suivre partout où il voudrait les conduire. Il reçut l'oriflamme à Saint-Denis et prêcha la croisade. Les hymnes du départ retentirent en tous lieux, et rien ne put arrêter l'impulsion générale des enfants, qui prirent la croix pour suivre le jeune pâtre. La désolation des parents était à son comble. Leurs larmes et leurs prières furent impuissantes à fléchir ces jeunes cœurs que dévorait le zèle d'aller délivrer les lieux saints. Les fils des comtes et des barons s'élancèrent sur les traces du jeune pâtre Étienne avec la même ardeur que les fils des paysans; il enrôla dans sa troupe beaucoup de jeunes filles habillées en hommes, et l'on vit, chose presque incroyable pour notre époque, une armée de près de trente mille enfants se diriger sur Marseille, les uns à pied, les autres à cheval, et marchant, bannières déployées, aux cris de : *vive Jérusalem !* Ils étaient persuadés, d'après ce que leur avait dit Étienne, qu'arrivés au terme de leur expédition, les eaux de la mer se retireraient devant eux, et leur exaltation nous explique le courage avec lequel ils supportèrent les privations et les souffrances inséparables d'un pareil voyage. Beaucoup périrent en route, un grand nombre furent recueillis par les habitants des pays où ils passèrent, mais, à leur arrivée à Marseille, ils étaient encore assez nombreux pour que des marchands qui spéculaient sur l'égarement de ces petits malheureux, en mémoire desquels le pape Grégoire IX fit bâtir l'église des Saints-Innocents, pussent en charger cinq grands navires. Deux de ces vaisseaux périrent en mer ; les trois autres abordèrent à Bougie et à Alexandrie, où les infâmes conducteurs de ces pauvres innocents les vendirent aux Sarrasins.

M. le docteur MOREL.

LII

UNE EXCURSION DANS LES CIEUX.

Le beau spectacle que celui d'une nuit étoilée ! Il parle au cœur de l'ignorant ; il remplit d'une admiration pieuse l'intelligence du savant ; il ravit l'âme chrétienne dans un sentiment profond d'adoration et d'amour. C'est bien pour tous les hommes qu'il a été écrit dans le livre des vérités : « Les cieux racontent la gloire de Dieu. »

S'il est des sciences qui peuvent ôter au cœur quelque chose de sa chaleur et arrêter l'imagination dans son essor, à coup sûr ce ne sont pas les sciences naturelles.

En nous initiant dans une certaine mesure aux secrets de l'œuvre divine, et nous faisant vivre, pour ainsi dire, dans l'intime et continuelle société de tant de témoins qui publient la bonté et la puissance de notre Créateur, elles nous offrent sans cesse d'inépuisables motifs de l'aimer, et ouvrent à notre pensée de nouveaux et plus vastes horizons.

Quelques notions empruntées à une science qui pénètre les profondeurs du ciel pour y étudier ces myriades d'étoiles, ces brillantes constellations semées dans l'immensité de l'espace, trouvent naturellement leur place dans un travail qui, comme le nôtre, essaye de murmurer tout bas une humble louange au Dieu trois fois saint, dont la puissance, inspirée par l'amour, s'est ainsi mise au service de l'homme.

Parmi les corps répandus dans l'espace céleste, les uns paraissent fixes et jouissent d'une lumière qui leur est propre. Cette lumière scintille, c'est-à-dire qu'elle semble lancée par jets qui se succèdent rapidement : tels sont le soleil et les étoiles. Les autres sont opaques, changent de position et ne sont pas lumineux par eux-mêmes. Leur clarté est empruntée ; aussi brillent-ils d'une lumière toujours calme et uniforme. Ils ne font que réfléchir, comme des miroirs, celle qu'ils reçoivent : telles sont les planètes et les comètes.

Le soleil occupe le centre de notre système du monde. Les planètes se meuvent autour de cet astre, dont elles reçoivent leur lumière, et décrivent, en tournant sur elles-mêmes, avec un mouvement et dans des temps réguliers, un cercle dont la durée de parcours s'appelle *révolution*.

On compte sept planètes principales divisées en planètes inférieures et supérieures, celle que nous habitons, la terre, étant prise pour point de comparaison.

Les planètes inférieures, c'est-à-dire celles qui se trouvent placées entre le soleil et la terre, sont *Vénus*, et *Mercure*. Les planètes supérieures, c'est-à-dire celles qui embrassent un cercle plus grand que celui que la terre accomplit autour du soleil, sont *Mars*, *Jupiter*, *Saturne* et *Uranus.*

Parmi les planètes principales, quelques-unes, telles que la Terre, Jupiter, Saturne et Uranus, ont dans leur voisinage des planètes secondaires qui les accompagnent dans leur course autour du soleil: on les nomme *satellites* ou *lunes*. La Lune est le satellite de la terre.

La Terre est la troisième des planètes dans l'ordre de leur distance au soleil; son éloignement de cet astre est d'environ 35 millions de lieues. Elle est ronde, aplatie vers les pôles; elle tourne sur elle-même, en complétant chaque jour une révolution. Pendant ce temps, elle se meut encore dans l'espace avec une vitesse de 400 lieues par minute, de façon à décrire chaque année, c'est-à-dire pendant 365 jours 1/4, autour du soleil, une courbe ovale qui tantôt la rapproche de cette masse incandescente, et tantôt l'en éloigne. Son mouvement journalier détermine l'intervalle du jour et de la nuit, comme son mouvement annuel produit l'alternative des saisons.

Chacun sait que la terre a environ 4,000 myriamètres ou 9,000 lieues de tour. Son étendue est de plus de 25 millions de lieues carrées.

La Lune n'est que la quarante-neuvième partie de notre globe; elle le suit dans tous ses mouvements de translation, et l'accompagne dans sa révolution annuelle autour du soleil. De tous les corps célestes, la lune est le plus rapproché de notre planète; son éloignement n'est que de 382,000 kilomètres ou 86,000 lieues. On doit à cette circonstance d'avoir pu examiner en détail sa constitution physique. C'est un corps opaque, de forme sphérique, sans éclat par lui-même, mais réfléchissant avec vivacité les rayons du soleil. Des montagnes fort élevées hérissent sa surface. Elles sont de deux sortes : les unes se présentent comme des cônes ou pics terminés en pointe; les autres, plus nombreuses, offrent l'apparence de cratères de volcans, ayant des ouvertures de douze à quinze lieues de diamètre, et souvent très-profondes. Sur le contour d'une large crevasse, on en découvre quelquefois d'autres plus petites. Ainsi le sol de la lune présente l'aspect général de nos contrées volcaniques. A l'exception de quelques grandes plaines grisâtres, moins brillantes que le reste du disque, on n'y voit qu'accidents de terrain considérables : le sol paraît avoir été profondément tourmenté, et il n'offre pas les traces du nivellement que les eaux et l'atmosphère ont lentement produit à la surface de notre globe. D'ailleurs la lune n'a pas d'atmosphère, ou au moins cette atmosphère est incomparablement plus rare que la nôtre; car elle ne change pas la direction des rayons lumineux qui la traversent, et n'affaiblit nullement leur intensité.

Si la lune est privée d'atmosphère, elle ne saurait avoir d'eau : une partie de cette eau, dégagée de toute pression, se vaporiserait et formerait immédiatement une couche gazeuse, dont le poids arrêterait l'évaporation du reste. Il en résulte encore qu'il n'y a pas de lumière diffuse à la surface de la lune, car elle n'est produite que par l'atmosphère. Les ténèbres absolues règnent en dehors de l'action directe des rayons du soleil : la nuit succède immédiatement au jour, le froid le plus vif à la chaleur la plus intense; le ciel paraît noir; on y découvre les étoiles en plein midi, pourvu qu'on abrite convenablement son œil.

Il est évident que, dans ces conditions, la lune ne saurait être habitée par des êtres semblables à nous, et qu'il ne peut y avoir à sa surface de végétation analogue.

La lune met 27 jours, 7 heures 43 minutes pour tourner autour de la terre. Elle emploie le même temps à faire une révolution sur elle-même. Nous ne pouvons apercevoir de la lune que la partie éclairée par le soleil, c'est ce qui fait que, dans sa révolution, elle nous apparaît sous différents aspects ou *phases*. On dit que la lune est *nouvelle* lorsqu'elle se trouve entre le soleil et la terre. Nous ne pouvons alors la voir. En avançant, elle montre progressivement la partie qu'éclaire l'astre lumineux; parvenue à la forme d'un demi-cercle, elle prend le nom de *premier quartier;* lorsqu'elle a accompli la moitié de sa révolution, elle paraît ronde, nous avons alors la *pleine lune;* elle décroît ensuite peu à peu et atteint encore la forme d'un demi-cercle, c'est le *dernier quartier;* puis elle arrive de nouveau entre le soleil et la terre, et une période nouvelle commence. Mais comme notre planète, pendant ce temps, s'est avancée aussi dans son orbite ou cercle, il faut à la lune 2 jours 4 heures de plus pour se retrouver à son point de départ. Voilà pourquoi la période qu'on appelle lunaire ou mois lunaire, est de 29 jours 12 heures.

Quelque agréable que puisse être la lumière de la lune en l'absence du soleil, cette compagne du globe n'est pas indispensable à notre bien-être, et, parmi les planètes du groupe inférieur, la terre seule a reçu ce suppléant de la lumière solaire. Mais les planètes du groupe extérieur sont beaucoup plus richement dotées sous ce rapport. Chacune d'elle possède tant de satellites qu'elles jouissent, pendant leurs nuits, d'un perpétuel clair de lune.

Le SOLEIL, cette étoile répandue parmi les étoiles, suivant l'expression d'Arago, est une énorme sphère 1,331,000 fois aussi volumineuse que la terre; elle tourne sur elle-même avec une telle vitesse que chacun des points du grand cercle perpendiculaire à l'axe parcourt 7,186 myriamètres ou 1,617 lieues par heure. Malgré ce mouvement de rotation, constaté au moyen des taches[1] remarquées sur sa surface, le soleil n'en doit pas moins être considéré comme un point fixe, relativement à notre système planétaire. Placé au centre des cercles elliptiques que décrivent les mondes dans l'espace, le soleil, comme une grande fournaise sphérique, exerce sur eux la plus salutaire influence. C'est ainsi qu'échauffée par ses ardeurs bienfaisantes, la terre sort du profond abattement où elle languissait naguère ; le printemps la fait renaître. La brise parfumée embaume notre atmosphère, l'aurore vient de meilleure heure sourire à notre horizon, et la brune est plus tardive à nous couvrir de ses voiles et à laisser briller à nos yeux le scintillement des étoiles. Les jours s'agrandissent par des progrès sensibles ; le soleil lance ses rayons plus directement sur nos têtes, ses feux s'augmentent de plus en plus, jusqu'aux derniers jours de juin. Alors, perdant de son élévation et diminuant graduellement son cours journalier, jusqu'à la fin de l'automne, il laisse peu à peu tomber la terre dans les glaces de l'hiver. C'est ainsi que les autres planètes, sans doute fécondées, vivifiées comme notre globe, offrent aux yeux de l'être intelligent le spectacle merveilleux de la vie, du mouvement, des couleurs, et d'une infinité d'autres phénomènes non moins dignes d'admiration.

Dans le quatrième et dernier volume de l'*Astronomie populaire* de François Arago, nous trouvons l'anecdote suivante, que feront bien de méditer beaucoup d'instituteurs :

« Un professeur d'Angers, voulant donner à ses élèves une idée sensible de la grandeur de la terre comparée à celle du soleil, imagina de compter le nombre de grains de blé, de grandeur moyenne, qui sont contenus dans la mesure de capacité nommée le litre ; il en trouva 10,000. Conséquem-

[1]. Ces taches, qui parcourent toute la surface visible du soleil, de l'est à l'ouest ou de gauche à droite, disparaissent et reparaissent de nouveau après douze ou treize jours. Pour les expliquer, William Herschel admet que la matière qui donne au soleil son éclat n'est ni un liquide ni un fluide élastique, mais bien une couche de nuages phosphoriques flottant dans l'atmosphère transparente de l'astre. Au-dessous se trouve une couche gazeuse plus compacte qui donne peu de lumière ou qui même ne fait que réfléchir celle de l'atmosphère supérieure. Plus bas enfin, on rencontre le noyau solide du soleil, qui présente l'aspect d'un corps entièrement obscur. Herschel reconnaissait que les deux atmosphères, séparées par un certain intervalle, étaient douées de mouvements tout à fait indépendants ; et, pour lui, les taches se formaient lorsque deux crevasses, dues à des éruptions volcaniques de matières gazeuses correspondantes dans les deux atmosphères superposées, laissaient voir par une profonde ouverture le noyau intérieur du soleil.

Parfois les taches du soleil sont nombreuses et fort étendues, on en a vu même dont la largeur égalait quatre ou cinq fois celle de la terre. En 1637, elles furent si multipliées, que la chaleur et l'éclat du soleil en éprouvèrent une diminution sensible.

ment, un décalitre doit en renfermer 100,000, un hectolitre 1 million, et 14 décalitres 1,400,000.

« Ayant alors rassemblé en un tas quatorze décalitres de blé, il mit en regard un seul de ces grains, et dit à ses auditeurs :

« Voilà en volume la terre, et voici le soleil. »

« Cette assimilation frappa les élèves de surprise, infiniment plus que ne l'avait fait l'énonciation du rapport des nombres abstraits 1 à 1,400,000. »

Quittons maintenant le soleil pour poursuivre notre étude des planètes.

VÉNUS, l'une des plus brillantes, appelée communément *étoile du soir, étoile du matin, étoile du berger,* est à 111,741,000 kilomètres du soleil.

JUPITER a quatre satellites ou lunes, et un volume qui vaut plus de 1,470 fois notre globe. Sa distance du soleil dépasse 803 millions de kilomètres ; son éclat est quelquefois supérieur à celui de Vénus. Examinée au télescope, la planète se présente à l'observateur avec un disque égal à celui de la pleine lune vue à l'œil nu.

Elle apparaît sous une teinte jaunâtre, fort brillante vers l'équateur et s'assombrissant vers les pôles. Sur ce fond jaune se détachent des bandes d'un gris très-prononcé, semblables par leur forme, par leur disposition, aux bandes de nuages qu'on observe si souvent au ciel par une belle et calme soirée, après le coucher du soleil. Il est probable que le brillant fond jaune dont est généralement revêtu le disque de Jupiter se compose de nuages qui réfléchissent sa lumière avec beaucoup plus de puissance que les masses les plus denses éclairées par le soleil de notre atmosphère.

Globe prodigieux, d'un volume 900 fois environ plus considérable que la terre, qu'entourent plusieurs anneaux minces, plats, d'une matière solide de plus de 4,000 myriamètres de large, SATURNE est, de toutes les planètes appartenant au groupe terrestre, celle qui ouvre à l'étonnement le champ le plus vaste. Sa distance au soleil est si énorme que, quand toute l'orbite terrestre, dont le diamètre mesure près de 80 millions de lieues, serait remplie, comblée par un soleil, ce soleil, vu de Saturne, aurait un diamètre apparent environ vingt-quatre fois plus grand (seulement) que le soleil réel, vu de la terre. Un boulet de canon, parcourant 200 lieues par heure, mettrait environ 200 ans, et un train de chemin de fer, faisant 20 lieues à l'heure, emploierait près de 2,000 ans pour aller de Saturne au soleil. La lumière, qui, par seconde, parcourt environ 80,000 lieues, met 1 heure 15 minutes à franchir une telle distance. Et pourtant, à cette distance, la gravitation solaire transmet ses ordres ; elle est obéie avec la plus grande promptitude, avec la précision la plus parfaite.

Le diamètre de l'orbite de Saturne ayant 720 millions de lieues, sa circonférence est de 2 milliards 260 millions de lieues. La planète s'y meut en 10,759 jours. Son mouvement journalier est, par conséquent, de 210,048 lieues et par heure, de 8,752 lieues.

Devant ces résultats, comme en présence de tous ceux qui précèdent, l'esprit éprouve le besoin de s'arrêter et de se reposer. Il faut, pour suppléer à notre imagination qui nous laisse impuissants, à nous les représenter, amoindrir ces masses immenses, rétrécir ces incommensurables espaces et emprunter à des objets connus des points de comparaisons qui puissent aider quelque peu notre faiblesse.

Ainsi, dit M. Lecouturier dans son *Musée des Sciences*, choisissons un vaste terrain bien uni, et disposons au milieu un globe d'environ 65 centimètres de diamètre; ce globe représentera le *soleil* et sera le centre des diverses orbites planétaires.

Traçons alentour une circonférence de 40 mètres de diamètre, et mettons dessus un grain de millet, nous aurons l'image comparative de *Mercure* et de son orbite par rapport au soleil.

Plaçons un pois sur une circonférence de 70 mètres de diamètre, ce sera l'image de *Vénus* et de sa route dans les cieux.

La *Terre* avec son orbite sera représentée par un pois un peu plus gros placé sur une circonférence de 100 mètres de diamètre.

Mars sera une forte tête d'épingle, et son orbite une circonférence d'un diamètre de 160 mètres.

Jupiter sera une belle orange, et son orbite une circonférence de 520 mètres de diamètre.

Une bille de billard représentera *Saturne*, et une circonférence de 1,000 mètres de diamètre son orbite.

Uranus aura pour image une grosse cerise, et son orbite une circonférence de 1,960 mètres de diamètre.

Enfin *Neptune* ou la planète Leverrier, ainsi nommée du savant français qui en a fait la découverte en 1846, sera représentée par une prune, et son orbite par une circonférence de 3,040 mètres de diamètre.

Nous ne parlons pas ici des satellites, dont les dimensions sont aussi variées que celles des planètes.

Pour ajouter encore au tableau qui précède, supposons un homme monté sur une locomotive qui parcourerait 4,444 myriamètres ou 100 lieues par jour; il lui faudrait à peu près trois mois pour faire le tour de la terre, deux ans et demi pour aller jusqu'à la lune, près de mille ans pour aller au soleil, dont il ne parviendrait à faire le tour qu'en vingt-sept ans et demi.

Disons maintenant un mot des *comètes*.

Les COMÈTES sont des astres errants qui disparaissent pour un temps à notre vue. Tandis que les orbites des planètes sont des ellipses à peu près circulaires, celles des comètes sont des ellipses excessivement allongées, dont le centre du soleil occupe un des foyers. Tandis ensuite que le mouvement de chaque planète est *direct*, on a constaté un mouvement *rétrograde* chez la moitié des comètes observées.

Lorsqu'une comète, dit M. Garcet, apparaît à nos yeux à une assez grande distance du soleil, elle ne présente qu'une nébulosité vague, au centre de laquelle on distingue une partie plus brillante : elle ressemble alors à un corps solide entouré d'une volumineuse atmosphère. On a donné, en conséquence, le nom de *noyau* à la partie centrale, et celui de *chevelure* à la nébulosité qui l'enveloppe. Mais si l'on examine l'astre avec un fort grossissement, on reconnaît que le noyau n'est pas plus solide que le reste de la comète ; car on peut même apercevoir les étoiles à travers son épaisseur. Il faut donc rejeter toute idée de solidité pour le noyau, et n'y voir qu'une nébulosité plus condensée que la partie extérieure.

A mesure que la comète se rapproche du soleil, son éclat augmente, mais sa forme s'altère ; la nébulosité s'allonge, et il se forme une *queue* qui atteint quelquefois des dimensions gigantesques. Cette queue est toujours dirigée à l'opposé du soleil ; elle suit l'astre en l'abandonnant en partie. Puis, lorsque la comète, après son passage au périhélie, va s'éloignant rapidement du soleil, la queue, que la chaleur solaire développe souvent outre mesure, la précède sur son orbite, et les phénomènes décrits plus haut se reproduisent en sens inverse : l'éclat diminue, et bientôt l'astre disparaît à nos yeux.

Rien n'est plus variable que l'aspect des comètes. Les unes n'ont pas de queue, les autres ont des queues de soixante millions de lieues de longueur : certaines queues sont rectilignes, d'autres recourbées comme un sabre turc ; celles-ci ont partout une largeur uniforme, celles-là s'élargissent en forme d'éventail. Leur épaisseur atteint plusieurs millions de lieues ; mais ce qu'il y a de remarquable, c'est que la lumière les traverse sans déviation, sans affaiblissement sensible. La matière dont elles sont composées est donc d'une ténuité au-dessus de toute imagination ; elle est beaucoup moins dense que la plus légère fumée, que la brume la plus fine, la plus gazeuse.

Le nombre des comètes paraît illimité ; les catalogues contiennent les éléments de deux cents de ces astres ; d'autres, en plus grand nombre, ont été vus à diverses époques, sans que leur marche ait été soumise au calcul.

D'après ce qui précède, ne peut-on pas dire que les comètes sont des accidents, des irrégularités, de fausses notes dans le concert des mondes, des feux follets qui planent sur la gigantesque ébullition de la vie ! Les unes éclosent pour disparaître à jamais ; d'autres, plus résistantes, reviennent à intervalles égaux ; souvent elles enchevêtrent leurs panaches, marient leurs tourbillons, se confondent ou vont se perdre dans le soleil.

Qui sait si, du sein de la lumière incréée ou d'un foyer mystérieux, les comètes n'apportent pas un nouvel aliment au flambeau de notre système? Qui sait si elles n'ont pas mission de purifier, de renouveler, d'entretenir les grands courants de la vie? Mais leur existence morale, leur symbolisme, a encore plus frappé les esprits que leur composition ou leur rôle cosmique.

En voyant subitement apparaître un de ces corps si différents des autres mondes de notre système, en réfléchissant à la diversité de leurs mouvements, on se demandait avec anxiété si l'un d'eux ne pourrait pas rencontrer la terre dans sa course vagabonde, et quels seraient les effets d'une pareille rencontre. Ainsi, le 13 juin 1857, le monde, suivant une prédiction, devait périr, ou brûlé, ou noyé, ou pulvérisé par une comète[1]. Pour montrer quel cas il convient de faire de ces redoutables appréhensions, constatons que lorsqu'une comète passe dans le voisinage d'une planète, elle ne produit par son attraction aucune perturbation, aucun

1. Les comètes, pour les anciens et pour beaucoup de modernes, sont les messagères destinées par la Providence à nous annoncer de grands événements. Il est rare qu'elles soient les précurseurs d'événements heureux. Semblables à des vautours affamés, elles se sont toujours plu à planer sur les champs de batailles des guerres civiles, sur les vastes cimetières de la peste et de la famine. Oiseaux de mauvais augure, elles prédisaient la chute ou la mort de quelque grand capitaine, de quelque Nabuchodonosor ivre de sa puissance.

Une d'elles apparut aux ides de mars, quand César tomba sous le poignard de l'aristocratie romaine! Celle à qui Charles-Quint a donné son nom n'a jamais marqué que de lugubres coïncidences. Depuis trois ans on l'attend et on la redoute.

Cependant ces astres semblent s'être associés aux progrès des idées, à l'apaisement des esprits; elles n'affectent plus les formes horribles d'autrefois, épées flamboyantes, poignards, méduses, scarabées de feu, poulpes incandescents aux appendices sans nombre. Elles montraient à la barbarie une face digne d'elle, livide, d'un rouge de sang, comme si elles avaient été les émanations des colères et des terreurs du temps.

Celles du dix-neuvième siècle n'ont rien de si effrayant ni de si hérissé. Elles brillent d'un éclat tranquille et pur; leur panache est blanc comme celui de Henri IV dans les rangs de l'armée céleste. Elles embellissent nos nuits et saturent l'atmosphère d'une douce chaleur; leur aspect est joyeux et triomphal comme celui d'un feu d'artifice. Celle de 1811, outre qu'elle marqua l'apogée d'une grande gloire, donna aux pampres des vertus miraculeuses, les vignerons la mettront désormais sur leurs armes. En 1835, une gentille comète, postée au zénith, veilla avec soin aux vendanges, et les cuves tressaillirent sous son influence. En 1843, celle qui barra le ciel tout entier escorta le convoi de l'empereur aux Invalides. Depuis, elles n'ont salué que de joyeux événements. Ainsi celle de 1858 trace sa voie dans un azur sans tache, elle sourit au fil transatlantique, elle éclate joyeusement au sein de la concorde universelle. Seuls les Chinois auront à s'en plaindre. Elle a ouvert aux barbares de l'Occident les portes de l'empire du Milieu. Leur civilisation cliché s'écroule; notre artillerie les a réveillés en sursaut de leur lourd sommeil opiacé. La queue de la comète va peut-être leur faire perdre la leur. (Doucet, dans le *Monde illustré*, année 1858.)

dérangement appréciable dans la marche de cette planète, ni même dans celle de ses satellites. Au contraire, ces divers astres ont une influence énorme sur le mouvement de la comète ; ils déforment son orbite et altèrent considérablement ses éléments. On doit donc conclure de là que si la terre rencontrait l'une d'elles, elle la traverserait probablement sans s'en apercevoir. Le seul accident à redouter serait l'introduction dans notre atmosphère d'une partie de la matière cométaire, dont l'action, nuisible à nos organes respiratoires, produirait peut-être des maladies mortelles.

Quelque majestueuse que puisse paraître l'étude que nous venons de faire, elle n'a porté que sur un point du firmament. Si nous embrassons maintenant de nos regards toute l'étendue du ciel, elle nous apparaît comme une voûte toute parsemée de petits points brillants qui ne changent pas de place les uns par rapport aux autres, et dont la lumière constamment agitée produit, par sa rapidité, l'illusion de véritables étincelles.

Ces petits points sont des astres lumineux par eux-mêmes ; ils ont reçu le nom d'ÉTOILES FIXES. Ces dernières paraissent n'être point différentes de notre soleil, qui ne serait lui-même qu'une étoile de cette nature ; on doit donc les considérer comme autant de soleils, qui peut-être échauffent et vivifient des systèmes planétaires comme le nôtre, imperceptibles à nos moyens d'investigation.

Quel est le nombre de ces étoiles ? on ne saurait le dire. A l'œil nu, on en voit environ deux mille au-dessus de l'horizon ; si l'on se sert d'un télescope assez puissant, ce n'est plus par mille qu'il faut les compter, mais par milliers : les astronomes en ont relevé plus de deux cent mille. La *Voie lactée* et toutes ces grandes taches blanchâtres et lumineuses qu'on aperçoit dans le ciel pendant les nuits les plus sereines, deviennent comme des groupes infinis d'étoiles. Chaque perfectionnement nouveau apporté aux instruments d'optique fait ainsi découvrir, à des profondeurs jusqu'alors insondables, des mondes lumineux perdus dans des abimes que nos yeux croyaient déserts.

Il y a des étoiles dont la lumière croît sensiblement avec la durée des siècles ; il en est d'autres dont l'éclat diminue ; d'autres enfin se sont subitement montrées dans le ciel et, après avoir jeté quelque temps un éclat extraordinaire, ont disparu sans laisser de traces et sans avoir changé de place pendant la durée de leur apparition. On peut citer comme la plus remarquable celle qui fut aperçue le 11 novembre 1572, avec un éclat plus vif que celui de *Sirius* et de *Jupiter*. Visible d'abord en plein midi, quand le ciel était pur, elle commença à diminuer dès le mois de décembre ; puis, son éclat s'affaiblissant toujours, on la vit passer successivement du blanc au jaunâtre, au jaune rougeâtre et au blanc plombé ; elle finit par s'éteindre au mois de mars 1574 : elle avait brillé seize mois. Elle a été étudiée par Tycho-Brahé.

La distance qui nous sépare de ces étoiles est si énorme qu'elle devient inappréciable. Tout ce que peut dire la science, c'est que l'étoile fixe la plus rapprochée de nous est à plus de 12 trillions 44 billions de myriamètres ou 28 trillions ; c'est-à-dire 2,800,000 fois un million de lieues[1]. Supposons, comme nous l'avons déjà fait, un homme emporté par une locomotive d'une vitesse journalière de 4,444 myriamètres ou 100 lieues ; il lui faudrait deux ans et demi pour aller jusqu'à la lune, près de mille ans pour aller au soleil et environ 770 millions d'années pour aller jusqu'à l'étoile fixe la plus rapprochée. La lumière parcourt environ 1,780,000 myriamètres ou 4 millions de lieues par minute ; elle nous arrive du soleil en 8 minutes 13 secondes : elle emploie ainsi 13 ans pour nous parvenir des étoiles les plus voisines. Ainsi les rayons lumineux, ces courriers si rapides, ne nous apportent, suivant l'expression de M. Arago, que l'histoire très-ancienne de ces mondes éloignés. Enfin, si nous nous transportons par la pensée sur l'une de ces dernières, il suffira de l'épaisseur d'un cheveu pour cacher à nos regards la terre, le soleil et l'espace de 35 millions de lieues qui sépare ces deux astres.

Devant de pareilles distances et des espaces aussi effrayants, l'esprit 'arrête comme frappé de vertige ; cependant ne nous laissons pas abattre, et après avoir abîmé notre pensée, relevons la tête et écrions-nous avec Pascal : « *Quand l'univers l'écraserait, l'homme serait encore plus noble que ce qui le tue ; parce qu'il sait qu'il meurt, et l'avantage que l'univers a sur lui, l'univers n'en sait rien.* » Pensée noble et vraie ! Oui, l'homme est plus grand que l'univers, parce que l'univers, quelque effrayantes qu'en soient les proportions, peut se mesurer, et que l'homme possède une intelligence qui ne se mesure pas.

FERDINAND P. O.

1. Observation de M. Peters discutée par M. Faye dans la séance de l'Académie des sciences du 26 juillet 1847.

LIII

UNE NOCE EN ALGÉRIE

ESQUISSE DE MŒURS

Au moment où j'entrai dans le cadre de la fête, une cinquantaine de femmes et d'enfants se mirent à pousser des cris sauvages. Après ces cris, qui sont, en Algérie, non-seulement un signe de joie, mais un tribut d'honneur payé aux étrangers, commença un concert diabolique exécuté par une troupe de moresques qui jouaient chacune un air différent : la première était armée d'une espèce de luth à trois cordes, sur lequel elle grattait avec ses ongles de manière à faire grincer les dents ; l'autre frappait à coups redoublés sur un tam-tam, dont le bruit monotone était destiné à produire l'effet d'une basse continue ; la troisième soufflait avec rage dans je ne sais quel instrument du pays qui, en fait de faux tons, ne laissait rien à désirer ; et ainsi de suite, sans compter les tambours de basque, dont les grelots pétillants complétaient un de ces orchestres barbares qu'on ne trouve que chez les Bédouins. Quand ce charivari fut apaisé, une danseuse apparut au milieu de la cour et commença à exécuter au son d'une ritournelle sans cesse renaissante, un pas glissé ; un coup de talon imprimé sur le sol marque le rhythme. Pendant ce temps, on distribuait aux convives force pâtisseries à l'eau de rose, entremêlées d'excellent café.

Quand l'heure de décorer la mariée fut arrivée, elle alla se placer sur une pile de coussins, guidée par une matrone qui lui avait fermé les yeux avec ordre de les ouvrir seulement en présence de son mari, qu'elle ne connaissait pas. Alors on frotta la fiancée avec une liqueur huileuse et musquée qui a la propriété d'adoucir la peau ; puis une femme, armée d'un pinceau, lui appliqua de petites feuilles d'or couvertes du carmin le plus vif ; une autre sépara ses cheveux sur son front et les réunit par derrière en une longue tresse qui tombait jusque sur ses talons.

Dès que la mariée fut entièrement parée, la porte s'ouvrit pour toutes les femmes qu'attirait la curiosité de voir la jeune épouse, qui restait immobile pendant que la gent féminine la regardait, l'admirait et la complimentait.

Après une exposition qui ne dura pas moins d'une heure, les femmes se réfugièrent sur les galeries supérieures, afin de laisser le champ libre aux amis du mari, qui prirent possession de la cour à leur place.

Au fur et à mesure que les hommes entrèrent, ils se donnèrent la main et formèrent un grand rond, au milieu duquel apparut tout à coup le mari, claquemuré dans un burnous blanc. Après avoir tournoyé pendant quelques instants dans ce cercle qui l'emprisonnait, deux mains s'écartèrent complaisamment devant la chambre de la mariée, et l'époux s'y précipita comme un homme ivre et fou.

AUTRE USAGE CHEZ LES ARABES

Quand un Arabe est en danger de mort, il est tenu de prononcer le *cherchada,* espèce de profession de foi musulmane. Dès que le moribond est expiré, ses parents et ses amis lavent soigneusement son corps, tressent l'unique mèche de cheveux qu'il porte sur la tête et lui introduisent du coton camphré dans le nez, dans la bouche et dans les oreilles ; puis ils l'enveloppent d'un linceul blanc, parfumé de benjoin, et le placent sur un brancard recouvert de feuillage. Le défunt y reste exposé tout le long du jour, pour que sa famille et ses parents puissent lui offrir le tribut de leurs larmes et de leurs regrets, qui généralement s'exhalent en clameurs bruyantes. Le mort est déposé, sans bière, dans une fosse peu profonde, orientée du côté de la Mecque. Les tombes arabes sont à fleur de terre et recouvertes seulement de quelques pierres reliées entre elles par un peu de chaux, pour empêcher les hyènes et les chacals de venir les fouiller.

Mᵐᵉ P. DE NOIRE-FONTAINE.

LIV

PENSÉES DE M. LE COMTE DE SÉGUR

L'adversité élève les caractères qu'elle ne dégrade pas.

—

L'envie est l'ombre de la gloire et là suit toujours.

—

Se venger de l'injustice de son pays, c'est la justifier.

—

La vertu seule est courageuse, tandis que le crime est bas dans le malheur et insolent dans la prospérité.

LV

LES FLEURS DU PRINTEMPS

L'anémone si mobile,
Frêle tribut du printemps,
Courbe sa tige débile
Sous ses pétales flottants.
La primevère avec joie
Brise ses langes dorés;
La violette déploie
Sa robe aux pans azurés.

Voici la noble pensée
Avec ses trois écussons;
Voici l'épine élancée
Qui blanchit sur les buissons;
La véronique étoilée
Aux yeux bleus et languissants,
Et la pervenche étalée
Sur les gazons renaissants.

Le fraisier brode sur l'herbe
Des festons de fleurs d'émail,
Lui qu'on verra plus superbe
Chargé de fruits de corail;
La gentille pâquerette
S'égaie aux feux du matin,
Et, comme une collerette,
Ouvre ses plis de satin.

Le thym né sur la colline
Répand ses dons parfumés;
Le narcisse qui s'incline
Se mire aux ruisseaux aimés;
Le muguet sous les fougères
Courbe son front assoupi,
Et le bluet des bergères
Va grandir près de l'épi.

Dans les ombres taciturnes
D'un sentier sombre et voûté
La mousse arbore ses urnes
Sur un tapis velouté;

Et la liane balance,
En embrassant le bosquet,
Ses feuilles en fer de lance
Et ses coupes en bouquet.

CHARLES NODIER.

LVI

GODEFROY, DUC DE BOUILLON,

PREMIER ROI CHRÉTIEN DE JÉRUSALEM

Pierre l'Ermite et le pape Urbain II venaient de parler dans la grande place de Clermont, quand de toutes les bouches et de tous les cœurs saisis d'un enthousiasme que jamais l'éloquence humaine n'avait inspiré, dit un célèbre écrivain, sortit impétueusement ce cri religieux : « *Dieu le veut ! Dieu le veut !* » L'assemblée, quand le cardinal Grégoire eut prononcé une formule de confession générale (novembre 1095), et que les barons et les chevaliers eurent reçu l'absolution de leurs péchés, l'assemblée fit le serment de venger la cause de Jésus-Christ. Les épées furent tirées de leurs fourreaux, et les reflets de l'acier semblèrent éclairer l'Occident d'une lumière nouvelle. Tous ceux qui s'engagèrent à combattre les infidèles, décorant leurs habits d'une croix rouge, furent appelés des *croisés*, et la guerre sainte prit le nom de *croisade*. (Michaud.)

La renommée publia partout la grande résolution qu'on venait de prendre de ne pas laisser plus longtemps les lieux saints aux mains des barbares qui se faisaient un jeu cruel, en accablant les pèlerins des plus sanglants outrages, d'insulter au tombeau du Sauveur du monde. De toute part les peuples accoururent ; les rangs de l'armée se grossirent de tous les hommes qui sentaient bouillonner un sang généreux dans leurs veines, et battre un noble cœur dans leurs poitrines chrétiennes.

Les premiers pas de cette trop nombreuse armée furent marqués par d'horribles désastres, qui toutefois ne découragèrent pas ceux qui devaient bientôt suivre les plus impatients, et c'est dès lors, dit un historien, que se montra dans tout son éclat l'esprit héroïque de la chevalerie, et que commença l'époque brillante de la guerre sainte.

Au premier rang des chefs qui, à la tête d'armées plus régulières, allaient quitter l'Occident, l'histoire place Godefroy de Bouillon, duc de la Basse-Lorraine. Il naquit, vers la fin du onzième siècle, à Baysy, village du Brabant wallon, à deux lieues sud-est de Nivelles, et non loin de

Fleurus, de cette ville dont les champs, six siècles plus tard, devaient deux fois s'arroser glorieusement du sang des enfants de la France. (26 juin 1794 ; 16 juin 1815.)

Les historiens, dans leurs récits empreints d'une naïve simplicité, ne nous ont rien laissé ignorer du caractère, des mœurs et des habitudes du héros que chanta le Tasse, de cet homme si humble et si doux qu'on l'aurait pris plutôt pour un religieux cénobite que pour un intrépide guerrier. Ils nous le représentent doué d'une force de corps extraordinaire, plein d'adresse dans les terribles jeux de la guerre, mais aussi plein de prudence et de modération. Sincèrement pieux, fidèle à sa parole, libéral et humain, Godefroy était le modèle des princes et des chevaliers, le père des soldats. Il n'avait pas oublié que, dans sa jeunesse, sur les pas de l'empereur d'Allemagne, dont il avait embrassé le parti contre le Saint-Siège, il était entré le premier, les armes à la main, dans les murs de la ville de Rome, et, pour expier des exploits condamnés par l'esprit de son siècle, il avait fait vœu d'aller à Jérusalem, moins comme un pèlerin que comme un libérateur.

Était-il, cependant, le véritable chef de la croisade? Quelques historiens le nient ; mais ce qu'ils accordent, c'est qu'il obtint du moins l'empire que donne la vertu. Les princes et les barons, presque toujours en querelles, et divisés par de mauvaises passions et des intérêts honteux, imploraient sa sagesse, et, dans les dangers de la guerre, s'aidaient de ses lumières et de ses conseils.

Quoi qu'il en soit, et laissant à Godefroy le titre qu'il méritait, finissons en disant que, dès qu'il eut triomphé des obstacles qu'opposait aux croisés l'empereur de Constantinople, le perfide Alexis Ier, Comnène, il pénétra en Asie, s'empara de Nicée, d'Antioche, et enfin de Jérusalem, en 1099. Il fut proclamé roi de la ville sainte ; mais toujours modeste et sans faux orgueil, il se contenta du titre de baron. Il donna à ses nouveaux États un code de lois sages, les *assises de Jérusalem*, et mourut en 1100, au retour d'une expédition contre le sultan de Damas.

Nous ajouterons à ces trop courts détails. pour l'instruction du lecteur, que l'on compte ordinairement huit croisades qui, plus ou moins brillantes, après avoir coûté des flots de sang à l'Europe et à l'Asie, n'atteignirent cependant pas le but qu'un généreux sentiment avait fait espérer, puisque les colonies chrétiennes, établies en Orient par les croisés, ne tardèrent pas, après la dernière expédition de saint Louis, à être détruites les unes après les autres, et que la Palestine retomba tout entière sous le joug des musulmans. Quant aux résultats moraux, religieux et politiques des croisades, c'est dans les livres spéciaux qu'il faut aller les chercher, et particulièrement dans l'ouvrage fort estimé de M. Michaud, Paris, 1811-22, 6 vol. in-8°, sous le titre d'*Histoire des Croisades.*

La première croisade eut lieu de 1096 à 1100, sous le pontificat d'Urbain II, et fut prêchée par Pierre l'Ermite;

La deuxième, de 1147 à 1149, sous le pontificat d'Eugène III, prêchée par saint Bernard;

La troisième, de 1189 à 1193, sous le pontificat de Clément III, prêchée par Guillaume, archevêque de Tyr;

La quatrième, de 1202 à 1204, sous le pontificat d'Innocent III, prêchée par Foulques de Neuilly;

La cinquième, sous le pontificat d'Honorius III, vers l'an 1218;

La sixième, de 1228 à 1229, sous le pontificat de Grégoire IX;

Les deux dernières furent entreprises par saint Louis, roi de France : l'une de 1248 à 1254, sous le pontificat d'Innocent IV, l'autre de 1268 à 1270, sous le pontificat de Clément IV.

PH. T. L.

LVII

CE QU'ON DIT ET CE QU'ON PENSE

(FRAGMENT D'UNE ÉPITRE.)

L'art de parler, a dit une bouche exercée,
A l'homme fut donné pour masquer sa pensée.

Privilége admirable! il n'appartient qu'à nous.
Parmi les animaux, singes, tigres et loups,
Sur leurs secrets desseins condamnés à se taire,
Un seul regard d'abord en trahit le mystère :
Mais l'homme, acteur habile à composer ses yeux
Pour l'oreille séduite a des mots captieux
Qui savent du vernis d'un mensonge agréable
Farder la vérité timide ou redoutable.

Suivez l'ambassadeur d'un pacifique roi
A la cour d'un voisin qui le remplit d'effroi.
Écoutez de quel air cet envoyé fidèle
Débite la leçon confiée à son zèle :
« Sire, plus que jamais votre auguste allié
Bénit les sacrés nœuds d'une antique amitié.

Certes je ne viens point, au nom du roi mon maître,
Vous sonder, vous prier de lui faire connaître
Pourquoi ces camps nombreux et ces flots de soldats
Qui semblent menacer le seuil de ses États...
De Votre Majesté nous n'avons rien à craindre.
Mais malheur à tout autre, habile en l'art de feindre,
Qui, violant la paix et la foi des traités,
Donnerait un champ libre à ses témérités!
Mon roi chérit la paix, mais ne craint pas la guerre.
A l'heure du péril, son pied, frappant la terre,
En ferait par milliers jaillir des défenseurs
Prêts à pulvériser ses lâches agresseurs. »

    Ceci peut se traduire en vulgaire langage :
« Nous sommes sans soldats, sans trésors, sans courage;
Mon maître meurt de peur et voudrait aujourd'hui
Voir son puissant cousin trembler plus fort que lui. »

    Qui de nous, par respect, faiblesse ou courtoisie,
N'use des mots dorés de la diplomatie?
Un soir vous savourez des loisirs parfumés,
Ayant pour compagnons vos livres bien-aimés...
Un fâcheux apparaît, turbulent personnage;
Devant vous il s'assied, bruyant comme l'orage.
Dans le sentier battu des trivialités
Il vous traîne; et sous lui lorsque vous palpitez,
L'implacable bourreau vous vole ainsi deux heures,
De vos rares loisirs justement les meilleures.
Puis quand il part, d'un ton que démentent ses yeux :
« Je vous ai fait, dit-il, perdre un temps précieux.
— Ah! monsieur, dites-vous, en luttant d'imposture,
Qui perd ainsi son temps le place à grosse usure. »

    A ce sot visiteur vous-même à votre tour
Vous allez, par devoir, rendre visite un jour.
Vous trouvez sa moitié, femme jeune et jolie.
La dame à vos regards, nouvelle Cornélie,
S'empresse avec orgueil d'étaler ses bijoux,
A savoir trois marmots, laids comme son époux;
Une fille, touchant à sa huitième année,
Qui, déjà minaudière, avec art pomponnée,
D'une coquette adulte a les façons d'agir,
Et, dès qu'on lui sourit, a le front de rougir;
Puis deux frères jumeaux, couple fort peu commode,
Comme deux chiens savants attifés par la mode

L'un monte sur vos pieds, bondit sur vos genoux;
L'autre, plus fier, se pose en garde contre vous,
Et de son sabre nu, défiant la parade,
Droit à l'un de vos yeux dirige une estocade;
Car pour apprendre à vivre humain, compatissant,
Tout fils bien élevé tient un sabre en naissant.
Vous esquivez le coup du marmot qui ricane;
Mais vous laissez tomber et couvre-chef et canne;
Le jonc sert de coursier aux bambins tour à tour,
Et de votre castor ils se font un tambour.
Vous les suivez d'un œil inquiet, sans mot dire,
Sous un air de bonheur cachant votre martyre.
La mère cependant gronde, met l'interdit
Sur ces jeux indiscrets, mais de cet air qui dit :
« Des bontés de monsieur votre faiblesse abuse;
Poursuivez, mes mignons, si ce jeu vous amuse. »

Enfin récupérant votre bien saccagé,
Vous désertez la place et vous prenez congé.
« Monsieur, vous dit la mère, en caressant sa taille,
Daignez-vous excuser mon affreuse marmaille?
— Comment donc! mais elle est charmante, en vérité :
Son naturel par vous n'a point été gâté.
De votre jugement ses grâces font l'éloge.
J'ai maudit quelquefois la lenteur de l'horloge;
Mais jamais ses instants ne m'ont semblé si courts
Qu'au milieu des débats de vos petits amours... »

H. CLOVIS MICHAUX.

LVIII

LES DEUX DUPRAT

OU LES MULETS ET LA BARBE

Antoine Duprat, cardinal-légat, chancelier de France et principal ministre de François Ier, était très-ignorant, dit-on, et ne savait pas le latin. Henri Estienne, dans son apologie d'Hérodote, dit en effet que le cardinal ayant reçu une lettre du roi d'Angleterre, Henri VIII, à François Ier, dans laquelle, entre autres choses, se trouvaient ces mots : *Mitto tibi duodecim molossos,* comprit que c'était un envoi de douze *mulets,* et que, se fiant à cette interprétation, il s'en alla demander au roi sa part du présent. Le

roi, qui n'avait ouï parler comment d'Angleterre on lui envoyait des mulets, fut ébahi de la demande. On relut la lettre, et Duprat, pour s'excuser,
dit qu'au lieu de *molossos* (dogues), il avait lu d'abord *muletos,* réparant
ainsi sa première ignorance par une autre.

Voilà ce que dit Henri Estienne; mais il est difficile de croire
qu'un homme qui se distingua dans le barreau, qui remplit de grandes
places dans l'ordre judiciaire, ait pu ignorer la langue dans laquelle
on rendait encore la justice, et qui était de première nécessité pour
toutes les études de droit. Duprat, on ne peut le nier, montra plus
d'une fois de l'éloignement et une espèce de jalousie contre les gens de
lettres, trouvant qu'*ils le primaient dans l'esprit du public* et dans la faveur
du roi; mais il n'en dut pas moins sa première élévation aux talents de
l'esprit et à ses connaissances, parce qu'alors dans les cours de magistra-
ture on ne s'élevait pas autrement. La mémoire de Duprat est devenue
odieuse: est-ce une raison de le rendre ridicule?

Ce qui est plus vrai, c'est ce qu'on raconte de son fils, Guillaume Duprat, évêque de Clermont. Il avait une des plus belles barbes du royaume,
et il y était fort attaché. S'étant présenté un jour de Pâques à la porte du
chœur de sa cathédrale, il y trouva trois dignitaires du chapitre, dont l'un
tenait des ciseaux, l'autre le livre des anciens statuts, et le troisième un
cierge allumé à la main, lui montrant du doigt ces mots : *barbis rasis*
(barbes rasées). Tous les trois l'arrêtèrent en lui criant : « Révérend père
en Dieu, *barbis rasis!* » Le bon prélat fut obligé, pour sauver sa barbe, de
s'enfuir à son château de Beauregard. Ce n'est pas tout : il prit la chose si
fort à cœur qu'il en tomba malade et ne put survivre à l'affront fait à sa
barbe. Il mourut le 22 octobre 1560, à l'âge de cinquante-trois ans.

M. DE BARANTE.

LIX

PENSÉE MORALE DE GRESSET

« La réputation des mœurs est la première. »

LX

PRÉCEPTES GÉNÉRAUX D'HYGIÈNE

De tous les exercices de notre corps propres à alimenter les principes vitaux, le plus efficace est, sans contredit, le mouvement, le travail. Son aiguillon appelle l'appétit, facilite et améliore la digestion et donne un sommeil aussi calme que profond. L'oisiveté, au contraire, n'engendre qu'ennui, que satiété, insomnie et faiblesse. Livrons-nous donc une utile activité; mais, dans le travail comme dans nos exercices, arrêtons-nous aux termes d'une douce lassitude. Telle est la barrière qu'il importe de ne pas franchir, car la fatigue excessive use peu à peu l'énergie de nos organes, hâte la vieillesse et abrége l'existence, tandis que l'action modérée, diversifiée, fortifie véritablement. Varions donc nos actions; adoucissons nos fatigues par l'attrait de la société et de la gaieté. On ressent moins le poids des labeurs en compagnie que dans l'isolement; la musique décuple les forces, le courage et la ferveur; une armée en campagne, précédée d'un bon orchestre, fera de longues marches sans souffrir de la lassitude. Le voyageur isolé lui-même charme les ennuis de la route par des refrains joyeux.

Respirer, tel est le premier besoin de la vie; l'homme exerce cet acte de quinze à vingt fois par minute; c'est à peu près une respiration par quatre pulsations du cœur et des artères. Mais elle n'est efficace qu'autant qu'un air pur, libre, inodore et souvent renouvelé, environne le corps de l'homme. Tel est l'air que la nature a prodigué partout. Composé d'environ quatre cinquièmes d'azote et d'un cinquième d'oxigène, il ne comporte ni une quantité notable d'autres gaz, ni beaucoup d'eau. Il doit être plutôt froid que chaud, plutôt sec qu'humide; mieux il vaut pesant que trop léger. De là, nécessité d'aérer les appartements, où par une absorption continuelle il deviendrait très-léger. Cette précaution doit être d'autant moins négligée, que les pièces habitées sont peu étendues et occupées par plus de personnes. Les lieux publics, les théâtres, les centres de réunion, soit de plaisirs, soit d'affaires, offrent généralement un air insalubre.

Les lieux les plus bas sont les plus dangereux; c'est là que se trouve en abondance l'acide carbonique, gaz plus pesant que l'air. Aussi est-on plus exposé, assis que debout, au parterre qu'aux loges d'un théâtre, etc.

En général, on peut apprécier la pureté de l'air par la vivacité de la flamme d'une bougie brûlant à son contact. Tout air dans lequel la flamme s'éteint d'elle-même devient promptement mortel.

9

L'air déjà respiré est infiniment plus nuisible par le gaz acide carbonique qu'il contient, que par la partie d'oxigène dont il se trouve privé. En conséquence, si le renouvellement de l'air est impossible, il vaut mieux employer l'eau de chaux dans le but d'absorber le gaz acide carbonique, que d'ajouter de l'oxigène à l'air en faisant brûler un mélange de nitre et de soufre.

Les agents les plus puissants pour purifier l'air sont les végétaux. Exposés au soleil, ils dégagent une quantité notable d'oxigène bon à respirer. C'est ainsi que le voisinage de la verdure sert à la fois à renouveler l'air et à le purifier, car les végétaux verts, outre l'air pur qu'ils exhalent, absorbent, du moins pendant le jour, le gaz carbonique que les animaux introduisent naturellement dans l'atmosphère. Placés dans l'ombre ou dans l'obscurité, au contraire, ces mêmes plantes dégagent du gaz acide carbonique comme les animaux, et corrompent le fluide vital à leur manière. On ne doit donc jamais s'endormir à l'ombre des arbres ni peupler la chambre où l'on couche d'une grande quantité de fleurs ou d'arbustes.

Il faut aller respirer l'air pur là où il se trouve naturellement, loin du centre des villes, loin des cloaques, des étangs fangeux et des eaux stagnantes. Jamais on ne doit le chercher dans les lieux humides. Ainsi, pour doter nos habitations de ce trésor inestimable, on devra les exhausser bien au-dessus du niveau du sol, s'il est argileux, et les exposer de préférence au levant; c'est de là que vient l'air le plus convenable. Au sud il est trop chaud, au nord trop froid, au couchant trop humide. À l'air pur et renouvelé il importe d'unir une douce lumière. Qu'elle soit multipliée dans les demeures, grâce aux ouvertures diaphanes qui lui donnent accès; car l'obscurité étiole l'homme, le rend pâle et l'affaiblit. Les fenêtres et les issues seront proportionnées à l'étendue des appartements, comme ceux-ci demandent une contenance en harmonie et avec le nombre des personnes qui les habitent, et avec la durée du séjour qu'elles y font.

Il faut également fuir le voisinage des fabriques qui dégagent des odeurs infectes ou des vapeurs nuisibles, ainsi que la proximité des voiries, des hôpitaux, des amphithéâtres d'anatomie, des dépôts d'engrais, des brasseries, des boucheries, des chandelleries, des chapelleries, des cimetières, des forges, des ateliers de charron, de serrurier, de même que le voisinage des églises, des grandes routes, des théâtres et autres lieux de réunion. En effet, outre l'absence de toutes conditions hygiéniques, ces lieux doivent nous éloigner à cause du bruit dont ils sont l'occasion, bruit qui trouble le repos et brise notre sommeil. Les personnes nerveuses éviteront aussi le trop grand voisinage des parfumeurs, des marchands de couleurs, des fleuristes, et surtout des pharmaciens et des fabricants de produits chimiques.

Quant aux hommes sédentaires, ils rechercheront des appartements très-spacieux, bien aérés et prendront leurs repas, ou du moins leurs plaisirs et leur repos, loin du lieu de leurs occupations. Dans les grands ateliers surtout, on doit soigneusement se garder du froid, de l'humidité, de l'obscurité et fuir un air vicié et insalubre. Il est essentiel de faire évaporer de l'eau dans les appartements qu'échauffent des poêles; on sature ainsi l'air de toute l'humidité que l'élévation de la chaleur lui rend nécessaire.

On doit éloigner de sa demeure tout corps en fermentation ou en putré-faction, tout amas d'ordures ou de débris organiques : les pressoirs, les brasseries, les fumiers, les cloaques, les meules de foin, les égouts, les eaux dormantes, les dépôts d'engrais. Les étangs et les fossés bourbeux seront curés au commencement de l'hiver, et de préférence pendant la gelée, surtout s'ils sont situés au milieu d'une ville ou d'une métairie, ou bien au pied des lieux habités.

Dans les épidémies, il importe d'isoler les hommes, de les placer dans un air salubre et de les séparer de tout vêtement porté par un malade. Dans les temps ordinaires, le mode le plus efficace pour entretenir la santé, c'est de se prémunir attentivement contre les vicissi-tudes de l'atmosphère, contre les brusques passages du chaud au froid, si l'on ne s'est habitué dès l'enfance à les endurer sans en souffrir ; c'est de sortir vers le milieu du jour en hiver et au printemps, le matin et le soir en été ; c'est d'éviter le froid humide des nuits, froid beaucoup plus sensible qu'à toute autre époque pendant les saisons chaudes de l'année.

En effet, c'est une vérité digne de remarque que le plus souvent la nuit voit débuter la plupart des maladies. On n'a rien à craindre du serein, lorsque le temps est couvert et lorsqu'il vente; car alors aucune rosée ne se produit.

Il faut attendre l'appétit, l'exciter quelquefois soigneusement, le satis-faire, mais non le prévenir; cependant il importe d'éviter la faim, comme nuisible à la santé; elle produirait la faiblesse, et, à table, conduirait à des excès. On peut manger toutes les quatre heures ; c'est à peu près le temps qu'une bonne digestion met à s'accomplir. Quant aux aliments, il est impossible de traduire leur emploi en préceptes. Nous différons tous par l'estomac autant que par les traits de la figure et par le caractère; com-ment donc préciser l'espèce de nourriture dont chacun doit faire usage? Ce qui nuit à l'un convient à l'autre. Il faut consulter l'âge, le sexe, les habitudes; on s'appliquera surtout à mettre à profit l'expérience personnelle. Chaque homme judicieux qui a atteint trente ans est, sous ce rapport, son meilleur conseiller. Le goût et l'odorat doivent être consultés quant au choix des aliments : ce sont là deux sentinelles intelligentes dont l'appréciation est rarement trompeuse ; il est peu ordinaire que le mets qui flatte notre palais fatigue l'estomac. Cependant on ne saurait nier que les substances animales ne soient plus promptement digérées que les substances végétales. Les viandes passent plus vite que les légumes. La gélatine se digère mieux que l'albumine ; les muscles ou chairs mieux que la graisse ou les tendons ; le lait mieux que les végétaux même sucrés ; le pain mieux que les mucilages. Si la digestion des viandes est plus rapide que celle des végétaux, en revanche elle donne plus d'énergie, elle produit plus de chaleur. Les légumes, pour ce motif, sont préférables en été et dans les maladies lentes escortées par la fièvre. Les personnes qui ont acquis leur croissance, les convalescents, les hommes d'étude se trouvent mieux des viandes blanches, des légumes frais, du poisson, des fruits parvenus à leur maturité, du lait et des œufs que de l'usage des viandes faites et résistantes. C'est le contraire pour les hommes dont les membres éprouvent une extrême fatigue : un régime frugal est très-favorable à la santé d'un corps faible et d'un esprit occupé ; il serait nuisible à l'énergie indispensable à des peuples agriculteurs. L'extrême frugalité n'est bonne qu'à l'oisive sagesse, qu'à la paresse qui s'endort sans fatigue, qu'à la beauté qui craint les rides ou à l'innocence qui redoute les passions ; elle détruirait à la longue l'énergie intellectuelle et virile. Les aliments végétaux sont ceux qui exigent les boissons les plus abondantes ; les viandes excitent moins la soif. Le trop grand usage des boissons nuit à l'embonpoint. Le thé, les boissons chaudes hâtent la digestion ; mais ils en entravent le parfait accomplissement. Les boissons fermentées apaisent la faim ; prises avec excès, elles suppriment l'appétit. Qui boit dîne. Les épices, l'ail, le poivre, l'eau-de-vie, les toniques et le café, toutes ces choses conviennent mieux dans les pays et dans les temps chauds, qu'au milieu de circonstances opposées. Rien ne rafraîchit la peau et ne diminue les sueurs autant que les excitants mis en contact avec l'estomac. Mêlée à l'eau, à l'eau miellée surtout, l'eau-de-vie modère la transpiration et désaltère promptement ; mais prise à jeun elle détermine fréquemment des gastrites, et quelquefois des squirrhes au pylore. Le sel facilite et accélère la digestion ; le sucre lui est nuisible, si ce n'est sous forme de solution aqueuse après un repas pénible : il ôte l'appétit et tarit la source de la salive ; il dessèche la bouche et la rend pâteuse ; il désenchante d'une nourriture frugale ; enfin il échauffe et constipe. Les eaux provenant de neiges et de glaces fondues présentent certains dangers : elles engendrent les maladies scrofuleuses.

Avant de s'en servir, il est essentiel de les agiter au grand air ; cet acte les rend plus légères et en opère l'assainissement. Le pain dans lequel on fait entrer soit de l'ivraie, soit des grains ergotés, détermine ordinairement la gangrène sèche, des fièvres graves ou le scorbut. La présence de l'ergot se reconnaît aux taches violettes du pain : ces taches sont également apparentes dans la pâte. Si un malade est trop sanguin, s'il existe chez lui de la pléthore, il vaut mieux diminuer la source du sang au moyen de l'abstinence que d'en évacuer l'excédant par des saignées ; l'effet sera de la sorte plus durable, plus graduel, et d'autant plus efficace qu'il aura été moins subitement ressenti.

Il est difficile de se bien porter si l'on ne dort au moins six heures par nuit : il faut neuf à dix heures de sommeil au convalescent et à l'enfant, huit à la femme jeune, sept à l'homme occupé, six à l'oisif ; c'est assez de cinq pour le vieillard, assez de trois pour le malade. Quatre heures de sommeil de nuit redonnent plus de forces et d'aptitude à l'action que six heures de sommeil de jour. Ceux qui digèrent mal doivent ou beaucoup agir, ou séjourner plus longtemps au lit : le lit ralentit la digestion par sa chaleur ; mais il la rend plus profitable, en même temps qu'il n'en dissipe point le produit. Peu de café cause souvent l'insomnie ; beaucoup de café l'assoupissement, et quelquefois le délire ; il en est de même du vin et des liqueurs. Pour se livrer au sommeil, il est utile que la digestion soit déjà sinon accomplie, du moins ébranlée ; que le corps et les membres soient libres d'étreintes, de ligatures ou de compressions. Il est bon de se prémunir contre le bruit, contre le grand jour et les courants d'air, sans cependant s'enfermer dans de profondes alcôves où le fluide vital ne saurait se renouveler. Il faut éloigner de sa chambre à coucher les parfums et ne pas y faire régner une chaleur trop vive, car cette dernière pourrait engendrer l'apoplexie. Il importe de proscrire les lits trop mous, qui excitent la sueur et la faiblesse. Pendant le sommeil, la tête doit être haute et modérément couverte, les pieds chauds, les besoins de la vie satisfaits et l'esprit tranquille.

Quant aux vêtements, tout homme sain et fort devra préférer les habille-ments blancs, comme étant ceux qui retiennent le mieux la chaleur ; les êtres faibles, les vieillards caducs, les convalescents débiles au contraire, qui éprouvent le besoin d'appeler la chaleur artificielle au secours de la chaleur vitale, feront usage des vêtements noirs, parfaitement propres à atteindre ce but. On ne doit laisser sur le corps ou sur les membres ni liens, ni entraves d'aucune sorte ; des jarretières serrées engendrent sou-vent des varices ; les cravates roides peuvent déterminer des douleurs à la poitrine, causer une attaque d'apoplexie, altérer la voix des chanteurs et des orateurs. Les corsets ont donné plus d'une fois lieu à des squirrhes au sein, à la phthisie et à des difformités de la taille. La nudité des bras et des épaules dispose les femmes aux rhumes, et ces rhumes renouvelés conduisent à la phthisie. La nudité du cou chez les enfants augmente de même la fréquence du croup, et ajoute ainsi aux causes de mortalité du premier âge.

Passons à la propreté. — La propreté est un soin délicat que l'homme prend de garantir de toute souillure son corps ou les choses matérielles qui l'entourent.

Un littérateur philosophe a dit : « La propreté des habits annonce la pureté de l'âme. » Cette pensée est aussi exacte que profonde. En effet, toutes nos actions venant de nos idées, il est naturel de conclure que l'homme qui se plaît à cultiver la propreté dans les vêtements doit nécessairement nourrir son âme des habitudes d'ordre et de bienséance, et par là s'étudier à ne blesser ni les regards, ni les mœurs de ses semblables.

La malpropreté, au contraire, révolte les yeux de ceux qui nous entourent, tant par l'aspect hideux du malheureux qu'elle afflige que par l'odeur fétide qu'exhale son corps. Elle engendre, entretient, puis exaspère différentes maladies ou infirmités : la gale, les dartres, la vermine, la teigne, etc.

Rien donc de plus important que la propreté. Ses soins doivent s'étendre à tout ce qui est d'usage journalier pour le corps, à tout ce qui le pénètre ou l'approche ; aux aliments et aux boissons, au logis, au voisinage, au linge, aux vêtements. Elle est d'ailleurs, sous ces deux derniers points de vue, une question d'ordre, d'économie, et par conséquent de fortune. Les pratiques de propreté sont également de rigueur pour tous les organes accessibles : pour la peau, pour la bouche, pour les dents, le nez, les oreilles, les yeux, la tête et toutes les issues du corps.

Une des conditions de la propreté qui a les plus heureux effets pour la santé, c'est l'usage des bains. Voici à leur égard quelques prescriptions de la plus haute importance.

Il ne faut se mettre au bain que longtemps après que la transpiration sensible a cessé, lorsque toute la sueur est rebue, évaporée ou soigneusement absorbée ; mieux vaut se baigner après le repas, alors que le corps est calme et agile, la digestion accomplie. Un bain tiède rafraîchit et ôte toute lassitude, il dispose au repos. Se baigne-t-on en pleine rivière, il faut éviter les rayons ardents du soleil,

Il est toujours malsain, et quelquefois dangereux, de se plonger dans l'eau courante pendant les temps d'orage ; l'infraction à cette règle a souvent déterminé de graves accès de fièvre.

ET SCIENTIFIQUE.

Les campagnards et les ouvriers doivent changer de linge fréquemment et ne jamais conserver sur eux des vêtements mouillés. Si, de même que les soldats et les hommes de mer, ils sont souvent atteints de rhumatismes, de scorbut et de dyssenterie, c'est presque toujours pour avoir négligé d'accomplir ce précepte peu dispendieux.

Il semble que la nature sensible ait mission de rappeler l'homme à la pratique de la propreté. Voyez avec quel soin les poules, les oiseaux passent leurs plumes par leurs becs pour se débarrasser de tout ce qui est capable de les souiller. Les bœufs, les chats, les chevaux se lèchent afin de rendre leurs poils luisants ; les chiens arrachent avec leurs dents la boue qui s'attache à leurs poils et prennent des bains ainsi que beaucoup d'autres animaux. Pour se débarrasser des insectes qui ont pu s'attacher à eux, les renards munissent leur gueule d'un paquet de mousse sèche, se glissent lentement dans les ondes, par la queue, jusqu'à ce que l'eau arrive à la hauteur de cette sorte d'éponge artificielle ; les petits oiseaux, à peine éclos, sont conduits par un instinct particulier à ne pas salir leur nid de leurs ordures. La propreté est donc une loi de la nature. Eh ! comment l'homme, si supérieur aux autres animaux, leur resterait-il inférieur sur ce point ? Il ne peut certes se résigner à cette honteuse dégradation.

SAINT DOZITÈE.

LXI

LA FRANCE

En sortant du monde romain, le premier peuple qui, sur ses débris, se lève puissant et victorieux, c'est le peuple français. La gloire de notre nation ne craint aucune comparaison avec celle de Rome : nous pouvons fièrement opposer notre Clovis à son Romulus, Charles Martel à Camille, Charlemagne à César. Nos Godefroy, nos Raymond, nos Duguesclin, nos Dunois, nos Coligny, nos Montmorency, nos Bayard, nos Catinat, nos Turenne, nos Villars, nos Condé, peuvent marcher à côté de ses consuls, et, de nos jours, une foule de héros égalent tous ceux de la Grèce et de l'Italie. Saint Louis, Charles V, Louis XII, Henri IV, semblent avoir été vivifiés par l'âme des Antonins ; Louis XIV, comme Auguste, a donné justement son nom à son siècle ; depuis, un nouvel Alexandre a brillé et a disparu comme le Macédonien ; conquérant rapide, guerrier longtemps indomptable, aussi belliqueux que Trajan, il a porté notre gloire, nos armes et son nom en Afrique, en Germanie, en Italie, en Espagne, en

Scythie, au centre de l'Asie, et, comme lui, a perdu ses conquêtes pour avoir refusé de leur fixer des bornes. Sully, l'Hôpital et d'Aguesseau célèbres par leurs vertus autant que par leur habileté ; l'immortel Bossuet, le touchant Fénelon, l'illustre Montesquieu, le sublime Corneille, l'inimitable Racine, ce Montaigne original, ce Molière et ce naïf La Fontaine, qui n'ont point eu de rivaux dans leur genre ; ce Voltaire, si étonnant par l'universalité de son génie ; enfin un nombre prodigieux d'écrivains brillants, d'ingénieux moralistes, de poëtes harmonieux, de savants profonds et d'éloquents orateurs ne nous laissent rien à envier pour les palmes de la chaire, du barreau, de la tribune, du théâtre, et pour toutes les couronnes que décernent les muses. Nos découvertes dans les sciences, nos progrès dans les arts, le perfectionnement de l'agriculture et de toutes les industries, le pinceau des David et des Gérard, le ciseau de Houdon, de Pigalle et de leurs émules, la création de nos machines, la diversité de nos métiers, les prodiges de nos manufactures, la destruction de tout esclavage, la variété et la multiplicité des jouissances qui embellissent la vie des citoyens de tous les rangs, des laboureurs comme des citadins, nous feraient trouver aujourd'hui, si elles reparaissaient, Athènes sauvage et Rome barbare. Soyons donc fiers de notre siècle et de notre France, de cette France que l'Europe liguée a tant redoutée dans ses triomphes, qu'elle respecte encore après ses désastres, et sur laquelle elle appuie enfin, grâce à son habile politique, son équilibre tant de fois menacé.

Le comte DE SÉGUR.

LXII

LE DÉPARTEMENT DE LA MAYENNE

ET LE TAILLEUR DE CHARNACE

Connaissez-vous le département de la Mayenne, qui doit son nom à un des affluents de la Loire? — oui et non. — Cela ne m'étonne pas; il en est ainsi de presque toutes nos connaissances, dont nous sommes cependant si fiers. Eh bien! je ne vous parlerai cependant ni des gazons ni des genêts qui en couvrent presque partout le sol, et dont les uns servent à brûler les autres; ni des moutons dont la laine est, toutefois, d'une beauté rare, et qui s'emploie utilement dans les manufactures d'étamine; je ne vous entretiendrai ni des vins ni des chanvres, ni même des toiles qu'on y fabrique. A quoi vous servirait de savoir le nom de toutes ces toiles?

que vous importent les *non-battues*, qui passent en Espagne, les *demi-
hollandes*, que les bons Parisiens achètent et vendent pour de véritables
toiles de Hollande, les fins connaisseurs ! les *nationales*, les *grands-laisots*,
les *petites-laisses* et les *pontivis* ? Je laisserai même de côté, sans troubler
leur industrie, les villes peu nombreuses de ce département; Laval, qui
est cependant le siége de la préfecture, ne nous arrêtera pas, malgré ses
promenades extérieures, qui sont charmantes, et ses délicieux alentours. Je
ne citerai qu'en passant les noms de Guillaume Bigot, un des plus grands
médecins du seizième siècle, d'Ambroise Paré, chirurgien, si prodigieusement instruit, de David Fleurance-Rivault, savant commentateur d'Archimède, de Michel Tronchay, et enfin du philosophe Volney dont .a ville
de Craon doit être fière. J'ai hâte d'arriver au château de Charnace. —
Pourquoi? — Vous allez le savoir ; la chose se passait au temps de
Louis XIV, de glorieuse mémoire.

Le seigneur de Charnace s'affligeait tous les jours en jetant ses yeux sur
une misérable chaumière qui lui fermait la vue d'un paysage s'étalant
devant son château avec une sorte de railleuse coquetterie. Que faire?.
Le propriétaire de la chaumière, tout tailleur qu'il était, y tenait sans
doute; fallait-il lui susciter un procès dont le succès était incertain ? Car,
quoi qu'on en dise, la justice ne lève pas toujours son bandeau en faveur
des grands et ne fait pas toujours pencher de leur côté les plateaux de la
balance. La ruse valait mieux ; il eut donc recours à la ruse : « Maître
Pierre, dit le seigneur au tireur d'aiguille, ma livrée est vieille ; il m'en
faut une neuve; mais je suis pressé. Tu travailleras donc ici ; je t'y
nourrirai, tu y coucheras et tu ne sortiras du château que quand ma
livrée sera finie. » Le tailleur accepte ; c'était une bonne aubaine ; mais
pendant que le tailleur coud, le seigneur démolit. Le plan de la chaumière,
l'arrangement des meubles, la place des ustensiles , tout est fidèlement
étudié, dessiné et rendu. On abat la maison, et elle est rebâtie à quelques
centaines de pas plus loin. Rien n'y manque et le prestige est complet
La fin de la bâtisse amène celle de la livrée. On attend le soir pour congé-
dier maître Pierre ; on le paye, et le voilà en route.

Arrivé au bout de l'avenue, en face d'un grand arbre qui lui servait
de renseignement, le tailleur cherche sa maison et ne la retrouve plus ; il
va, vient, retourne, revient encore; peine perdue ! la maison n'est plus
là !... Enfin, à la faveur du crépuscule, il croit apercevoir un objet qui se
dessine dans l'ombre ; il se hasarde, il avance, il arrive : c'est sa maison ! —
« Voilà qui est singulier, dit-il ! » Il tire la clef de sa poche, elle entre
dans la serrure, elle ouvre; il est bien chez lui, rien n'est dérangé dans la
maison. « Allons !... allons !... j'avais perdu la tête ! » Le lendemain,

quand il voulut sortir, les éclats de rire des valets de monseigneur lui dévoilèrent le tour qu'on lui avait joué.

L'auteur, qui raconte cette historiette, ajoute que le tailleur en mourut de chagrin ; mais je n'en crois rien ; une maison neuve a toujours eu plus de prix qu'une vieille maison, même aux yeux d'un tailleur.

PH. T. L.

LXIII

UNE MARQUISE AU CHATEAU DE VERSAILLES

Sa chambre, son ameublement, son portrait, sa toilette, ses amusements et son coucher.

ESQUISSE DE MODES ET DE MŒURS

C'était au château de Versailles, en l'an de grâce 1679, le huitième jour du mois d'août ou d'Auguste, comme parle l'historien du siècle de Louis XIV ; la pendule venait de sonner dix heures du soir dans une chambre ornée de tapisseries des Gobelins et de Beauvais, supérieures par leur magnificence aux plus riches tissus de la Turquie et de la Perse, étincelante de glaces de Saint-Gobain qui faisaient pâlir les plus beaux miroirs de Venise, éclairée de plusieurs lustres de cristal dont l'éclat multiplié y jetait un reflet magique.

Partout on admirait des draperies d'un bleu tendre, disposées par les soins de Boule, célèbre tapissier de la couronne, un plafond constellé d'arabesques, des lambris incrustés de trophées d'armes, des vases de porcelaine du Japon embaumés de fleurs, des ornements de cheminée ou de table achetés chez Raclaux, Quesnel, Malafer et autres marchands les plus en vogue parmi ceux qu'on appelait alors les *curieux*; enfin tout un ameublement auquel avaient présidé le goût, le luxe et la galanterie. Des chefs-d'œuvre de Lebrun, de Mignard, des portraits dus aux pinceaux de Rigaud, Nanteuil, Petitot et Troi ; plusieurs cartels représentant des sujets champêtres ou mythologiques, attiraient ou charmaient les regards, in……is entre tant d'éblouissantes richesses.

Dans un si magnifique séjour tout inspirait des idées de plaisir et de fête. Une femme était étendue plutôt qu'assise dans un grand fauteuil de brocart rouge adossé au pied de son lit. Sa taille, malgré des proportions un peu fortes, ne manquait pas d'élégance. Dans l'expression de la figure régnait un mélange de grâce attrayante et de fierté impérieuse. L'éclat de ses grands yeux noirs décelait la vivacité de ses pensées et la malice de son esprit; sa bouche laissait entrevoir les perles de ses dents alignées avec une symétrie parfaite, et la blancheur de son teint pouvait rivaliser avec le plus pur albâtre. Ses cheveux blonds ne formaient pas ces pyramides de fil d'archal, ces montagnes échelonnées de nœuds qui longtemps avaient exhaussé de deux pieds la taille des dames de la cour, et dont le ridicule échafaudage était tombé devant la mode des coiffures basses, introduite par la comtesse de Shaftesbury, femme de l'ambassadeur d'Angleterre. Gracieusement entrelacée de rubans noirs et parsemée de *guêpes* et de *papillons*, étincelantes pierreries qui semblaient voltiger au bout des poinçons d'or, sa longue chevelure se divisait en nombreuses tresses, et deux boucles flottantes couraient du haut de ses tempes jusqu'au bas de ses joues, encadrant son visage comme la bordure dorée d'un portrait. Autour de son cou serpentait un collier de perles, et des pendeloques de diamants brillaient à ses oreilles.

Quant à son habillement, il était composé d'un velours gris à petits carreaux, avec des filets d'or et d'argent à l'entour; des manches désignées sous le nom d'*engageantes* permettaient d'admirer la blancheur de ses bras; un de ces larges nœuds de ruban appelés un *boute-en-train* ou bien un *tâtez-y*, servait d'ornement à sa ceinture; deux vastes contre-poids de plomb gonflaient les deux côtés de sa robe, dont la queue se déroulait en longs replis. Ses pieds, remarquables par leur petitesse, restaient emprisonnés dans deux mules de satin cramoisi, brodées de paillettes d'argent et soutenues sur de hauts talons couleur de feu.

Telle était madame de Montespan.

L'heure du coucher étant venue, toutes ses dames d'atours se réunirent dans sa chambre; mais, avant de se mettre au lit, la marquise tira sa chèvre blanche de la caisse de bois de frêne qui lui servait d'étable, lui donna du sucre, des biscuits, et lui caressa le dos d'une main familière : elle l'aimait tant cette jolie chèvre au poil si bien lustré, aux cornes et aux pieds d'or! Bientôt cependant elle attela six jeunes souris grises à un carrosse en filigrane qui portait sur le siége un gros cocher; derrière, deux laquais, et dans l'intérieur deux petits marquis et deux petites marquises, sept poupées de cire avec la livrée et le costume de l'époque. L'attelage trotte-menu, courant sur une table ronde de bois d'ébène incrustée de lames d'argent et garnie de hauts bords de cuivre, en fit plusieurs fois le tour avec une merveilleuse agilité. La marquise attachait sur cette course circulaire une vue attentive et charmée; quelquefois elle arrêtait ces animaux favoris pour livrer ses mains potelées à leurs innocentes morsures.

Enfin, lorsque la chèvre blanche et les souris grises eurent amusé quelque temps leur belle maîtresse, ses femmes l'aidèrent à déposer son élégante coiffure et son riche habillement. Rangées en cercle devant le lit où reposait madame de Montespan, elles se mirent, selon leur habitude, à souper sur de petites tables et à s'entretenir familièrement des nouvelles du jour. Les unes jouaient à l'hombre ou à la petite prime, les autres lisaient les ouvrages les plus estimés de ce temps, l'*Astrée* de d'Urfé, la *Cléopâtre* de la Calprenède, la *Clélie* de mademoiselle Scudéri. Les plus sentimentales, préférant aux grands coups d'épée la peinture fidèle du cœur humain, versaient de douces larmes sur les pages attachantes de la *Princesse de Clèves* et de *Zaïde*.

Madame de Montespan exigeait que toutes ces dames veillassent à ses côtés, tant elle avait peur de la solitude ! une autre de ses faiblesses, c'était de ne pouvoir dormir qu'à la clarté des bougies. Les lustres de son appartement demeuraient allumés jusqu'au lever du jour. Alors seulement ses femmes se retiraient pour aller prendre un repos nécessaire. Le soleil une fois entré dans sa chambre, il lui semblait qu'elle avait là quelqu'un pour l'admirer.

Couchée sur un lit de parade, environnée d'un cercle nombreux de jeunes et belles dames, au milieu d'un luxe éblouissant de flambeaux, la marquise de Montespan ressemblait à une de ces princesses célébrées par nos vieux contes de fées. Et tout alors n'était-il pas féerie à la cour de France ? C'étaient partout des trophées de batailles, de somptueux carrousels ; c'était Versailles avec ses constructions uniformes et roides comme la monarchie de Louis XIV, mais, comme elle, pleines de grandeur et de majesté ; c'était Trianon avec l'élégante coquetterie de ses fragiles édifices de porcelaine ; c'étaient de superbes jardins où des eaux incessamment murmurantes se déroulaient en lacs, jaillissaient en cascades, où l'équerre de Le Nôtre avait tracé de larges parterres et de longues allées, où le ciseau de Coustou et de Girardon avait semé mille statues de héros et de dieux. C'était un concours de femmes illustres par l'éclat de leur naissance et de leurs charmes, un peuple de guerriers, d'orateurs, de poëtes, d'hommes d'État célèbres. Partout la beauté, partout le génie, partout la gloire ! Versailles s'élevait tel qu'un palais magique, dont Louis XIV était l'enchanteur...

A. DIGNAN.

LXIV

PENSÉES DE VAUVENARGUES

Il faut permettre aux hommes d'être un peu inconséquents, afin qu'ils puissent retourner à la raison quand ils l'ont quittée, et à la vertu quand ils l'ont trahie.

—

Lorsque l'on veut se mettre à la portée des autres hommes, il faut prendre garde d'abord de ne pas sortir de la sienne ; car c'est un ridicule insupportable et qu'ils ne nous pardonnent point. C'est aussi une vanité mal entendue de croire que l'on peut jouer toute sorte de personnages et d'être toujours travesti. Tout homme qui n'est pas dans son véritable caractère n'est pas dans sa force ; il inspire la défiance et blesse par l'affectation de cette supériorité.

LXV

FUSIL A VENT

PÉTARDS DES ENFANTS.

L'une des applications les plus ingénieuses que l'on ait faites de la condensation de l'air est celle du *fusil à vent*. La crosse de cette arme est creuse et porte une soupape ouvrant du dehors au dedans. En vissant, à l'entrée de cette crosse, une petite pompe foulante, on pourra y comprimer de l'air à une pression de plusieurs atmosphères. Si l'on dévisse alors la pompe pour lui substituer une espèce de batterie, puis, qu'au moyen d'une détente on soulève un instant la soupape, un jet de gaz s'échappera avec impétuosité et lancera le projectile qu'on aura placé au fond du canon. Dans le jeu de l'appareil, la détente agit sur la soupape par l'intermédiaire d'une tige horizontale qu'elle pousse, et qui force alors cette soupape à s'ouvrir pendant un instant, après lequel elle l'abandonne aussitôt. Quand l'air a été fortement comprimé, on peut tirer une vingtaine de coups sans recharger l'arme. Mais à chaque fois la vitesse de la balle se ralentit, puisque l'élasticité de l'air contenu dans la crosse diminue de même. On croit communément que le fusil à vent ne produit aucune explosion ; c'est une erreur. La détonation est moins forte, à la vérité, que celle d'une arme à feu, mais elle a lieu réellement et ressemble en général à un coup de fouet. Il est à regretter que le fusil à vent ait été jusqu'ici exclusivement relégué dans les cabinets de physique ; car, sans aucun doute, son application à l'artillerie pourrait opérer une grande révolution dans cette arme.

Les enfants de la campagne construisent, sans frais, des espèces de fusils à vent qu'ils nomment *pétards*. Ils prennent un morceau de sureau, le vident exactement et le munissent d'un manche, c'est-à-dire d'un petit bout de bois de la grosseur du trou et de la longueur du sureau. Lorsqu'ils veulent se servir de cet instrument, ils font entrer à gêne, par l'une des ouvertures du cylindre creux, une balle en étoupe mouillée, et la poussent jusqu'à l'autre extrémité : le petit canon est ainsi clos de ce côté. Cela fait, ils retirent le manche et introduisent une nouvelle balle par le même procédé. Mais, comme dans ce cas, l'air contenu dans le canon se trouve fortement comprimé et fait résistance par sa force élastique, ils ont soin de frapper le manche à terre. Aussitôt la première balle est lancée au loin en produisant une détonation.

ERDINAND P. G.

LXVI

LA NOBLESSE FRANÇAISE

Le monde est plein des titres de sa gloire ; il s'élèverait contre celui qui tenterait de la flétrir. Dans tous les rangs, dans toutes les carrières, elle a brillé de l'éclat des talents, des vertus, du courage ; toutes les espèces de lauriers lui sont familières. Fénelon, Montesquieu et mille autres encore lui appartiennent ; les plus grands talents de l'assemblée constituante, de quelque côté qu'ils se soient tournés, sont sortis de son sein ; une auréole de gloire aussi étendue qu'éclatante environne sa tête ; l'élévation des sentiments fut de tout temps son apanage, ainsi qu'une élégance de mœurs qui faisait du gentilhomme français le *magister elegantiarum* de l'Europe ! « *C'est le chevalier français qui me plaît*, » disait Charles-Quint. Les hommages de l'Europe ont sanctionné l'honneur de cette préférence, accréditée par l'aveu d'un prince ennemi de la France.

M. DE PRADT.

LXVII

LE BORYSTHÈNE

L'empereur (Napoléon Ier, 1812) franchit en un jour l'intervalle montueux et boisé qui sépare la Dwina du Borysthène; ce fut devant Rassana qu'il traversa ce fleuve. Sa distance de notre patrie, jusqu'à l'antiquité de son nom, tout en lui excitait notre curiosité; pour la première fois les eaux de ce fleuve moscovite allaient porter une armée française et réfléchir nos armes victorieuses. Les Romains ne l'avaient connu que par leurs défaites; c'était sur ces mêmes flots que descendaient les sauvages du Nord, les enfants d'Odin et de Rurick, pour aller piller Constantinople. Longtemps avant de l'apercevoir, nos regards le cherchaient avec une ambitieuse impatience; nous rencontrâmes une rivière étroite et encaissée, des bords boisés et incultes : c'était le Borysthène ! Toutes nos orgueilleuses pensées s'abaissèrent à cet aspect, et bientôt elles s'évanouirent devant la nécessité de pourvoir à nos premiers besoins.

Le général comte DE SÉGUR.

LXVIII

ÉDUCATION DOMESTIQUE.

L'homme naît, pour ainsi dire, en deux fois : l'une pour l'espèce, l'autre pour la société. En donnant des enfants à l'État, un père n'a rempli que la moindre de ses obligations; il doit encore leur donner les moyens de ne pas lui être à charge et de reconnaître un jour par leurs services l'appui qu'ils en reçoivent et la tranquillité qui en est le résultat. Or, c'est dans l'ombre du foyer domestique que doit commencer cette éducation qui des enfants formera d'honnêtes gens, sachant remplir à leur tour les devoirs d'homme, de père et de citoyen [1].

Que faut-il, en entrant sans autre préambule dans cette intéressante question, que faut-il pour qu'un enfant retire de la vie commune agrément et utilité? trois choses seulement : un caractère docile, une instruction

---

1. L'auteur est bien loin d'avoir la prétention d'offrir un traité complet de la matière; mais il ose espérer que les mères de famille, s'il en est qui le lisent, trouveront ici le nécessaire; le reste sortira sans effort de leur cœur et de leur esprit. (*Note des éditeurs*.)

bien commencée, une bonne santé : trois points que nous allons examiner.

I

C'est dans le cœur des enfants qu'il convient de chercher le germe des
bonnes et des mauvaises qualités ; mais ce germe ne se développe qu'avec
le temps. Néanmoins il est facile de reconnaître que deux défauts dominent
chez les enfants : l'orgueil et l'esprit de despotisme. Quelles illusions un
enfant qui voit tout obéir à ses caprices ne doit-il pas se créer? ce qui n'est
qu'une complaisance, il le prend pour une obligation, et il met sur le
compte d'une bonté trop facile ces soins délicats et surtout désintéressés
dont il est l'objet. Pour apprécier un bienfait ou un sentiment affectueux,
il faut avoir vécu et trouvé des ingrats; l'enfance n'a encore eu ni cet
avantage ni ce malheur. Ne nous étonnons donc pas de la voir imposer ses
fantaisies à tout ce qui l'entoure, et croire que toutes ses gentillesses ont
droit à des applaudissements.

Cette fâcheuse disposition est trop souvent encouragée par la tendresse
des parents, qui espèrent gagner en reconnaissance ce qu'ils perdent en
autorité. C'est un calcul dont l'expérience démontre tous les jours la faus-
seté. Qu'arrive-t-il, en effet, dans cette occurrence? c'est que de ces flatte-
ries, de ces faiblesses naît l'esprit de domination. Combien nous voyons de
ces petits tyrans domestiques qui font trembler toute une maison! qui n'a
pas souvent entendu des parents appeler de tous leurs vœux le moment où
le lycée viendra leur rendre la paix qu'ils ont perdue? L'école est la
grande menace dont s'arme l'impatience paternelle contre le despotisme
d'une volonté qu'on n'a pas su contenir.

Mais quel remède y a-t-il à ce mal? il est fort simple : ou bien accorder
à un enfant ce qu'il demande, ou le lui refuser, mais le lui refuser d'un
ton qui ne révèle à la subtilité de son esprit ni caprice ni faiblesse, ou bien
le lui accorder sans condition et sans arrière-pensée. Il n'y a pas de milieu
entre ces deux extrêmes.

Singulier moyen, dira-t-on, d'arriver au même but par des chemins
opposés! l'opposition n'est qu'apparente. Dans l'esprit de domination des
enfants, il y a plus de caprice que d'intérêt, plus d'impatience physique
que de calcul, plus de malice que de besoin. Que veulent-ils? triompher de
vos refus, fatiguer votre opiniâtreté; c'est une question d'amour-propre;
ils veulent, comme l'on dit, avoir le dernier mot, ainsi que dans un de
leurs jeux donner le dernier coup; mais toute cette stratégie est perdue
dès qu'ils sont certains de tout ou de ne rien obtenir ; ils ne s'amusent plus
alors à vous tourmenter de leurs fantaisies et de leurs demandes, car la

défense, dans notre système, a perdu son charme et l'opposition sa gloire.

Croyons-le bien, un enfant ainsi préparé n'aura pas, dès qu'il sera au collège, à gémir de cruels mécomptes qui froisseraient sa jeune âme. L'égalité de la vie commune s'y accommode mal de l'orgueil des individus, et la discipline ne sait pas y transiger avec l'esprit de domination.

II

L'intelligence a comme l'âme ses besoins et ses faiblesses, qui ne sont ni moins réels ni moins dignes d'attention. C'est de ces besoins et de ces faiblesses qu'il faut s'occuper, maintenant que, par un moyen facile et infaillible, s'il a été bien compris, nous avons su donner à l'enfant un caractère docile.

Les premières impressions de l'enfance n'ont pas sur l'âme une influence plus grande que celles des premiers éléments de la science sur l'esprit. Les commencements de cette science sont, comme ceux de la vie, les plus difficiles et les plus importants; souvent tout l'avenir de l'homme a péri dans le vice d'une méthode fausse ou d'une première direction peu cultivée. Pour arriver à l'intelligence des enfants, un profond savoir, un sens juste, ne suffisent pas, il faut y joindre une merveilleuse sagacité. Les intelligences sont fort diverses. Ici, froide et paresseuse, elle ne se développe que lentement; là, vive et animée, elle conçoit rapidement. Saisissez donc ces variétés, et entrez, pour ainsi dire, dans le secret des divers esprits.

L'instruction publique présente ici un grave inconvénient, la généralité de l'enseignement dans les basses classes. Le maître, en effet, ne peut pas s'arrêter longtemps sur les premiers principes; il ne peut pas se mettre, quoi qu'on en dise, à la portée de tous les esprits, et un assez grand nombre d'enfants échappent nécessairement à son zèle et à son activité [1]. Or, si cette première initiation à la science est incomplète et défectueuse, il sera bien difficile de réparer cette perte, de combler cette lacune. Qui ne sent pas qu'il est nécessaire de recourir d'abord à l'instruction privée et domestique; cette instruction sera tout élémentaire et dirigée dans le sens des études du lycée; il n'en faut pas davantage, sans doute, mais il faut que cette direction s'y trouve [2].

1. Il serait bon que, dans les classes de huitième, de septième et de sixième, chaque maître ne fût pas chargé de plus de dix élèves; avec moins d'élèves, il n'y a pas assez d'émulation; avec un plus grand nombre, l'enseignement n'arrive utilement qu'à un tiers à peine de la classe.   PU. T. L.

2. On a vu plus d'une fois arriver dans les classes de huitième et de septième un jeune enfant chargé d'une foule de petites connaissances toutes confuses, mal digérées et souvent

10

Attachez-vous surtout à mettre dans l'esprit de votre enfant quelques règles très-claires de grammaire française et de logique; choisissez des ouvrages courts, mais simples et clairs; écartez jusqu'à l'ombre de la métaphysique. Ces livres mêmes, que nous recommandons, ont besoin d'être expliqués, commentés; mais abstenez-vous de toute critique; provoquez, au contraire, les questions de votre élève, mais ne devancez pas les progrès de son esprit. Ces libres entretiens valent beaucoup mieux que des leçons apprises. Meublez la tête de choses et non de mots; exercez l'intelligence et formez déjà, et peu à peu, dans votre enfant la langue du raisonnement et des idées.

Il sera bon aussi, autant que possible, de rendre vos démonstrations frappantes en les appliquant à des objets sensibles; pour arriver à l'intelligence, passez par l'imagination; ne craignez pas surtout de revenir plusieurs fois sur les mêmes choses, directe... et indirectement. Vos redites seront fécondes; un seul principe bien compris amènera toutes ses conséquences, surtout si une pratique intelligente les ramène sans affectation sous les regards de l'esprit.

Aux principes de grammaire et de logique vous joindrez l'étude de la géographie, du dessin, les éléments d'arithmétique, et surtout l'écriture. Cette partie de l'instruction élémentaire mérite une attention particulière.

Un auteur a dit avec beaucoup de raison : « Parents, ne cherchez point à faire briller vos enfants; en toute partie d'enseignement que ce soit le raisonnement qui les aide, le jugement qui les éclaire; éloignez d'eux toute méthode mécanique et abrégée qui n'en fait que des automates; laissez leur raison croître et se fortifier *lentement*, loin du monde et des distractions; mûrissez leurs connaissances; semez pour recueillir; ne demandez pas les fruits de l'automne à la saison des fleurs.... » (M. L*** de B***.) Le précepte est excellent; la précipitation n'a jamais produit rien de bon; mais, il faut l'avouer, trop souvent nous ne savons pas attendre.

Toutes ces connaissances préliminaires demandent des études régulières, un travail sédentaire. Mais il en est d'autres qui s'offrent à l'enfance en tous temps et en tous lieux, dans les habitudes et dans les faits journaliers. Les promenades publiques, les musées, sont une source inépuisable d'observations utiles, des cours perpétuels de beaux-arts et d'histoire naturelle. Profitez de la curiosité de l'enfance pour lui donner des notions exactes, des idées claires sur tout ce qui frappe ses yeux, en ayant soin de marquer précisément le côté utile et pratique des choses, le germe de

puisées à des sources suspectes; et plus d'une fois l'on a entendu le maître s'écrier : « J'aimerais mieux qu'il ne sût rien! » Pourquoi? parce que le terrain encombré demandait, pour être cultivé, une nouvelle préparation.   TH. J. L.

toutes ces connaissances, habilement déposé dans l'esprit, n'y demeurera pas stérile, et votre élève grandira dans la science comme dans la vie, sans efforts et surtout sans dégoût.

Mais, dira-t-on, que de difficultés à vaincre! comment assujettir un enfant au travail sans la crainte des châtiments, et comment d'ailleurs y avoir recours au sein de l'indulgence de la famille? Des châtiments, des punitions!... qui vous les demande? Ayez de l'adresse, ayez de la persévérance, et tout ira bien. Les enfants, comme les hommes, s'ennuient assez promptement de l'oisiveté; sachez saisir ces moments d'ennui; présentez-vous alors avec vos leçons et vos livres, et ils seront accueillis comme une récréation; adressez-vous surtout à la curiosité de l'enfant; offrez-lui l'instruction sous la forme du plaisir, et ne vous inquiétez pas du reste; les progrès ne tarderont pas à venir.

On nous objectera peut-être encore que cette éducation suppose dans la famille un certain fonds d'instruction, et surtout l'absence des distractions qu'appellent nécessairement les affaires et même les devoirs de la société. Nous en convenons, mais nous répondons qu'il faut, avant tout, savoir régler sagement l'emploi de son temps, et qu'une distribution heureuse des heures de la journée fournira les moyens de se tirer de cet embarras, si l'éducation de l'enfance peut être considérée comme un embarras; ensuite, quant à l'instruction, qu'il faut seulement n'être pas tout à fait étranger aux connaissances les plus usuelles, pour se placer au niveau de sa tâche; à l'égard des sacrifices de temps qu'elle exige, que l'homme, en devenant père de famille, s'est imposé des devoirs qu'il doit remplir, la morale et la loi l'ordonnent, il n'y a pas moyen de s'en affranchir. Appeler des étrangers au sein de la famille est une chose commode assurément, mais combien d'inconvénients n'entraîne-t-elle pas à sa suite! On voit d'ailleurs, par tout ce qui précède, que nos conseils ne s'adressent pas à ceux qui ont besoin de tout leur temps pour satisfaire aux exigences de la famille; c'est pour leurs enfants que s'ouvrent les écoles publiques; ils ne doivent pas manquer de les y envoyer.

III

Nous avons cherché à préparer le caractère et l'intelligence; il nous reste à parler de la santé de l'enfant. Nos conseils seront encore plus simples à ce sujet.

Le moins de précautions que l'on prendra de la santé d'un enfant, est la meilleure manière de la rendre égale et vigoureuse.

Les enfants sont principalement sujets aux rhumes; laissez-les toujours rester ou courir la tête nue; que leur nourriture soit saine, mais commune.

« Il faut, dit Fénelon, ménager la santé de l'enfant, tâcher de lui faire un sang doux, soit par le choix des aliments, soit par un régime de vie simple ; qu'il ne mange point hors de son repas, parce que c'est surcharger l'estomac pendant que la digestion n'est pas faite ; qu'il ne mange rien de haut goût qui l'engage à manger au delà de son besoin, et qui le dégoûte des aliments plus convenables à sa santé. »

A ces conseils, nous en ajouterons un seul, c'est de faire contracter aux enfants l'habitude de se coucher de bonne heure et de se lever matin, habitude précieuse pour les mœurs et pour la santé.

Ces principes ont leurs exceptions; mais ces exceptions devront être rares, et se rapprocher, autant que possible, de la règle générale. Nous n'avons pas besoin de recommander un exercice habituel et fréquent ; on n'a, à cet égard, qu'à laisser l'enfance suivre son penchant naturel. Nous conseillerons même de seconder ce goût par des exercices gymnastiques sagement combinés; le développement des forces physiques ne peut que fortifier l'esprit.

Ces ... ils sont bien minutieux, on nous les pardonnera; rien ne saurait être petit de ce qui peut contribuer à préparer une âme vigoureuse et une intelligence élevée dans un corps sain.

Ainsi disposés à supporter la discipline et les exercices de l'instruction publique, capables d'en saisir et d'en comprendre les leçons, les enfants entreront avec plaisir et confiance dans cette vie de collège qui ne se présente ordinairement que sous un aspect triste et rebutant; ils seront moins étrangers dans ce monde nouveau qui reproduit en abrégé les passions d'un autre monde; et dans cette égalité de l'étude et de la vie commune, ils trouveront le bonheur avec l'instruction.

Nous finirons par des considérations empruntées à l'auteur que nous avons cité plus haut; elles ont leur importance, et quoiqu'elles semblent s'éloigner de ce qui précède immédiatement, elles n'en ont pas moins leur utilité : « L'enfance a ses plaisirs qu'il faut lui conserver; simples et purs comme elle, ils n'altèrent point son innocence et n'entraînent après eux ni regrets ni fatigues... Quoi qu'il fasse, un enfant n'en goûtera jamais de plus doux. Vouloir leur en substituer d'autres, c'est abréger le charme de son âge; c'est détruire un bonheur dont on ne saurait trop prolonger la durée. Du moment où le faux éclat du monde a fasciné ses yeux, les jeux qui lui avaient suffi jusque-là n'ont plus d'attraits pour lui. Ses désirs, son existence, concentrés dans la maison paternelle, cherchent maintenant à s'étendre au dehors; la chaîne de sa dépendance commence à lui peser; l'étude l'ennuie; il soupire après sa liberté; une inquiétude vague s'empare de lui... Pilotes imprudents, qui avez ouvert les outres dans lesquelles étaient renfermées les tempêtes, dites-moi comment vous ferez pour les apaiser. »

Avis aux parents trop pressés de pousser dans le monde les enfants qu'ils doivent s'attacher à retenir le plus longtemps sous leurs ailes.

ANONYME.

LXIX

PENSÉES DE Mme CONSTANCE DE SALM

Avec de l'esprit, de l'éducation, un sens droit et des mœurs douces, on doit avoir des qualités; mais pour avoir des vertus il faut une âme forte et un grand caractère.

—

Il y a trois choses qu'un honnête homme ne doit jamais permettre que l'on offense réellement devant lui, quoi qu'il puisse en penser : c'est sa patrie, sa religion et sa famille.

—

Le bon ton ne peut s'expliquer ni s'apprendre. Le monde, l'éducation peuvent en donner les formes extérieures; mais, dans sa réalité, il tient au sentiment des convenances que l'on a ou que l'on n'a pas et que l'on ne peut acquérir.

—

Les hommes nous prêchent sans cesse la douceur et la patience, parce qu'ils trouvent plus facile de nous élever à supporter leurs défauts que de s'étudier à les vaincre.

LXX

LA VÉRITABLE RICHESSE DE L'HOMME

EST DANS LE TRAVAIL

Trouver un morceau d'or, c'est trouver la richesse sans travail, richesse injuste et funeste; car nous sommes tous condamnés à gagner notre pain à la sueur de notre front. Aussi ceux qui ont ainsi fait leur fortune sont-ils

de tout temps tombés dans une profonde et honteuse paresse. Les Espagnols étaient un des peuples les plus braves, les plus laborieux, les plus
actifs de la terre; une fois maîtres des mines du Mexique et du Pérou,
ils crurent au-dessous d'eux de travailler. Pour cultiver les magnifiques
terres de l'Amérique, ils rétablirent l'odieuse institution de l'esclavage,
abolie depuis des siècles par le christianisme. Ils allèrent enlever les
nègres à leur patrie, les transportèrent comme des bêtes de somme dans
leurs colonies, et les maintinrent dans la soumission par la peur du fouet,
des cachots et de la mort. Ces lâches cruautés furent récompensées
comme elles le méritaient. L'Espagne, qui se vantait de posséder les plus
grandes richesses de la terre, se trouva bientôt le pays le plus pauvre et
le plus misérable. De proche en proche la paresse gagna tous ses habitants; ses champs restèrent sans culture, et ses colonies même pâlirent
bientôt devant celles que les Français et les Anglais vinrent fonder dans
l'Amérique du nord. Tant il est vrai que l'homme ne reste fort et riche
que par le travail.

✻✻✻

LXXI

GALILÉE

OU LE POIDS DE L'AIR

C'est à Galilée, savant illustre du dix-septième siècle, que se rapporte
la découverte du poids de l'air.

L'AIR, on le sait, est une substance invisible et ténue qui remplit l'espace jusqu'aux limites où notre vue peut s'étendre. La présence de l'air
nous a été révélée dès notre enfance par les effets qu'il exerce. Nous
savons instinctivement que c'est l'air qui entretient la vie, que c'est lui
qui, par son agitation, cause le vent, gonfle la voile des navires, pousse
les nuages dans l'immensité du ciel, et produit ces ouragans terribles qui
portent la désolation dans nos campagnes.

On désigne communément sous le nom d'ATMOSPHÈRE, qui veut dire
sphère des vapeurs, la masse totale de l'air dont notre globe se trouve entouré, et dans le sein de laquelle viennent se réunir toutes les substances qui se volatilisent ou se détachent de la surface du sol.

La pesanteur, qui sollicite constamment les parties de l'atmosphère,
contribue à la maintenir autour de nous et à lui donner des limites. On a

d'ailleurs la preuve de ce fait en considérant qu'elle ne parvient pas jusqu'à la lune, puisque ce satellite se meut dans un milieu dépourvu de matière. Au reste, ce qu'il y a de certain, c'est qu'à dix-huit ou vingt lieues l'air doit être si rare qu'on peut supposer qu'il n'y en a presque plus au delà. La forme de l'atmosphère est sphérique comme celle de la terre, qu'elle enveloppe et qu'elle suit dans son double mouvement de rotation et de translation. Comme notre planète aussi, elle est renflée à l'équateur et déprimée aux pôles.

Les anciens avaient soupçonné le poids de l'air : Aristote dit positivement qu'une outre pleine de ce fluide est plus pesante que lorsqu'elle n'en contient pas. En 1640, Galilée découvrit également que l'air a du poids, en pesant un ballon de verre muni d'un robinet, dans lequel il avait introduit, à l'aide d'un soufflet, une quantité d'air plus grande que celle qui s'y trouvait naturellement contenue. Nos méthodes d'expérimentation, plus précises que celle dont Galilée pouvait faire usage de son temps, nous ont appris qu'à 0° un litre d'air bien sec pris à la surface de la terre, pèse ordinairement 1^{gr},299 ou 770 fois moins qu'un litre d'eau pure.

La pesanteur de l'air une fois bien établie, voici dans quelle circonstance et de quelle manière Torricelli, disciple de Galilée, parvint à en déterminer la mesure.

Des fontainiers de Florence ayant construit une pompe dont les tuyaux avaient plus de trente-deux pieds d'élévation, observèrent avec surprise que l'eau refusait de monter au delà de cette hauteur. Désireux de connaître la cause d'un phénomène si bien fait pour piquer la curiosité, ils allèrent trouver Galilée. Ce grand homme, pris au dépourvu, leur répondit que telle était probablement la limite de l'horreur du vide, propriété attribuée alors à la nature, et à l'aide de laquelle on prétendait donner la raison de l'ascension de l'eau. Cependant il alla jusqu'à supposer que la pesanteur de l'air pouvait bien être la cause du phénomène. Toutefois, comme il n'avait pas encore arrêté d'une manière certaine ses idées sur ce sujet, il mourut sans faire connaître son opinion. Ce fut alors Torricelli qui mit cette découverte dans tout son jour. Il conjectura que l'eau s'élève dans les pompes par la pression de l'air extérieur, et que cette pression n'a de force que celle qui la met à même de contre-balancer le poids d'une colonne d'eau de 32 pieds. L'expérience suivante, qu'il fit en 1643, le confirma dans son raisonnement.

Torricelli prit un tube de verre de plus de 76 centimètres de long, dont il scella l'un des orifices. Il le remplit de mercure, et l'ayant renversé, l'orifice ouvert en bas, dans un bain de ce métal, le liquide descendit, laissa un vide vers le haut du tube et s'arrêta à 76 centimètres (28 pouces) au-dessus de la surface du bain[1]. Cette élévation étant à celle de 32 pieds dans le rapport inverse des densités de l'eau et du mercure, Torricelli en conclut que c'est réellement la pression de l'air qui détermine l'ascension des deux liquides jusqu'à ce qu'il y ait équilibre.

Ceci nous donne le moyen d'évaluer exactement le poids exercé par l'air atmosphérique sur une surface de grandeur quelconque. La pression exercée sur un décimètre carré, par exemple, égalera le poids d'une colonne d'eau dont le volume serait $10^m,328 \times 1$ décimètre carré ou $103^d,28 \times 1^2 = 103,280$ décimètres cubes. Or, 1 décimètre cube ou 1 litre d'eau pèse 1 kilogramme; donc le poids que supporte cette surface de 1 décimètre carré est de $103^k,280$. Un mètre carré de surface, contenant 100 décimètres carrés, supporterait un poids cent fois plus grand, c'est-à-dire 10,328 kilogrammes. C'est de ce poids énorme que se trouve chargé un homme de taille ordinaire, dont le corps présente environ 100 décimètres carrés de surface. Cette pression semble incroyable, mais l'habitude nous y a rendus insensibles. Si elle a lieu sans gêner nos mouvements, c'est qu'elle agit dans divers sens et se détruit ainsi par l'intermédiaire des liquides et des gaz renfermés dans les cavités intérieures du corps. — Une mouche commune, ayant à peu près 1 centimètre carré de surface, supporte, d'après les mêmes données, un poids de $\frac{103^k,280}{100}$, ou $1^k,032$. — Un éléphant de taille moyenne présente 9 mètres carrés environ de surface; la pression qui l'accompagne est de $103^k,280 \times 900 = 92.952$ kilogrammes.

La circonférence de la terre est de 40,000,000 de mètres, et par conséquent sa surface égale $\frac{40.000.000^2}{3,14159}$; (3,14159 est le rapport du rayon de la terre à sa circonférence). Chaque mètre carré compris dans cette énorme surface supporte la charge de 10,328 kilogrammes; donc le poids de l'atmosphère entière $= 10,328$ kilogrammes $\left(\frac{40.000.000^2}{3,14159}\right)$. Ce poids est d'environ cent mille millions de millions de fois mille kilogrammes, et ne forme pas la $\frac{1}{1.000.000}$ partie de la masse du globe terrestre.

L'air, avons-nous dit, presse de haut en bas en vertu de la pesanteur qui le sollicite comme tous les corps vers le centre de la terre. À l'appui de ce fait, déjà mis hors de doute par l'expérience du disciple de Galilée, nous ajouterons la preuve suivante : on prend une bouteille exactement pleine d'eau ou de vin; on la ferme avec un bon bouchon traversé dans

1. On conçoit que si la pression de l'atmosphère vient à diminuer, la colonne de mercure contenue dans le tube diminuera de hauteur. Cette hauteur peut donc servir à mesurer la pression atmosphérique; il suffira de munir le tube d'une échelle de divisions. L'ensemble du tube avec son échelle, de la cuvette et du mercure qu'ils contiennent constitue l'instrument auquel on donne le nom de *baromètre*.

sa longueur par un tube ouvert aux deux bouts et qui plonge intérieurement dans le liquide. Si l'on applique ses lèvres à l'extrémité libre du tube, on aura beau aspirer, jamais on ne parviendra à déterminer l'ascension de l'eau ou du vin contenu dans la bouteille. Mais si l'on a eu soin de laisser quelque peu d'air entre le bouchon et la surface du liquide, ce dernier montera sans difficulté dans le tube dès les premiers instants de la succion. — L'air presse encore dans tous les sens. Il presse latéralement. Expérience : on prend un vase que l'on remplit d'eau, on le bouche exactement, de manière que l'air ne pénètre pas. Alors on pratique une ouverture sur le côté : l'eau ne s'échappe point, parce que l'air extérieur presse sur l'ouverture et arrête le liquide; mais si l'on fait un trou de l'autre côté, l'eau s'écoulera, parce que l'air agira sur cette nouvelle ouverture et neutralisera ainsi la première pression qui lui est opposée. La suspension des mouches aux verres de nos vitres et aux plafonds de nos chambres n'est pas due, comme on le croit communément, à une matière glutineuse dont leurs pattes seraient enduites, mais bien à la pression latérale de l'air. En effet, ces pattes sont formées, de même que celles des canards et autres oiseaux aquatiques, d'une membrane très-flexible qui, lorsque l'insecte veut s'attacher, est soulevée à l'aide de deux petits doigts ou orteils. Le vide se produit alors entre cette membrane et la muraille ou la glace, puis l'air extérieur presse la patte ainsi fixée avec une force considérable comparée au poids de la mouche. Beaucoup d'animaux marins se cramponnent de la même manière aux rochers. — L'air presse de bas en haut. Exemple : quand un tonneau est bien bouché, on a beau ouvrir le robinet du fond, le liquide ne sort pas, parce que l'air pèse sur le trou de bas en haut et arrête le vin. Voici une expérience fort connue qui met clairement en évidence la pression dont il s'agit. On remplit d'eau un verre à boire, on en recouvre l'orifice d'un carton mince ou d'une feuille de papier que l'on presse contre les bords du verre avec le plat de la main; ensuite on retourne le verre, puis, le soutenant par le fond, on ôte sa main de dessus le papier : on voit alors celui-ci rester collé à l'ouverture et s'opposer à la chute du liquide. Voilà pourquoi aussi le vin ne s'échappe d'une bouteille que l'on tient renversée, et dont le goulot est étroit, que par saccades, l'air extérieur contrariant sa sortie. — Enfin l'air communique la pression dans tous les sens. Que l'on presse, par exemple, sur un des points de la surface d'une vessie en partie pleine de gaz, elle se gonflera sur tous les autres points.

On a répété à satiété, et la toile d'un célèbre artiste est même venue consacrer cette erreur, car c'en est une, que Galilée, pour avoir publié des ouvrages dans lesquels il établissait l'*immobilité du soleil et le mouve·*

ment de la terre autour de cet astre, fut tenu à comparaître devant le saint-office et obligé de demander pardon de ce qu'il croyait être la vérité. Ses opinions relativement à la rotation de la terre furent, en effet, condamnées, attendu que le philosophe, ne connaissant point encore la gravité de l'air, faisait mouvoir notre globe indépendamment de la masse de fluide qui lui est adhérente, et en collision avec elle : chose absurde, on le conçoit, et en opposition formelle avec l'Écriture. Celle-ci nous enseigne que la terre se trouve stable dans son ensemble, et n'est point dérangée dans le cours ordinaire des révolutions quotidiennes qui s'opèrent au-dessus d'elle. Si donc Galilée eut à la fin de sa vie le malheur de perdre la vue, qu'il ne recouvra jamais, l'Église ne serait pas plus responsable de sa cécité que de la cécité d'Homère.

FERDINAND P. C.

LXXII

ERREUR POPULAIRE

Les soldats français donnaient avec orgueil et plaisir le titre de *petit caporal* à l'Empereur, parce qu'ils pensaient qu'il avait été caporal comme eux ; cependant Napoléon, élève de l'école de Brienne, n'avait jamais porté les insignes de ce modeste grade. Voici une explication qui, d'un sobriquet populaire, fait un titre de noblesse.

« Vers l'an de grâce 1100, quelques communes de la Corse, s'étant révoltées contre la tyrannie des seigneurs montagnards, se choisirent des chefs qu'elles nommèrent *caporaux*. »

Napoléon descendait d'une de ces familles, c'était un honneur ; voilà pourquoi en Corse on l'appelait caporal.

(L'Écolier.)

LXXIII

LE RETOUR AU PAYS

Vous l'avez vu, ce pays de mes rêves,
Ce lieu témoin de mes premiers ébats ;
Amis, vos pas ont parcouru ces grèves,
Là-bas là-bas !

Oh! dites-moi si du vent qui murmure
Vous respirez les souffles embaumés,
Si dans nos prés émaillés de verdure
Vous retrouvez les vestiges aimés?
Comme l'oiseau qui rase ces rivages,
A votre nid vous rentrez déjà vieux,
Mais rajeunis par les douces images
Qui trop longtemps avaient fui de vos yeux.

Sous les arceaux de notre antique église,
Qui sur le roc semble braver les flots,
Écoutez-vous, emportés par la brise,
Les chants joyeux des hardis matelots?...
Qui parle ici de la bonté divine?
Est-ce la voix de notre ancien pasteur?
A cet autel notre bouche enfantine
Dans les saints jours bénissait le Seigneur.

Non loin de là voici la maisonnette
Où j'espérai plus d'un prochain retour;
Que l'un de vous, au seuil de ma retraite,
Grave ces mots : Baisers, sourire, amour!
Hôtes chéris de mon humble demeure,
Pour vous mes vœux ont été superflus;
Là je naquis, là personne ne pleure
Le souvenir de ceux qui ne sont plus.

Comme un beau lis au fragile feuillage,
A mes côtés croissait ma jeune sœur;
Mais brusquement le souffle de l'orage
Courba la tige et fit tomber la fleur.
Sans redouter de trop justes alarmes,
Nous partagions nos travaux et nos jeux :
Un jour son front fut baigné de mes larmes...
Déjà ma sœur m'attendait dans les cieux!

Mon vieil aïeul, débris d'un autre monde,
Par ses récits berça mes jeunes ans;
Sur ses genoux penchant ma tête blonde,
Ma main jouait avec ses cheveux blancs.
Il me contait notre grande épopée,
Lorsque la France épuisa tout son sang,
Et qu'à la fin se brisa son épée
Contre l'Europe attachée à son flanc.

Tous à l'envi courant vers la mitraille,
Il me montrait soldats et généraux :
Leur tombe était le champ de la bataille,
Et leur linceul les plis de nos drapeaux.
Son œil alors se voilait de tristesse;
Honteux de vivre après tant de combats,
Il regrettait son oisive vieillesse,
Pour envier l'honneur d'un beau trépas.

Il est encore un enclos solitaire
Où, loin du bruit, reposent nos aïeux;
Entrez, amis, dans ce champ funéraire,
Pour accomplir un message pieux.
Approchez-vous; voyez si cette pierre
A conservé les traces du passé...
Ce nom, sans doute, est celui de ma mère!
Ah! dans mon cœur il n'est point effacé.

Oui, dites bien à cette ombre plaintive
Que, vain jouet des caprices du sort,
Je finirai ma course à cette rive,
Où son amour fut mon plus doux trésor.
Quand le passé semble un flot qui recule
Et se dérobe à mon œil étonné,
Pour qu'un rayon brille à mon crépuscule,
Je veux aller mourir où je suis né.

Je reverrai ce pays de mes rêves,
Ce lieu témoin de mes premiers ébats;
Mes pas, amis, viendront fouler ces grèves
      Là-bas, là-bas!

E. LETERRIER

LXXIV

FAUTE DE S'ENTENDRE

DEUX ANECDOTES

I

LA CANTATRICE ET SON MARI

En 1816, madame Catalani était directrice du Théâtre-Italien et y tenait l'emploi de *prima donna assoluta*.

Un soir elle devait, dans un intermède musical, chanter pendant un entr'acte un grand air de bravoure avec un simple accompagnement de piano.

La répétition eut lieu dans la journée. Madame Catalani trouva le piano trop haut pour elle. Elle dit à son mari, M. Valabrègue, qu'elle fit appeler :

« Ce piano est trop haut pour moi; il me gêne. Il faut absolument le faire baisser pour ce soir.

— Soyez tranquille, dit le mari, il sera baissé. »

Le soir venu et le premier acte de l'opéra joué, madame Catalani vient sur la scène. Le piano et l'accompagnateur l'attendaient.

Dès le premier accord, elle s'aperçoit que le piano n'a pas été baissé et va la forcer à maintenir sa voix sur un ton trop élevé.

En habile cantatrice qu'elle était, madame Catalani se tira de ce mauvais pas sans que le public s'en aperçût; mais elle était intérieurement fort irritée.

L'air fini, la *prima donna* rentra dans la coulisse et fit une scène violente à son mari, une scène d'artiste tout émue du danger qu'elle venait de courir.

« C'est indigne!... c'est odieux!... Vous l'avez fait exprès... Je vous avais pourtant bien recommandé de faire baisser ce malheureux piano...

— Vous vous trompez, madame, dit le pauvre mari tout confus; j'ai donné ordre de le baisser, et j'ai veillé moi-même à l'exécution de cet ordre.

— Je vous répète qu'il n'a pas été baissé.

— Je vous certifie qu'il l'a été, et je vais vous en donner la preuve. »

M. Valabrègue fait appeler le machiniste.

« Moreau, lui dit-il, avez-vous fait baisser ce piano?

— Certainement, monsieur.

— De combien?

— Oh! de deux bons pouces au moins.

— Vous l'entendez, madame, dit le mari triomphant; il a été baissé de deux bons pouces. J'avoue que cela m'a paru suffisant. »

Madame Catalani prit la fuite en éclatant de rire au nez de M. Valabrègue stupéfait. Il avait fait réellement baisser le piano en faisant scier les quatre pieds.

Il fallut remettre le piano à hauteur convenable; on rallongea les quatre pieds au moyen de quatre sabots de chêne.

Le piano est resté fort longtemps au Théâtre-Italien, et il a été brûlé dans l'incendie du 14 février 1838.

M. PAUL D'IVOI.

II

L'ÉDITEUR DE MUSIQUE ET LA SERVANTE

Le compositeur charmant dont le nom restera longtemps dans le cœur de ses amis, et les suaves mélodies dans la mémoire de ceux qui sont sensibles aux grâces d'un talent simple et naturel, Romagnési, éprouva dans sa vie plus d'un revers de fortune. L'artiste fut réduit à se faire éditeur de musique, le compositeur à vendre les productions des autres. Il racontait à ce sujet une amusante anecdote.

Un matin qu'il s'occupait dans son magasin à quelques rangements que rendait nécessaires une nouvelle installation, une servante, portant un panier sous le bras, entre et lui dit :

« Madame demande un morceau.

— Quelle est votre dame?

— C'est madame N***, qui demeure au numéro 15 de cette rue.

— Soit; elle veut un morceau, dites-vous; cela est bien vague; encore faudrait-il savoir quel genre de morceau.

— Je ne suis que d'hier au service de madame N***; elle ne m'a pas dit son goût; mais vous dont elle est la pratique, vous ne devez pas ignorer ce qu'elle aime.

— Je vous avoue que je ne connaissais pas même le nom de votre maîtresse, comment puis-je savoir ce qui lui convient?

— Ma foi, donnez toujours, donnez un bon morceau.

— Mais il y a du bon de différentes sortes.

— Eh bien, donnez... par exemple, le *gîte à la noix*.

— Le gîte à la noix!... où pensez-vous donc être, la bonne?

— Chez le boucher, pardienne! Madame m'a dit que son boucher demeurait au numéro 9, et le numéro 9 c'est bien ici.

— C'est effectivement ici le numéro 9; mais le boucher qui y demeurait est déménagé depuis trois jours, et c'est moi qui l'ai remplacé.

— Ah! oui-dà; au fait je ne vois pas chez vous de viande à l'étalage, je n'y vois que de la paperasse.

— Oui, ma chère, je vends de la paperasse. Allez dans la première rue à gauche : vous y trouverez au numéro 12 le boucher qui sert votre maîtresse : je ne doute pas qu'il ne vous donne un bon morceau, peut-être bien le gîte à la noix. »

H. LEMONNIER.

LXXV

RACINE

ET LES PETITES ÉCOLES DE PORT-ROYAL DES CHAMPS

En sortant du château de Vaumurier, dont les salles s'étaient métamorphosées en laboratoires de physique, au souffle puissant du génie de Descartes, Antoine Le Maistre, cet illustre avocat qui avait à trente ans quitté le barreau pour se jeter dans les rudes exercices de la pénitence la plus austère, Le Maistre allait souvent visiter les jeunes gens dont l'éducation était confiée aux solitaires de Port-Royal. Nées d'une pensée de Saint-Cyran, les *petites écoles*, dont le nom modeste cache le plus beau titre d'honneur de leurs célèbres maîtres, en avaient suivi la fortune. Transplantées successivement des Granges au monastère, du monastère au Chesnay, et rendues enfin à leur premier séjour, elles florissaient malgré la persécution. Arnauld interrompait ses ouvrages de polémique pour travailler avec Lancelot aux méthodes savantes auxquelles ce dernier a attaché son nom; Sacy épurait pour les élèves le texte de Térence, et mettait en vers les racines grecques; Le Maistre composait sur la traduction un petit traité, qui en résume avec goût les lettres et l'esprit. Enfin chacun des solitaires se croyait obligé de payer sa dette aux petites écoles, et d'apporter son offrande à ce monument consacré à l'enfance dans le lieu le plus recueilli du désert.

Sous les ombrages du Chesnay ou parmi ces vergers de Port-Royal, salués des premiers vers de Racine, un petit nombre de jeunes gens, élevés avec une austère douceur, croissent dans l'étude et dans l'innocence. Ici, un enfant à longue et douce figure, que le travail a déjà pâlie, la main posée sur son front studieux, les yeux attachés sur les *Décades* de Tite-Live, ou sur les *Annales* de Baronius, semble préluder au grand travail qui doit honorer sa vie[1].

Là, un jeune homme, dans la première fleur de l'adolescence, pensif et cherchant la solitude, attentif à une lecture qu'il semble vouloir dérober à l'œil vigilant de ses maîtres, s'enfonce, un livre à la main, sous un bosquet qui le trahit. Ses traits sont pleins de noblesse et d'expression, ses regards, où brille encore l'innocence, s'animent des feux contenus de la jeunesse,

---

1. Lenain de Tillemont, né en 1637, mort en 1698, auteur de l'*Histoire des empereurs et des autres princes qui ont régné pendant les six premiers siècles de l'Église*, etc.

et, sous l'émotion qui l'agite, il semble que le génie, comme une prophétique auréole, couronne déjà son front.

Mais à peine a-t-il entendu la voix de Le Maistre et reconnu, au travers des arbres, le vêtement gris du solitaire, qu'il accourt et le salue du doux nom de père. Lancelot l'interrompt :

« Croiriez-vous, monsieur, que voici la seconde fois que cet enfant indocile me force de lui enlever un exemplaire grec du roman de Théagène et Chariclée ! »

Le Maistre se préparait à gronder.

« Vous pouvez encore brûler celui-ci, dit le jeune homme en rougissant, et en présentant un volume à son professeur, je le sais par cœur. »

Tout dévot qu'il était, Lancelot aimait trop le grec pour ne pas être vaincu par cette persévérance.

Le Maistre avait pris en amitié le poëte naissant : l'enfance d'un grand homme, les premiers instincts, les premiers développements du génie, sont un spectacle ravissant pour l'œil du sage. Le Maistre était enthousiasmé de la facilité merveilleuse, de l'exquise sensibilité de son élève. Il le faisait venir dans sa chambre et lui donnait des leçons. Il lui recommandait les vers latins, mais ne se fâchait pas trop quand il le surprenait traduisant en vers français quelques hymnes du bréviaire, ou essayant de chanter les jardins et les bois de Port-Royal.

Ainsi préludait cette lyre divine. Racine est vraiment le poëte de Port-Royal : il lui consacra ses premiers vers et son dernier ouvrage; il en célébra les jardins, il en écrivit l'histoire, il voulut placer sa tombe au pied de celle de ses maîtres, sous les arbres qui avaient ombragé les jeux de son enfance.

Racine, les deux Bignon, Tillemont, Dufossé, Chevreuse, ceux qui avaient été nourris dans cette sainte maison, n'en perdaient jamais la mémoire. Ils n'oubliaient ni cette forte discipline, ni ces dignes maîtres qui avaient élevé leur esprit en préservant leur innocence.

Heureux ou persécuté, florissant ou détruit, Port-Royal vécut et triompha dans le cœur de ses disciples; il anima, il colora de ses reflets leurs ouvrages et leur génie : il y a dans Esther autant de souvenirs de Port-Royal que d'allusions à Saint-Cyr.

U. C. A. SAPEY.

LXXVI

LE CÈDRE DU LABYRINTHE

Parmi les promeneurs qui vont s'asseoir en été à l'ombre du beau cèdre qui couronne de son feuillage toujours vert les pentes du labyrinthe au jardin des plantes, combien peu savent son histoire ! Lorsqu'on regarde ses magnifiques rameaux, son port superbe, le majestueux développement de sa circonférence et sa flèche terminale, malheureusement mutilée par la foudre, il est curieux de se souvenir que ce roi des arbres était, il y a cent vingt-deux ans, une frêle et délicate petite plante, qui occupait à peu près la moitié du fond d'un chapeau. La nature n'a qu'un procédé pour toutes ses œuvres, et les grands arbres sont comme les grands hommes, qui furent d'abord de tout petits enfants.

C'était en 1734. Sur le pont d'un navire qui faisait la traversée d'Angleterre en France, on remarquait au nombre des passagers un homme qui, insensible aux phénomènes de la mer ou aux mouvements de l'équipage, semblait absorbé dans le soin de deux jeunes plants contenus dans des pots de terre semblables à ceux que l'on voit encore sur quelques cheminées de province. Cet homme s'appelait Bernard de Jussieu, et les deux plants étaient deux plants de cèdre ni plus ni moins. Il les avait pris dans un jardin d'Angleterre ou ils avaient été transportés des montagnes mêmes du Liban. Il ne les apportait pas du Liban, comme quelques-uns l'ont avancé par erreur : Bernard de Jussieu n'alla jamais en Palestine ni dans aucune contrée de l'Asie. D'ailleurs l'illustre savant était plus fier de son léger fardeau que s'il eût rapporté tous les trésors du Pérou dans ses poches, et il tenait dans ses mains ses deux arbustes microscopiques avec une sollicitude presque paternelle. C'étaient des hôtes venus des lointaines régions de l'Orient qu'il voulait naturaliser en France, et introduire dans ce monde de végétaux dont l'étude occupait sa vie. Mais au moment de quitter le navire, il fut dans un véritable embarras. Outre ses deux pots de terre, il avait sa valise, et ne possédait pas trois mains. Le savant naturaliste se découvre, dispose religieusement ses deux arbustes dans le fond de son chapeau, et prenant sa coiffure sur un bras, sa valise de l'autre, il aborde sain et sauf. Lui-même planta de ses mains ses deux plants de cèdre dans le jardin du Roi, et eut la joie de les voir croître ensemble et se développer sous ses yeux. Malheureusement l'un des deux arbustes mourut au bout de quelques années, le second seul se maintint dans une vigoureuse croissance. Bernard de Jussieu ne le perdit de vue qu'en 1777, année de sa

11

mort, et son arbre, en 1786, avait déjà atteint deux mètres treize centimètres de circonférence ; en 1812, sa circonférence était de deux mètres
quatre-vingt-un centimètres ; en 1844, de trois mètres vingt-cinq centimètres, et ainsi de suite jusqu'à ce qu'il arrivât à l'état florissant où il est
aujourd'hui. Sa hauteur serait plus considérable sans deux accidents qui
brisèrent à deux époques sa flèche terminale ; le premier fut un coup de
fusil, dit-on, et le second un éclat de foudre.

O. LUCIANNE.

LXXVII
NINIVE, THÈBES ET MEMPHIS A PARIS

La Providence a voulu, dans ces dernières années, que les ruines de
Ninive, dont on n'avait pas soupçonné l'existence, apparussent aux explo-
rateurs de l'antiquité, dans le désert où gisent encore les ossements de la fille
d'Assur. Oui, les ruines de Ninive ont été retrouvées et décrites, et de magnifiques débris de l'art assyrien, contemporain de ces rois fameux dans l'Écriture, leur image peut-être, se peuvent voir maintenant dans les musées de
Londres et de Paris. Il y a à Paris un musée assyrien; entrons-y et pre-
nons connaissance des trésors qu'il renferme, comme s'il nous était permis d'errer sur les bords du Tigre, mais avec plus de sécurité.

En 1845, un antiquaire italien, M. Botta, découvrit les ruines de Ninive
et fit transporter en France une partie des débris qu'il avait exhumés au
lieu appelé Khorsabad, un des emplacements de l'ancienne capitale des
Assyriens. Le plus vaste des monuments d'architecture découverts se composait des salles d'un palais, dans lequel on voyait des colonnes et des bas-
reliefs alternés avec des inscriptions. On crut reconnaître que le palais de
Khorsabad se rattachait à Sargum, qui n'est autre que le Salmanazar de la
Bible. Ainsi ces monuments seraient du septième ou du huitième siècle
avant Jésus-Christ. On a trouvé aussi des bas-reliefs ayant trait à l'invasion de Sennachérib dans Samarie, avant la seconde conquête du royaume
de Juda et la captivité à Babylone. Ces préliminaires posés, je vais vous
conduire à Ninive, c'est-à-dire dans deux salles du musée du Louvre à
Paris.

Dans la première, on voit encastrés dans les murs de grands bas-reliefs
assyriens, représentant des rois et des prêtres dans diverses circonstances
de leur ministère royal ou sacré. Ces bas-reliefs avaient reçu des couleurs
dont il reste des traces fort sensibles. C'est l'enfance de l'art, mais un art

déjà ferme, des touches fières, un mouvement varié qui n'existe pas dans les statues égyptiennes, essentiellement immobiles. On se plaît à étudier dans ces représentations le costume oriental, ici dans sa richesse et sa vérité, les mitres imposantes qui s'élèvent sur le front, les robes à manches, décorées de longues passementeries et échancrées des deux côtés sur le devant, de manière à laisser voir par-dessous une tunique à franges, les chaussures ornées, les colliers, les armes, les ornements divers; les cheveux et la barbe sont frisés, disposés par étages et bouclés avec symétrie. Tout cela évoque aux yeux une époque lointaine, et fait revivre les races efféminées qui ont passé, qui ont régné sur l'ancien monde.

Dans la deuxième salle, on voit s'élever au milieu deux merveilles de l'antiquité, un double colosse de granit représentant le taureau ailé à figure humaine, symbole du monarque qui réunit la puissance, la vigilance agile, la force et la majesté. Ces deux colosses sont pareils, ils portent la même figure mitrée et à barbe étagée; on ne sait s'ils représentent Salmanazar ou bien un dieu, l'Hercule-Soleil, adoré des Assyriens. L'expression des traits peut être admirée, tant elle est fière, pleine d'une énergie sauvage. Le travail est même assez fini pour de la statuaire en granit. Sur l'une des faces de chaque colosse, il y a une figure en pied étranglant un lion sur sa poitrine, et d'un caractère analogue à tout cet ensemble.

En sortant de ce musée et dans la première salle, on peut voir dans des montres, sous des vitrines, des fragments de la pierre de construction du pays, des briques de bitume peintes et historiées. A l'aide de ces simples débris vous essayerez de retrouver l'aspect des grandes rues de Ninive et de Babylone, à peu près comme avec un os de palæotherium Cuvier reconstruisait une race d'animaux fossiles, disparus de la terre depuis le déluge.

Le musée assyrien a été une grande fondation à Paris; il doit s'augmenter. Celui de Londres est bien plus considérable que le nôtre. Un antiquaire anglais a cru trouver un palais qui remonterait à la dynastie dont Sardanapale fut le dernier roi. Une expédition scientifique française est partie pour recommencer les fouilles, interrompues depuis 1848, et nous rapporter de nouvelles richesses du sol mieux exploré de Babylone, de Ninive, de Memphis et d'Ecbatane [1].

1. Sur la fin du mois de juillet de l'année 1858, le contre-amiral Clavaud, placé à la tête d'une expédition dans la haute Égypte, transmettait de curieux détails auxquels nous empruntons les lignes suivantes :

En remontant le Nil on aperçut les anciennes carrières de Toura, d'où sont extraites presque toutes les pierres qui ont autrefois servi à la construction des pyramides. M. Mariette apprit aux voyageurs que tout récemment il venait d'y faire une découverte intéressante. En

Si Ninive est à Paris, Thèbes et Memphis s'y rencontrent également.

La collection des antiquités égyptiennes au Louvre est placée au rez-de-chaussée, dans une grande salle où l'on entre par la porte de l'aile de l'est, à gauche, sous la colonnade.

Ici le visiteur entre dans un monde tout autre que celui des autres collections. Ce n'est plus l'art grec dans sa beauté éminente et poétique; ce n'est plus l'art assyrien, avec ses formes hautaines et hardies : c'est un art immobile et sans progrès, qui ne s'est jamais proposé de réaliser la beauté idéale comme les artistes grecs. Il est impossible de parcourir cette salle et d'envisager ces mornes monuments, généralement de granit noir, et dont l'uniformité est presque absolue, sans éprouver un sentiment fort vif, celui que produit toujours la contemplation des ruines ou des monuments qui se rattachent aux plus anciennes traditions de l'ancien monde. Ces débris ont été contemporains des temps bibliques, antérieurs même à l'existence du peuple hébreu dans la Palestine. L'imagination aime à se plonger dans ces profondeurs. Il y a ici des monuments qui remontent au dix-huitième siècle avant l'ère chrétienne. Il y a des stèles ou colonnes hiéroglyphiques se rapportant à la douzième dynastie. Celle qui en fournit le plus grand nombre est la dix-neuvième, à laquelle appartenait Rhamsès

fouillant des tas de terres amoncelées depuis des siècles, ses ouvriers ont trouvé environ six cents squelettes ayant chacun à leur côté les outils dont on se servait alors pour extraire et tailler sur place au fur et à mesure la pierre. Tous ces outils, sans exception, sont en cuivre. N'est-il pas évident que ces six cents malheureux ont été ensevelis il y a peut-être quatre mille ans, victimes d'une de ces catastrophes vieilles et immortelles comme l'industrie humaine, un éboulement subit?

A Métrahine, village construit au milieu de l'ancienne Memphis, les guides de l'amiral lui montrèrent, dans un lieu où se font aujourd'hui des fouilles importantes, la statue colossale et admirablement conservée du grand Rhamsès, statue dont le vice-roi a fait présent aux Anglais, mais qu'ils ont dû abandonner à la place où elle avait été découverte, faute de moyens assez puissants pour l'enlever. L'amiral remarqua en outre plusieurs statues qui, au témoignage de leurs inscriptions, que M. Mariette lui expliqua, remontent à la plus haute antiquité, à des âges véritablement fabuleux. Deux pierres, ornées de sculptures juives faites avant Jésus-Christ, se trouvent au milieu.

Enfin on arriva au Sérapeum. L'amiral a vu ces grottes immenses illuminées par les fellahs, la large table dressée dans le sarcophage du bœuf Apis, et qui, malgré de vastes proportions, a pu être tout entière recouverte par une seule toile enlevée sur une momie. Vingt-quatre sarcophages en granit, à peu près de la même dimension, polis avec un art merveilleux, sont rangés dans ces immenses cavernes. Comment y ont-ils été amenés? Nul ne saurait le dire. Ils sont tous du plus beau granit et d'un seul bloc. Quelques-uns pèsent 60 et 70 tonneaux et même davantage. Malheureusement un touriste anglais a passé par là, et, pour emporter un souvenir, il a commis des dévastations : les arêtes des sarcophages ont été ébréchées.

Après la visite au Sérapeum, on revint au village le plus près, où trois momies et des vases antiques avaient été apportés. Les momies furent ouvertes devant l'amiral; toutes trois étaient en décomposition. Les vases ne contenaient que des œufs d'ibis. Les officiers se partagèrent ces œufs; ils ont bien leur prix ces œufs de quatre mille ans et venant du Sérapeum

FERDINAND P. O.

ou Sésostris, qui florissait vers 1450 avant Jésus-Christ. On pense que ce conquérant célèbre fut le fils du Pharaon qui périt dans la mer Rouge en poursuivant les Hébreux. Quoi qu'il en soit, cette époque de la dix-neuvième dynastie est la plus haute, la plus grande époque de l'art et de la civilisation en Égypte. Mais cet art se développa peu à peu et ne changea pas de caractère jusqu'à la fin.

Au fond de la salle égyptienne s'ouvre un vaste escalier, au sommet duquel se trouve une superbe ordonnance architecturale : sous cette dernière vous admirez un monarque égyptien, assis, les mains appuyées sur les genoux, en beau marbre égyptien transparent; puis vous entrez dans les salles d'archéologie égyptienne, qui se succèdent au nombre de trois, et contiennent, non plus les monuments de la statuaire, mais les objets de la vie journalière des Égyptiens, trésors archéologiques, rangés dans un très-bel ordre, et que l'on ne parcourt pas sans émotion. Là se voient tous les objets de la vie domestique, des vases égyptiens de toutes les formes, des momies d'oiseaux, d'animaux et d'hommes d'une parfaite conservation; des palettes sur lesquelles sont encore les couleurs, des portraits, des tissus, des bagues, des scarabées, des colliers, des harpes contemporaines de celle du roi David, du blé, même du pain, recueilli dans les tombeaux; enfin, des manuscrits égyptiens de toutes les époques et de toutes les dimensions. En vous promenant dans ces trois salles, vous vivez de la vie de ces vieux âges; vous êtes transporté auprès d'une famille égyptienne, une de celles, si vous le voulez, dont les corps sont encore là, devant vos yeux, sous leurs bandelettes; vous relevez ces bazars remplis de mille objets qui comparaissent ici, vous assistez enfin à tous les détails d'une journée dans une riche maison de Memphis ou de Thèbes.

Mais ce n'est pas tout : si c'est la ville de Thèbes, la ville aux grandes ruines, que nous voulons visiter sans sortir de notre propre capitale, allons sur la place de la Concorde, et considérons l'obélisque de Louxor.

Les obélisques, monolithes ou aiguilles de pierre, étaient placés par les Égyptiens, deux à deux, en avant de la principale entrée des temples et des palais. Celui de Louxor, que nous admirons à Paris, est très-beau, en granit rose, et d'une grande élévation. Il fut extrait de la carrière et taillé sous le règne de Rhamsès II, vers 1580 avant Jésus-Christ; mais il ne fut érigé que sous Rhamsès III, son fils, Sésostris, qui le fit placer à la porte de son palais à Thèbes. Les bas-reliefs qui sont sur chaque face représentent des allégories, des rois prosternés devant des dieux et leur offrant du vin. Du côté de la Madeleine, on voit le vautour, symbole de la victoire, planant au-dessus de la tête du roi. Le nom de Rhamsès y est souvent rappelé, et l'on y constate les célèbres victoires de Sésostris. Du côté du pont Louis XVI, on voit le roi, coiffé d'une sorte de mitre, symbole de sa puissance, et surmonté du soleil ailé ; il fait ses offrandes au dieu. On y lit des éloges au roi, fils des dieux, fils du soleil, dont le nom est stable comme le ciel, et qui vivra comme le soleil lui-même, lui, monarque mémorable qui tient les chefs de la terre sous ses pieds.

Il eut une grande pensée, celui qui, ayant fait venir à Paris cet admirable monolithe, lui donna la place qu'il occupe, où il s'harmonise d'une si noble manière avec les belles lignes qui s'étendent devant lui sur ses quatre côtés. De plus, la place Louis XVI, place de la Révolution, place de la Concorde, gardait sur son sol de si funestes souvenirs, que ce monument, contemporain des plus vieux siècles, placé en cet endroit, porte avec lui un haut enseignement. L'obélisque parle éloquemment de la fuite des générations ; symbole de l'infini, il détourne la pensée des choses mobiles du temps et la reporte sans effort vers la région du ciel et de l'éternité.

A. MAZURE.

LXXVIII

ROLLON, DUC DE NORMANDIE

Une des scènes les plus intéressantes de l'histoire est peut-être la conquête de la Neustrie, vers la fin du neuvième siècle, par un chef d'aventuriers normands, le brave Rollon, que la nature avait doué tout à la fois du génie et d'une âme héroïque. Après la paix de Saint-Clair sur Epte, Rollon, qui avait reçu de Charles le Simple la main de sa fille Giselle, se révéla tout entier. Ce n'était plus un brigand ni un aventurier, ce fut un conquérant qui sut allier la politique à l'intrépidité guerrière. Sa pénétration lui fit apercevoir toute l'influence que le clergé exerçait alors sur les peuples ; et, pour soumettre les peuples, il se fortifia de l'alliance du clergé ; il fit plus, il abjura ses idoles, et laissa pénétrer dans son cœur la foi chrétienne. Dès ce moment, il paraît encore plus grand ; il dépose le glaive pour prendre en main la balance et le sceptre des lois ; ses compagnons, accoutumés à la licence, à la vie aventurière, se dépouillent de leur âpreté sauvage ; le vol, le pillage, le meurtre, tous les désordres nés de l'ignorance, du fanatisme, des guerres intestines et étrangères, diminuent par degrés et disparaissent entièrement du sol de la Neustrie, tandis que le reste de la France est encore en proie aux mêmes calamités.

L'agriculture et le commerce refleurirent avec le bon ordre sous l'autorité du nouveau duc et de ses successeurs. Des relations de négoce s'établirent au dehors, et spécialement avec la Belgique, où les Italiens avaient depuis longtemps fondé des comptoirs et porté les arts industriels. Les Normands se hâtèrent d'imiter les Belges; des tanneries, des manufactures s'élevèrent sur plusieurs points, notamment à Elbeuf et à Louviers, dont les draps avaient déjà de la réputation avant la réunion de la province à la couronne.

Rollon mourut en 920, laissant un fils, Guillaume Ier.

M. MARIE DU MESNIL.

LXXIX

LES PETITES CAUSES ET LES GRANDS EFFETS

ANECDOTE

Il était autrefois une reine... (ceci n'est pas un conte). Cette reine, qui s'appelait la reine Anne, entra un jour dans une grande colère contre la duchesse de Marlborough. Pourquoi? Parce que la duchesse, blessée dans son orgueil, laissa tomber d'un verre de cristal quelques gouttes d'eau sur la robe de la fille de Jacques II. Ce n'était qu'une maladresse que pouvait excuser le trouble de madame de Marlborough... Soudain le ministère anglais est changé; les whigs font place aux torys; l'épée du duc se brise entre ses mains, son pouvoir tombe en éclats, fragile, vous le voyez, comme le cristal cause de sa ruine; — la paix d'Utrecht est signée, et Louis XIV, remis des plus vives alarmes, peut attendre, non sans gloire, que la mort le fasse descendre du trône qu'il occupe depuis plus de soixante-dix ans.

C'est un de ces exemples qu'on se plaît à rappeler entre mille, quand on cherche à établir que les grands effets sont le plus souvent produits par une petite cause. Il en est un autre, dans notre propre histoire, lequel est moins connu peut-être, mais où l'on ne sait ce qu'il faut admirer le plus, ou la vanité du sujet, ou le caprice de cette bizarre fortune, dont nous disons tant de mal par amour-propre, ou l'enchaînement enfin de ces mêmes petites causes qui, en se prêtant un mutuel soutien, acquièrent une force irrésistible[1].

---

1. Les philosophes et après eux les légistes, nous disent que cinquante demi-preuves ne ornent pas une preuve entière et complète. Cela peut être vrai; mais il faut convenir aussi

Un homme a, dans notre France, rapidement parcouru la plus brillante carrière. De la soutane d'un pauvre séminariste, et même d'un séminariste pauvre, il a fait sortir un prince de l'Église, et s'il n'a pas été pape, c'est qu'il ne l'a pas voulu. Il est vrai du moins que son influence porta successivement au trône pontifical le Vénitien Clément XIII, le Romain Clément XIV, et enfin l'infortuné Pie VI, qui mourut, hélas! dans une tempête politique, loin de son trône et de sa patrie.

L'homme dont je parle avait de la naissance; il était comte de Lyon, titre sans valeur, quelque sens que l'on attache à ce mot; il avait de beaux traits, une physionomie aimable, des manières élégantes, beaucoup d'esprit et d'agrément. Il faisait des vers : il en a fait beaucoup. « Les vers, disait-il, nous servent dans la jeunesse, comme un bâton pour sauter un fossé, et quand le fossé est sauté, on laisse-là le bâton. »

Il se trompait, il aurait plutôt dû ajouter avec le chevalier de Bonnard : « Il n'y a que le bâton qui reste. » Petite réflexion qui vaut tout un gros livre.

Grâce à une femme célèbre (les femmes entrent toujours pour quelque chose dans la vie de certains hommes), grâce à une femme célèbre, l'homme au bâton frappa, à l'âge de vingt-neuf ans, aux portes de l'Académie française; elles s'ouvrirent, ces portes qui seraient peut-être restées fermées à son talent, mais qui ne résistèrent point à un sourire gracieux de l'aimable protectrice. L'académicien fut bientôt envoyé en ambassade à Venise; il y resta trois ans, se fit prêtre, comme il le dit lui-même, en passant par Rome; puis nommé ambassadeur en Espagne, il fut retenu par Louis XV pour rédiger le traité d'alliance entre la France et l'Autriche, traité qui ne fut pas son ouvrage, mais qu'il signa en 1756.

Ce n'est pas tout : il entra au conseil, il fut chargé du portefeuille des affaires étrangères. Il occupa ce poste pendant peu de temps, il est vrai, mais au moment de sa disgrâce politique il fut nommé cardinal par Clément XIII, et l'on fit même à ce sujet un couplet qui finissait ainsi :

> « On dirait que Son Éminence
> N'eut le chapeau de cardinal
> Que pour tirer sa révérence. »

Néanmoins, l'année suivante, Louis XV le nomma archevêque d'Albi, et cinq ans après ambassadeur à Rome. Il conserva ces fonctions jusqu'à

---

que, dans le monde, ces cinquante demi-preuves ont une grande valeur, et que, de même, si cinquante petites causes peuvent être assignées à un grand effet, nous ne devons pas être taxés de légèreté ou de folie pour ne pas nous amuser à en chercher d'autres.

la révolution française, et mourut à soixante dix-neuf ans, le 2 novembre 1794.

Cet abbé, ce poëte, cet ambassadeur, ce ministre, ce cardinal, que Voltaire, en faisant allusion aux fleurs de rhétorique dont ses vers sont émaillés, appelait malicieusement « Babet la bouquetière, » se nommait François-Joachim de Pierre de Bernis.

Quelle fut l'origine de cette prodigieuse fortune? La naissance? Les talents? Avec ce brillant cortége on n'avance pas toujours; les vertus? elles nous laissent souvent en chemin ; l'adresse? vous allez voir.

Caché au fond du séminaire de Saint-Sulpice, d'où il ne sortait que pour visiter quelques gens de lettres auprès desquels ses vers lui avaient donné accès, l'abbé de Bernis languissait en la compagnie de l'abbé de Montazet[1], qui n'avait pas plus que lui les moyens de faire vœu de pauvreté, comme l'on dit. Les deux jeunes gens étaient liés d'une amitié qui ne s'est jamais démentie ; heureuse circonstance qui fit autant d'honneur à l'un qu'à l'autre dans des conditions fort diverses. C'était Pylade, c'était Oreste, dit l'écrivain auquel j'emprunte le fond de ce récit. Rien n'était à l'un qui ne fût à l'autre ; mais ce rien n'était effectivement que rien.

Grande était l'inquiétude de notre séminariste sur un avenir qui lui paraissait d'autant plus sombre, que le vieux cardinal de Fleury lui avait dit, en lui refusant une légère pension sur un bénéfice : « Non, monsieur l'abbé, vous n'aurez rien tant que je vivrai. »

— Eh bien ! monseigneur, j'attendrai, » avait répondu l'abbé avec autant de vivacité que de malice ; mais la pension lui aurait fait grand bien, et il fallut attendre la mort du cardinal. Cette mort n'arriva qu'en 1743.

Bernis, un soir, s'était couché, et les pensées qui lui venaient n'étaient pas même *gris brun*, selon l'expression originale de madame de Sévigné. Il s'agitait sur sa couche, et roulait dans sa tête brûlante un de ces projets qui viennent en foule assaillir l'esprit de la jeunesse, et lui présenter les mille facettes éblouissantes d'un diamant, qui n'est le plus souvent que du strass. Mais bientôt, comme les poëtes sont *chose légère*, a dit un des plus aimables, Bernis rêva à des vers. Il fut cette fois heureusement inspiré.

Envoyer ces vers à leur adresse, dès qu'il fit jour, fut la première et la seule affaire de l'abbé de Bernis. Je laisse à penser avec quel soin il choisit le papier coquet qui devait les recevoir, avec quel soin encore il les écri-

1. Antoine Malvin de Montazet, né en 1712, dans l'Agénois, mort en 1788, fut d'abord évêque d'Autun, puis archevêque de Lyon (1758).

vit. et surtout avec quel sentiment d'espérance et de crainte il traça ces
mots : *à madame de Pompadour !* C'était en effet pour l'esprit et le goût un
juge délicat que cette belle marquise, qui voyait à ses pieds tout ce qu'il y
avait alors de plus élevé en France, et dont les gens de lettres, surtout
Voltaire, chantaient les louanges, oubliant facilement qu'*Antoinette Poisson* était la fille d'un boucher des invalides. Cela se pratiquait ainsi de ce
temps-là.

Les vers de l'abbé devaient plaire et ils plurent. Il fut invité à dîner
chez la favorite.

A peine a-t-il reçu le billet parfumé, de Bernis court en toute hâte chez
l'abbé Montazet ; et du plus loin qu'il aperçoit son ami :

« Notre fortune est faite, s'écrie-t-il !

— Que dis-tu ?... Quoi ?... Comment ?...

— Notre fortune est faite ! madame de Pompadour me prie à dîner !

— A dîner ! madame de Pompadour !... Mon ami, dit l'abbé Montazet
qui tombait de ce quatrième ciel où l'avait transporté l'exclamation du
poëte, tu te flattes ; un billet d'invitation n'est pas la feuille des bénéfices.

— Laisse-moi faire, » dit de Bernis plein de la plus heureuse confiance.
L'abbé Montazet laissa faire, et il eut raison.

On devine, sans que je le dise, que l'abbé fut exact au rendez-vous. Il
arrive, il se montre avec tous les charmes de sa personne, ce qui ne gâte
rien auprès des femmes, avec toutes les grâces de son esprit, ce qui vaut
mieux encore. Il enchante la société, et surtout il plaît à la maîtresse de la
maison.

Après le dîner, madame de Pompadour propose à son aimable convive
une partie de jeu ; il refuse. La marquise, qui croit avoir deviné la cause
de ce refus :

« Allons, monsieur l'abbé, dit-elle, je serai de moitié avec vous... je
serai même du tout... acceptez ; je suis bien aise de vous garder un peu
plus longtemps.

— Je le voudrais, madame, mais la chose est impossible, » dit l'abbé,
avec un air qui trahissait une arrière-pensée.

La marquise se pique à ce jeu, elle insiste ; elle veut savoir ce que
M. de Bernis affecte de ne vouloir pas dire... Elle est femme, elle est
belle !... elle ordonne enfin !...

Bernis s'y était attendu. Tout homme d'esprit qu'il était cependant, et
quoique son plan eût été bien arrêté, il semble hésiter, cherchant le mot
qu'il croyait le plus décent pour désigner ce que la pruderie des femmes
anglaises appelle *le vêtement nécessaire*, ce que du temps de Molière on
appelait un haut de chausses ; mais ne trouvant que le mot usuel, le mot

qui est devenu officiel de nos jours, il prit résolument son parti, et, d'un air modeste, même un peu confus, il répondit à la marquise :

« Vous l'ordonnez, madame!.., eh bien! daignez abaisser vos yeux sur cette culotte de velours. »

La marquise rougit :

« M. l'abbé!

— Madame, je n'ai que la moitié de ce vêtement; il appartient à M. l'abbé Montazet et à moi ; quand je sors, il garde la chambre; quand il sort, je le lui cède, et je reste à mon tour. Il a, ce soir, une visite fort importante à faire... Vous voyez bien, madame, qu'il faut que je vous quitte...

— L'excellente folie, dit en riant la favorite, je ne vous retiens plus, monsieur l'abbé; mais dites à votre ami que vous aurez bientôt chacun votre vêtement nécessaire!... »

Les favorites sont toutes comme un certain Guzman que j'ai connu dans mon enfance ; elles ne connaissent pas d'obstacles à leur volonté. Le surlendemain, en effet, l'abbé de Bernis et son ami reçurent l'un et l'autre le brevet d'une pension de quinze cents livres, que le poëte, devenu plus tard cardinal, appelait *ses sabots*.

Madame de Pompadour ne s'en tint pas là, comme on l'a vu plus haut; mais d'abord elle obtint pour l'abbé de Bernis un petit appartement au Louvre. On lit dans une des lettres de La Harpe à Paul Ier, qu'elle lui donna même une toile de Perse pour meubler son appartement. Comme il descendait par un escalier dérobé, il rencontra le roi, qui voulut savoir d'où il venait et ce qu'il portait. De Bernis le lui dit naïvement.

« Tenez, dit Louis XV, en tirant de sa poche un rouleau de cinquante louis; on vous a donné la tapisserie, voici pour les clous. Madame de Pompadour m'a dit beaucoup de bien de vous, je ne vous oublierai pas. »

Vous savez le reste... Ne vous semble-t-il pas, sans compter les petites causes qui concoururent à tirer l'abbé de Bernis de l'obscurité d'un séminaire, qu'il est ici-bas une fée aux mille prodiges, qui toucha aussi le poëte de sa baguette dorée, pour le pousser au grand jour de la vie publique? cette fée, c'est l'occasion. Sans elle, il était fort à craindre que le velours de M. l'abbé ne s'usât plusieurs fois, même avant qu'il obtînt un petit logement au Louvre.

PH. T. L.

LXXX

DEVOIRS DE L'INSTITUTEUR

De toutes les fonctions sociales, une des plus honorables est, sans contredit, celle de l'INSTITUTEUR. Mais de toutes, c'est aussi celle qui réclame le concours des plus solides vertus.

Appelé à remplacer le père, l'instituteur doit traiter ses élèves avec la même douceur, la même bonté que s'ils étaient ses enfants propres. Tous ses efforts doivent tendre à développer les richesses de l'intelligence de ses écoliers, à meubler leur esprit de connaissances utiles, à leur donner le goût de la vertu, à leur inspirer la crainte et l'amour de Dieu.

Pour remplir ces grands devoirs, sa foi religieuse ne sera jamais trop fervente, sa moralité trop sévère, son habileté assez grande, son instruction, ses connaissances trop étendues. Longtemps il lui faudra employer ses modiques épargnes à l'acquisition des meilleurs livres; longtemps il devra consacrer ses veilles à les étudier avec zèle, avec persévérance. Toujours son intelligence en haleine devra s'enquérir de toutes les méthodes, de tous les modes d'enseignement, les comparer avec soin, afin d'obtenir, par la mise en pratique des meilleurs d'entre eux, les résultats les plus rapides, les progrès les plus satisfaisants.

En classe, l'instituteur veillera attentivement sur les mouvements de son âme, afin de ne jamais reprendre grossièrement ses élèves; il ne souillera point ses lèvres de paroles injurieuses ni de menaces, qu'il serait impossible de réaliser sans recourir à une brutalité révoltante. L'impolitesse du maître ne saurait engendrer l'urbanité chez les élèves, et les préceptes sont sans influence, quand l'exemple ne vient pas les soutenir de son puissant appui. D'ailleurs l'injure, le sarcasme, la menace, font naître l'inimitié, l'aversion, et une crainte dénuée de respect. Or l'enfant qui déteste ou méprise son instituteur cesse de recueillir le moindre fruit même des plus sages leçons.

Dans ses punitions, qu'il s'interdise complètement les châtiments corporels; sa propre dignité et les prescriptions administratives lui en font une loi. Les réprimandes douces et paternelles doivent être ses armes pour vaincre et déraciner les défauts des écoliers. Que son habile prudence fasse naître et parler les bons sentiments; que la rougeur de la honte empourpre le front du paresseux. Qu'une sévérité froide et imposante, qu'une impartialité scrupuleuse saisisse les moindres occasions d'adresser des éloges mérités, afin de rendre les cœurs plus sensibles au blâme. Que l'esprit d'ordre et la propreté fixent surtout son attention. Que sa vigilance, sa sollicitude se portent sur les plus petites choses, sur l'arrangement des livres, des cahiers, sur l'emploi du papier et des plumes, sur la propreté du visage, des mains et des habits. Aucun de ces détails ne saurait être indigne de l'homme qui s'est voué au sacerdoce de l'enseignement.

À l'aide de ces sages précautions, l'instituteur obtiendra de bons résultats, si, surtout, il a habitué ses élèves à une sévère obéissance, et qu'une prudente fermeté réprime énergiquement toute rébellion contre son autorité, toute transgression à ses ordres. Un caractère indocile, invinciblement opiniâtre, se refuse-t-il au joug malgré les efforts du maître pour le façonner à la marche de la discipline? que cette brebis galeuse soit impitoyablement expulsée : seule, elle suffirait pour gangrener tout le troupeau, tant l'exemple de la désobéissance et de la révolte est dangereux! Mais aussi que jamais cet acte de sévérité ne soit le résultat d'un ordre opposé à la raison ; ce serait une faute bien grave, car une volonté contraire à la justice irrite les enfants comme elle irrite les hommes, et provoque chez eux une résistance dont on ne peut être vainqueur sans tomber dans la plus absolue tyrannie.

Tels seront donc les principaux devoirs de l'instituteur en face de ses élèves. Dans la société civile, d'aussi graves obligations engagent la conscience. Représentant de tous les pères de famille, il doit rester complétement étranger à tous les partis politiques. Fonctionnaire public, il manquerait gravement à la probité, s'il se montrait hostile au gouvernement et rebelle à la loi. Formant avec le pasteur et le maire un des trois agents de la civilisation du village, il doit travailler à maintenir, même au prix des plus grands sacrifices, la paix, l'union et la concorde. Le bonheur de la commune dépend de cette heureuse harmonie. La division, au contraire, annulle complétement leur bienfaisant pouvoir : exhortations à la paix, à la charité, à l'union, tout reste sans fruits, parce qu'aux préceptes manque l'autorité de l'exemple.

Le maire, aux yeux de l'instituteur, devra toujours apparaître comme le représentant de l'autorité souveraine, et lui sembler digne, à ce titre, d'une entière déférence.

Dans le pasteur, il considèrera le caractère sacré de préférence à celui de l'homme qui en est revêtu. Plus il déploiera d'ailleurs de respect, plus il imposera pour lui-même d'égards et d'estime, plus il forcera à reconnaître les prérogatives attachées à son titre. Cependant l'humilité ne descendra pas jusqu'à la bassesse. Ayez, dirons-nous, une complaisance parfaite, si l'on demande à votre cœur le sacrifice d'un goût, d'une

convenance, d'un plaisir; mais sachez résister énergiquement dans le cas
où l'on exigerait de vous l'oubli d'un seul devoir.

Enfin l'instituteur doit user de la plus grande circonspection dans ses
relations avec les diverses familles de ses élèves. La considération dont
on l'entourera sera proportionnée à sa dignité personnelle. Qu'il soit
simple, modeste, grave dans son maintien, mais sans pédanterie; sérieux,
quoiqu'affectueux dans ses paroles; qu'il brille par une réserve ennemie
de toute familiarité; qu'il se prescrive une neutralité absolue dans les
querelles de village; qu'à toute médisance, à toute accusation il oppose
le refus formel et soutenu de l'écouter. Qu'il s'éloigne constamment
et des fêtes et des festins où sa présence peut mettre en doute sa stricte
impartialité. Que ses mœurs soient irréprochables et exemplaires. Que
la plus grande circonspection préside à ses rapports avec les personnes
du sexe. Qu'il s'éloigne de tout jeu où il puisse perdre ou gagner de
l'argent. Que jamais il ne figure aux danses, aux cabarets. Bref, que,
marié, il vive comme le bon père de famille de l'Évangile, et célibataire,
comme vit le digne prêtre catholique.

Quels seront maintenant les devoirs de l'écolier? Un illustre écrivain de
l'antiquité prétend les avoir renfermés presque tous dans cet unique avis
qu'il donne aux enfants, d'aimer leurs maîtres et de les regarder comme
des pères dont ils tiennent, non la vie du corps, mais l'instruction, cette
vie ⸱ l'âme. En effet, ce sentiment de tendresse et de respect suffit pour
les rendre dociles pendant leurs études. Il dispose ensuite leurs cœurs à
une pieuse reconnaissance pour le jour où ils deviendront des membres
actifs de la société.

La docilité, qui consiste à se laisser conduire, à bien recevoir les avis
des maîtres et à les traduire en pratique, constitue la première vertu des
écoliers, comme celle des maîtres est de bien enseigner. L'une ne peut
rien sans l'autre; s'il ne suffit pas qu'un cultivateur répande de la semence, s'il faut que la terre, après avoir ouvert son sein pour la recevoir, la couve, pour ainsi dire, l'échauffe, l'entretienne et l'humecte, de
même tout le fruit de l'instruction dépend de la parfaite correspondance
du maître et du disciple.

Jeunes élèves, aimez et appréciez à leur juste prix le savoir, le talent
de vos maîtres. Suivez l'exemple de Marc-Aurèle, un des plus sages
et des plus illustres empereurs de Rome, qui remerciait les dieux de
deux choses surtout : de ce qu'il avait eu pour lui-même d'excellents pré-
cepteurs, et de ce qu'il en avait trouvé de pareils pour ses enfants. Véné-
rez les nombreuses et fortes vertus qu'il faut à la difficile mission de vos
maîtres pour s'exposer à toutes les souffrances morales causées par les

mille défauts, les mille passions des enfants, et par l'ingratitude des parents
dont l'âme étroite croit avoir suffisamment payé le dévouement de l'instituteur par un mince et chétif salaire. Écoutez docilement leurs leçons.
Bannissez cette attitude nonchalante, ces bâillements étouffés qui trahis-
sent l'ennui causé par des instructions dont l'efficacité devrait être pour
votre âme ce qu'est le pain matériel pour votre corps.

Malheureux enfants, pendant que le maître s'occupe avec une si ardente
charité de votre avenir dans ce monde et dans l'autre, votre téméraire
ignorance le maudit pour le retard que son dévouement apporte à vos
plaisirs. Comment ne trouveriez-vous pas la vie semée de maux et d'amertume après vous être refusés si obstinément à vous préparer aux épreuves
qu'il y faut subir. D'ailleurs est-ce là répondre aux généreux sacrifices
des parents, qui prélèvent fort souvent les frais d'instruction sur le bien-
être de la famille, et presque toujours sur le prix des sueurs et des veilles
du père, sur les pénibles privations de la mère.

Efforcez-vous donc de répondre par un travail assidu aux desseins de
vos parents, aux préceptes, aux soins et à la sollicitude de l'instituteur.
Montrez-leur par votre reconnaissance combien vous appréciez leur admirable dévouement. Prouvez surtout à ce dernier par votre gratitude qu'à
vos yeux il n'est pas un vil mercenaire. Marchez sur les traces du royal
élève dont nous parle l'auteur des *Conférences*, M. Salmon.

Naguère un homme était né dans une des plus humbles conditions.
Élevé à l'école de son quartier, le maître avait plus d'une fois attaché sur
le cœur de l'enfant la croix de mérite destinée à récompenser son application. Cet enfant, qui se nommait Bernadotte, partit soldat ; il devint un
jour grand capitaine ; un autre jour, ce roi heureux et habile qui régna
sur la Suède, et dont la vie après avoir commencé dans la gloire s'est
achevée plus doucement dans la paix. Il y a quelques années que, sortant
de son palais pour aller passer la revue de ses troupes, Bernadotte vit un
vieillard fendre la foule qui l'entourait et venir se jeter à ses pieds, ému,
ne pouvant prononcer une parole, mais les yeux remplis de larmes et
tenant dans sa main qu'il agitait en l'air, une petite croix d'argent suspendue à un ruban tout usé. Charles-Jean fixe quelque temps les yeux sur
cette croix : c'est la première qu'il a portée ! Il la reconnaît, et son cœur
tressaille à la vue de cette pieuse relique. Il relève le vieillard qui la
lui montre : c'est son premier maître ; il l'embrasse, il le conduit dans
son palais, et ne l'en laisse sortir qu'après l'avoir gratifié d'une pension,
qui permet désormais au pauvre instituteur de terminer heureusement
ses jours sous le ciel de la France.

Bienfait touchant qui honore la main qui l'a offert, non moins que celle qui l'a reçu ! Honneur insigne qu'un maître d'école partage avec Fléchier, avec Bossuet, avec Fénelon, dont les élèves, nés à l'ombre du trône, surent toujours reconnaître les services par leurs royales munificences.

Un second devoir de l'élève, non moins important que le premier, c'est d'exciter au sein de la classe, aussi fortement qu'il le pourra, l'esprit d'une sincère fraternité. Qu'il est loin d'en être ainsi dans la plus grande partie des maisons d'éducation ! Le plus souvent les faibles, dont l'impuissance devrait recevoir aide et protection, sont les tristes victimes et les malheureux jouets des forts. Les infirmes sont en butte aux railleries sarcastiques de ceux que la Providence a bien conformés. Les flatteurs dénoncent lâchement des coupables et quelquefois des innocents. La rivalité du jeu ou du travail engendre de brûlantes inimitiés ; on se garde d'applaudir franchement aux succès des heureux émules ; ce sont sans cesse d'ardentes contestations suscitées par la mauvaise foi, des querelles furieuses, des combats sanglants qu'on pousserait à mort, si on l'osait.

Et c'est ainsi, jeunes gens, que vous débutez dans une vie qui devrait être tout amour, toute charité? C'est ainsi que votre cœur prélude à la conquête des biens célestes promis à la seule vertu? C'est ainsi que vous essayez ces forces, ce courage qui vous ont été donnés pour soutenir une famille, secourir vos semblables et défendre la patrie? Hélas! il n'est que trop vrai, le jeune homme qui n'a pas été bon condisciple devient bien rarement un ami dévoué de l'humanité. Il porte dans le monde le mauvais esprit, le méchant cœur que lui ont fait de déplorables habitudes.

FERDINAND P. O.

LXXXI

L'ENFANT ET LES MARIONNETTES

APOLOGUE

Sans livrée et sans équipage,
Une dame de haut parage
Se promenait un jour avec son jeune enfant ;
C'était, je crois, un jour de fête.
Celui-ci portait haut la tête
Et marchait d'un air triomphant.
De toutes parts brillaient, à sa vue exposées,
Mille choses pleines d'appas ;

Car c'était aux Champs-Élysées
Que la ma'n maternelle avait guidé ses pas.
Après avoir, au gré de ses désirs folâtres,
   Parcouru longtemps ces beaux lieux,
   Il se dirigea tout joyeux
   Vers l'un de ces petits théâtres
Où se joue, en plein air, au profit du passant,
   Un drame toujours saisissant :
   Col'n qui bat sa ménagère,
Le diable qui s'en mêle, et puis le commissaire
   Qui met le coupable en prison ;
Le procureur qui vient débiter son grimoire ;
   Le juge, avec sa robe noire,
   Qui condamne à la pendaison ;
De grand exécuteur un chat faisant l'office ;
Parmi tous ces débats Polichinelle, enfin,
Roulant sa double bosse et de son lourd gourdin
Assommant tout le monde, y compris la justice.
   Spectacle naïf et charmant,
   Qui jadis nous amusait tant,
   De nos ans quand brillait l'aurore,
   Et qui, tout bas je vous le dis,
   Malgré nos cheveux blancs ou gris,
   Aujourd'hui nous amuse encore.

Quand l'enfant arriva, la pièce commençait.
Je ne sais cette fois ce dont il s'agissait ;
J'ignore dans quel lieu la scène se passait,
Car la variété s'est mise au répertoire,
Depuis que tout progresse en ce siècle de gloire.
Mais qu'il fût question ou de meurtre ou de vol ;
Que le sujet fût grec ou latin ; que la scène
   Se passât aux bords de la Seine,
  Chez le grand Turc ou chez le grand Mogol,
  La comédie, à coup sûr, était bonne,
Toute pleine de verve et d'esprit ; je soupçonne
Que c'était du Molière, arrangé par Guignol.
Quant à la réussite, elle fut colossale,
Sans réclame aux journaux, sans claqueurs dans la salle.

   Heureux théâtre ! où le succès toujours,
Loin du bruit des sifflets, suit son paisible cours.
Combien d'autres, placés bien plus haut sur l'échelle,

12

D'un pareil sort voudraient jouir,
Mais n'ont pas, pour y parvenir,
Le secret de Polichinelle !

Après la chute du rideau,
Une idée assez singulière
(Petit ou grand chacun raisonne à sa manière)
De notre jeune enfant traversa le cerveau.
  « Mère, se prit-il à dire,
  Les braves gens qui nous ont tant fait rire,
  En prêtant le geste et la voix
  A tous ces bonshommes de bois,
Font un métier joyeux ; eux-mêmes doivent être
Bien heureux et bien gais, je voudrais les connaître. »
  La mère sourit tristement,
  Et l'enfant accepta bien vite,
Quand elle eut proposé de faire une visite
Au maître du logis, dont, hélas ! mieux instruite,
  Elle jugeait tout autrement...
  Sous l'humble tente ils pénétrèrent,
  Et vraiment ce qu'ils y trouvèrent
Donnait au pauvre enfant un cruel démenti.
  Dans un coin de l'étroite enceinte,
  D'un long malheur portant l'empreinte,
  Un homme se tenait là : il
Il comptait, tout pensif, la modeste recette
  Que tout à l'heure il avait faite.
  Deux enfants pâles et chétifs,
  A ses pieds reposaient craintifs ;
  Tandis qu'une femme au teint blême
(Pour le pauvre souvent Dieu, soit dit sans blasphème,
De la fécondité fait un surcroît de maux),
Sur le sol accroupie, allaitait deux jumeaux.
  Elle pleurait, l'infortunée !
  Tout inquiète de savoir
  Si le travail de la journée
  Suffirait au repas du soir.

  A l'aspect de cette misère :
« Combien je me trompais ! dit l'enfant à sa mère ;
Je les croyais heureux et je les vois souffrir ;
Les pauvres gens !... Maman, laisse-moi leur offrir
  Deux de ces belles pièces blanches
  Que tu me donnes les dimanches,

Quand j'ai su contenter mon précepteur et toi.
        Tu m'en avais permis l'emploi
        Pour avoir quelque friandise;
Je n'en suis plus tenté; j'aurais trop de chagrin
        De songer à la gourmandise,
Lorsque des malheureux n'ont pas toujours du pain. »
Au généreux élan de cette âme ingénue,
        La mère applaudit, tout émue,
Puis : « Que ceci, mon fils, te serve de leçon,
Dit-elle; dans ce monde où règne la souffrance,
Celui qui, comme toi, juge sur l'apparence,
Risque de se tromper d'une étrange façon.
Tel se donne en public la gaieté pour escorte,
Dont l'âme est un foyer de secrètes douleurs;
        Et quand le rire est à la porte,
        Souvent au dedans sont les pleurs. »

P. F. MATHIEU.

LXXXII

LA PROVIDENCE ET LA SOLIDARITÉ

Deux hommes étaient voisins, et chacun d'eux avait une femme et plusieurs petits enfants, et son seul travail pour les faire vivre.

Et l'un de ces deux hommes s'inquiétait en lui-même, disant : « Si je meurs ou que je tombe malade, que deviendront ma femme et mes enfants? »

Et cette pensée ne le quittait point, et elle rongeait son cœur, comme un ver ronge le fruit où il est caché.

Or, bien que la même pensée fût venue également à l'autre père, il ne s'y était point arrêté : « car, disait-il, Dieu, qui connaît toutes ses créatures et qui veille sur elles, veillera aussi sur moi, et sur ma femme et sur mes enfants. »

Et celui-ci vivait tranquille, tandis que le premier ne goûtait pas un instant de repos, ni de joie intérieurement.

Un jour qu'il travaillait aux champs, triste et abattu à cause de sa crainte, il vit quelques oiseaux entrer dans un buisson, en sortir, et puis bientôt y revenir encore.

Et, s'étant approché, il vit deux nids posés côte à côte et dans chacun plusieurs petits nouvellement éclos et encore sans plumes.

Et quand il fut retourné à son travail, de temps en temps il levait les yeux, et regardait ces oiseaux qui allaient et venaient, portant la nourriture à leurs petits.

Or, voilà qu'au moment où l'une des mères rentrait avec sa becquée, un vautour la saisit, l'enlève, et la pauvre mère, se débattant vainement sous sa serre, jetait des cris perçants.

A cette vue, l'homme qui travaillait sentit son âme plus troublée qu'auparavant : « Car, pensait il, la mort de la mère, c'est la mort des enfants. Les miens n'ont que moi non plus. Que deviendront-ils si je leur manque ? »

Et tout le jour il fut sombre et triste, et la nuit il ne dormit point.

Le lendemain, de retour aux champs, il se dit : « Je veux voir les petits de cette pauvre mère ; plusieurs sans doute ont déjà péri. » Et il s'achemina vers le buisson.

Et regardant, il vit les petits bien portants ; pas un ne semblait avoir pâti.

Et ceci l'ayant étonné, il se cacha pour observer ce qui se passait.

Et après un peu de temps, il entendit un léger cri et il aperçut la seconde mère, rapportant en hâte la nourriture qu'elle avait recueillie ; et elle la distribua à tous les petits indistinctement, et il y en eut pour tous, et les orphelins ne furent point délaissés dans leur misère.

Et le père qui s'était défié de la Providence raconta le soir à l'autre père ce qu'il avait vu.

Et celui-ci lui dit : « Pourquoi s'inquiéter ? Jamais Dieu n'abandonne les siens. Son amour a des secrets que nous ne connaissons point. Croyons, espérons, aimons et poursuivons notre route en paix.

« Si je meurs avant vous, vous serez le père de mes enfants ; si vous mourez avant moi, je serai le père des vôtres.

« Et si l'un et l'autre nous mourons avant qu'ils soient en âge de pourvoir eux-mêmes à leurs nécessités, ils auront pour père le Père qui est dans les cieux. »

LAMENNAIS.

LXXXIII

LES SENTINELLES PERDUES

En 1779, la guerre entre l'Angleterre et ses colonies américaines était, dans certaines parties, plutôt une espèce de chasse qu'une campagne régulière.

Les Américains avaient incorporé les Indiens dans leurs rangs, et les avaient rendus très-utiles à cette guerre pour laquelle leurs habitudes les disposaient parfaitement. Ils sortaient tout à coup de leurs épaisses forêts, ou de leurs impénétrables marécages, et, avec leurs flèches et leurs toma-hawks, ils causaient chaque jour beaucoup de dommage à l'armée anglaise, surprenant les sentinelles, enlevant les traînards; puis, quand l'alarme était donnée, ils s'enfuyaient avec une telle célérité que la meilleure cavalerie ne pouvait les atteindre.

Le commandant d'une division, campée sur les bords d'une rivière, avait pris le parti d'étendre ses postes avancés à une grande distance des quartiers, de placer des sentinelles à plusieurs milles dans les bois et de faire bonne garde autour de l'armée. Un régiment d'infanterie était en station sur la lisière d'une immense savane, et le service de ce régiment était fort hasardeux; ses pertes étaient fréquentes, les sentinelles étant continuellement surprises dans leurs postes par les Indiens.

Un matin, les sentinelles ayant été placées comme de coutume pendant la nuit, la garde venait, au lever du soleil, relever un poste situé à une distance considérable dans les bois. La sentinelle n'y était plus!... On fut surpris, quoique le cas ne fût pas nouveau. On posta un autre homme, et en le quittant on lui souhaita meilleur sort.

« N'ayez pas peur, dit le soldat vivement, je ne déserterai pas. »

Le peloton retourna au corps de garde.

Les sentinelles étaient renouvelées de quatre heures en quatre heures, et au temps fixé la garde retourna pour relever le poste. A son grand étonnement l'homme avait encore disparu. On chercha tout à l'entour, mais on ne trouva aucune trace de la disparition. Il fallait à plus forte raison que le poste fût occupé; on laissa un autre homme. A l'heure expirée, les soldats furent frappés de nouveau en apercevant le poste vide.

Dans cette circonstance le colonel hésita sur ce qu'il devait faire; mais un homme sortit des rangs en s'offrant à tenir la faction. Chacun applaudit à sa résolution.

« Je ne me laisserai pas prendre en vie, dit-il, et vous saurez toujours de mes nouvelles; à tout événement je ferai feu. Le croassement d'un corbeau, la chute d'une feuille vaudra un coup de fusil. Ainsi vous ne serez pas inquiets pour cela sur mon compte; mais vous serez en alerte. »

Une heure s'était écoulée, et chaque oreille du poste était aux aguets, lorsque tout à coup un bruit de mousquet fut entendu. La garde marcha immédiatement, accompagnée du colonel et des officiers les plus expérimentés. Comme ils approchaient, ils virent le factionnaire qui s'avançait vers eux en traînant un autre homme par les cheveux; ils reconnurent que c'était un Indien que le soldat avait tué. On lui demanda aussitôt de s'expliquer.

« J'avais dit, mon colonel, que je ferais feu au moindre bruit ; c'est cette résolution qui m'a sauvé la vie. Il n'y avait pas longtemps que j'étais en faction, quand j'ai entendu quelque chose à peu de distance ; j'ai regardé et j'ai vu un cochon américain, comme il n'est pas rare d'en trouver dans les bois, rasant la terre et paraissant chercher des noisettes au milieu des feuilles. Ces animaux sont fort communs, et j'ai cessé d'abord après quelques minutes de faire attention à celui-ci, mais en me tenant toujours sur mes gardes. Il n'était pas encore temps de donner le signal, et je tournais mon inquiétude d'un autre côté. Cependant j'ai été frappé, comme d'une chose singulière, de voir à travers les buissons l'animal prendre un circuit pour arriver dans un épais fourré derrière mon poste. Je l'ai suivi de l'œil, et quand il a été à quelques toises, j'ai hésité si je ne l'ajusterais pas. Mes camarades, pensais-je, se moqueront de moi pour avoir donné l'alarme en tuant un cochon. J'étais déjà résolu à le laisser, quand il s'est approché du taillis, et je crus remarquer en même temps dans son allure quelque chose qui n'était pas naturel. Aussitôt je l'ai couché en joue, et il a roulé par terre, poussant un gémissement que j'ai reconnu être celui d'une créature humaine. J'avais tué cet Indien. Il s'était si bien enveloppé dans cette peau de cochon sauvage, ses mains et ses pieds étaient si bien cachés que j'avais pu m'y tromper. Il était armé d'un couteau et d'un tomahawk. »

La cause de la disparition des autres sentinelles fut dès lors expliquée.

V. D.

LXXXIV

CONSEILS A UNE JEUNE DEMOISELLE

QUI AVAIT DEMANDÉ DES VERS A L'AUTEUR

Vous demandez des vers !... Ingénieux mensonges,
Que le poëte écrit sur les ailes des songes,
Ou pauvres fleurs qu'il cueille, écloses le matin,
Mais que le soir au vent, hélas ! jette sa main,
Tant elles durent peu ces fleurs de poésie !
Qu'ont de commun les vers, ô jeune Félicie,
Avec cette innocence, avec cette candeur
Que, comme un pur encens, exhale votre cœur ?

Ces enfants dangereux d'un art plein d'artifice,
Dans une langue étrange et dont votre nourrice
Ne vous a jamais dit les mots mystérieux,
Les vers, en se jouant, font pleurer bien des yeux!
Des ris et des amours la séduisante troupe
Étend un miel doré sur le bord de la coupe;
L'amertume est au fond, et d'un trait acéré
Le chagrin trop souvent perce un cœur déchiré...

L'art est-il fait pour vous?... Aux fleurs de la couronne
Que, pour parer son front, le champ voisin lui donne,
Quelle femme joindrait ces roses de papier
Qui naissent, sans parfum, sous le tranchant acier?

Restez, ma chère enfant, ce que Dieu vous a faite :
Simple, bonne, sensible, aimante et point coquette.
Devant vous le chemin s'ouvre facile et doux.
A travers les écueils, sur la mer en courroux,
Un astre guidera votre frêle nacelle,
Si vous êtes toujours à vous-même fidèle.

Loin de vous des atours le luxe ambitieux!
Il blesse, en même temps, le bon goût et les yeux.
Une femme modeste unit avec décence,
Sans apprêts ruineux, la grâce et l'élégance.

Au malheureux qui souffre en tendant votre main,
Versez, pour accomplir le précepte divin,
Ah! versez sur ses maux la suave parole,
Qui, d'en haut descendue, et guérit et console.
A la voix de la femme, écho mélodieux
Des accords inspirés de l'ange radieux,
Est-il une douleur qui ne cède?... L'orage,
Quand la femme a prié, se tait dans le nuage,
L'espérance sourit, et sur ses ailes d'or
De nos vœux vers le ciel emporte le trésor...
Car des vertus du Christ aimable et pur emblème,
La femme sur la terre est la charité même.

Bravant, sans m'effrayer, les sarcasmes amers
D'un siècle qu'ont gâté de stupides travers,
J'ai pu dire de vous : « Point coquette. » — « Mais plaire,
A la femme pour vivre est aussi nécessaire
Que l'air qui, frais et pur, vient baigner ses poumons!
Libre et belle, elle veut changer ses horizons :

Qui l'enchaîne, la tue!... et de la fantaisie
Cette fille folâtre... » O sage Félicie,
Vous ne les croyez pas, ceux qui parlent ainsi ;
Et de votre bonheur prenant plus de souci,
Vous fuyez l'art honteux de la coquetterie...
« Notre cœur, dites-vous, est-ce une hôtellerie,
Où chacun trouve un gîte avec un bon accueil ?
Ayons de la vertu le légitime orgueil ;
On plaît à moins de frais : des qualités aimables,
Que l'étude embellit de talents agréables,
L'habitude du bien, l'élégance, le goût,
Un caractère gai, facile, mais surtout
Le respect de soi-même, un esprit juste et sage
A la femme ont conquis plus d'un brillant hommage. »

        « Qu'il est beau de payer, par un juste retour,
Sans l'acquitter jamais, ce saint tribut d'amour
Qui, comme les anneaux d'une chaîne sacrée,
Unit la fille aimante à la mère adorée !...
C'est le culte du cœur!... en est-il un plus doux ?
Il survit à la mort... la fille, à deux genoux,
Aux pierres du tombeau, que de pleurs elle mouille,
Redemande sans cesse une chère dépouille,
Et contre le malheur qui menace ses jours
De sa mère elle vient implorer le secours ;
D'amour et de regrets ineffable mystère !
Sa mère, dans le ciel, sourit à sa prière. »

        De ce tableau touchant je vous dois tous les traits :
Vous l'avez inspiré ! d'un peintre de portraits,
Que n'a point corrompu le faux goût de la mode,
Disciple obéissant, j'ai suivi la méthode.
J'ai compris votre cœur en consultant le mien...
Ici tout est à vous : reprenez votre bien.

        Ainsi, dans le trésor que recèlent vos âmes,
Heureux, trois fois heureux qui sait puiser, ô femmes !
Et sur vos fronts charmants étaler les bijoux
Que, pour vous embellir, son art ne doit qu'à vous !...
D'un cœur reconnaissant, tendre et pieux hommage !
De la beauté du ciel il honore l'image.

                                        PH. T. L.

LXXXV

PETITE GALERIE MORALE

Lorsque tu dois traverser la boue des rues avec des souliers neufs, tu t'avances lentement sur la pointe du pied en cherchant les pierres blanches ; mais dès qu'une tache a souillé ta chaussure, tu ne crains plus de patauger. — Enfant, préserve bien ton âme de la première tache.

—

Étudiez, non pour savoir plus, mais pour savoir mieux que les autres.

—

La destination de l'homme sur la terre est le travail ; son devoir, la modération ; sa justice, la tolérance, l'humanité ; son bonheur, la médiocrité ; sa gloire, la vertu ; et sa récompense, la satisfaction intérieure d'une bonne conscience.

—

Parmi les délassements les plus chers à la jeunesse, celui de feuilleter les images d'un livre de prix ou d'étrennes, d'une feuille légère qui vient coquettement se placer sous sa main, lui offre le plus de charme et le plus d'attrait.

Dites à un enfant : « Va là-bas... » Il mesure de l'œil la distance qui le sépare du but que votre doigt lui montre, il hésite, il recule même ; mais un papillon s'offre-t-il à ses regards, l'enfant s'élance à sa poursuite, et le voilà parcourant vingt fois plus de chemin que vous ne lui en aviez indiqué.

L'image, c'est le papillon ; ayons soin seulement que ses quatre ailes, couvertes d'écailles fines comme de la poussière, restent aussi pures qu'elles sont brillantes.

—

Quand vous voyez dans la rue un pauvre frissonnant de froid et manquant de pain, venez à lui, secouez la neige qui le couvre et apaisez sa faim. Ce que vous possédez doublera de prix, quand vous le partagerez avec un malheureux.

—

Michelet a dit : « Garder la douceur et la bienveillance parmi tant d'aigres disputes, traverser l'expérience sans lui permettre de toucher à ce trésor intérieur, cela est divin. Ceux qui persistent et vont ainsi jusqu'au bout sont les vrais élus. Et quand même ils auraient quelquefois failli dans le sentier difficile du monde, parmi leurs chutes et leurs faiblesses ils n'en restent pas moins les enfants de Dieu... »

FERDINAND P. O. Mes lectures.

LXXXVI

DUQUESNE ET LES ANGLAIS

ANECDOTE

Lorsqu'en 1650 les Espagnols, profitant des troubles de la France, envoyèrent des vaisseaux au secours de Bordeaux, qui avait levé l'étendard de la révolte contre le roi, on ne put, faute de marine, s'opposer à leur projet.

Duquesne[1] arma à ses frais une escadre, et, tandis qu'il s'avançait à la rencontre des Espagnols, il tomba sur une flotte anglaise, dont le commandant lui fit dire de baisser pavillon.

« Le pavillon français ne sera jamais déshonoré tant que je l'aurai à ma garde, répondit le fier marin ; le canon en décidera, et l'orgueil britannique pourra bien aujourd'hui céder à la valeur française. »

Les Anglais, quoique supérieurs en nombre, furent obligés de prendre la fuite après un combat meurtrier. Duquesne se fit radouber, courut vers l'embouchure de la Gironde, en ferma l'entrée aux Espagnols, et Bordeaux fut forcé de capituler. Anne d'Autriche, sentant toute l'importance du service rendu par Duquesne, lui fit don du château et de l'île d'Indret[2], près de Nantes, en attendant qu'on le remboursât de ses dépenses, et le nomma chef d'escadre.

Ajoutons que Duquesne était protestant, et que cette circonstance empêcha plus tard Louis XIV d'accorder au vainqueur de Ruyter les honneurs auxquels ses services lui donnaient des droits. Toutefois il fut seul excepté de la proscription prononcée contre ses coreligionnaires par la révocation de l'édit de Nantes.

ANONYME.

---

1. Né à Dieppe en 1610, mort à Paris le 2 février 1688, dans le sein de sa famille.
2. Indret, île de la Loire (Loire-Inférieure), à 12 kilomètres O. de Nantes ; 2,000 habitants. On y a formé un vaste établissement pour la confection des machines à vapeur et frégates à vapeur pour le compte de l'État.

LXXXVII

NAIVETÉ D'UNE PETITE FILLE

Espérance pouvait avoir six ans lorsque, en raison de je ne sais plus quel bobo, je jugeai nécessaire de lui appliquer au bras un vésicatoire grand comme rien. Or, le difficile était de le faire accepter. Après y avoir réfléchi un instant, je l'appelle ainsi que sa sœur et je leur dis :

« Je mettrai ce soir un vésicatoire à celle de vous deux qui sera la plus sage.

— Ce sera moi, mon petit papa, ce sera moi! s'écrient-elles en se jetant à mon cou.

— Maman, maman, quel bonheur! papa nous a promis un vésicatoire pour ce soir... »

La journée se passe en efforts soutenus pour le bien ; de temps en temps je les entendais se demander à voix basse : « As-tu déjà vu un vésicatoire? — Comment est-ce fait? — Ça se mange-t-il?... » Et chacune de regarder son bras pour juger à l'avance du bel effet que doit produire le mystérieux ornement.

Le soir arrive et je déclare naturellement que la palme appartient à l'aînée. Celle-ci saute de joie; Sophie fond en larmes.

« Ne pleure pas, lui disait Espérance, si nous sommes encore sages demain, papa t'en donnera un comme à moi.

« Sur quel bras? demande l'heureuse malade. »

J'annonce que la cérémonie ne peut avoir lieu qu'au lit. Elle se couche, et, le bijou appliqué, elle le regarde, le trouve charmant, me remercie et s'endort heureuse comme une reine. Hélas! comme celui de beaucoup de reines, son bonheur eut peu de durée : il n'était pas jour qu'elle appelait sa sœur :

« Sophie, veux-tu mon vésicatoire?

— Je veux bien; prête-le-moi, ne fût-ce que pour un petit moment. »

J'entends, j'accours, et, comme vous le pensez, je m'oppose au partage. Aussi Sophie se prit-elle à dire en sanglotant :

« C'est toujours à Espérance qu'on donne tout, et moi je n'ai jamais rien. »

ADRIEN PAUL, d'après l'abbé GAUME.

LXXXVIII

DE LA PERSÉVÉRANCE

CONSIDÉRÉE DANS LES ARTS

> « Les gouttes d'eau percent à la longue le
> rocher sur lequel elles tombent. »
> (LUCRÈCE, liv. v, v. 1278.)

Un moraliste a dit : « La plupart des hommes, pour arriver à leurs fins,
sont plus capables d'un grand effort que d'une longue persévérance. »

Cette pensée du classique La Bruyère, de cet écrivain dont la vie silencieuse et douce se cacha aussi obscurément dans les palais des rois, que
ses ouvrages eurent de succès et d'éclat, cette pensée est une accusation
solennelle contre l'homme et sa léthargique mollesse. Mais du moins
cet arrêt sévère tombé du haut de l'ingénieux tribunal que l'auteur des
Caractères avait érigé dans son esprit à son inflexible raison, n'atteint pas
tous les hommes ; il est, pour l'honneur de l'espèce humaine, de nombreuses et brillantes exceptions. Notre auteur le déclare lui-même : « La
plupart des hommes, » dit-il ! et je le crois ; mais j'ajoute : L'âme de ces
hommes-là, n'a jamais brûlé d'un feu semblable à celui des vestales, n'a
jamais poursuivi courageusement, à travers mille obstacles, même la
misère et la faim, comme le peintre des Andelys, le hardi projet qu'elle a
conçu, la résolution qu'elle a prise franchement avec elle-même. Ces
hommes n'ont jamais rien fait de grand et de durable ; leurs noms ne
sont point associés à ces noms vainqueurs de l'oubli que l'admiration et la
reconnaissance ont gravés dans le cœur des générations successives. Quelquefois cependant, ainsi que le fait entendre La Bruyère, poussés par
une passion violente ou cédant à une inspiration généreuse, ils soulèvent
un moment, sans les rompre, les nœuds de bronze qui les pressent ; mais
bientôt, hélas ! ils retombent pour ne plus se relever. Plaignons-les, si le
but auquel ils se proposaient d'atteindre était honorable ; si c'était la voix
de la muse qui avait retenti à leurs oreilles surprises.

Mais où trouver la cause d'un effet aussi déplorable ? dans la nature
même de l'homme, dans son imperfection, dans sa faiblesse : peut-il y avoir
rien d'infini dans un être fini ? Toutefois, si c'est là une excuse, ce ne sera
jamais une justification. L'homme veut-il, et c'est assurément un légitime
orgueil, l'homme veut-il se maintenir à la tête des êtres créés ? Sa véri-

table noblesse est-elle dans sa place au premier rang? eh bien! qu'il fouille dans les trésors de son énergie, qu'il y trouve les moyens de ne pas descendre, qu'il lutte contre lui-même, qu'il se donne des instruments solides qui ne trahiront point un jour son opiniâtre volonté; généreux athlète, qu'il triomphe de sa faiblesse native, et, comme le soldat de Chevert, qu'il aille droit à l'ennemi. Il se rapprochera ainsi des perfections de l'Être supérieur dont il émane : c'est sa véritable, c'est son unique fin.

Mais, lorsque tout tend au repos dans la nature, l'homme peut-il échapper à la loi?... Arrière, enfant des arts, cette philosophie pusillanime!... la loi qui régit les êtres matériels s'appliquera-t-elle à ton intelligence? l'homme ne sera-t-il plus qu'une machine? esclave misérable et dégradé. se soumettra-t-il à une loi du mouvement?... Avoir posé l'objection, c'est y avoir répondu : à la limite de nos champs, affermissons sur sa base la statue du dieu Terme, mais que nos efforts la déplacent sans cesse dans le domaine de l'intelligence.

« Qu'on me donne un point d'appui, disait Archimède et je soulèverai le monde. » Quel est ce point d'appui? la persévérance. Persévérer, c'est suivre avec une infatigable constance ce qu'on a commencé.

La goutte d'eau dont parle Lucrèce, voilà la persévérance, voilà le progrès dont elle est la mère, voilà ses effets et le rocher qui se creuse. Un homme qui s'est dit : « C'est là-bas que je veux arriver, » y arrivera presque toujours, s'il n'a pas, dans l'égarement d'une folle présomption, méconnu son génie et ses forces. Et remarquez que ces forces, impuissantes peut-être d'abord, s'accroîtront peu à peu, se développeront sous l'influence d'un astre protecteur, et atteindront enfin à leur dernier degré d'extension. Heureux cet homme, qui peut alors s'écrier avec Malherbe :

> « ..... C'est aux faibles courages,
> Et qui toujours portent la peur au sein,
> De succomber aux orages,
> Et se lasser d'un pénible dessein. »

Qu'il est doux de ne devoir qu'à soi-même une victoire difficile! qu'il est doux de pouvoir se rendre ce témoignage : ce sol était ingrat et rebelle, il se dore aujourd'hui des plus riantes moissons; ce coursier fougueux, mon bras l'a dompté; ce fleuve, dont les eaux mugissantes menaçaient de franchir ses rivages, je l'ai contenu, et, brisant la corne d'abondance sur le front de cet autre Achéloüs, je lui ai dit : « Tu n'iras pas plus loin. »

Ce n'est pas tout; la persévérance éloigne le terme fatal d'un douloureux épuisement : plus ce terme s'avance rapidement chez les hommes mous et lâches, plus il est lent et pour ainsi dire inaperçu chez les hommes actifs. Antée, selon la fable, retrouvait ses forces en touchant la terre. L'histoire littéraire, à son tour, le prouve invinciblement. De toutes les œuvres de l'esprit, celle qui demande peut-être le plus d'efforts constants, c'est la tragédie. Eh bien! Sophocle, à quatre-vingt-dix ans, lisait à ses juges attendris son immortel *OEdipe à Colonne*; Corneille, Crébillon, Voltaire, Ducis, octogénaires, écrivaient encore, et si l'auteur d'Athalie fit taire avant le temps sa lyre harmonieuse, c'est que son âme sensible ne put, dit-on, soutenir, sans se briser, un coup d'œil contempteur du grand roi.

Ainsi la force, le développement et le maintien de la force, sont les fruits heureux de la persévérance; et jusqu'où ne peut-on pas aller avec elle, si, comme l'a proclamé Buffon, le génie lui-même n'est que l'habitude d'une longue patience.

« Comment avez-vous trouvé le système du monde? demanda-t-on, un jour, à Newton.

— En y pensant toujours, » répondit-il.

Bonaventure d'Argonne voulut savoir du Poussin par quelle voie il était arrivé à ce haut degré de vérité où il avait porté la peinture; il répondit : « Je n'ai rien négligé. » C'est la même réponse sous une autre forme. Si c'est une vérité à peu près incontestable dans les sciences naturelles et mathématiques, il n'est pas moins vrai non plus que l'exercice continu de l'esprit peut produire de grandes choses dans les arts de l'imagination.

En effet, est-ce en s'égarant à la suite des mille caprices d'un esprit incertain et vagabond qu'on peut acquérir ce degré de perfection qui semble à nos yeux étonnés reculer les bornes du possible? Est-ce donc en s'essayant sur cent objets à la fois, souvent d'un caractère et d'un genre opposés, en s'agitant pour ainsi dire dans le vide, qu'on affermit entre ses mains le ciseau de Phidias, le pinceau d'Apelles, et qu'on assouplit assez ses doigts pour tirer des sons divins des cordes de la lyre ou des touches d'un piano? Tout grand artiste, ou quiconque a eu la noble ambition d'arriver à un but élevé, s'est fait un premier plan, s'est tracé une route, dont il ne s'est écarté que dans ces moments où l'esprit aime à se jouer dans des ébauches légères, qui n'ont le plus souvent d'autre mérite que celui de l'originalité ou d'une bizarrerie piquante.

Que d'efforts, que de temps, que de veilles ont coûtés cette statue, ce tableau devant lesquels nous nous arrêtons en extase, ce poëme dont chaque vers agite et charme en même temps notre cœur et notre esprit! Que de fois l'artiste, les yeux tout pleins de larmes, la poitrine haletante et la tête en feu, a rejeté loin de lui les instruments de son art... mais pour les reprendre soudain avec plus d'enthousiasme! Eût-il jamais entendu proclamer son nom sur la place publique, eût-il jamais, s'il n'eût persévéré, vu tresser sur son front, comme le Tasse, la couronne du Capitole, ou bien si, effrayé d'une idée sublime, mais d'une exécution difficile, il eût cherché à la modifier, à l'amoindrir, à l'abaisser au niveau de sa faiblesse? Corneille (car les arts sont frères, ainsi que les muses sont sœurs), Corneille donnait d'abord à ses héros des proportions athlétiques, et mettait sa gloire à lutter contre eux de toute l'énergie de son âme et de son talent. On ne le vit jamais composer avec lui-même, et ce traité honteux d'un génie sans élévation et désertant l'idée qui lui était venue d'en haut, ce traité honteux, il l'a rejeté avec fierté, et Corneille a mérité le nom de grand.

Mais ce n'est pas ici le travail d'une heure ou d'un jour ; c'est toute une vie qu'il demande. On sait le mot de Turenne en parlant de la guerre. Ce mot ne dit pas même assez dans les arts. Aussi voyez ce qu'ont produit ces hommes dont le cœur se glace à la vue d'une longue carrière à fournir : quelques maigres esquisses ou quelques-uns de ces ouvrages qui n'ont d'autre existence que la durée du temps qu'ils ont mis à les faire ; dans les lettres, de fades romans, des vers sans chaleur et sans vie, où trop souvent le goût et la morale sont outragés, et dont la mère interdit la lecture à sa fille.

Cependant il y avait peut-être dans ces hommes une étincelle du feu sacré, un germe de talent ; mais leur pusillanimité a étouffé ce germe, a éteint dans leurs âmes les flammes divines de l'inspiration ; ils aiment mieux ramper sur la terre que de planer dans les cieux ; et pourtant, comme l'a dit un poëte, « ce n'est point pour ramper que le génie a reçu des ailes. » Quelquefois néanmoins ils tentent un vol plus hardi ; mais les débris de leurs forces perdues s'étalent bientôt à tous les regards, tels que ces ossements blanchis qu'Homère nous montre sur les rivages désolés de l'île des Syrènes.

Voulez-vous qu'en finissant je vous fasse voir la persévérance luttant, le flambeau du génie à la main, contre des obstacles de tout genre? voulez-vous que je rappelle ce génie audacieux qui poursuivit un monde à travers les dédains de l'ignorance, l'incrédulité des rois, les murmures et les menaces de ceux qu'il avait associés à son entreprise ou plutôt à sa gloire? Colomb leur avait dit : « Le vulgaire abusé rêva ces colonnes d'Hercule, bornes de la terre et des eaux. Moi, je vous promets un autre monde au delà de ces flots qui baignent les pieds de l'Atlas... il est là, je le vois...» Puis déployant sa voile, il s'élança des bords de Palos, et l'Amérique fut découverte.

Combien, depuis ce temps, c'est-à-dire depuis près de trois siècles et demi, je pourrais citer d'illustres exemples! La terre a, pour ainsi dire,

changé de face. Elle en changera encore, et cette race divine que Virgile
appelait des cieux pour régénérer les descendants de Romulus, cette race
d'élite est fille de la persévérance, dont le drapeau, s'agrandissant sans
cesse sous les mains du progrès, porte écrit sur chacun de ses plis, ce
vers qui devient chaque jour l'expression nouvelle de l'admiration de
l'homme :

Des siècles épuisés l'ordre se renouvelle!

PH. T. L.

LXXXIX

LE TÉLÉGRAPHE

PREMIÈRE LECTURE

Depuis le jour où des familles répandues sur divers points du globe ont
éprouvé le besoin de communiquer entre elles, au nom de leurs affections
et de leurs intérêts, l'homme a dû naturellement chercher le moyen de
correspondance le plus propice à la rapide propagation de sa pensée. Les
nécessités de la guerre vinrent ensuite donner une impulsion plus vive à
ces tentatives et féconder la science du muet langage des signes. Au rapport d'Homère, les Grecs qui assiégeaient Troie se servaient pour communiquer entre eux de certains feux allumés dans des conditions convenues
d'avance. Eschyle, dans sa tragédie d'*Agamemnon*, fait paraître une vigie
qui depuis dix ans épie le moment où un feu allumé sur le mont Ida, et
répété de proche en proche, apportera à la Grèce la nouvelle tant désirée
de la ruine de Priam et de sa capitale.

Nos ancêtres les Gaulois excellaient eux-mêmes dans cette ingénieuse
pratique ; car, au dire de César, un évènement qui s'était passé à l'aube du
jour à Orléans pouvait être connu à neuf heures du soir des habitants de
l'Auvergne, séparés de cette ville par une distance de soixante-dix lieues
environ. Du haut des montagnes des postes d'hommes criaient la nouvelle,
qui, à travers les airs, volait ainsi d'une cité à une autre cité. La leçon ne
fut pas perdue pour les Romains, nos illustres vainqueurs. Aussi, lorsqu'ils
sillonnèrent l'Europe, l'Asie Mineure et le nord de l'Afrique de ces larges
et indestructibles voies qui ont fidèlement gardé leur nom, s'empressèrent-
ils d'y construire de nombreuses tours dans lesquelles des vedettes s'appli-
quaient à reproduire, par un certain jeu de poulies et de cordages, les
signaux qui venaient frapper leur observation. Le modèle du mécanisme

usité se voit encore à Rome sur l'un des bas-reliefs de la fameuse colonne Trajane.

L'invasion barbare vint anéantir toutes ces heureuses créations, du moins dans leurs applications les plus générales. Cependant nous trouvons dans une étude sur les télégraphes, due à la plume élégante de M. de Bast, un fait qui prouverait qu'à cette époque on n'oublia pas entièrement les traditions anciennes. « Saint Louis, y est-il dit, à la prise de Tyr et de Césarée en 1251, se servit de signaux pour appeler à lui un corps considérable de croisés qui opérait sur un autre point de la Palestine. Ces signaux consistaient en une croix de satin rouge que l'on élevait en l'air et en des cris aigus de fifre, dont chaque arpège avait une signification préalablement déterminée. » De cet usage, ajoute l'abbé Postel, dans l'*Ange gardien*, nous est venu le jeu du *cerf-volant*, l'un des plus grands charmes de l'enfance, et qui consiste, comme chacun le sait, à lancer dans l'air une feuille de papier étendue sur de minces baguettes et maintenue par une longue queue, faisant l'effet d'un panache ondulant.

Au dix-septième siècle, continue le même auteur, un académicien, né à Paris, très-versé dans les sciences physiques et mécaniques, eut l'idée d'étendre la puissance des signaux en adaptant des télescopes aux points d'observation. Ce savant avait créé tout un système de langage mimique, qui était un véritable trait de génie. Quelques expériences furent faites ; mais elles ne réussirent qu'imparfaitement. Eussent-elles été d'ailleurs satisfaisantes, il est à croire que l'opinion y serait restée indifférente. On se préoccupait fort peu alors de progrès de ce genre ; les esprits, tournés vers les chefs-d'œuvre littéraires, se contentaient de ce lot magnifique qui assurait la supériorité intellectuelle de notre pays sur toutes les autres monarchies de l'Europe. Les propositions d'Amontons (ainsi se nommait notre académicien) et les idées qui leur servaient de base moururent avec lui, non pas totalement, car nous les voyons recueillies et utilisées en 1784 par un savant hanovrien, dont l'Angleterre acheta le secret 25,000 francs, sans toutefois en tirer aucun parti immédiat.

La télégraphie moderne devait naître en France, et elle y devait surgir pendant cette ère désastreuse qu'on appelle la révolution.

Le 4 avril 1794, le député Lackanal vint faire à la convention un rapport sur un nouveau système de télégraphie, inventé par un habitant de la petite ville de Brûlon, dans le Maine. Ce rapport fut salué des plus vifs applaudissements, et les fonds nécessaires votés avec enthousiasme. La république était heureuse, en effet, au milieu de ses conflits avec les autres nations, de trouver un moyen qui lui permît de recevoir de promptes nouvelles de ses nombreux corps d'armées. Les témoignages sympathiques de

13

l'assemblée ne se bornèrent pas à une simple allocation : le titre d'ingénieur télégraphique, auquel on rattacha les appointements de lieutenant
du génie, vint glorieusement dédommager l'abbé Chappe, le citoyen de
Brûlon, de ses labeurs et de ses pénibles veilles. Les travaux de construction d'une ligne de Paris à Lille, théâtre des plus graves événements, commencèrent sans retard. Cette ligne se trouva terminée la même année.
La première nouvelle transmise au gouvernement, par son intermédiaire,
fut celle de la reprise de Condé par les troupes républicaines. La convention y répondit par ces mots : *L'armée du Nord a bien mérité de la patrie.*
Quelques minutes à peine avaient suffi à l'échange des deux dépêches.

Bientôt d'autres lignes furent établies ; elles rattachèrent toutes les fron-
tières à la capitale et permirent au pouvoir exécutif d'être, pour ainsi dire,
toujours présent au milieu de ses nombreux corps d'opération.

Mais qu'était-ce donc que cet abbé Chappe ? demandera-t-on.

Claude Chappe, neveu de l'astronome Chappe d'Auteroche, était né dans
le Maine en 1763, d'une famille originaire d'Auvergne. Infatigable travailleur dès son enfance, il avait promptement acquis de vastes connaissances, surtout dans les sciences physiques, qu'il affectionnait avec passion.
Étant au séminaire, il eut l'ingénieuse idée, pour correspondre avec s s
frères, placés dans une institution du voisinage, de composer un attirail
complet de signaux. Ces tentatives, entre les mains d'un esprit sagace et
persévérant, réussirent parfaitement bien, et le jeune séminariste ne tarda
pas à reconnaître que ce qui lui avait servi de pure distraction pouvait
devenir une des découvertes les plus importantes. Aussi, après de nouveaux essais, fortifiés par l'utile concours du célèbre horloger Bréguet,
n'hésita-t-il pas à offrir son invention à la convention. La machine pré-
sentée par Chappe, à l'appui de sa théorie, avait reçu de lui-même le nom
de *télégraphe*, expression d'origine grecque et qui veut dire *écrire au loin.*
Le système de Chappe n'empruntait rien aux procédés connus jusqu'alors ;
il maintenait toutefois la construction des tours de distance en distance.
Notre jeune abbé ne devait donc qu'à son profond génie l'œuvre merveilleuse qui a si efficacement commencé le règne des relations universelles.

Entrons maintenant dans quelques détails sur la machine de Chappe.

Cette machine consistait en un régulateur mobile sur un axe et dont les
ailes ou petites branches, indépendantes les unes des autres, étaient également mobiles à l'aide de trois cordes sans fin, de poulies et de trois
pédales. La branche principale pouvait recevoir quatre positions : 1e verticale ; 2° horizontale ; 3° oblique de droite à gauche ; 4° oblique de gauche
à droite. Les ailes étaient susceptibles de former des angles droits, aigus
ou obtus. On trouvait dans les cent quatre-vingt-douze combinaisons,

prises une à une, les vingt-quatre lettres de l'alphabet et tous les signaux dits de police, indiquant l'activité, le repos, le brouillard et les autres obstacles de nature à interrompre la transmission d'un poste à un autre. Ce n'était point assez néanmoins pour transcrire une longue dépêche : aussi imagina-t-on de réunir deux à deux les signes primitifs, ce qui permit d'obtenir 36,864 signes distribués dans un vocabulaire que l'on devait périodiquement renouveler. Chacune des syllabes possibles dans notre langue se trouvait représentée par un de ces signes ; ceux, en grand nombre, qui restaient en réserve servaient ensuite à exprimer des mots ou des phrases, véritables formules annonçant l'issue d'événements prévus.

La célérité du télégraphe Chappe était si prompte, qu'on avait des nouvelles de Toulon à Paris (828 kilomètres) en 13 minutes. Cette rapidité semblait satisfaire toutes les exigences du service administratif. Cependant cet appareil laissait beaucoup à désirer : 1° l'établissement en était coûteux ; 2° le gouvernement s'en attribuait exclusivement l'emploi, et ni les communes, ni les compagnies, ni les citoyens, ne pouvaient jouir de ses bienfaits; 3° il était entravé par les brouillards, par l'obscurité, par les mers. On essaya bien de faire continuer au télégraphe aérien son office pendant la nuit, en substituant au mouvement des pièces un système de feux colorés, mais ce nouveau mode pouvait s'employer seulement pendant les nuits sereines. De plus, la dépense, la lenteur et l'incertitude des communications s'en trouvaient considérablement augmentées. Il restait donc à trouver un système de télégraphie dont l'établissement coûtât peu comparativement, qui ne connût aucun obstacle dans son moyen de transmission, qui franchît les distances les plus grandes dans le moins de temps possible, enfin qui pût être mis au service de tous les membres du corps social. Le problème eût paru, il y a cinquante ans, une folle rêverie : à cette heure il a trouvé la plus éclatante solution dans la *télégraphie électrique*.

FERDINAND P. O.

XC

QU'EST-CE QU'UN ANGE ?

Qu'est-ce donc qu'un ange, ô ma mère ?
Est-ce, au bois verdoyant, la fleur
Qui sur sa tige passagère
Sourit si fraîche et si légère,
Des vents affrontant la fureur ?

Est-ce l'étoile gracieuse
Qui des cieux argente l'azur,
Et de leur voûte spacieuse
Jette en la nuit silencieuse
Un éclat si vif et si pur?

Ou bien encor, mère chérie,
Serait-ce le gentil oiseau,
Qui, ce matin, dans la prairie,
Chantait sur la branche fleurie,
Quand je jouais sous le berceau?...

Enfant, l'étoile la plus belle,
L'oiseau le plus harmonieux,
La rose, en sa fraîcheur nouvelle,
Ne sont qu'une image infidèle
De l'aimable envoyé des cieux.

Esprit d'amour et de lumière,
Dont jamais le moindre défaut
N'altéra la beauté première,
Et qui réfléchit tout entière
La grâce ineffable d'en haut...

Voilà, mon fils, ce qu'est un ange,
Le plus cher favori de Dieu,
Dont, loin de ce globe de fange,
Il chante à jamais la louange
Dans les profondeurs du saint lieu...

GINDRE DE NANCY.

XCI

LE TEMPLE DE LA RECONNAISSANCE

ET LA TOUR DE PORCELAINE A NANKIN

Il y a hors de la ville de Nankin un riche temple que les Chinois nomment le *temple de la Reconnaissance*, bâti de 1403 à 1425. Il est élevé sur un massif de briques, lequel forme un grand perron entouré d'une balustrade de marbre brut. On y monte par un escalier de dix à douze marches qui règne tout le long. La salle qui sert de temple a cent pieds de profondeur et porte sur une petite base de marbre haute d'un pied, laquelle, en débordant, laisse tout autour une banquette large de deux. La façade est ornée d'une galerie et de quelques colonnes. Les toits, — car selon la coutume des Chinois il y en a deux, l'un qui vient de la muraille, l'autre qui la couvre, — les toits sont de tuiles vertes, luisantes et vernissées ; la charpente qui paraît en dedans est peinte et chargée de pièces différemment engagées les unes dans les autres, ce qui n'est pas un petit ornement pour les Chinois. Il est vrai que cette forêt de poutres, de tirants, de pignons, de solives qui règnent de toutes parts, a je ne sais quoi de singulier et de surprenant, parce qu'on est frappé du travail et de la dépense que supposent ces sortes d'ouvrages, quoiqu'au fond cet embarras ne vienne que de l'ignorance des ouvriers, qui n'ont encore pu trouver cette belle simplicité qu'on remarque dans nos bâtiments et qui en fait la grâce et la beauté.

La salle ne prend jour que par ses portes; il y en a trois à l'orient, extrêmement grandes, par lesquelles on entre dans la fameuse *tour de porcelaine*, dont on a tant parlé et qui fait partie de ce temple.

Cette tour est de figure octogone, large d'environ quarante pieds. Elle est entourée en dehors d'un mur de même figure, éloigné de quinze pieds et portant, à une médiocre hauteur, un toit de tuiles vernissées, lequel paraît naître du corps de la tour et forme au-dessus une galerie assez convenable. La tour a neuf étages, dont chacun est orné d'une corniche de trois pieds à la naissance des fenêtres, et distingué par des toits semblables à celui de la galerie, à cela près qu'ils ne sont pas soutenus d'un second mur; ils deviennent beaucoup plus petits à mesure que la tour s'élève et se rétrécit.

Le mur a au moins sur le rez-de-chaussée douze pieds d'épaisseur et plus de huit par le haut. Il est incrusté de porcelaine posée de champ ; la pluie et la poussière en ont diminué la beauté. L'escalier qu'on a pratiqué en dedans est petit et incommode, parce que les degrés en sont extrêmement hauts ; chaque étage est formé par de grosses poutres mises en travers, qui portent un plancher et forment une chambre dont le lambris est enrichi de diverses peintures, si toutefois les peintures de la Chine sont capables d'enrichir un appartement. Les murailles des étages supérieurs sont percées d'une infinité de petites niches que l'on a remplies d'idoles en bas-reliefs, ce qui fait une espèce de marquetage très-propre; tout l'ouvrage est doré et paraît de marbre ou de pierre ciselée.

Le premier étage est le plus élevé; les autres ont entre eux la même hauteur ; on y compte cent quatre-vingt-dix marches, presque toutes de dix à onze pouces. Si l'on y joint la hauteur du massif, celle du neuvième étage, qui n'a point de degrés, et le couronnement, on trouve que la tour est élevée sur le rez-de-chaussée de plus de deux cents pieds.

Le comble n'est pas une des moindres beautés de cette tour ; c'est un gros mât qui prend au plancher du huitième étage, et qui s'élève de plus de trente pieds en dehors. Il paraît engagé dans une large bande de fer de la même hauteur, tournée en volute et éloignée de plusieurs pieds de l'arbre, de sorte qu'elle forme en l'air une espèce de cône vide et percé à jour, sur la pointe duquel on a posé un globe doré d'une grosseur extraordinaire.

Voilà ce que les Chinois appellent la *Tour de porcelaine*. Quoi qu'il en soit, c'est assurément l'ouvrage le mieux entendu, le plus solide et le plus magnifique qui soit dans l'Orient. Du haut de la tour on découvre toute la ville.

ANONYME.

XCII

SAINT-PÉTERSBOURG

Le jour de la Pentecôte, le 27 mai 1703, dans cette année où le maréchal de Villars s'ouvrait par la victoire à Hochstedt le chemin de Vienne, le czar Pierre, sur les bords de la Néva, dans un terrain désert et marécageux, jetait, au milieu des travaux de la guerre, les fondements de la ville qui rappelle son nom à la mémoire des hommes : c'était la placer sous la double sauvegarde du génie et du courage. Mais combien ces commencements étaient faibles et petits! au lieu de ces mille palais, de ces riches édifices, de ces nombreuses églises ; au lieu de ces cinq cents rues, aussi larges que régulières, de ces quais étendant leurs immenses bras le long de la rivière pour en repousser les glaces qui la couvrent depuis le mois de novembre jusqu'au mois d'avril, de ces places que décorent tant de remarquables monuments, de ces hôtels ouverts aux sciences, aux lettres et aux arts, à la marine et au commerce, de ces manèges, de ces casernes, de ces arsenaux que l'on y admire et dont l'Europe s'était presque effrayée jusque dans ces derniers temps, que voyait-on à Saint-Pétersbourg ? L'ombre d'une ville plutôt qu'une ville même, un assemblage de cabanes, dit Voltaire, avec deux maisons de briques entourées de remparts, une forteresse dans la petite île de Cronslot ; mais la ferme résolution et le temps ont fait le reste, et qu'on n'oublie pas surtout, pour la gloire du fondateur, qu'il y avait à peine cinq mois que son génie avait conçu cette grande œuvre, quand un vaisseau hollandais vint y trafiquer. Le patron, dit l'historien que nous avons déjà cité, reçut des gratifications, et les Hollandais apprirent bientôt le chemin de cette ville nouvelle. Elle est devenue sous Elisabeth la véritable capitale de l'empire russe, et Moscou est demeurée la ville sainte. Puisse-t-elle respecter à jamais les débris glorieux des soldats français que l'incendie a dévorés en 1812 ! Leurs frères ont pris, plus tard, une sanglante revanche sous les murs en feu de Sébastopol... Que la terre de Crimée soit pour les uns une terre d'expiation, pour les autres un immortel souvenir !

PH. T. L.

XCIII

LE VICAIRE ET SON NEVEU

ANECDOTE.

Un jour, le petit vicaire d'une petite commune de province se présente chez son neveu le général Savary, duc de Rovigo, ministre de Napoléon Iᵉʳ, et lui dit en tremblant :

« La cure de mon canton étant vacante, une idée ambitieuse s'est emparée de moi, et j'ai fait le voyage de Paris pour vous demander cette place.

— Une cure, dit le grand seigneur impérial !

— Si vous trouvez la chose impossible, je n'insiste pas.

— Mon oncle, je ne dis pas cela... Voyons, réfléchissons un peu... A quel diocèse appartenez-vous?

— A celui de Meaux.

— Attendez donc !... A merveille !... J'y suis !... Venez ce soir dîner chez moi ; je compte avoir votre évêque.

— Moi, dîner avec monseigneur? Moi, pauvre desservant de village ?... je n'oserai jamais.

— Un oncle, ce me semble, peut bien dîner chez son neveu ; je compte sur vous pour cinq heures. »

A cinq heures, en effet, le timide vicaire arrivait dans le salon minis-

tériel, où il cherchait du regard son supérieur ecclésiastique. Quelques
instants après :

« Monseigneur ne vient pas, dit le duc; nous allons toujours nous
mettre à table. Mon oncle, voulez-vous bien me précéder? »

Pendant tout le dîner le pauvre desservant avait les yeux sur la porte,
ne mangeait pas et ne disait mot; il attendait.

Enfin, au dessert, il éleva faiblement la voix et demanda si monseigneur
ne viendrait pas.

« Monseigneur est venu, répondit le ministre.

— Où est-il donc? dit l'oncle en pâlissant.

— Le voilà.

— Comment le voilà?

— Oui, c'est vous.

— Que signifient ces paroles?

— Elles signifient que l'évêché était vacant, que je l'ai demandé, et que
l'empereur vient de vous nommer. »

C'est ainsi que M. Faudoas, oncle de madame la duchesse de Rovigo,
fut promu, jeune encore, au siége de Meaux qu'il occupa longtemps.

c. b.

XCIV

L'ABSINTHE

L'*absinthe* (d'un mot grec qui signifie absence de douceur, à cause de
l'amertume des deux espèces du genre *armoise* qui portent ce nom) est
employée en infusion, comme tonique et stimulant. Les Grecs et les Romains
ont célébré les vertus de cette plante : elle est amère, d'une odeur forte,
cordiale, stomachique, antiseptique et fébrifuge. C'est avec l'absinthe
qu'on prépare la liqueur qui porte le même nom, et qui se prend avant
le repas pour exciter l'appétit. Or cette liqueur, dont on fait actuellement
une énorme consommation, est une boisson funeste qui cause de fâcheux
effets sur le tempérament des personnes les plus robustes. L'absinthe tue
avec plus de lenteur, mais avec plus de certitude que la fièvre maligne.
Quand une fois on a pris l'habitude d'en user, on ne peut que très-
difficilement y renoncer. Sous l'influence de cette boisson le buveur est
gai, il est *bien*, il voit tout couleur de rose. Mais aussitôt que cette
influence disparaît, la réaction s'opère : il devient abattu, triste et voit tout

en noir. Or, pour combattre ce dernier état, il recourt de nouveau à l'absinthe. Chaque jour il en accroît la dose, parce que son estomac semble s'habituer à ses propriétés aromatiques; puis bientôt il tombe dans le marasme et la consomption. Il existe de nombreux exemples de personnes mortes par l'usage de cette liqueur, dont on ne peut user avec innocuité qu'en la prenant mêlée à une grande quantité d'eau.

(Musée des Sciences.)

XCV

MONOGRAPHIE DU FLANEUR [1]

ESQUISSE DE MOEURS

Multa agendo uihil agens.
(Phèdre.)

Il est un mot que vous chercherez vainement dans le Dictionnaire de l'Académie, mais que je voudrais y voir briller en caractères illustrés de la fonderie des Didots; un de ces mots qui ne sont, il est vrai, d'aucun idiome, dont la signification n'est pas la même pour tous, et qui sont jetés par le caprice dans la monnaie courante du langage, sans que rien constate leur origine, et ressemblant un peu à ces enfants que l'amour fait entrer dans la société, libres des liens de la famille, mais qui parviennent à s'en faire une par une heureuse industrie... Les exemples n'en sont pas rares.

Quel est ce mot? la flânerie. Quelle est la chose? La définition est difficile et embarrassante. Les avis se partagent, et la passion troublant le jugement, la flânerie est ici repoussée et proscrite, là accueillie et caressée; elle n'inspire à l'un qu'un froid dédain, qu'un triste dégoût; pour l'autre elle soulève tout un monde de sensations délicieuses et de gracieuses idées; aux yeux de mon voisin, ce n'est que le fruit amer de la paresse, l'expression du désœuvrement et de l'ennui; pour moi, c'est la riante image des choses que j'aime le plus, un agréable souvenir de plaisirs innocents et tranquilles. Au parfum d'indolence que le flâneur exhale, à cet œil qui semble tout voir sans regarder rien, à cette allure familière et légè-

1. Monographie est un terme d'histoire naturelle, lequel signifie description d'un seul genre ou d'une seule espèce d'animaux, etc. Appliquée aux mœurs des hommes, cette description s'appelle éthopée; mais on devinera bien pourquoi nous avons préféré l'un de ces deux mots à l'autre.

rement dégingandée, à cette indifférence de direction dans sa marche, tantôt lente, tantôt un peu plus hâtée, sans que jamais elle se précipite, à ce mol abandon qui se mesure le temps avec une insouciante prodigalité, je me sens tout ému ; car avec mes douze heures de travail par jour, moi aussi, puisqu'il faut l'avouer, je suis un *flâneur*.

Eh! qui ne l'est pas, dites-moi, je vous en prie? Si vous exceptez les ambitieux qui vont sans cesse jetant des bâtons dans les roues de la voiture d'autrui; si vous exceptez les hommes d'argent, qui, comme on le reprochait jadis à l'abbé Terray (car je ne veux pas éveiller les susceptibilités contemporaines), ne se font pas le moindre scrupule de le prendre dans nos poches; si vous exceptez ces intrigants de la veille ou du lendemain qui, soit au haut, soit au bas de l'échelle sociale, brouillent et confondent tout à leur singulier profit, alors même qu'ils étendent sur leur cupidité un fantastique manteau de patriotisme; si vous exceptez enfin ces misérables espèces d'hommes flottant à la surface de la société, comme ces flocons de moisissure dont les milliers de taches blanches salissent le vin qui se gâte, quel est l'homme, quelque occupé que vous le supposiez, qui ne paye pas son tribut à la *flânerie?*

C'est qu'il y a là un charme qui nous attire invinciblement, et nous mettons, quand nous avons de l'esprit, au nombre des instants heureux de notre vie tous ceux que nous pouvons dérober à nos travaux, pour les lui donner avec l'empressement d'un homme qui revoit après un long temps une femme toujours tendrement aimée.

J'y ai mis une restriction, et cela est juste, je crois; car, sans esprit, la *flânerie* n'est plus qu'une stupidité nauséabonde, une sorte de *mobilité inerte*, si je puis le dire, une locomotion galvanique et non réfléchie. Et encore est-il vrai que la marche, car je ne considère ici le flâneur que hors de chez lui, que la marche, en donnant plus d'activité au sang, éveille l'esprit, tient les plus précieuses de nos facultés dans un utile exercice, de telle sorte que parmi les *pauvres d'esprit*, comme dit l'Évangile, les moins pauvres sont assurément les *flâneurs*.

Lucrèce a dit quelque part qu'il est doux, quand on est assis tranquillement sur le rivage, de contempler les travaux, les fatigues et les douleurs de ceux qui, livrés aux coups furieux de la tempête, luttent contre les flots d'une mer irritée. Mais si Lucrèce a prétendu, ainsi qu'il semble le donner à entendre, que ce spectateur, qu'il place à quelques vers de là dans le temple des sages, devra rester insensible à la scène qui se déroule devant lui, Lucrèce assurément n'a pas voulu parler du *flâneur ;* on pourrait le croire, il parle d'un philosophe. Mais le poëte, si je comprends bien sa pensée, quoiqu'il la cache sous le luxe d'une expression poétique, n'a eu en vue que ces tristes hommes qui, sans nul souci de ce qui ne les atteint pas eux-mêmes, sont assis dans un théâtre sans jamais applaudir ni siffler ce qui se dit ou ce qui se fait sur la scène ou dans la salle.

Ces gens-là ne sont pas des *flâneurs;* ce sont des égoïstes ou des hommes usés, sur l'âme desquels vous pouvez tout faire couler sans qu'elle s'en imprègne, véritables toiles cirées, sorte de taffetas gommé où tout s'efface sous la maussade éponge d'une personnalité plus maussade encore.

Tel n'est pas le véritable *flâneur!...* Il y a en lui une double force d'attraction et d'expansion qui fait que son âme, en même temps qu'elle attire à elle les objets extérieurs, se répand sur eux avec d'autant plus d'énergie qu'ils semblent moins intéressants au vulgaire léger.

Le *flâneur* est un péripatéticien qui n'a pas d'école, il est vrai, mais dont l'école est partout; il est un peu de la famille de Socrate. S'il reçoit quelque leçon des événements, s'il en tire des milieux qu'il traverse, il en donne aussi qui sont peut-être plus profitables que celles que nous payons fort cher, trop cher même pour la qualité, à tous les vendeurs de conseils et d'enseignements.

Modeste, sans fastueux cortége, le *flâneur* marche et s'instruit. Tout ce qu'il voit est pour lui un sujet d'aimables études. N'allez pas croire qu'il passera sans y prendre sa place devant ces spectacles en plein vent que les saltimbanques étalent sous les feuillages des Champs-Élysées ou sur l'asphalte de nos boulevards; que, musicien, il dédaignera les chanteurs ambulants et leurs adorables grimaces ou les basquines un peu flétries peut-être de leurs femmes, mais d'où s'échappe une jambe effilée à laquelle, pour être parfaite, il ne manque que des bas un peu plus neufs. Le *flâneur* s'amuse, au risque d'y perdre sa bourse, sa tabatière ou son mouchoir, à regarder ces mille caricatures qui s'épanouissent, spirituelles et pimpantes, aux vitres des marchands. Il s'enquiert avec une intelligente curiosité des causes, quelquefois mystérieuses, d'un rassemblement dont les trottoirs sont encombrés; il donne son mot d'éloge ou de blâme à ces bruyantes acclamations parties instantanément de la foule, *et qui n'ont pas le temps de feindre,* comme l'a dit autrefois un célèbre orateur. Il aime à s'arrêter sur les ponts, pour y voir couler l'eau et pour y faire ces ronds gracieux qui en s'agrandissant sans cesse viennent s'effacer sur le rivage, comme nos affections, dont la force, hélas! diminue à mesure qu'elles se répandent sur un plus grand nombre d'objets. Hôte assidu et passionné de la *correctionnelle,* comme dit le bon peuple de Paris, il ne néglige pas non plus l'assemblée de nos représentants; il est friand d'entendre ici des avocats et là des orateurs, qui, gravement tourmentés de quelques riens judiciaires ou politiques, agitent l'un sa toque, l'autre son perfide couteau de bois, *flâneurs* payés pour parler sans rien dire ou pour faire grand bruit sans parler.

Voyez-le parcourir les promenades et les jardins publics, longer les rives de la Seine, lire, ses mains sur le dos, souvent les lunettes sur le nez, les enseignes et les affiches, fouiller les étalages des bouquinistes, tout bouleverser chez un marchand de curiosités, ou bien encore contempler dans une sorte de ravissement extatique les légers tourbillons qui s'élèvent avec grâce de sa pipe belge ou de son cigare aristocratique.

C'est pour lui que sautent les singes et les marmottes; c'est pour lui que partent toutes les muscades, que dansent tous les chiens habillés, que les acrobates se rompent le cou, que les chevaux de bois tournent, que les escarpolettes montent et descendent, entraînant dans leur rapide mouvement ces hommes, ces femmes, ces enfants qui s'abandonnent sans peur aux brises de l'air, au souffle du vent, croyant peut-être, en s'élevant au-dessus de la terre, échapper au sort qui les attend en bas !... C'est pour lui que se tirent tous les feux d'artifice, que s'enlèvent tous les ballons, et que le théâtre de Guignol rassemble ces foules rieuses et frémissantes, que le commissaire amuse et que le diable fait trembler.

Gardez-vous de croire dans votre sot orgueil que ces jeux, que ces chants, que ces spectacles n'aient d'attrait que pour les hommes étrangers à l'élégance d'une société choisie, aux jouissances de l'esprit, aux nobles délassements de nos grands théâtres. Écoutez le récit de deux anecdotes que, pour l'honneur de la *flânerie*, j'ai puisées aux sources les plus authentiques.

Les héros de la première sont deux hommes de lettres : Ducis et Florian ! Ducis, qui saisit d'une main ferme le poignard de Melpomène aiguisé par Shakespeare sur les bords de la Tamise ; Ducis, cet esprit vigoureux, ce cœur droit que la plus épouvantable catastrophe ne détacha point des objets d'une religieuse et tendre affection, et que les faveurs d'un grand homme trouvèrent insensible, parce qu'il craignait sans doute d'enchaîner aux pieds du pouvoir sa fière indépendance que d'autres vendaient au prix d'un titre de comte ou de quelque joyau nobiliaire ; Florian, le chantre de l'amour pastoral, l'auteur de ces fables ingénieuses qui ont trouvé place dans la mémoire des gens de goût à côté de celles de la Fontaine; Florian, que l'amitié du vertueux duc de Penthièvre honorait autant que ses talents, mais qui ne le sauva pas des horreurs de la prison dans ces jours lamentables où rien d'honnête ne devait échapper aux coups des montagnards... Ducis et Florian prenaient un singulier plaisir à se délasser de leurs travaux dans ces spectacles forains que notre superbe délicatesse laisse aujourd'hui aux militaires et aux enfants.

Un jour que Florian, venant peut-être d'écrire sa fable intitulée : *le Danseur de corde et le balancier*, se promenait sur les boulevards, le nez au vent, et du bout de sa canne soulevant les petits cailloux que l'asphalte en a bannis, il aperçut, et son cœur en tressaillit de plaisir, une baraque en toile autour de laquelle la foule se pressait. Les grandes merveilles qui se déroulaient assurément sous cette toile excitèrent au plus haut point la curiosité du poëte... Il y avait là quelque étude à faire, quelque observation à recueillir, ou même tout simplement quelques bons éclats de rire à pousser sans façon hors de la poitrine. Il n'y tient pas, il ne voit plus dans toute l'étendue du boulevard que sa chère baraque... Cependant il hésite encore, il regarde à droite, à gauche, maugréant dans son cœur contre le respect humain, mais craignant toutefois, tant l'homme est faible! de découvrir parmi les promeneurs quelque personnage important dont la fierté dédaigneuse aurait souri de pitié en le voyant se glisser sous la toile moyennant quelques gros sous... Tout à coup se montre, dépassant la toile qui ne descendait pas jusqu'à terre, un pied bien chaussé, des boucles d'or et des bas de soie.

« Eh quoi! dit-il, j'hésite; mais voici une jambe honnête, je puis risquer l'aventure. »

Son parti est pris aussitôt; il paye, il entre, il cherche l'homme aux bas de soie... O surprise charmante!... la jambe honnête, c'est son ami, c'est Ducis, qui, détournant à peine l'œil de la lunette où viennent se peindre de somptueux palais, d'élégants kiosques, s'écrie en reconnaissant le nouveau venu :

« Hâtez-vous, mon cher Florian, nous avons déjà vu le grand Caire... Nous voici à Constantinople! »

Ainsi ces deux hommes d'un talent incontestable, et que j'appellerais presque des hommes de génie, si je les comparais à nos modernes faiseurs de vers, ne dédaignaient pas les joies naïves d'un spectacle à deux sous... C'est que Ducis et Florian étaient deux *flâneurs*.

« Monsieur, disait sous l'empire à un modeste commis le directeur général d'une des branches les plus importantes de l'administration publique, monsieur, le règlement vous fait un devoir d'être ici à dix heures du matin; vous ne venez qu'à midi, et le plus souvent vous ne venez pas du tout... L'État ne peut s'accommoder d'une telle négligence... »

Le directeur général paraissait fort irrité; le délinquant ne savait que répondre et baissait la tête.

« Enfin qu'avez-vous à dire? reprit M. Français de Nantes, dont la bonté égalait les talents.

— Rien, monsieur le directeur, dit le poëte Parny, car c'était lui que la

rigueur des temps avait condamné à gratter tous les jours du papier dans
un obscur bureau de l'hôtel des *Droits réunis*, rien, absolument rien, sinon
que, si vous tenez à mon exactitude, il faut faire déplacer les boulevards.
Tous les matins je pars de chez moi avec la ferme résolution d'arriver ici
à l'heure prescrite ; mais tout ce que je vois sur cette divertissante pro-
nade m'attire irrésistiblement. Je vais d'un objet à un autre ; le temps
passe vite ; j'arrive pourtant, mais j'arrive trop tard...

— Eh bien, hier, monsieur, hier qu'un travail pressé...

— Hier, c'est à Bobèche et à ses lazzi qu'il faut vous en prendre...

— Hier ! Bobèche !... c'est fort étonnant, monsieur, je ne vous y ai pas
vu ! » dit naïvement M. Français de Nantes. Alors le poëte de rire, le
directeur de rire à son tour... C'étaient encore deux *flâneurs !*

Oui, il y avait dans ces quatre personnages, et je le dis à leur gloire,
cette aimable simplicité de cœur qui caractérise le *flâneur*, cette sensibilité qui fait son bonheur de tout ce qui l'entoure, et qui met à jouir des
plus petites choses l'empressement que d'autres mettent à se créer de
grands chagrins.

Le *flâneur* est le véritable Ulysse dont Horace a dit, traduisant Homère,
qu'il a vu les mœurs et les villes de beaucoup d'hommes. Comme son
illustre devancier, il en étudie les façons de vivre ; son esprit curieux
recueille peu à peu, et comme en se jouant, ici et là, qu'importe ! une abondante moisson d'observations fines, qui, en se combinant les unes avec les
autres, forment à la fin un fonds considérable de philosophie pratique. Il
devient meilleur ; il apprend surtout à se détacher des choses de la vie en
voyant avec quelle rapidité elles passent, et il plaint les fous qui y laissent
prendre leur cœur.

PH. T. L.

XCVI

PENSÉES TRADUITES DE TÉRENCE

Il est honteux pour un homme d'honneur de se laisser vaincre en bien-
faisance.

Il n'y a rien qu'on ne puisse faire trouver mauvais par une fausse interprétation.

Il n'y a rien de si injuste qu'un ignorant, qui ne croit bien que ce qu'il fait lui-même.

Un bienfait mal placé est une mauvaise action.

XCVII

LA PETITE PROVENCE

Tout le monde connaît l'affluence qu'attire un beau jour d'hiver dans cette partie du jardin des Tuileries, laquelle est abritée par la terrasse des *Feuillants*. Là viennent en foule respirer, se promener, s'asseoir, et l'enfance qui prélude à la vie, et l'autre enfance qui en voit approcher le terme; les jeux de l'une et les tranquilles pensées de l'autre sympathisent assez bien dans le calme de ce réduit. Non loin de là, des groupes nombreux s'agitent, se heurtent, tombent et se relèvent sur la nappe glacée du grand bassin. Leur frivole et périlleux exercice présente aux promeneurs de *la Petite Provence* l'emblème de cette vie gratuitement agitée qui les attend ou qu'ils ont parcourue. Faut-il s'étonner que le moraliste et le poëte aient puisé d'heureuses inspirations dans un tableau si dramatique? L'ode qui suit, et qui date de 1827, se distingue par un ton vrai, naturel et simple qu'on semble vouloir bannir maintenant de la poésie lyrique. La poésie intime de nos grands faiseurs n'est pas de nature à nous faire oublier de si jolies choses :

> Un rayon de chaleur, qui ne saurait encore
> Ranimer les prés ni les bois,
> Vous appelle aux jardins que le luxe décore,
> Et presque sous les yeux des rois.
>
> Mais que vous font, enfants, les grandeurs revêtues
> De l'éclat d'un vain appareil?
> Que vous font ces palais, ces marbres, ces statues?
> Vous ne voulez que du soleil.
>
> Vous ne connaissez pas les funestes chimères
> Qui sous le dais viennent peser;
> Vous n'avez ni soucis, ni regrets que vos mères
> Ne puissent guérir d'un baiser.

Vous n'avez à souffrir, à venger nul outrage,
    Nuls droits perdus à ressaisir;
Et vous êtes encor libres, car, à votre âge,
    La liberté c'est le plaisir.

Livrez-vous à vos jeux, qu'ils servent de contrastes
    A ces fêtes qu'on aime ici.
Riez, chantez, dansez; ces lieux sont assez vastes
    Pour le bonheur et le souci.

Vous allez croître, enfants, et devenir esclaves,
    Si vous évitez le cercueil;
Et vos pieds fatigués traîneront les entraves
    De l'avarice et de l'orgueil.

Toutes les passions, en vos cœurs déchaînées,
    Ne vous quitteront que trop tard;
Et pour ces lieux charmants, durant bien des années,
    Vous n'aurez pas un seul regard.

Mais quand le temps, vainqueur de votre résistance,
    De vos ans marquera le soir,
Affaiblis, languissants, ramenés à l'enfance,
    Vous y reviendrez vous asseoir.

Vous y retrouverez l'innocente mémoire
    Des biens disparus pour toujours;
Vous leur demanderez, non point l'or ni la gloire.
    Mais le soleil de vos beaux jours.

M. BRAULT.

XCVIII

PENSÉE DE L'ABBÉ DE BERNIS

Le travail, joint à la gaieté,
    Souffre et surmonte toutes choses;
La nonchalante oisiveté
    Se blesse sur un lit de roses.

XCIX

LES ÉPIS D'UN GLANEUR

Sa Majesté Louis-Philippe admirait beaucoup les belles physionomies militaires qu'on remarque au premier plan de la *Smala*. Presque toutes sont des portraits. Un vieux soldat bronzé par le soleil et la poudre attira surtout son attention.

« Je connais cet homme, dit Horace Vernet; depuis douze ans il se bat en Afrique avec courage.

— Aussi, voyez, il a la croix d'honneur, observa le roi.

— Non vraiment, sire, je me suis trompé. Cette croix, il faut que je l'efface, murmura l'artiste d'un ton chagrin. »

Il prit son pinceau. Louis-Philippe lui arrêta le bras, et dit en souriant :

« Pourquoi gâter votre toile, mon cher Horace? les retouches s'aperçoivent toujours. Je connais un moyen plus simple de réparer votre erreur... involontaire, c'est de décorer ce brave.

— J'attendais cela, sire, merci! » dit le peintre heureux du succès de sa ruse.

La fierté du cœur est l'attribut des honnêtes gens; la fierté des manières est celle des sots.

Tamerlan, ce héros tartare, était-il aussi féroce que l'ont prétendu quelques historiens? Le fait suivant semble les contredire. Un contemporain de cet empereur rapporte qu'Amédi-Connani, poëte persan, étant dans le même bain avec ce prince, et s'amusant à un jeu d'esprit qui consistait à estimer en argent ce que valait chaque personne de la société :

« Je vous estime trente sous, » dit-il à Tamerlan.

Tamerlan réplique à l'instant :

« Mais la serviette avec laquelle je m'essuie les vaut.

— C'est aussi en comptant la serviette, » reprend à son tour le poëte.

Dans une commune de l'Oberland badois, sur les limites du canton de Bâle, on vit en 1858 un pied de vigne originaire du cap de Bonne-Espérance, de l'âge de huit ans, qui portait plus de douze cents raisins grands

14

et petits. On en compta huit cents qui étaient de moyenne grandeur. Cette vigne n'avait été l'objet d'aucun soin particulier, d'aucun procédé spécial destiné à accroître sa productivité. C'est le simple travail de la nature qui produisit ce phénomène que l'on venait admirer de tous les environs.

L'expérience semble démontrer que l'extension de nos facultés est dans une étroite liaison avec l'état matériel du cerveau. Il est certain que l'arrêt de développement de cet organe, que sa mauvaise conformation au moment de la naissance, et que les lésions graves qui surviennent postérieurement sont autant de causes suffisantes pour déterminer l'imbécillité ou l'idiotisme. Les idiots sont caractérisés par la diminution de volume du cerveau; et, d'après M. Flourens, les animaux privés, par une opération chirurgicale, des lobes qui constituent cet organe, perdent en général toute perception, toute intelligence. Ce phénomène n'a pas lieu quand on enlève les autres parties de l'encéphale. Au contraire, chez les individus qui se font remarquer par de hautes qualités intellectuelles, le cerveau paraît offrir presque constamment un développement anomal. Le cerveau de Cromwell pesait, dit-on, 2 kil. 231 gr., celui de lord Byron 2 kil. 238 gr. Le cerveau de Cuvier, d'après des documents authentiques, pesait 1 kil. 829 gr., et celui du célèbre chirurgien Dupuytren 1 kil. 438 gr. Ces différents chiffres dépassent de beaucoup le poids moyen du cerveau, qui est d'environ 1 kil. 170 gr.

Il était d'usage autrefois de conclure un marché, un engagement quelconque, en terminant le repas par un petit verre de liqueur qui était versé lorsque l'acheteur avait prononcé la formule : *Res rata fiat* (que la chose soit ratifiée). Dans la suite on a francisé le mot *ratafiat*, devenu le nom de la liqueur, et, supprimant le *t*, on a écrit *ratafia*.

Le grand Frédéric, voyant un de ses soldats avec une longue balafre au visage, lui dit :

« Dans quel cabaret as-tu été équipé de la sorte?

— Sire, dans un cabaret où vous avez payé l'écot, à Kœllin [1]. »

Le roi trouva ce mot excellent, tout piquant qu'il fût pour lui, et s'empressa d'accorder une généreuse libéralité au soldat.

---

1. En 1757, Frédéric fut complétement défait à Kœllin par le feld-maréchal Daun, proclamé par les impériaux le *sauveur de la patrie*. (*Guerre de sept ans.*)

Le nombre de langues qui se parlent dans le monde connu est de 8,064, dont 587 en Europe, 896 en Asie, 276 en Afrique, et 1,264 en Amérique. Les habitants du globe professent 1.000 religions différentes. Le nombre des hommes est à peu près égal à celui des femmes. Un quart des mâles meurt avant d'avoir atteint l'âge de sept ans, la moitié avant la dix-septième année. Sur 1.000 personnes il y a un centenaire. Dans une centaine d'individus on compte six sexagénaires ; sur chaque demi-mille il y a un octogénaire. La terre est peuplée d'un milliard d'habitants ; tous les ans il en meurt 333,333,333 ; chaque jour il en meurt 91,334 ; chaque heure 3,780 ; chaque minute 60, et 1 par seconde. Ces décès sont contre-balancés par le nombre des naissances. Les gens mariés vivent plus long-temps que les célibataires, et les gens sobres se conservent mieux. Les femmes atteignent plus facilement la cinquantaine que les hommes ; mais, cet âge passé, elles ont moins de chances de longévité que les hommes.

J'ai fait mes études !... — Cette réponse universelle, au fond, ne signifie rien du tout. Il importe peu que vous les ayez faites, mais il importe que vous les ayez bien faites. On ne vous demande pas si vous avez passé six ou sept ans de votre vie dans une grande maison, où vous vous êtes occupé pour tuer vos ennuis, à dessiner sur les murs le profil du professeur, à dormir pendant les classes et à vous battre pendant les récréations ; on vous demande ce que vous avez appris, ce que vous savez de bon, de beau et d'utile.

L'art de fabriquer les lunettes d'approche ne fut guère connu que sous Louis XIII. Cette découverte serait due, paraît-il, au hasard. Déjà on se servait de tubes à plusieurs tuyaux pour diriger la vue vers des points éloignés, mais ils n'étaient pas garnis de verres. Pour suppléer à ces tubes, des écoliers jouant pendant l'hiver de 1609 sur une pièce d'eau gelée, faisaient usage de la partie supérieure de leur écritoire, qui aux deux extrémités se trouvait percée à jour. L'un d'eux ayant mis sur ces extrémités des morceaux de glace, s'aperçut que les objets se rappro-chaient ; il fit part de cette observation, qui donna lieu de penser que les verres produiraient un effet analogue. De là l'invention des télescopes, lunettes d'approche, etc. Nous devons dire cependant qu'un religieux, Alexandre Spina, est désigné comme ayant déjà, dès le quatorzième siècle, découvert les lunettes dites *besicles*.

Un jour vous serez hommes, mes jeunes lecteurs, et peut-être honorablement placés dans le monde. Si alors il vous arrive jamais de rencontrer un ancien camarade que vous verrez détourner tristement la tête..., allez à lui, offrez-lui la main, rappelez-lui les travaux, les jeux de votre enfance... ce souvenir l'attendrira, il vous ouvrira son cœur. Dans le récit de ses infortunes vous trouverez sans peine le moyen de le soulager. Il ne faut souvent qu'un peu d'aide pour relever le cœur le plus abattu. Dans tous les cas une marque d'intérêt lui redonnera du courage, tandis que votre dédain l'eût peut-être conduit au désespoir.

FERDINAND P. O.

C

CONSIDÉRATIONS SUR LE STYLE

Un homme que son génie éleva près du trône à jamais occupé par Corneille et Racine, un homme dont le nom rappelle involontairement tout ce que l'esprit peut avoir de fin, le goût de délicatesse exquise, Voltaire, et ici nous oublions l'adversaire impie des croyances religieuses, Voltaire écrivait à Helvétius, le 20 juin 1741 :

« Je vous prêcherai donc éternellement cet art d'écrire que Despréaux a si bien connu et si bien pratiqué, ce *respect pour la langue*, cette suite d'idées, cet air aisé avec lequel il conduit son lecteur, ce naturel qui est le fruit de l'art, et cette apparence de facilité qu'on ne doit qu'au travail. »

C'est au même qu'il avait écrit déjà le 25 février 1739 :

« N'offrez que des *images vraies*, et servez-vous toujours du *mot propre*. Voulez-vous une règle infaillible pour les vers ? La voici : quand une pensée est juste et noble, il n'y a encore rien de fait ; il faut voir si la manière dont vous l'exprimez serait belle en prose ; si votre vers, dépouillé de la rime et de la césure, vous paraît alors chargé d'un mot superflu ; s'il y a dans la construction le moindre défaut ; si une conjonction est oubliée ; enfin si le mot le plus propre n'est pas employé ou s'il n'est pas à sa place, concluez alors que l'or de cette pensée n'est pas bien enchâssé. Soyez sûr que les vers qui auront un de ces défauts ne se retiendront jamais par cœur et ne se feront jamais relire, et il n'est de bons vers que ceux qu'on retient malgré soi [1]. »

---

1. Il y aurait peut-être une rigueur excessive à appliquer partout et toujours la règle de Voltaire ; mais en général la règle est fort bonne, et il est très à propos de se la rappeler le plus souvent.

Pourquoi l'auteur de *Mérope* et de la *Henriade* recommande-t-il si fort la correction à Helvétius? pourquoi en fait-il le plus beau fleuron de la couronne poétique de Boileau? C'est que la correction atteste la justesse de l'esprit ; c'est que, sans la justesse de l'esprit, qui est un des traits caractéristiques du génie ou de la raison perfectionnée, ce qui est souvent la même chose, il n'y a pas une seule des conceptions où se joue l'imagination qui puisse se promettre d'échapper à l'action du temps. Est-ce à dire que la correction tienne lieu de toutes les autres qualités qui constituent un bon et bel ouvrage? Non, sans doute; mais la correction sera toujours une des pierres les plus solides sur lesquelles l'écrivain, poëte ou prosateur, appuiera les bases de son édifice.

La morale nous dit : d'abord il faut éviter le mal, ensuite il faut faire le bien. Appliqué à la science grammaticale, ce précepte revient à celui-ci : d'abord il faut écrire correctement, ensuite il faut écrire bien. De ces deux points, que les esprits étroits pourraient seuls confondre, le premier tient à l'étude raisonnée et à la pratique constante des règles fondées sur l'observation des faits; le second, à de certaines qualités nécessaires à l'écrivain, et qu'il doit les unes à la nature, les autres au concours de circonstances dont le principe est en lui ou hors de lui; car s'il est vrai, comme l'a dit Buffon, que *le style c'est l'homme même*, il faut l'entendre de l'homme, non pas isolé des conditions de son humanité, mais tel que le fait l'action incessante de la société sur ses organes, sur son cœur et sur son esprit. L'être humain, modifié sous ce triple rapport, souvent en bien, souvent en mal, est véritablement l'homme, et il ne faut rien moins que ces modifications successives ou simultanées pour l'amener à cet état psychologique qui lui donne enfin son rang parmi les écrivains.

Voilà ce qu'a voulu dire Buffon; et si l'on trouve, quelques lignes plus haut, dans le même discours, que « bien écrire, c'est tout à la fois bien penser, bien sentir et bien rendre; c'est avoir en même temps de l'esprit, de l'âme et du goût…, » l'auteur ne faisait que développer une pensée dont la vérité ne devait pas s'enfermer d'abord dans les limites de la concision philosophique, chargée plus tard de présenter, réunies en un même faisceau, les différentes idées par lesquelles l'intelligence devait passer auparavant, pour que la conviction s'attachât, anneaux par anneaux, à la chaîne qu'elle ne pourrait plus briser.

Mais d'abord la mesure des qualités que nous devons à la nature, de la sensibilité, par exemple, sans laquelle il n'y a pas de bon écrivain, est loin d'être la même pour tous; d'un autre côté les façons d'être sont fort diverses; la succession des instants dont se compose une vie n'est pas marquée chez les uns et chez les autres par les mêmes accidents de nais-

sance, de bien-être, d'éducation ; les transformations qui s'opèrent insensiblement ne peuvent pas dès lors avoir une source unique. Il suit de là
que la représentation de l'humanité individuelle, que le style, en d'autres
termes, que la manifestation de la pensée ne saurait être uniforme. Chacun
donc, obéissant à la loi de sa nature, à la loi aussi impérieuse des circonstances variées au milieu desquelles il a vécu, chacun imprime à sa pensée
un cachet tout particulier; chacun a son style, parce que, avant tout et
malgré tout, on est soi.

Arrivé à ce point vers lequel il a marché sous l'influence d'un pouvoir
mystérieux, l'homme, s'il veut écrire, n'a de leçons à recevoir que de lui-
même, soit que l'esprit, se renfermant dans le domaine du *moi*, recueille
les faits dont il est le théâtre, soit que, franchissant les limites de ce monde
intérieur, il promène son regard sur tout ce qui l'entoure et s'ouvre par
là une source de sensations sans cesse renouvelées. Voilà le seul livre qu'il
puisse maintenant consulter avec fruit. Sur chacune de ses feuilles brillent
sous des formes symboliques, mais dont le sens n'échappe qu'à de vulgaires organes, les mille pensées qu'il se plaît à combiner. Qu'il ne lise
alors ni Aristote ni Longin chez les Grecs, ni Horace ni Quintilien chez
les Latins, ni Boileau ni Lebatteux chez les Français ; qu'il laisse dormir
en paix les rhéteurs présents et passés. Que lui apprendraient-ils? Rien
de ce qu'il est toujours sûr de trouver en lui, rien de ce qu'il savait avant
même qu'il soupçonnât qu'il y a des rhéteurs dans le monde. Ces hommes
ne lui donneraient pas la *soudaineté*, comme disait Montaigne, et partant
rien de vrai, rien d'original. Il ne s'adressera pas non plus aux grammai-
riens ; il ne recevrait d'eux qu'une sorte de pouvoir plastique : les uns et
les autres n'ont rien à faire avec la pensée, rien à faire avec l'âme.

Mais quand, descendu de ces hautes régions, son esprit ne considérera
plus que les formes sensibles sous lesquelles il veut produire les images
qu'il a conçues; quand déjà il aura broyé les couleurs destinées à embellir
le dessin primitif, dont les lignes originales marquent le caractère distinctif de l'œuvre, c'est à la rhétorique, c'est à la grammaire qu'il confiera le
soin de les étendre sur sa palette. La grammaire! la rhétorique! qu'il ne
les regarde pas en pitié; qu'il n'en dédaigne pas les prescriptions. Elles
brillent claires et nettes dans les bons modèles, au foyer desquels il
s'échauffe. C'est de l'art encore, mais cet art peut s'apprendre. Virgile,
Racine, Cicéron, Bossuet, Pascal et Fénelon ont dû se conformer à ses
ordres rigoureux, se soumettre à ses rudiments, et, s'il ne les a pas faits
poëtes et orateurs, il les a faits des écrivains corrects et purs.

                                                                FR. T. L.

CI

PENSÉE DE BOILEAU

Rien n'est beau que le vrai, le vrai seul est aimable.

———————

CII

DEVOIRS DU SOLDAT

LE GÉNÉRAL DROUOT

Défendre le pays, assurer le règne des lois, conserver l'ordre, telle est la mission de l'homme armé par l'État : mission pleine de noblesse, de justice et de sainteté !

Rester fidèle à son drapeau, mourir à son poste quand le salut de l'armée l'exige, voilà les deux principaux devoirs du défenseur de la patrie. C'est surtout dans le soldat en faction que la vertu doit aller jusqu'au sacrifice de l'existence. Si, surpris par l'ennemi, il ne donne pas l'alarme, s'il se tait pour sauver sa vie, contre lui criera vengeance le sang des milliers d'hommes dont sa poltronnerie aura causé la mort. Il assumera en outre sur sa conscience la lourde responsabilité morale de la défaite et de la honte, que sa lâcheté aura fait rejaillir sur la nation.

On comprend donc combien la désertion, heureusement fort rare dans l'armée française, est un acte horrible. L'indigne conduite d'un transfuge est au moins égale en criminalité à celle d'un fils qui abandonnerait sa mère pour se joindre aux ennemis dont elle serait poursuivie.

Une discipline sévère, la hiérarchie des grades et la subordination qu'elle impose, l'obéissance passive et l'abnégation qu'elle exige, sont choses indispensables dans une troupe qui doit se mouvoir comme un seul homme. Le vrai soldat s'y soumettra avec douceur et avec patience. Il évitera de ressembler à ces sujets indignes à qui l'insubordination et l'ivrognerie font passer aux arrêts, quand elle ne les flétrissent pas d'une peine infamante, la plus grande partie du temps qu'ils doivent à la patrie. Il fera taire toutes les susceptibilités de l'amour-propre, toutes les répugnances d'une raison éclairée, pour ne voir que la gloire de son pays et ne s'inspirer qu'aux sources d'un dévouement généreux et sans limites. Si néanmoins il se croit blessé dans ses droits, il pourra, après avoir fait acte de soumission d'abord, parcourir l'échelle de la hiérarchie militaire afin d'obtenir la justice à laquelle il prétend et qui ne saurait lui faire longtemps défaut.

Le soldat doit combattre l'ennemi à outrance. L'injustice de l'agression, le sang versé par cruauté, la barbarie des mesures militaires, tout ce que la guerre peut avoir d'opposé à la vertu tombe sur le gouvernement qui l'a déclarée ou sur le général à qui revient l'initiative des opérations. Toutefois, dans l'ardeur de son courage, le brave n'oubliera pas qu'un ennemi vaincu, désarmé, ne doit plus être aux yeux du vainqueur qu'un frère en Dieu. A plus forte raison épargnera-t-il le paisible habitant du territoire envahi, qui bien loin d'avoir voulu la guerre, gémit sous le poids des calamités qu'elle entraîne à sa suite. Il l'épargnera, non seulement dans sa vie, dans sa dignité d'homme, mais encore dans ses propriétés. Le vol, la dévastation, l'incendie, le viol, l'assassinat, sont des crimes pendant la lutte comme pendant la paix.

C'est ainsi que le comprenait le vaillant du Guesclin quand, au milieu de ses chevaliers, il consacrait ses derniers accents à plaider la cause de l'humanité : « Souvenez-vous, leur disait-il, que pendant et avant faites la guerre, les gens d'église, les femmes, les enfants, le pauvre peuple, ne sont point vos ennemis, et que vous portez les armes pour les défendre et non pour les opprimer. Je vous l'ai toujours recommandé ; je vous le répète encore en vous disant un suprême adieu. »

Les mêmes devoirs d'une obéissance passive obligent le soldat dans les émeutes, les guerres civiles, quand il n'y a pas rupture évidente du pacte qui lie la nation à son chef. Ici la différence aux ordres d'un supérieur devient pénible et douloureuse. Il en coûte, en effet, de tourner ses armes contre un compatriote. Mais le soldat, tout en déplorant la triste nécessité qui force son bras à l'action, ne saurait s'en affranchir.

Il peut arriver cependant que la Providence, dont la sagesse gouverne tout empire, retire son appui aux hommes qui dirigent les nations. Dans ce cas elle manifeste sa volonté par des signes auxquels personne ne peut se méprendre : l'indignation gonfle tous les cœurs ; la révolte est dans les esprits. Rapide comme l'ouragan, l'insurrection vole de clocher en clocher ; des millions de bras s'arment de tout ce qui peut donner la mort ; des millions de voix crient : Liberté !

Oh ! alors, dit Bergery, mais seulement alors, le soldat change de chef suprême ; alors son devoir, comme celui de tout autre citoyen, est de se courber devant la volonté divine si clairement manifestée ; alors l'obéissance passive est due à la nation elle-même représentée, par ceux qui dirigent son formidable et majestueux mouvement.

Mais, excepté ces crises si déplorables, le soldat se gardera de tourner ses armes contre un compatriote. Ces instruments honorables lui ont été remis pour défendre les personnes et les propriétés, pour réprimer les voleurs, les assassins, et non pour les imiter. N'y aurait-il pas d'ailleurs une insigne lâcheté à tirer son sabre contre celui qui ne peut opposer d'autre défense que ses bras?

Rattachons aux préceptes généraux qui précèdent quelques détails sur la vie d'un homme qui sut porter au plus haut degré toutes les vertus du soldat, et unir à la religion du drapeau les nobles sentiments du chrétien. Nous voulons parler du lieutenant général Drouot.

Né à Nancy en 1774, de parents pauvres qui gagnaient à la sueur de leur front le pain d'une nombreuse famille, il dut aux sacrifices et aux privations qu'ils s'imposèrent le bienfait d'une solide instruction, et surtout le bienfait plus inappréciable encore des sentiments religieux, de l'amour du travail et de la vertu.

Admis à l'école d'artillerie comme sous-lieutenant en avril 1792, il fut un mois après nommé second lieutenant au 1er régiment d'artillerie, par suite d'un décret de la convention qui venait d'accorder ce grade aux dix premiers élèves de la promotion. Il parcourut ensuite les différents grades jusqu'à celui de général de division, auquel il fut promu en septembre 1813.

D'un autre côté, les dignités ne lui avaient point fait défaut. Membre de la Légion d'honneur en 1804, officier à Wagram, commandant à la Moskowa, grand-officier en 1814, grand-croix en 1830, baron de l'empire en 1810, comte de l'empire en 1813, il n'y eut pas jusqu'au titre de pair de France qui, en 1815 et en 1831, ne vînt attester tout le cas que faisaient de son noble caractère le gouvernement des Bourbons, comme celui de la branche cadette.

Il servait depuis plusieurs années dans la garde impériale, lorsque, le 25 janvier 1813, l'empereur l'attacha à sa personne en qualité d'aide de camp; le 3 septembre suivant il lui confia le travail de la garde avec le titre d'aide-major de la garde.

Après l'abdication de Fontainebleau l'empereur lui permit de l'accompagner à l'île d'Elbe, dont il le nomma gouverneur. L'année suivante il le ramena en France avec lui; Drouot était à ses côtés à la bataille de Waterloo.

La commission provisoire qui fut mise à la tête du gouvernement après la seconde abdication de l'empereur le nomma commandant de la garde impériale.

« Je regardai, c'est le général qui parle, comme le premier de mes devoirs, dans ces graves circonstances, de me dévouer entièrement à ma

patrie, et de ne reculer devant aucun sacrifice personnel pour contribuer
à son salut : ce devoir me paraissait d'autant plus impérieux, que j'avais
moi-même pris part aux événements qui avaient amené notre malheureuse
situation. En conséquence, après avoir consulté l'empereur, qui applaudit
à ma résolution, j'acceptai le commandement qui m'était donné par le
gouvernement, et je me séparai momentanément de mon bienfaiteur, avec
l'intention et l'espoir de le rejoindre aussitôt que la France serait sauvée ;
les événements qui suivirent confondirent mes plus chères espérances ; je
n'eus ni la consolation d'adoucir la captivité de l'empereur, ni le bonheur
de mourir en combattant pour la délivrance de mon pays. »

Ayant été compris dans l'ordonnance de proscription du 24 juillet 1815,
Drouot quitta, le 1er août, l'armée de la Loire pour se rendre à Paris et se
constituer prisonnier. Le 6 avril 1816 il fut extrait de la prison de l'Abbaye et conduit devant le conseil de guerre qui devait prononcer sur son
sort ; il était accompagné de son ami, M. le baron Girod de l'Ain, son
généreux défenseur. Il fut déclaré non coupable et acquitté.

Le lendemain le roi Louis XVIII le fit amener en sa présence au château des Tuileries. Après lui avoir adressé des paroles pleines de bonté,
Sa Majesté ordonna qu'il fût mis sur-le-champ en liberté. Il ne tarda point
à se mettre en route pour sa ville natale, où il jouit, depuis cette époque
jusqu'au jour de sa mort, des douceurs de la vie privée.

Nous céderons la parole au plus célèbre des orateurs français, le R. P. La-
cordaire, chargé de prononcer l'éloge funèbre de l'illustre guerrier :

« Le général Drouot aimait sincèrement les hommes. Né et nourri dans
la pauvreté, elle ne lui avait pas été une occasion de jeter des yeux d'envie
sur les hauts rangs du monde. Il les acceptait sans colère, sans mépris,
sans orgueil, avec une parfaite cordialité. Content de son sort, il n'esti-
mait pas qu'il y en eût de plus heureux, et il a dit quelquefois, dans les
ouvertures qu'il faisait de son âme, qu'il devait à Dieu la grâce de n'avoir
jamais rien envié. Mais si la pauvreté ne lui avait point appris la haine
des riches et des grands, elle lui avait profondément inculqué l'amour des
petits. Il redescendait vers eux comme vers sa source, et dès que la fortune commença de lui sourire, il prit la résolution de partager avec les
pauvres les bénéfices de sa vie. C'est là le véritable signe de l'amour :
quiconque ne partage pas n'aime pas. Le général Drouot fit son calcul. Il
jugea qu'avec une petite maison, un petit jardin et deux fois douze cents
francs de rente, il serait, quoi qu'il advint, au-dessus de tous ses besoins et
de tous ses désirs. Il régla d'après ce point de vue sa dépense et ses économies, et consacra le surplus à des actes ou à des fondations de charité.
Toutes les donations et gratifications qu'il reçut sous l'empire passèrent à de

bonnes œuvres, et il leur affecta constamment son traitement de la Légion d'honneur. Rentré dans la vie privée, son revenu annuel, composé de ses économies, de sa pension de retraite, de son indemnité comme donataire de l'empire et de son traitement de la Légion d'honneur, finit par s'élever à environ douze mille francs. Il ne s'en réservait pour lui, infirme et aveugle, que deux mille quatre cents : c'était la somme qui lui avait paru, dès sa jeunesse, pouvoir suffire à toutes les nécessités de son existence et de sa position. Napoléon lui avait laissé deux cent mille francs par son testament ; il n'en reçut que soixante mille, par suite de la réduction des legs, et il les employa au soulagement d'anciens militaires dénués de secours. « Je suis heureux, écrivait-il, mille fois heureux d'avoir pu recon-
« naître les bienfaits de l'empereur en les répandant sur les soldats qui ont
« supporté les fatigues de nos longues guerres sans en recevoir la récom-
« pense, et surtout sur les braves vétérans de la garde qui ont suivi mon
« bienfaiteur à l'île d'Elbe, et qui lui ont donné tant de preuves de leur
« amour et de leur dévouement. »

« Le général Drouot n'était point marié. Il s'était soumis volontairement à cette grande loi du célibat religieux et militaire qui est un des premiers besoins de l'humanité, et sans laquelle l'esprit de sacrifice ne peut prendre qu'un essor beaucoup trop restreint. Il s'était senti capable d'en porter le fardeau, non comme une lâche abdication des devoirs de la famille qui se dédommage dans la licence, mais comme une sainte condition de son noble métier de soldat, et l'expérience lui en ayant révélé tout le fruit et tout l'honneur, il n'avait plus voulu ôter de son front cette magnanime couronne de célibat pur et dévoué. Libre ainsi d'entraves, la bonté de son cœur s'exerçait à l'aise à l'égard des liens et des infortunes d'autrui. Il aimait tendrement ses frères et ses neveux et leur en donna des preuves touchantes jusqu'à la fin de sa vie. Mais cet attachement naturel ne dimi-nuait point ses entrailles pour les malheureux. Il les assistait bien souvent au delà de ses forces, et il écrivait un jour : « Lorsque mes ressources seront
« entièrement épuisées ou bien qu'elles viendront à me manquer, je me
« présenterai à l'hospice Saint-Julien pour occuper moi-même un des lits
« que j'y ai fondés en faveur des vieux soldats. Si ce moment arrive, il ne
« sera certainement pas le moins doux de ma vie. »

« Quelques mois avant sa mort, n'ayant plus rien à donner, il se souvint d'un grand uniforme qu'il conservait comme une sorte de relique de ses anciens jours. Il en fit découper et vendre les galons. Un de ses neveux en témoigna du regret, disant qu'il aurait eu du plaisir à le transmettre à ses enfants. « Mon neveu, répondit le général, je l'aurais donné volon-
« tiers ; mais j'aurais craint que vos enfants, en voyant l'uniforme de leur

« oncle, ne fussent tentés d'oublier une chose qu'ils doivent se rappeler
« toujours, c'est qu'ils sont les petits-fils d'un boulanger. »

« Sans doute, messieurs, la nature du général Drouot était une nature
admirablement douée. Mais, si droite, si bonne, si grande qu'elle fût de son
fonds, elle n'aurait point atteint le degré de perfection où elle est parvenue,
sans un principe supérieur aux pensées et aux affections de la terre. Lui-
même a confessé hautement qu'il devait tout à Dieu, non pas au Dieu
abstrait de la raison, mais au Dieu des chrétiens. Quoique enfant d'un
siècle léger, et avant d'avoir vu la grande révolution qui en illumina la
fin, il avait sucé avec le lait de sa mère une foi qui avait été confirmée par
la forte éducation du travail et de la pauvreté. Cette foi ne chancela pas un
seul jour et ne se cacha pas une seule fois. Sous la tente du soldat comme
dans l'orgueil des palais, Drouot fut publiquement chrétien. Il lisait la
Bible appuyé sur un canon ; il la relisait aux Tuileries, dans l'embrasure
d'une fenêtre. Cette lecture fortifiait son âme contre les dangers de la
guerre et contre les faiblesses des cours. Quand Napoléon, sans détourner
la tête, prolongeait cette brève parole : « Drouot ! » l'aide de camp recommandait son âme à Dieu, partait à toute bride, et quelques minutes après,
on le voyait précipiter au galop cinquante ou cent bouches à feu qui, sans
paraître s'arrêter, vomissaient la mort dans les rangs ennemis. Ou bien
descendant de cheval à côté des artilleurs inexpérimentés de 1813 et de
1814, il leur enseignait froidement la manœuvre à travers une grêle de
boulets qui pleuvaient tout autour de l'héroïque leçon. Mais aussi, quand
l'heure des hasards était passée, Drouot se retrouvait dans la parole ce
qu'il avait été dans l'action, plein de mépris pour le mensonge comme il
l'avait été pour la mort ; après s'être montré l'enfant du Dieu des batailles,
il se montrait l'enfant du Dieu de la vérité. Il prenait hardiment l'intérêt
du soldat trop souvent sacrifié ; il méritait que l'empereur l'appelât le
tribun du soldat, aussi justement qu'il l'avait appelé le sage de la grande
armée. »

Après ces belles et grandes paroles, on lira encore avec plaisir l'anecdote
suivante, souvent racontée par le général Drouot lui-même à ses amis :

Un jour je lus, leur disait-il, une affiche qui prévenait les jeunes gens
qu'un examen pour entrer dans l'artillerie allait avoir lieu à Châlons ;
j'obtins de mon père la permission d'y aller. Ma famille n'était pas riche,
et je reçus six francs pour faire mon voyage. Je partis, bien entendu, à
pied, et arrivé à Châlons, j'allai tout droit dans la salle où se passaient les
examens. J'y fus reçu par un immense éclat de rire. Il faut dire que j'étais
petit, maigre, chétif, que je me présentais tout poudreux encore de ma
route, un bâton à la main et chaussé de gros souliers.

Un peu interdit, je m'arrêtai, lorsque l'examinateur me dit avec une bonté qui me rendit un peu de courage :

« Vous vous trompez sans doute, mon ami ; que demandez-vous?

— Je voudrais subir l'examen, monsieur. »

Et un nouvel éclat de rire retentit dans toute la salle.

« Mais, reprit l'examinateur, vous savez que c'est un examen pour l'artillerie; vous connaissez donc les matières indiquées au programme?

— Monsieur, je les ai étudiées.

— Eh bien ! mon ami, asseyez-vous, et lorsque votre tour viendra, je vous appellerai. »

J'allai m'asseoir dans un petit coin, poursuivi par les sourires moqueurs des jeunes gens qui, comme moi, venaient se faire examiner. Cependant j'écoutais les questions de l'examinateur, les réponses de ces jeunes gens, et le courage me revenait, car je me disais : j'en sais bien autant qu'eux. Enfin, mon tour arriva. La salle, qui s'était dégarnie, fut bientôt pleine de curieux qui venaient assister à l'examen du petit paysan. L'examinateur commença par me demander les principes de l'arithmétique; il poursuivit ses questions, et bientôt je le vis s'arrêter et me regarder étonné.

« Où avez-vous suivi votre cours de mathématiques? me dit-il.

— J'ai presque toujours travaillé seul, monsieur, lui répondis-je, et si vous voulez bien m'examiner sur les matières qui ne font pas partie du programme, j'espère pouvoir y répondre. »

Mon examen dura *deux heures;* lorsqu'il fut terminé, l'examinateur se leva, vint m'embrasser, et me dit :

« Recevez mon compliment; dès aujourd'hui vous pouvez vous regarder comme faisant partie du corps de l'artillerie. »

Un plus grand honneur m'attendait encore : les jeunes gens qui m'avaient d'abord accueilli le matin avec des huées, m'entourèrent, et, malgré moi, me portèrent en triomphe dans les rues de Châlons.

Ce fut, ajoutait-il avec émotion, le plus beau jour de ma vie.

C'est le 24 mars 1847 que le lieutenant général Drouot, l'honneur de la belle cité nancéienne, le bienfaiteur des anciens soldats, des sourds-muets, des pauvres, le sage de la grande armée, rendit son âme à Dieu.

Toute son humilité religieuse éclatait dans son testament. « Mon intention, y était-il dit, est que mes obsèques se fassent sans pompe; qu'aucun honneur militaire ne me soit rendu, et qu'aucun discours ne soit prononcé sur ma tombe. »

Mais, dit l'*Espérance* de Nancy, à laquelle nous devons une partie des détails qui précèdent, l'autorité locale a cassé cette clause de son testament; comme c'était son droit, elle a revendiqué la dépouille du plus cher

de ses enfants. Outre les honneurs militaires usités en pareille circon
stance, elle lui a véritablement rendu des honneurs inaccoutumés, et jamais, depuis la translation des cendres de ses ducs, la Lorraine n'avait vu
de cérémonie funèbre comparable. Jamais l'expression de la douleur
publique ne fut plus générale et plus sincère. Elle s'exhalait de toutes
les bouches; elle se traduisait en un pieux recueillement qui dominait
les agitations de la foule et confondait celle-ci dans une seule et même
pensée d'admiration et de regret.

FERDINAND P. D.

CIII

LES HABITUDES PHYSIQUES

DES HOMMES DE LETTRES PENDANT QU'ILS COMPOSENT

La poésie et la littérature, qui sont le pays de l'imagination, doivent
être par cela même celui des bizarreries ; car la pensée ne peut être active
sans que le corps y réponde par de vives secousses, par des effets gal-
vaniques. L'homme qui abuse longtemps de ses facultés intellectuelles
(et tous les écrivains en sont là), finit par contracter les manies les plus
extraordinaires, par se livrer aux habitudes physiques les plus étranges.

Nous ne parlerons point de la distraction des poëtes : chez eux, c'est la
maladie commune, c'est la règle; mais tous y joignent une ou plusieurs
singularités. Ce qui réjouit la foule, assez souvent les afflige; ce qui
l'afflige, les réjouit. Ils sont capricieux ou opiniâtres, gais ou moroses,
négligés ou coquets, bruyants ou taciturnes; chacun d'eux, en un mot, se
distingue par un travers particulier. Il en est même quelques-uns qui
poussent l'originalité... jusqu'à ressembler à tout le monde !

Ces manies éclatent principalement quand les auteurs composent, et
cela doit être. Toutes les fibres alors sont en mouvement, tous les ressorts
tendus, tous les nerfs contractés. C'est le moment d'ailleurs où ils échappent aux regards; c'est celui où ils peuvent être bizarres sans témoins,
extravagants sans contrôle.

Voici plusieurs faits que nous avons recueillis :

Jean La Fontaine fut un jour aperçu assis sous un arbre, par une pluie
battante, à six heures du matin; il fut trouvé, à huit heures du soir, au

même endroit et avec la même pluie, n'ayant ni bu ni mangé... il composait.

Rien ne ressemble moins au grand fabuliste que l'auteur de l'*Histoire naturelle*; rien aussi de plus différent que leur manière d'être. Quand Buffon rédigeait ces belles et nobles pages qui seront l'éternelle admiration des gens de goût, il avait devant lui un magnifique secrétaire en acajou; il portait l'habit de cour, l'épée horizontale, des manchettes et un jabot à dentelles. Il existait, comme on le voit, un accord parfait entre sa tenue grave et la majesté de son style.

J. J. Rousseau, en composant, aimait à voir la nature; il avait besoin de l'air des bois, de l'aspect des champs. « *La marche avive mes idées, et ma tête ne va pas sans mes pieds,* » a-t-il dit quelque part.

Pendant qu'il s'occupait à Ferney de sa tragédie de *Catilina*, Voltaire, pour mieux s'inspirer, s'était affublé d'une toge et déclamait ses vers avec de grands gestes au milieu de ses allées. A la vue de cet étrange costume, le jardinier s'étant permis un éclat de rire, son maître le chassa. Le lendemain madame Denis et tous les commensaux intervinrent, mais le seigneur de Ferney fut inflexible. On eut beau objecter que ce malheureux était père de famille; on obtint une pension, mais jamais Voltaire ne reprit à son service *un homme qui*, disait-il, *avait ri de Cicéron.*

Madame de Staël ne pouvait trouver une idée si elle ne roulait rapidement dans ses doigts une petite branche d'arbre ou une boulette de mie de pain. Cette boulette ou cette branche lui était indispensable; sans branche ou sans boulette, point d'inspiration.

L'illustre auteur de la *Mécanique céleste*, le géomètre Laplace, qui était aussi un écrivain distingué, jouait perpétuellement avec un écheveau de fil. Sa puissante intelligence se serait arrêtée faute de cet écheveau; et son valet de chambre, soigneux de sa gloire, venait tous les matins le lui glisser dans les doigts.

Diderot, quand il travaillait, ressemblait à un hiérophante, à une pythonisse échevelée. Il s'agitait, transpirait, gesticulait. Il se promenait à pas pressés, et sa perruque jouait surtout un grand rôle. Il la jetait en l'air, il la ramassait, s'en couvrait, la jetait encore; il poussait des cris étouffés et ressentait presque des attaques de nerfs. Un de ses confrères le surprit un jour tout inondé de larmes.

« Mon Dieu, lui dit-il, qu'avez-vous?

— Je pleure... d'un conte que je me fais. »

Lorsque le célèbre Kant professait à Kœnisberg, il avait, pendant la durée de sa classe, contracté l'habitude de fixer les yeux sur l'habit d'un de ses auditeurs. A cet habit manquait un bouton, et c'est l'endroit inoc-

cupé qui avait le privilége de concentrer es regards et d'attirer l'attention
du maître. Des fils imperceptibles, partant de cet endroit, allaient remuer
son cerveau et animer son improvisation. Il y avait six mois que duraient
ces relations intimes entre une place vide et le cerveau d'un grand philosophe ; l'étudiant dont il s'agit eut la fantaisie de faire remettre son
bouton. On n'imagine pas la consternation du pauvre Kant, lorsqu'à son
entrée dans sa chaire il aperçut le morceau de métal !... Il fut atterré, il
rougit, il pâlit, la chaîne de ses idées se brisa et sa leçon fut détestable !...

Un homme de talent, enlevé trop tôt à la littérature, avait un travers
bien singulier. Brault, auteur de *Christine*, jouée après sa mort en 1829,
ne pouvait versifier s'il n'avait sur lui certains habits qu'il gardait pré-
cieusement pour cet usage. Hier je me suis senti inspiré, disait-il quelquefois ; je suis vite revenu à la maison, j'ai mis mes vêtements de poëte,
et je suis allé au bois de Boulogne, où j'ai travaillé toute la journée. Or ses
vêtements de poëte se composaient d'une redingote râpée, d'un pantalon
délabré, d'un chapeau et d'un gilet à l'avenant. Tout cela tenait à peine
ensemble, et il s'effrayait sérieusement de l'idée que ce costume allait
bientôt lui échapper. Que deviendrai-je alors, s'écriait-il ? Je serai donc
obligé de renoncer à la carrière ?... Hélas ! il a moins duré que ses
haillons.

Au lieu de s'habiller d'une certaine façon, il est des écrivains qui éprouvent le besoin de se déshabiller ; témoin Picard, témoin Étienne. Quand
l'auteur des *Deux gendres* se sentait en verve, il rentrait précipitamment
chez lui, éloignait femme, enfant, domestique, fermait porte, fenêtres,
volets, et lorsqu'il avait ainsi obtenu le silence le plus profond, la solitude
la plus complète, il se mettait au lit et faisait des vers. Un seul de ces
détails venait-il à lui manquer, l'inspiration était paralysée !... Par une
opposition curieuse, lorsqu'il écrivait en prose, il aimait à être entouré ;
il a rédigé ses plus spirituelles pages au milieu du bruit et des conver-
sations.

De toutes les organisations d'artiste, la plus étrange peut-être a été celle
de Lesage, auteur de *Gil Blas* et de *Turcaret*. Ses facultés, surtout dans
les derniers temps de sa vie, se réglaient sur le soleil. Engourdies pendant les ténèbres, elles s'éveillaient avec cet astre ; elles s'élevaient graduellement à mesure qu'il s'élevait lui-même ; puis, par degrés encore,
elles décroissaient et disparaissaient avec lui. Si ce fait n'était pas constaté par mille témoignages, ne serait-on pas tenté d'y voir un des plus
ingénieux emblèmes que la mythologie grecque nous ait transmis ?

Il y a toujours des contrastes dans la nature : nous pouvons en opposer
un au premier de nos romanciers ; c'est l'exemple de l'historien Mézeray

Pour s'inspirer, celui-ci avait besoin des ténèbres, et, même pendant le jour, il ne composait qu'à la *bougie*. Tous ses appartements étaient clos, toutes ses pièces obscures, et, lorsque ses amis le visitaient il avait l'habitude, en plein midi, de les reconduire jusqu'à la rue, une lampe à la main.

Le peintre Girodet, que la littérature réclame, parce qu'il versifiait et qu'il y a d'ailleurs de la poésie dans sa peinture, était aussi un *artiste de nuit :* c'est la nuit surtout que la fièvre inspiratrice le saisissait. Alors il se levait en sursaut, faisait placer dans son atelier des lustres suspendus, se coiffait lui-même d'un vaste chapeau surmonté de bougies allumées, et c'est dans cet attirail qu'il travaillait. Le *Déluge, Galathée* et plusieurs chefs-d'œuvre ont été composés à la lueur des flambeaux.

V. J. Étienne, dit de Jouy, le spirituel *ermite de la Chaussée-d'Antin,* était constitué d'une autre façon et se signala par une autre manie. Plein de mémoire pour les ouvrages d'autrui, il en était complétement dépourvu pour les siens. Il savait par cœur tous nos poëtes, principalement Voltaire, et oubliait ses propres vers à mesure qu'il les faisait. C'est son château de la reine Blanche qui a vu naître une partie de ses tragédies, et ce fut dans la même allée qu'il les composa. A chaque extrémité de cette allée se trouvait un banc, et sur chaque banc un crayon et du papier. Il y avait le banc de la première rime et le banc de la seconde; car l'auteur de *Sylla* n'aurait pu sans cela atteindre la fin d'un seul distique! . Cette absence de mémoire pour lui-même donna lieu à une assez curieuse anecdote. Un jour, chez mademoiselle Contat, un homme d'esprit chanta devant Jouy une chanson en dix-huit couplets de la composition de Jouy lui-même, et ce père dénaturé ne reconnut pas ses enfants!... Il loua successivement et gravement tous les couplets comme s'ils n'étaient pas de lui; et mademoiselle Contat lui dit :

« *Grosse bête, vous ne savez donc pas que cette charmante chanson est de vous?* »

Le chantre de Philippe-Auguste, Parseval-Grandmaison, de l'Académie française, versifiait, comme beaucoup d'autres, en se promenant; mais il lui fallait, à lui, les plus rudes promenades, et c'est seulement quand son corps était bien las que ses idées devenaient bien fraîches. Un jour qu'il était sorti pour aller dîner chez un confrère, une pensée poétique l'assaillit en route. Il passa en conséquence devant la maison de son ami sans la voir, se dirigea machinalement vers les Tuileries et y fit des vers jusqu'à la nuit close, c'est-à-dire jusqu'à neuf heures du soir. Alors il rentra chez lui et se coucha. A peine fut-il endormi que des tiraillements d'estomac le réveillèrent. *Allons,* s'écria-t-il avec humeur, *voilà ma diable de gastrite qui me reprend! Du thé! vite du thé!* et il sonna sa gouvernante. Mais plus il buvait de thé, plus il sentait de tiraillements. Après quelques heures de ce manège :

« Vous avez donc bien dîné, lui demanda sa gouvernante? qu'avez-vous mangé!

— Je n'en sais rien... Mais, où ai-je donc dîné?

— Chez M. Lacretelle.

— Non, je n'ai pas dîné chez Lacretelle.

— C'est pourtant lui qui vous a invité!

— Je n'ai pas dîné chez Lacretelle... Mais peut-être que je n'ai pas dîné? »

En effet, il soupa à quatre heures du matin, et la gastrite disparut.

Quand le bonhomme Panard avait l'intention de faire quelque chanson. il allait aux Tuileries. Là, assis sur un banc, on le voyait remuer le sable avec sa petite canne à bec de corbin, et il semblait y chercher les jolis couplets qu'il composait avec tant de facilité. Une chose assez singulière, c'est que la canne se trouvait usée au-dessous de la pomme et d'un seul côté par le mouvement du pouce; il l'appelait sa *Lucine,* en ce qu'elle l'aidait à accoucher.

L'auteur auquel nous avons emprunté presque tous ces détails, Casimir Bonjour, était un de ceux qui ne trouvent point d'idées dans leur écritoire, et chez qui la vue d'une plume paralyse l'intelligence. Il travaillait dans les rues, dans les places, au milieu des fêtes publiques. Loin de le gêner, cette agitation extérieure lui plaisait, et le bruit de la foule l'animait sans le distraire. Il n'écrivait jamais, il confiait tout à sa mémoire, et, lorsqu'il avait fait des corrections, il pouvait successivement indiquer toutes les variantes.

« Un jour, dit-il dans un de ses ouvrages inédits, je me présente au comité de lecture du Théâtre-Français, et les vingt comédiens qui le composaient alors me demandent où est mon manuscrit.

— Je n'en ai point.

— Et pourquoi donc nous avez-vous réunis?

— Soyez tranquilles, messieurs, la séance ne sera pas perdue.

« Je leur récitai mes cinq actes. »

La même chose était arrivée une fois à Crébillon

C. 3.

CIV

LE MICROSCOPE DU P. TANNER

L'ignorance exagère tout ce qui peut l'effrayer. A la vue d'un objet inconnu, le premier mouvement de l'homme est toujours de le craindre. La Fontaine, qui a tout dit, nous en donne de frappants exemples dans les fables des *Bâtons flottants* et de l'*Animal dans la lune*.

Plusieurs écrivains nous récréent par des anecdotes relatives à ce sujet. Un auteur célèbre m'en fournit une qui m'a paru si singulière, que je ne puis résister au désir d'en faire le récit à l'appui de l'opinion précédente.

Le P. Tanner, jésuite allemand, allait de Prague à Inspruck, sa patrie, dans l'espoir que l'air natal pourrait lui rendre la santé, altérée par de longues études. Mais avant d'en avoir pu sentir les douces influences, il mourut à moitié chemin, dans le village d'Aldesheimberg. Aussitôt la justice du lieu se rend dans la chambre mortuaire. Elle se composait d'un clerc, d'un vieux bailli et d'un jeune homme, intendant du seigneur de l'endroit. Ces divers personnages procédèrent à l'inventaire détaillé de tous les objets laissés par le pauvre défunt. Quelques bouquins rendus précieux par l'âge, des instruments de chimie, un crucifix, des manuscrits indéchiffrables, formaient tout son héritage. Une boîte cependant avait échappé aux recherches de nos inquisiteurs, quand le clerc, homme d'un rare mérite et sacristain de la paroisse, la trouve au fond d'une malle. Étonné de sa structure singulière, il s'en empare, l'examine, la retourne dans tous les sens pour y trouver une ouverture. Elle se composait de bois et de verres. Il regarde enfin par l'un d'eux. Frappé tout à coup d'une terreur panique : c'est le diable lui-même, s'écrie-t-il avec effroi, et cet homme était un sorcier ! Le bailli, n'osant pas s'assurer du fait, s'en reposa sur le témoignage de son clerc. Mais le jeune intendant venait de finir ses cours à Gotha. Plein de l'esprit pointilleux des écoles, il fit, avant d'avoir passé à l'inspection de la boîte, de longs arguments pour prouver qu'il n'y avait plus ni diables ni sorciers sur la terre. Enfin, pressé par les instances du clerc, il approcha son œil de la lentille, puis, cherchant à déguiser sa frayeur : Ma raison, les connaissances que j'ai acquises dans mes études, m'empêchent d'ajouter foi à ce qu'avançait M. William. Aussi n'y vois-je maintenant qu'une nouvelle preuve de ce que disait mon professeur : le contenu, c'est un principe incontestable, ne peut être plus grand que le contenant. Cette boîte renferme un être vivant. puisqu'il se meut. Cet être. quel qu'il soit, est ensuite plus étendu que le coffret qui lui sert de logis. Or, comme il faut une puissance surhumaine pour renverser les lois de la nature et les principes que nous connaissons, cette puissance surhumaine, sous une forme aussi effrayante que celle qu'elle revêt en ce moment, ne peut être que le diable : donc celui qui le portait était un sorcier.

Un tel discours convainquit les assistants attirés de tous les points du pays par un fait aussi singulier. Quelques intrépides campagnards, déjà persuadés d'avance, jetèrent un coup d'œil rapide sur l'objet de la frayeur générale pour mieux s'assurer de son existence. Ils prétendirent alors qu'ils avaient vu le diable orné de cornes menaçantes; d'autres même l'avaient découvert entouré de flammes. Bref le malheureux jésuite fut gravement condamné par le bailli à être privé de la sépulture ecclésiastique. Le pauvre défunt ne pouvait plus se défendre...

Tout le village était occupé de cet événement, lorsqu'un philosophe prussien vint à passer par Aldesheimberg. C'était un homme plein d'instruction et d'humanité. Il s'informe de ce qui émeut ainsi les esprits. On le lui raconte, il se met à rire. On lui montre la boîte, il rit encore. On lui fait voir le diable, il rit encore plus fort. Tout le monde, et particulièrement les autorités, était rempli de la plus vive indignation. Peut-être notre incrédule allait-il se voir lui-même accusé et convaincu de sorcellerie. Mais lui, il pouvait parler. Aussi, prenant courageusement la boîte, se hâta-t-il d'expliquer à nos bonnes gens que c'était un *microscope*. L'ayant ouvert, il en fit sortir un petit insecte appelé *cerf-volant* qui avait eu l'honneur de passer dans ce village pour une des puissances de l'enfer. L'innocent animal se mit à courir sur la table; alors tout fut éclairci. On s'empressa de réhabiliter la mémoire du P. Tanner et d'accorder à son corps les honneurs de la sépulture. Puis chacun s'en retourna chez soi en riant, excepté le jeune échappé de collège, honteux de s'être vu convaincu d'une erreur aussi grossière devant d'aussi nombreux témoins.

« Laissez dire les sots, le savoir a son prix. »

ANONYME.

CV

LES DEUX ÉPIS

FABLE TIRÉE DES ŒUVRES MORALES DE PLUTARQUE

On lit dans un gros livre, à dos de parchemin,
   Un trait où brille une leçon utile,
Et que je veux, amis, s'il vous plaît, ce matin
   Vous raconter d'un ton simple et facile;
Même je serai court!... Voltaire, en vérité,
   Nous donne à tous un avis salutaire :
« En prose, en vers, dit-il, en finance excepté,
   Coupez, rognez; c'est le secret de plaire. »
Quoi qu'on en dise aujourd'hui, ce Voltaire
Avait du bon...
           D'un vaste champ de blé,
   Riche amour de Cérès la blonde,
Et que n'infestait pas le chardon étoilé,
Les épis attiraient tous les yeux à la ronde.
    Déjà le fermier dans son cœur
    S'ébaudissait; sa grange pleine
    Devait payer sa longue peine :
    Le gain console du labeur.
Deux de ces beaux épis, honneur de son domaine,
Bien au-dessus des autres s'élevaient,
Et, géants couronnés, sur l'opulente plaine,
    Au loin tous deux ils dominaient.
Pourtant l'un était droit, l'autre courbé. — « Mon père, »
Dit le fils du fermier, garçon de quatorze ans,
    Qui déjà travaillait aux champs,
    « Faut-il voir là quelque mystère?
Pourquoi, tandis que l'un dresse sa tête altière,
    L'autre la baisse-t-il ? » — Soudain
Son père lui répond : « Voici toute l'affaire :
C'est que l'un, mon enfant, est vide, et l'autre plein. »

   Si vous voyez, en parcourant la ville,
Un homme au maintien grave, à pied, le front penché,
A poursuivre une idée en silence attaché,
Et, marchant près de lui, d'orgueil empanaché,

Un de nos élégants, esprit léger, futile,
Le front superbe et haut... Du bon Plutarque, amis,
Rappelez-vous les deux épis.

F.:, T. L.

CVI

CHARLES-QUINT

Les circonstances où Charles-Quint se trouva placé dès son avénement
à la couronne le mirent dans l'alternative ou de perdre une partie de ses
États ou de déployer constamment les ressources de la guerre et de l'art
de négocier. D'un côté, la possession usurpée de la Navarre l'exposait aux
agressions de la France; de l'autre, il était en contact avec la même puissance par ses États héréditaires de Bourgogne. Pendant ses voyages dans
les Pays-Bas, des troubles compromettaient sa couronne d'Espagne, et
pendant son séjour en Espagne, ses sujets flamands se révoltaient. Possesseur de Naples et de la Sicile, il avait besoin de l'affection du pape, qui
lui demandait des rigueurs contre la réforme. tandis que la guerre avec
Soliman lui rendait indispensable l'alliance des princes réformés pour
repousser l'invasion des Turcs. Afin de faire pencher en sa faveur la balance contre François Ier, il avait à captiver l'esprit de Wolsey, premier
ministre de Henri VIII, lequel aspirait à la tiare. en même temps qu'il
faisait donner cette dignité à son précepteur Adrien. Cette divergence
d'intérêts et de passions qu'il dut concilier par l'adresse ou enchaîner par
la force, fit de la vie politique de Charles-Quint une longue agitation, une
suite non interrompue de traités, de guerres et de voyages. Enfin, après
avoir chassé François de la Navarre et du Milanais, asservi l'esprit turbulent et libre de ses Espagnols, apaisé ses Flamands, garanti la sûreté de
l'Allemagne contre la Turquie, soumis Tunis, combattu la réforme, sans
avoir peut-être jamais donné un plan suivi à ses conquêtes; épuisé de
tant d'efforts d'esprit et de fatigues de corps, il transmet à son fils la propriété de son immense empire et échange les agitations d'un palais contre
le repos d'un cloître.

H. ADER.

CVII

L'ÉCUREUIL

Ce petit animal se fait admirer par l'élégance de ses formes et la vivacité de son humeur; quoique naturellement sauvage, il est aisé à appri-
voiser et, malgré son extrême timidité, il devient familier.

Sa nourriture ordinaire se compose de fruits, d'amandes, de noisettes,
de farine et de glands. Il est propre, leste, vif, très-alerte, très-éveillé,
très-industrieux; il a les yeux pleins de feu, la physionomie fine, le corps
nerveux, les membres très-dispos. Sa jolie figure est encore rehaussée par
une fort belle queue en forme de panache, qu'il relève jusque par-dessus
sa tête, et sous laquelle il se met à l'ombre. Il est pour ainsi dire moins
quadrupède que les autres animaux; il se tient ordinairement assis, presque debout, et se sert de ses pieds de devant comme d'une main pour
porter à sa bouche; au lieu de se cacher sous terre il est toujours en l'air :
il approche des oiseaux par sa légèreté; il demeure comme eux sur la cîme
des arbres, parcourt les forêts en sautant d'un arbre à l'autre, y fait son
nid, cueille les graines, boit la rosée, et ne descend à terre que quand les
arbres sont agités par la violence des vents. Il craint l'eau plus encore que
la terre, et l'on assure que lorsqu'il faut la passer il se sert d'une écorce
pour vaisseau et de sa queue pour voile et pour gouvernail. Il ne s'en-
gourdit pas comme le loir pendant l'hiver; il est en tout temps très-éveillé,
et pour peu que l'on touche au pied de l'arbre sur lequel il repose, il sort
de sa petite bauge, fuit sur un autre arbre ou se cache à l'abri d'une
branche. Il ramasse des noisettes pendant l'été, en remplit les troncs, les
fentes d'un vieil arbre, et a recours en hiver à ces provisions; il les cherche aussi sous la neige, qu'il détourne en grattant.

On entend les écureuils, pendant les belles nuits d'été, crier en courant
sur les arbres les uns après les autres. Ils semblent craindre l'ardeur du
soleil; ils demeurent pendant le jour à l'abri dans leur domicile, dont ils
sortent le soir pour s'exercer, jouer et manger : ce domicile est propre,
chaud, impénétrable à la pluie; c'est ordinairement sur l'enfourchure
d'un arbre qu'ils l'établissent; ils commencent par transporter des bu-
chettes qu'ils mêlent, qu'ils entrelacent avec de la mousse; ils la serrent
ensuite, ils la foulent, et donnent assez de capacité et de solidité à leur
ouvrage pour y être à l'aise et en sûreté avec leurs petits; il n'y a qu'une
ouverture vers le haut, juste, étroite, et qui suffit à peine pour passer;
au-dessus de l'ouverture est une espèce de couvert en cône, qui met le

tout à l'abri et fait que la pluie s'écoule par les côtés et ne pénètre pas.

L'écureuil est un animal toujours aux écoutes, toujours aux aguets; on assure que si l'on touche seulement au pied de l'arbre où il se trouve, il quitte aussitôt son nid et parcourt ainsi une grande étendue de la forêt qu'il habite, jusqu'à ce qu'il soit parfaitement hors de danger. Après s'être éloigné de cette manière pendant quelques heures à une distance considérable, lorsque l'alarme est passée, il revient à son gîte par des chemins impraticables pour tout autre quadrupède. En général, il saute de branche en branche, en franchissant de grands intervalles; et si parfois il est obligé de descendre d'un arbre, il va grimper au plus prochain et le fait avec une prodigieuse facilité.

Dans les pays septentrionaux les écureuils changent de couleur à l'approche de l'hiver et deviennent parfaitement gris. Il est à remarquer que ce changement s'effectue dans ces climats, même lorsque ces animaux sont tenus dans des endroits échauffés par des poêles. Les écureuils se trouvent dans presque tous les pays; mais ils sont plus nombreux que par tout ailleurs dans toutes les contrées du nord et dans les pays tempérés.

L'écureuil gris est environ de la grosseur du lapin, et ressemble beaucoup, par ses formes et ses manières, à l'écureuil ordinaire; son poil est d'un gris mêlé de noir, et chaque côté de l'animal est marqué d'une raie rouge qui s'étend sur toute sa longueur. Ces écureuils changent souvent de demeure, et quelquefois on ne peut pas en rencontrer un seul pendant un hiver entier dans des endroits où il y en avait par milliers l'année précédente. Dans leur migration d'un pays à l'autre, ils se trouvent quelquefois obligés de traverser un lac ou une rivière, et ils le font en pleine sécurité par un temps calme; mais si le vent est fort et s'il s'élève des vagues, il en périt de trois à quatre mille à la fois dans la traversée.

Ces écureuils causent beaucoup de dommages dans l'Amérique septentrionale, et surtout dans les plantations de maïs; ils montent sur les épis et les coupent en deux pour en manger la moelle: ils arrivent quelquefois par centaines dans un champ et le détruisent souvent dans une nuit. Dans l'état de Maryland chacun des habitants était obligé, il y a quelques années, de fournir par an quatre écureuils, dont les têtes, pour prévenir toute espèce de fraude, étaient livrées à l'inspecteur général du pays. Dans les autres provinces toute personne qui tuait un écureuil recevait une récompense du trésor public.

Ils font ordinairement leurs nids dans les trous des arbres, avec de la paille, de la mousse et autres substances légères, et se nourrissent de glands, de pommes de pin, de maïs, ainsi que de différentes espèces de fruits qu'ils déposent dans des trous sous les racines des chênes, et dans d'autres endroits. Il est très-difficile de les tuer, à raison de ce qu'ils changent si lestement de place sur les arbres, qu'ils éludent le coup de fusil du plus adroit chasseur. Il est des gens qui en mangent la chair et qui la trouvent très-délicate. Leurs peaux servent en Amérique à fabriquer des souliers pour les dames, et s'importent quelquefois en Angleterre, où l'on en fait des doublures et des revers de mantes.

L'*écureuil volant* se distingue particulièrement par une membrane velue qui s'étend presque tout autour de son corps, et l'aide à sauter d'un arbre à un autre; sa tête est petite et ronde, sa lèvre supérieure tendue, ses oreilles petites et nues; il a la partie supérieure de son cou brun cendré, et le ventre d'un blanc mêlé de fauve.

Les écureuils volants se réunissent toujours par bandes; on en voit plusieurs sur le même arbre, qu'ils ne quittent jamais volontairement pour courir à un autre et où ils se tiennent constamment sur une de ses branches. Ils dorment pendant le jour, mais à l'approche de la nuit ils sont très-vifs et très-pétulants. En sautant à une distance considérable, ils écartent leurs jambes de derrière et étendent leur membrane latérale, qui leur fait présenter plus de surface à l'air et les rend plus légers. Malgré ce soutien ils ont toujours besoin des branches inférieures de l'arbre sur lequel ils sautent, attendu que leur poids les empêche de se maintenir dans une ligne horizontale. Parfaitement instruits de cet effet de la gravitation de leur corps, ils ont soin de monter assez haut dans l'arbre sur lequel ils sont pour se préserver de tomber par terre en sautant; leurs membranes, quand elles sont étendues, agissent alors sur l'air à peu près de la même manière que le cerf-volant, et non pas par coups répétés comme les ailes d'un oiseau. Par la raison que ces animaux sont naturellement plus pesants que l'air, ils doivent nécessairement descendre: la distance à laquelle ils peuvent sauter dépend donc entièrement de la hauteur de l'arbre sur lequel ils se tiennent.

Un voyageur nous apprend que la première fois qu'il vit un troupeau de ces quadrupèdes, il s'imagina que c'étaient des feuilles d'arbres emportées par le vent; mais il fut bientôt désabusé en en apercevant un grand nombre qui se suivaient les uns les autres dans la même direction.

On les apprivoise facilement, et ils deviennent bientôt familiers. Cet animal aime la chaleur et se plaît à se fourrer dans la manche ou dans la poche de son maître. Si celui-ci le pose à terre, il manifeste à l'instant le déplaisir que cela lui cause en remontant aussitôt se nicher dans ses vêtements.

On trouve ces animaux dans toutes les régions du nord de l'ancien et du nouveau continent; mais ils sont plus nombreux en Amérique qu'en Europe.

Traduit de l'anglais de sir TOM SMITH.

CVIII

EXPÉRIENCES CURIEUSES

SUR LA GRANDE CONDUCTIBILITÉ DES MÉTAUX

Voici quelques expériences assez curieuses qui mettent en relief la grande conductibilité des métaux, comparée à celle des substances organiques.

Si l'on entoure de fil un morceau de métal, une grosse clef par exemple, on peut la jeter au feu, et l'y laisser quelque temps sans que le fil brûle. Une boîte de montre, une cuillère d'argent, enveloppées d'un linge très-serré et ne formant pas de plis, supportent aussi la flamme d'une bougie pendant un temps assez considérable sans que le tissu éprouve la moindre altération. Voici comment on explique ce phénomène : la flamme donne la majeure partie de sa chaleur au métal, qui, bon conducteur, l'éparpille rapidement dans toute sa masse; de cette manière sa surface reste assez longtemps privée de chaleur sensible, et au contact de ce corps froid, la température de la flamme s'abaisse suffisamment pour être incapable de dénaturer la substance végétale. Mais là où cette substance forme des plis, et cesse par conséquent d'être en contact avec le métal, elle ne se trouve plus préservée par lui de l'action du feu.

Si l'on enveloppe une balle de plomb dans une feuille de papier serré, et qu'on suspende cet ensemble au-dessus de la flamme d'une bougie, à distance convenable, la balle finira par s'échauffer jusqu'au point de fusion du métal avant que le papier subisse la moindre altération. Le plomb liquéfié coulera en perçant le papier, mais celui-ci n'aura pas pris feu. La théorie de cette expérience curieuse est la même que dans le cas précédent; seulement ici on profite de la grande fusibilité du plomb.

On fait une expérience encore fort digne d'attention, analogue à celle-là en apparence, mais qui ne repose pas entièrement sur le même principe. On prend une carte dont on pince les coins et dont on relève les bords de manière à former un petit plat, dans lequel on met une couche de sucre pulvérisé : si l'on tient quelque temps cet appareil au-dessus de la flamme d'une bougie, le sucre fond et passe à l'état de caramel sans que le papier brûle ; à peine est-il légèrement charbonné à sa surface. Ceci résulte de ce que la température nécessaire à la fusion du sucre est notablement inférieure à celle qui produirait la décomposition du papier.

DESDOUITS, *Physique en action.*

CIX

LES ORIGINES DE LA LANGUE FRANÇAISE

Quand les armées romaines envahirent la Gaule, les peuples vaincus adoptèrent les coutumes et le langage des vainqueurs. Les Francs, au contraire, après la conquête, préférèrent à leur idiome grossier le langage harmonieux des Romains. Ainsi le latin succéda à la langue celtique ; il devint la langue vulgaire, en même temps qu'il était la langue légale et savante des nations. Les Gaulois néanmoins conservèrent dans l'usage commun un grand nombre de mots de leur antique idiome. Le latin, déjà corrompu par cet inévitable mélange, le fut bientôt davantage, lorsque les Sicambres et les Francs y firent entrer, tout en l'adoptant, plus d'un débris de leur langue tudesque.

De l'amalgame du latin, du celte et du tudesque est née cette langue *romane* ou *romance*, mère à son tour du français que nous parlons aujourd'hui. La collision des langues, a-t-on dit, étouffe la plus faible et blesse la plus forte. Ordinairement la chose se fait au profit d'un tiers langage qui résulte de cet engagement : c'est ce qui arriva.

Du sein de cette société de Gaulois, de Romains et de Francs, sortirent un peuple nouveau qui devait effacer leur gloire, et une langue nouvelle qui devait un jour régner dans toute l'Europe par l'ascendant de son heureux génie. Mais elle ne fut d'abord qu'un jargon barbare, connu dans les provinces du nord sous le nom de *roman wallon*. Ce n'était pas encore le mauvais français des âges suivants ce n'était ni le tudesque, ni le celte, ce n'était plus le latin.

Le plus ancien monument de cette langue est le traité authentique conclu entre Charles le Chauve et Louis le Germanique vers le milieu du neuvième siècle, environ trente ans après la mort de Charlemagne. Dès lors se montrent déjà plusieurs des caractères particuliers de notre langue ; on y ressent l'influence de l'idiome septentrional dans la brièveté des mots et le redoublement des consonnes. Les articles vinrent bientôt et constituèrent une des différences les plus essentielles qui séparent notre langue de la langue des Romains.

Le latin, dans toute l'étendue de la France, avait donc fait place au *roman*, qui ne tarda pas à prendre divers caractères avec des noms divers. Dans le nord, la langue des Francs entreprit davantage sur celle des Gallo-Romains ; elle lui communiqua toute sa rudesse, et on l'appela, comme nous venons de le dire, le *roman wallon ;* dans le midi, au contraire, des relations moins fréquentes avec les provinces conquises par les Sicambres, et surtout une organisation plus sensible à l'harmonie, durent conserver dans le roman les mots et les terminaisons sonores de la langue qu'il remplaçait ; le latin adoucit l'âpreté de la langue tudesque, et le dialecte méridional en prit une sorte de mollesse qui devint son caractère essentiel ; il s'appela le *roman provençal.* Dans le douzième siècle, le roman wallon et le roman provençal prirent les noms de *langue d'oïl* et de *langue d'oc*, noms empruntés à des manières différentes d'y prononcer le même mot.

Du roman provençal ou langue d'oc se sont formées les trois langues les plus harmonieuses de l'Europe, l'italien, l'espagnol et le portugais ; le roman wallon donna naissance à notre français. Partagé en ces deux dialectes, le roman se divisa bientôt en beaucoup d'autres ; chaque province eut le sien, c'est l'origine de nos différents patois, dans lesquels on retrouve beaucoup de mots de la langue qui les forma. Mais le roman provençal, faible de sa propre nature, ne put s'établir ni se répandre ; il s'éteignit après avoir brillé d'un éclat passager. Il en fut tout autrement du roman wallon ; à sa naissance il était rude et grossier, il est vrai, mais il était vigoureux et le grand nombre de mots composés jetait déjà quelque variété dans la prononciation. On sentit plus tard le besoin d'assouplir cet idiome qui devenait la langue d'un grand peuple ; on lutta contre sa dureté, et dans ce travail, qui fut pénible et long, il s'épura insensiblement. La recherche de l'élégance produisit la netteté de la pensée, et en tourmentant les mots on perfectionna le tissu des idées. La langue, en s'adoucissant, donna naissance à une littérature plus exacte et plus sévère ; jalouse de son indépendance, elle ne se laissa pas corrompre par les idiomes voisins, et cette *gueuse fière*, comme disait Voltaire, sut s'approprier tout ce qu'elle crut devoir leur emprunter. Elle garda ses terminaisons, et avec elles son caractère primitif ; elle se défit de sa grossière rudesse en même temps qu'elle se défendit des molles atteintes des langages méridionaux ; elle ne fut ni sifflante comme l'anglais, ni gutturale comme l'allemand, ni chantée comme l'italien ; seule entre toutes, elle fut véritablement parlée, et c'est en partie à ce trait distinctif qu'elle doit son universalité.

ANONYME. (Extrait d'un cours de littérature française.)

CX

SONGE D'UN PHILOSOPHE

CONTE

Les philosophes sont sujets à rêver; un d'eux fit dernièrement un songe que je vais vous raconter :

« L'esprit encore échauffé, me disait-il, par la lecture de Tacite et du président de Thou, je m'endormis tout en déplorant les malheurs de l'espèce humaine. Je crus voir se dérouler sous mes yeux le tableau des vicissitudes du globe : je fus tout à coup transporté au berceau du monde.

« On sait que dans l'âge d'or tous les hommes étaient parfaitement raisonnables; mais bientôt le meilleur et le plus sage des mondes devint une espèce d'hôpital de fous. Par bonheur, Jupiter eut pitié de notre pauvre espèce et nous envoya, pour nous guérir, Esculape, fils d'Apollon. Esculape, en nous appliquant des remèdes conformes à nos tempéraments, réussit à modifier si bien la folie de chaque individu que, même depuis lors, elle peut, dans l'occasion, contribuer à la gloire, au bonheur de la société. Il est vrai que, pour atteindre ce but, nous avons besoin d'habiles docteurs qui sachent, à l'exemple d'Esculape, faire usage de calmants et maîtriser ou plutôt diriger avec art les passions; car, lorsque nos cervelles (et c'est fort souvent le cas) sont gouvernées par des médecins ignorants ou maladroits, nous retombons brusquement dans le désordre, et de nouveau nous nous livrons à tous les excès, jusqu'à ce que, profitant de notre lassitude, un heureux génie, un disciple d'Esculape vienne encore nous prêter assistance et nous rendre à la raison. »

Après m'avoir fait part de cette vision, mon philosophe s'écria : « O Titus, Trajan, divin Marc Aurèle, bon Henri IV, immortelle Marie-Thérèse, vous tous à qui l'univers doit des jours de gloire et de prospérité... véritables élèves d'Esculape, pourquoi n'êtes-vous pas toujours les médecins du genre humain? Puisse Jupiter, dans sa clémence, n'envoyer que des princes formés à votre école et nourris de vos maximes pour gouverner notre malheureuse planète, et la préserver désormais de la funeste influence des charlatans, ainsi que des révolutions qui en deviennent les suites inévitables ! »

Certes, mon philosophe avait raison et ce vœu était celui d'une belle âme, mais il oubliait que le plus souvent ce sont les malades qui mettent en déroute la prudence et l'habileté du médecin.

Le baron DE STASSART.

CXI

VIOLETTES

La source du bonheur le plus pur est dans l'habitude des actions de bonté.

—

Nos champs sont les corbeilles du monde.

—

Aimez et l'on vous aimera.

—

Les délices de la chasteté, les délicatesses de la pudeur : deux gloires de la jeune fille.

—

Les étoiles sont les yeux du ciel.

—

Donnez afin de devenir meilleurs.

—

Il y a une vertu dans les regards d'un grand homme.

—

La campagne donne à l'âme une délicieuse sensation de fraîcheur et de silence.

—

Il y a de la douceur à pleurer sur des maux qui n'ont été pleurés de personne.

—

Mon cœur me l'avait dit : toute âme est sœur d'une âme.

—

Le bonheur ici-bas est une heureuse illusion que la Sagesse réalise dans l'éternité.

—

On ne meurt pas quand on s'aime, on s'absente.

—

Gloire à Dieu ! Paix au travailleur !

ADÈLE NOEL (Mme FERD. P. O.).

CXII

DESCRIPTION D'UNE CHAUMIÈRE DES POLDERS [1]

(Ce morceau est extrait d'un ouvrage intitulé : *Notes sur la Nord-Hollande*, publié à Bruxelles, sans nom d'auteur.

Plusieurs de ces habitations ont, du côté du chemin, la chambre fameuse qui ne s'ouvre que trois fois par génération, au *baptême*, au *mariage* et à *la mort*. Les propriétaires ont pris au reste un moyen sûr contre la tentation de l'ouvrir trop souvent, la porte est clouée, et de plus, élevée de deux pieds au-dessus du sol. On place au-devant un escalier mobile chaque fois qu'on veut s'en servir. Madame de Genlis assure avoir été admise dans l'intérieur d'un de ces appartements; la maison où nous descendîmes n'en offrait point de semblable; sur le devant était une porte pleine, *ouverte*, et en dedans de celle-là une petite demi-porte en carreaux, *fermée*. Derrière ce retranchement se tenait la maîtresse du logis; nous entrâmes, et comme nous nous attendions à trouver une pièce de parade, son éclat nous étonna peu. Une provision de petites pantoufles brillantes était rangée des deux côtés de l'entrée; le plancher se composait de briques vernies à s'y mirer; les chaises étaient faites de roseaux et de crins tressés de diverses nuances; les murs, peints des plus vives couleurs, étaient couverts de tableaux de différents genres; au milieu se trouvaient des tables revêtues de cuir doré et de toile cirée; la cheminée était doublée à l'intérieur de plaques de porcelaine peinte qui ne paraissaient pas avoir jamais senti la fumée, et son chambranle tout entouré d'un feston d'indienne gommée, d'un pied à dix-huit pouces de haut; les glaces, placées dans différentes parties de la chambre, avaient la même toilette. Enfin tout ce qui dans cette chambre pouvait porter quelque chose (et surtout le dessus de la cheminée) était des porcelaines de la plus grande beauté. Comptant arriver à des traces de vie, nous passâmes à la pièce suivante; c'était le même éclat, le même silence et la même immobilité. Sans l'absence totale de poussière, on aurait cru que personne ne s'était approché des meubles depuis cent ans. C'était cependant là, ainsi que dans la première pièce, que couchait la famille, et cela dans des espèces de boîtes ou d'armoires cachées dans la cloison, et qui étaient, comme les lits d'un vaisseau, placées l'une au-dessus de l'autre, complétement dissimulées par de petites portes aussi brillamment peintes que le reste de la boiserie, et offrant, quand on ouvrait ces portes, une

1. Le mot *polder* se dit de vastes plaines des Pays-Bas qui sont protégées par des digues.

ouverture de deux pieds en tous sens, tout encadrée de festons et de dentelles; elles paraissaient beaucoup plus destinées à la niche d'un saint qu'à la couche habituelle d'un paysan hollandais. La troisième pièce, encore plus remarquable, était garnie de grandes armoires en marqueterie du plus beau poli, et de tapis semblables à ceux des Indes. Décidés à trouver du désordre, nous parvînmes à une grande hutte servant de garde-meubles, de remise, de laiterie, en un mot, de théâtre de toutes les opérations les moins élégantes du ménage; il n'y avait pas autant de glaces, de rideaux, de vernis qu'ailleurs; mais l'ordre et la propreté de tous ces instruments et de tous ces meubles, qui étaient bien ceux du service journalier, paraissaient peut-être encore plus remarquables : c'étaient des qualités prises sur le fait. Nous arrivions précisément au moment où l'on allait traire les vaches : on les rassemble à cet effet dans une partie séparée de la prairie, entourée d'eau de toutes parts, hormis du côté par lequel elles y entrent et qu'on ferme d'une forte barrière ; elles restent là réunies fort près les unes des autres, au nombre de vingt-cinq à quarante; on leur attache les pieds de devant, mais d'ailleurs elles sont parfaitement libres. Ces fermes sont en moyenne de vingt à trente hectares, la plupart en prairies; elles nourrissent quinze à vingt-cinq vaches et environ deux cents moutons. Une de ces vaches, prise au hasard et mesurée exactement, avait quatre pieds de hauteur au garrot. On les trait jusqu'à trois fois par jour, et elles donnent douze à dix-huit pintes de Paris; le fromage qu'on fabrique se vend de trois à quinze sous de France la livre, tant il y a de nuances dans sa fabrication.

CXIII

LE TÉLÉGRAPHE.

(SUITE ET FIN)

L'idée de transmettre des signaux à distance, à l'aide du fluide électrique, est assez ancienne. Mais ce ne fut qu'après la découverte des propriétés électro-magnétiques de l'électricité que le TÉLÉGRAPHE ÉLECTRIQUE parut d'une application facile. A peine OErsted eut-il fait connaître ce fait fondamental, *qu'un courant électrique fait dévier l'aiguille aimantée de sa position naturelle*, qu'Ampère pensa qu'on pouvait l'utiliser au profit de la télégraphie. Ce moyen fut effectivement employé, en 1834, par

MM. Gauss et Weber, pour mettre en communication le cabinet de physique et l'observatoire de Gœttingue. Quelques années après Wheatstone, en Angleterre, et Morse, en Amérique, portèrent la télégraphie électrique presque à la perfection. Il y a maintenant un grand nombre de télégraphes électriques. Tous fonctionnent de diverses manières. On peut cependant les ranger dans deux classes principales : ceux qui écrivent la dépêche, et ceux qui se bornent à la placer, une fois pour toutes, sous les yeux d'une personne chargée de veiller aux divers mouvements de l'appareil. La plupart de ces télégraphes reposent sur le principe suivant : si l'on prend une lame de fer doux ou de fer ordinaire, qu'on enroule un fil de cuivre isolé sur cette lame comme sur une bobine [1], et qu'on fasse communiquer les deux bouts de fil avec les deux pôles d'une pile [2] en activité, aussitôt ce fer doux se transformera en un aimant puissant. Comme tel, il attirera le fer tant que la relation du fil avec la pile restera établie; mais, vient-on à interrompre cette communication, le fer doux, qui n'a pas de force coercitive, perd à l'instant son état magnétique et repasse à l'état naturel.

Pour nous rendre plus intelligibles, plaçons une pile à Paris, et étendons son fil conducteur jusqu'à Lyon. Supposons qu'à Lyon il soit roulé

1. On conçoit l'importance de cette disposition du fil; l'hélice devient un vrai multiplicateur, car les diverses parties de ce courant circulaire exercent des actions concourantes.

2. La *pile voltaïque* est un appareil destiné à accumuler l'électricité du contact. Elle se forme avec deux corps bons électromoteurs, des disques de cuivre et de zinc, par exemple, et un troisième corps bon conducteur et peu électromoteur, tel que l'eau acidulée. On met l'un des métaux, le cuivre si l'on veut, en communication avec le sol; au-dessus on place un disque de zinc; par dessus celui-ci une rondelle de drap humide, puis on continue à superposer les trois corps dans le même ordre : cuivre, zinc, rondelle humide; cuivre, zinc, etc. Chaque plaque circulaire forme un élément de la pile; deux éléments, l'un de cuivre, l'autre de zinc, simplement en contact ou soudés ensemble, constituent un *couple*. L'extrémité qui se termine par le zinc s'appelle le *pôle zinc* ou *pôle positif*, celle qui se termine par le cuivre se nomme le *pôle cuivre* ou *pôle négatif*. La pile qui vient d'être imaginée se nomme pile à *colonne*. La *pile à auges* est formée d'une caisse rectangulaire en bois épais, sur les faces intérieures et opposées de laquelle sont pratiquées des rainures parallèles et verticales. Dans ces rainures on dispose des couples rectangulaires, composés chacun d'une plaque de cuivre soudée avec une plaque de zinc, puis on les assujettit à l'aide d'un mastic isolant. L'intervalle qui sépare deux couples forme une *auge*. C'est dans toutes ces petites auges qu'on verse le liquide acidulé qui doit servir de conducteur et remplacer ainsi les rondelles de drap humide de la pile à colonne. Pour faire communiquer les deux pôles, on met dans les deux dernières auges des plaques de cuivre armées de fils métalliques.

Par suite de la réunion des deux pôles d'une pile par un fil conducteur (réunion qui, pour la pile à colonne, ne se produira qu'autant qu'elle sera isolée), les deux fluides contraires accumulés aux extrémités de la pile se recomposeront à travers ce corps; l'équilibre électrique de l'appareil se trouvera détruit; mais à chaque instant la force électromotrice tendra à le reproduire, et le fil conjonctif sera incessamment traversé par deux courants opposés, l'un de fluide positif, l'autre de fluide négatif.

16

autour d'un cylindre en fer doux, et qu'il revienne ensuite à Paris. Quand
nous ferons communiquer cette seconde extrémité du fil avec le second
pôle de la pile, le fer doux sera aussitôt aimanté.

Existe-t-il alors, à une faible distance de ce fer doux, un petit disque de
fer ordinaire, ce dernier se trouvera attiré.

Si enfin ce même disque est retenu par un ressort, la tension de celui-ci
fera revenir le disque à sa position première, quand on suspendra le
courant, en retirant de la pile, à l'aide d'une *clef*, l'une des extrémités
du fil.

On pourra donc, du point où est placée la pile, et même d'un lieu quelconque du circuit, communiquer à la lame mobile, en interrompant et
rétablissant tour à tour le courant électrique, un mouvement de va-et-vient
à l'aide duquel il sera facile de transmettre des signes. Supposons que ce
mouvement soit utilisé pour faire mouvoir l'aiguille d'un cadran vertical;
cette dernière s'arrêtera sur les signes télégraphiques comme l'aiguille
d'un cadran d'horloge le fait sur les heures. Qu'un autre cadran, portant
les mêmes signes que le premier et dont l'aiguille puisse se manœuvrer
avec la main, se trouve à l'autre extrémité du courant; si on fait parcourir
une partie du cadran à cette aiguille, celle du *récepteur* prendra exactement
le même mouvement. Ainsi, que l'aiguille du *manipulateur*, en tournant
toujours dans le même sens, s'arrête simultanément sur les lettres
P, A, R, I, S, la seconde aiguille fera de même, et l'on aura transmis
le mot PARIS, d'une station à l'autre. Vient-on à substituer, à l'aiguille du
récepteur, un crayon qui trace des empreintes sur un morceau de papier,
on obtient alors le télégraphe *enregistreur*.

D'après ce qui précède, un appareil télégraphique se compose donc
essentiellement d'une pile, d'un aimant, d'un mécanisme appelé clef, et de
deux fils métalliques non interrompus, fixés aux deux pôles de la pile, et
qui passent par l'aimant et la clef. Cette dernière, on l'a compris, sert à
ouvrir et à fermer le circuit.

Les fils qui unissent les stations télégraphiques se disposent de deux
manières : sous terre, ou sur des poteaux, à quelques mètres au-dessus du
sol. Cette dernière méthode, adoptée en France, est incontestablement la
meilleure. Elle rend les réparations plus faciles, et dispense d'isoler les fils
suivant toute leur longueur. Dans le principe on croyait qu'il était nécessaire,
avec ce procédé, de revêtir les fils conducteurs de coton et de gomme
laque, comme les fils des hélices; mais bientôt on a supprimé, par mesure
d'économie, cette couverture; seulement on a eu soin de placer les fils à
distance les uns des autres, et de les poser sur des appuis, mauvais conducteurs du fluide électrique. Tel est l'office des plaques de verre ou de

porcelaine fixées au sommet des poteaux qui sur les voies ferrées jouent le rôle de supports.

Nous avons vu que, pour que le courant fût continu, il fallait faire usage d'un fil double. On élude cette condition en considérant le sol comme conduisant l'électricité. Dès lors, il n'est pas nécessaire d'employer deux fils isolés pour former un circuit entre un récepteur et un manipulateur télégraphiques; un seul fil suffit, pourvu que chaque extrémité soit en relation avec une lame métallique, plongeant à une certaine profondeur du sol. Le courant part du pôle positif de la pile placée à la station de départ, se transmet au point d'arrivée, et revient, en suivant le sol, au pôle négatif de la même pile. La terre complète donc ainsi le circuit. Mais si le fil conservé suffit à la correspondance dans les deux sens, il faut que chaque station possède l'appareil nécessaire à l'envoi de la dépêche et celui qui a pour mission de la recevoir.

Lors des premières applications du télégraphe électrique, il en coûtait beaucoup pour isoler les fils souterrains. Ainsi, il fallait d'abord les couvrir de coton et de gomme laque, puis les introduire dans des tuyaux qui, malgré toutes les précautions prises, ne pouvaient les garantir de l'humidité. Aujourd'hui, on les isole très-bien en les disposant dans un fourreau de gutta-percha. Cela permet de supprimer les conduits, et même de jeter les fils au fond de l'eau, s'il s'agit de réunir deux rives opposées.

Les fils des télégraphes sous-marins, ceux surtout qui relient Douvres et Calais, ne sont pas isolés différemment. C'est de cette manière que l'Europe et l'Amérique viennent d'être mises à quelques heures de distance, et qu'on pourra un jour intimement rattacher tous les points du globe. Dans la communication établie entre l'Europe et le nouveau monde, la route choisie pour faire traverser l'Océan au fil télégraphique a seize cent quarante milles d'étendue d'un point à l'autre, c'est-à-dire de Valentia, sur la côte d'Irlande, à Saint-Jean de Terre-Neuve. La plus grande profondeur de l'eau, sur ce long parcours, va jusqu'à deux milles (anglais) un tiers (un mille vaut seize cent dix mètres). Le câble est de forme composée; chacun de ses fils présente un demi-pouce d'épaisseu son poids atteint dix-huit quintaux par mille.

Ainsi se réalise la plus étonnante des merveilles : l'anéantissement de la distance pour les intelligences.

On a vu plusieurs fois, en Amérique et en Angleterre, deux amateurs d'échecs, éloignés de cinquante lieues, faire leur partie à l'aide du télégraphe, tout aussi facilement que s'ils s'étaient trouvés assis à la même table. Pendant l'affreuse tourmente du 5 décembre 1846, dit M. Vail, auteur d'un ouvrage sur le télégraphe américain, au milieu de l'obscurité de la nuit, alors que la tempête soufflait avec rage, une société réunie dans une chambre, à Washington, jouait paisiblement une partie d'échecs avec une autre société de Baltimore; le télégraphe agissait malgré le vent, la pluie, l'orage et les ténèbres. — Dès 1854, le discours de la reine d'Angleterre parvint à Bristol et à Liverpool avec une étonnante célérité. La reine achevait de parler à deux heures trente minutes; et, quarante-cinq minutes après, ce discours avait été copié, transmis par le télégraphe à Bristol, recopié et imprimé. A six heures du soir, deux mille exemplaires étaient écoulés. Le même message est parvenu à Liverpool à trois heures moins dix minutes; il circulait en manuscrit à trois heures un quart à la Bourse, et on le faisait immédiatement passer en Irlande, où il fut connu dans la soirée du même jour.

Actuellement nous possédons près de douze mille kilomètres de fils électriques, et ils relient à la capitale cent sept villes de France : le télégraphe aérien n'aboutissait qu'à vingt de nos villes les plus importantes. Comme les particuliers peuvent recourir à l'emploi de ce mode de transmission, il est l'objet d'un mouvement énorme de capitaux. En 1854, les droits acquittés pour cet usage se sont élevés à trois millions de francs. Depuis, la somme a beaucoup augmenté, attendu la fréquence des rapports, non-seulement avec l'intérieur, mais encore avec l'Angleterre, la Belgique, la Suisse, la Bavière, le grand-duché de Bade, la Prusse, l'Autriche, la Sardaigne et le nouveau monde, auquel nous tendons désormais une main fraternelle à la faveur d'un humble fil perdu au milieu de l'Océan.

Si l'électricité est un admirable messager de la pensée, c'est aussi un fidèle conducteur du temps. Outre la transmission des dépêches publiques ou privées, on l'emploie à déterminer la différence de longitude entre deux lieux éloignés, avec une exactitude parfaite. On peut faire marcher à distance, toujours grâce au principe de la télégraphie électrique, un ou plusieurs cadrans, à l'aide d'une horloge unique mue elle-même par ce mystérieux moyen.

Depuis 1850, Leipzig nous offre un exemple de ce fait. Les rues de la ville ont été partagées en groupes; chaque groupe se trouve pourvu de son fil conducteur, fixé contre les façades des maisons et mis plus complétement à l'abri dans l'intérieur de ces dernières. Tous ces conducteurs aboutissent à une horloge type, installée à l'hôtel de ville. Les fils voltaïques qui font marcher les aiguilles sur le cadran de chaque habitation s'embranchent et se soudent sur le conducteur principal. Des essais de ce genre ont été faits en France, dans le grand séminaire de Beauvais, par exemple, et dans le grand hôtel du Louvre, à Paris.

Ne serait-il pas possible, enfin, d'employer les appareils de la télégraphie à transmettre la musique comme à conduire le temps? Désormais un même organiste pourrait mouvoir toutes les orgues, un pianiste tous les pianos d'une ville, d'une province, d'un État, du monde entier. A un moment donné, on entendrait dans son salon le piano s'animer et rendre un morceau de Beethoven, sous la main d'un Listz que plusieurs milliers de kilomètres tiendraient éloigné de nous!

FERDINAND P. O.

CXIV

PAUVRE RUISSEAU!

Ce ruisseau qui traverse mon jardin sort des flancs d'une colline couverte d'ajoncs. Longtemps il a été un heureux ruisseau; il serpentait dans des prairies où toutes sortes de charmantes fleurs sauvages se baignaient ou se miraient dans ses ondes; — puis il entrait dans mon petit enclos. Là, je l'attendais; je lui avais préparé des rives vertes; — j'avais planté sur ses bords et dans ses eaux toutes les plantes qui fleurissent dans le monde entier, au sein et sur la rive des eaux pures; — il traversait mon jardin en chantant sa mélancolique chanson; puis, tout parfumé de mes fleurs, il sortait, arrosait encore une prairie, et allait se précipiter dans la mer à travers les flancs abruptes de la falaise qu'il couvre d'écume.

C'était un heureux ruisseau; il n'avait absolument rien à faire que ce que je vous ai dit: — Couler, rouler, être limpide, murmurer entre des fleurs et des parfums.

Mais le ciel et la terre sont envieux du bonheur et de la douce paresse.

Mon cher frère Eugène, un jour, et l'habile ingénieur Sauvage, l'inventeur des hélices, causaient sur les bords de ce pauvre ruisseau et parlaient assez mal de lui. — Ne voilà-t-il pas, disait mon frère, un beau fainéant de ruisseau qui se promène, qui flâne sans honte, qui coule au soleil, qui se vautre dans l'herbe, — au lieu de travailler et de payer le terrain qu'il occupe comme le doit tout honnête ruisseau. — Ne pourrait-il pas moudre le café et le poivre?

Et aiguiser les outils? ajouta Sauvage.

Et scier le bois? dit mon frère.

Et je tremblai pour le ruisseau...

Hélas! je ne pus le protéger que contre eux. Il ne tarda pas à venir dans le pays un brave homme que je vis plusieurs fois rôder sur ses rives vertes,

du côté où il se jette dans la mer. Cet homme ne me fit point l'effet d'y rêver
ou d'y chercher des rimes ou des souvenirs, — ou d'y endormir ses pensées
au murmure de l'eau. — Mon ami, disait-il au ruisseau, — tu es là que tu
te promènes, que tu te prélasses, que tu chantes à faire envie; — moi je
travaille, je m'éreinte. Il me semble que tu pourrais bien m'aider un brin;
c'est pour un ouvrage que tu ne connais pas, mais je l'apprendrai; tu seras
bien vite au courant de la besogne; — tu dois t'ennuyer d'être comme
cela à ne rien faire? — ça te distraira de faire des limes et de repasser des
couteaux. — Bientôt une roue, des engrenages, une meule, furent apportés
au ruisseau. Depuis ce temps il travaille; il fait tourner une grande roue
qui en fait tourner une petite qui fait tourner la meule; il chante encore,
mais ce n'est plus cette même chanson doucement monotone et heureusement mélancolique. Il y a des cris et de la colère dans la chanson d'aujourd'hui; il bondit, il écume, il travaille, — il repasse des couteaux. Il
traverse toujours la prairie et mon jardin, puis l'autre prairie; — mais au
bout l'homme est là qui l'attend et qui le fait travailler. — Je n'ai pu faire
qu'une chose pour lui: je lui ai creusé un nouveau lit dans mon jardin,
de sorte qu'il y serpente plus longtemps et en sort plus tard. — Mais il ne
faut pas moins qu'il finisse par aller repasser des couteaux. — Pauvre
ruisseau! tu n'a pas assez caché ton bonheur sous l'herbe; — tu auras
murmuré trop haut ta douce chanson!

ALPHONSE KARR.

CXV

NAPOLÉON BONAPARTE

DEPUIS SA NAISSANCE JUSQU'AU SIÉGE DE TOULON [1]

(Du 15 août 1769 au 12 septembre 1794).

Séparé de toutes les nations par la mer, et sans cesse obligé de se défendre
contre leurs agressions, le peuple corse se réfugia constamment dans la

---

1. Cette notice est extraite des meilleurs ouvrages sur la vie de Napoléon Bonaparte.
L'auteur s'est arrêté dans ce premier article au siége de Toulon; il continuera, dans les
volumes suivants de la collection du *Musée de l'école et de la famille*, à faire connaître le
héros des temps modernes. Les cinq articles seront rédigés avec la même simplicité et dans le
même esprit. Ils contiendront à peu près tout ce qu'il importe de savoir. Réunis en un seul
volume in-18 avec les notes que l'auteur a recueillies, ils prendront facilement place dans les
plus modestes bibliothèques.

TH. T. L.

sauvage indépendance qui faisait sa sûreté. Ce fut pour elle qu'il combattit pendant tant de siècles, et presque depuis son origine, contre les nations les plus belliqueuses, les Carthaginois, les Romains, les Goths, les Sarrasins, les Lombards, les Génois, et enfin les Français.

En 1757, Pascal Paoli leva l'étendard de l'indépendance contre les Génois; ceux-ci implorèrent l'appui de la France contre les insulaires. Le duc de Choiseul envoya dans la Méditerranée des troupes commandées par le marquis de Chauvelin et le comte de Marbœuf, qui remportèrent différents avantages contre Paoli. Le 9 avril 1769 arriva le comte de Vaux, chargé d'achever la soumission de l'île. En moins de deux mois la nouvelle conquête fut entièrement consommée. La Corse fut immédiatement organisée en pays d'État. M. de Monteynard fut le premier gouverneur français de l'île; M. de Marbœuf y resta en qualité de commandant militaire. Ainsi la France garda la Corse, parce qu'elle l'avait conquise, et les Génois, repoussés de tout temps par le pays, ne furent pas même admis à un traité de cession. Toutefois, ce ne fut que le 30 novembre 1789 qu'en vertu d'un décret de l'assemblée constituante, la Corse devint une partie intégrante du royaume.

A l'époque de la bataille de Ponte-Nuovo, que gagnèrent les Français en juin 1769, Letizia Romalini, épouse de Charles Bonaparte, touchait au terme de sa grossesse. A la suite de la bataille, elle fut forcée de chercher un asile dans les montagnes de la Ronda, d'où elle revint à Ajaccio. C'est dans cette ville que naquit Napoléon Bonaparte, le 15 août 1769, deux mois après l'affaire de Ponte-Nuovo.

Son premier âge ne fut point marqué par ces prodiges dont on se plaît à entourer le berceau des grands hommes. Lui-même a dit : « Je n'étais qu'un enfant obstiné et curieux. » Cependant son oncle, l'archidiacre Lucien, homme de savoir et d'expérience, paraît avoir deviné l'avenir de Napoléon, comme on peut en juger par ses dernières paroles aux jeunes Bonaparte qui entouraient son lit de mort : « Il est inutile de songer à la fortune de Napoléon; il la fera lui-même. Joseph est l'aîné de la famille, mais Napoléon en sera le chef. »

Il venait d'atteindre sa dixième année, quand Charles Bonaparte, son père, député de la noblesse des états de Corse, vint à Versailles, emmenant avec lui son fils Napoléon et sa fille Élisa. Élisa fut placée à Saint-Cyr et Napoléon à Brienne.

Bonaparte entra avec joie à l'école militaire; il y resta jusqu'à l'âge de quatorze ans. En 1783, le chevalier de Kéralio, inspecteur des douze écoles militaires, lui accorda une dispense d'âge pour être admis à l'école de Paris; car Napoléon n'avait fait des progrès que dans l'étude de l'histoire et des mathématiques, en telle sorte que ses maîtres de Brienne voulaient le garder encore une année pour le perfectionner dans la langue latine. « Non, dit M. de Kéralio, j'aperçois dans ce jeune homme une étincelle qu'on ne saurait trop tôt cultiver. » A l'école militaire de Paris, Bonaparte obtint la même supériorité qui l'avait fait distinguer à Brienne, et fut aussi le premier mathématicien parmi les élèves. Son examen lui valut, le 1er septembre 1785, une lieutenance en second au régiment de la Fère, qu'il quitta bientôt pour entrer lieutenant en premier dans un autre régiment en garnison à Valence.

Là, ses premiers amis furent Lariboissière et Sorbier, devenus depuis inspecteurs généraux d'artillerie. Une femme qui gouvernait la ville par l'ascendant de son mérite, madame du Colombier, frappée tout à coup de ce qu'il y avait d'extraordinaire dans Bonaparte, le présenta dans les meilleures sociétés et contribua beaucoup à l'heureux changement qui parut s'opérer dans son caractère. On l'avait vu à Brienne et à Paris, abstrait, rêveur, silencieux, fuyant presque toujours les amusements et les distractions; mais à Valence, devenu aimable, enjoué, il parvint sans peine à plaire et se vit recherché à cause des brillantes facultés que révélait sa conversation. Madame du Colombier avait deviné le génie de Bonaparte; elle lui prédisait souvent un grand avenir.

Dans un voyage qu'il fit à Paris deux années après, il fut accueilli avec une bienveillance particulière par le fameux abbé Raynal, auquel il avait adressé le commencement d'une histoire de la Corse. En 1786, sur la demande de ce même abbé, l'Académie de Lyon proposa la question suivante : « Quels sont les principes et les institutions à inculquer aux hommes pour les rendre le plus heureux possible? » Napoléon concourut sous le voile de l'anonyme et remporta le prix.

Napoléon avait vingt ans et résidait à Valence lorsque le cri de liberté se fit entendre en 1789. Le Dauphiné donna la première impulsion : le premier arbre de la liberté fut planté à Vizille. Bientôt le fatal projet de quitter leur poste et leur pays s'empara d'un grand nombre d'officiers français; cette fureur se répandit dans la garnison de Grenoble. Bonaparte jugea l'émigration et lui préféra la révolution.

En 1790, Bonaparte tenait garnison à Auxonne : entraîné par le mouvement général, il donna un gage public de ses sentiments en publiant une lettre adressée au député de la noblesse corse à l'assemblée constituante. Cette lettre fait merveilleusement connaître quelle impression la révolution avait produite sur ses idées; la puberté républicaine fermentait dans son sein; il va prendre la robe virile.

La révolution venait d'éclater lorsque Paoli, réfugié en Angleterre depuis la conquête de la Corse, quitta brusquement Londres et vint à Paris. L'année suivante, de retour dans ses foyers, il reçut le brevet de lieutenant général au service de France, et le commandement de la Corse, qui formait alors la vingt-sixième division militaire. Vers cette époque, Bonaparte, présent par congé dans cette division, y trouva deux partis dont l'un tenait pour l'union avec la France, et l'autre pour l'indépendance de la Corse. Son choix ne fut pas douteux : il devait fidélité à la France.

Capitaine d'artillerie depuis le 6 février 1792, Bonaparte fut investi du commandement temporaire de l'un des bataillons soldés qu'on avait levés en Corse pour le maintien de l'ordre public, et dut marcher contre la garde nationale d'Ajaccio : voilà son premier pas dans la carrière des armes. Accusé d'avoir provoqué le désordre qu'il venait de réprimer, Napoléon revint à Paris et se justifia facilement de cette calomnieuse imputation.

Ce fut pendant son séjour à Paris qu'eut lieu la fatale journée du 20 juin. Peu de jours après le 10 août éclate, et ces scènes, dont il est le témoin, jettent dans l'esprit de Bonaparte une étrange lumière. Après cette journée il écrivit à son oncle Paravicini : « Ne soyez pas inquiet de vos neveux, ils sauront se faire place. »

Au mois de septembre Bonaparte revint visiter son pays natal, et apprit bientôt que son protecteur, l'ami de sa famille, Paoli, que la France avait proclamé grand citoyen, était le chef du parti antifrançais. La méfiance divisa dès lors celui qui, investi du pouvoir par la France, s'en servait contre elle et le jeune officier qui voulait tenir son serment pour sa nouvelle patrie.

En janvier 1793 une escadre partie de Toulon sous les ordres du vice-amiral Truguet, et chargée d'une expédition contre la Sardaigne, arriva à Ajaccio. Les forces stationnées en Corse sont mises en mouvement, et Bonaparte est spécialement chargé, avec son bataillon, d'opérer une diversion contre les petites îles de la Madeleine, situées entre la Corse et la Sardaigne. L'expédition ne réussit pas, et Bonaparte revint à Ajaccio. Paoli, dénoncé à la convention, menacé d'être arrêté et jugé comme traître, lève l'étendard de la révolte pour sauver sa tête, qui avait été mise à prix, rallie les mécontents, et se fait nommer généralissime et président d'une *consulta* qui s'assemble à Corté. La guerre s'allume entre les partisans de la France et ceux de l'Angleterre. Cette division est violente; de grands excès la signalent. Bonaparte se dérobe aux poursuites dirigées contre lui et rejoint à Cabri les représentants du peuple Salicetti et Lacombe-Saint-Michel, débarqués avec des troupes. Ces troupes marchent contre Ajaccio; mais l'entreprise échoue encore. Bonaparte, qui en faisait partie, soustrait tous les siens à la vengeance de Paoli et les envoie en France. Frappé par un décret de bannissement, il débarque à Marseille, il se rend à Paris, laissant son régiment en garnison à Nice.

Ici commence la sanglante période de 93 à 94, pendant laquelle la montagne s'élève, sur les ruines de la royauté, à un despotisme aussi atroce qu'il est inouï. Tout plie sous son joug de fer, excepté la courageuse Vendée, toujours en feu. Dans quelques départements du midi on avait arboré le drapeau blanc. Lyon, assiégé par une partie de l'armée des Alpes, avait vu mille gardes nationaux de Nimes, de Marseille, de Toulon, marcher à son secours. Déjà ils étaient dans les murs d'Orange, lorsqu'ils en furent chassés par une colonne de quatre mille hommes commandés par Cartaux, qui poursuit les insurgés, s'empare du Pont Saint-Esprit, d'Aix, d'Avignon, et entre enfin dans Marseille. Bonaparte fit partie de l'expédition de Cartaux au moins jusqu'à la prise d'Avignon. Ce fut peu après cette époque qu'il fit imprimer dans cette dernière ville une brochure où l'on trouve des passages du plus haut intérêt et de la plus grande énergie sur la cause de la république et sur l'impuissance des mouvements aristocratiques qui agitaient le midi. La religion républicaine dominait alors entièrement l'esprit de Bonaparte. Son écrit, publié en 1793, sur le théâtre de la guerre civile, ne pouvait être que l'apologie du système terrible qui régnait alors.

Cependant Cartaux victorieux avait vu les fédéralistes de Marseille s'enfuir devant lui et se réfugier dans les murs de Toulon, dont les factions s'étaient insurgées contre la convention. La plus grande partie de la population toulonaise se trouvait compromise; mais incapable à la fois de soumission et de résistance, elle ne vit de ressource que dans le plus grand des crimes politiques, la trahison. Les autorités, le commandant de la flotte, livrèrent aux Anglais le port, l'arsenal, les forts et l'escadre. L'amiral anglais Hood commanda en chef!... Mais bientôt Toulon se trouva menacé par une force égale à celle qui le défendait. Ce fut dans ces conjonctures que le comité de salut public envoya le chef de bataillon Bonaparte à Toulon pour diriger l'artillerie de siège en qualité de commandant en second; le général Dammartin, qui la commandait, était malade.

Bonaparte arriva le 12 septembre au quartier général de Cartaux. Il trouva l'armée totalement dépourvue du matériel et du personnel indispensables pour un siège aussi important. En moins de six semaines, sa prodigieuse activité créa toutes les ressources qui manquaient ; cent pièces de gros calibre furent réunies; mais il eut bientôt à combattre l'incapacité du général en chef. Cependant Gasparin, un des trois commissaires de la convention, comprit bientôt la supériorité du commandant d'artillerie. Cette heureuse sagacité de Gasparin, qui d'ailleurs avait été capitaine de dragons et n'était point étranger à l'art de la guerre, fut la cause première de la prise de Toulon. L'inhabile Cartaux fut remplacé par le médecin Doppet, qui arriva le 10 novembre à l'armée de siége et fit presque regretter Cartaux. Enfin le brave Dugommier, un des vétérans de la gloire française, fut appelé au commandement général.

Dugommier jugea promptement, ainsi que l'avait fait Gasparin, toute la portée du génie militaire du jeune commandant de l'artillerie, et dès ce moment commencèrent les véritables travaux du siége.

PH. T. L.

CXVI

LA NOUVEAUTÉ.

La nouveauté en tout est un immense élément de succès. L'étonnement fait partie du plaisir à l'apparition d'une beauté de l'art comme d'une beauté de la création, comme d'une beauté vivante. Une fois ce premier étonnement épuisé et émoussé, la chose reste aussi belle, mais elle n'est plus aussi admirée. Le ravissement même devient une habitude, et l'habitude, comme dit Montaigne, « enlève sa primeur à toute *saveur*. » Croyez-vous que le premier rayon du soleil qui inonde le matin les yeux de l'homme qui s'éveille soit plus pur et plus éblouissant que les rayons qui le suivent, et dont on ne s'aperçoit plus? Non, mais il est le premier. Croyez-vous que les milliards de coups de canon qui se tirent dans le monde frappent l'oreille et l'imagination de l'homme de la même impression dont son oreille et son imagination furent frappées la première fois que, par l'invention de la poudre foulée dans le bronze, il crut voir et entendre le tonnerre descendre des nuages, s'allumer et retentir sous sa main? Croyez-vous que les milliers d'aérostats qui s'élèvent tous les ans au-dessus des dômes illuminés de nos capitales, dans leurs jours de fêtes, attirent, fascinent et éblouissent autant les yeux de la foule que ce premier globe aérien emportant au ciel sa nacelle pliant sous le poids de ces deux pilotes que nos pères virent naviguer pour la première fois dans les cieux? Non : le phénomène est le même, l'admiration s'est usée. L'invention vieillit comme toute chose ici-bas. S'il en était autrement, la vie se passerait en extases devant les merveilles du génie humain inventées par ceux qui nous ont précédés, et que nous foulons aux pieds. La nouveauté est une des conditions de l'enthousiasme.

LAMARTINE.

CXVII

DU MIRAGE.

Les objets éloignés, outre leurs projections directes, fournissent quelfois, sans la présence d'un réflecteur visible, une seconde image dont la position est renversée et les contours plus ou moins altérés. On dirait véritablement que ces objets se mirent dans l'onde. De là le nom de MIRAGE donné, avec tant d'à-propos, à ce genre de phénomène.

Le mirage ne connaît d'autre cause que celle qui, dans une multitude de circonstances, change la réfraction de la lumière en une véritable réflexion. Or ce résultat se produit toutes les fois qu'un rayon rencontre très-obliquement la surface d'un milieu moins réfringent que celui dans lequel il se meut. Il est alors obligé de replonger dans son premier élément, en suivant une direction qui, en définitive, lui imprime un mouvement tout à fait semblable à celui d'une réflexion opérée à la commune surface des deux milieux. Ce principe une fois établi, le mirage n'est réellement plus qu'un phénomène de localité.

Il faut, pour la production du mirage, que la température soit très-élevée et le vent peu sensible; alors de nombreux courants s'établissent. La terre cède sans cesse, par son rayonnement, une portion de sa chaleur à l'atmosphère. L'air échauffé se dilate, mais la dilatation n'est pas uniforme. Plus forte dans les couches immédiatement voisines du globe, elle diminue à mesure que ces couches s'en éloignent; de là, on le voit, des densités toutes différentes. La couche en contact avec le sol se trouve moins dense que celle qui vient après; celle-ci l'est moins que la troisième, et ainsi de suite, jusqu'à ce que l'on soit parvenu à une couche trop élevée pour avoir ressenti l'influence du rayonnement terrestre.

On fait dans les cours de physique une expérience bien propre à donner une idée du mirage : on prend une caisse de tôle d'un mètre ou d'un mètre et demi de long sur treize ou quatorze centimètres de hauteur et d'épaisseur; on la remplit de charbons incandescents; on la ferme; puis, plaçant l'œil près de sa paroi supérieure, on fixe ses regards sur un objet éloigné. Cet objet fournit alors, outre son image directe, une image renversée. Cette dernière est due évidemment à la réflexion totale qu'éprouve la lumière sur les couches échauffées de l'air dont la paroi de la caisse se trouve recouverte.

Le phénomène du mirage se produit souvent en Égypte. On ne l'observe jamais le soir ou le matin, car la surface du sol n'est pas alors suffisamment échauffée par les rayons solaires. Mais au milieu du jour le terrain semble terminé, à une lieue environ, par une inondation générale. Les villages qui se trouvent au delà paraissent comme autant d'îles semées sur un grand lac. Sous chacun d'eux on aperçoit l'image renversée de chaque objet, de même qu'elle se laisserait voir par réflexion sur une grande masse d'eau. Les bords du tableau seulement sont un peu incertains; on croirait à une légère agitation du miroir liquide. A mesure que l'on approche, les limites de l'inondation s'éloignent, et le phénomène, qui cesse pour les villages voisins, se reproduit pour d'autres villages plus éloignés. C'est ainsi que, lors de l'expédition d'Égypte, les soldats français, accablés de fatigue et de soif, crurent mille fois rencontrer des lacs limpides au milieu du désert. Vain espoir! le désert ne leur présentait que des sables brûlants et arides, et l'apparence trompeuse fuyait sans cesse devant eux. Ces images se renouvelaient à chaque pas, et toujours l'illusion était frappante; aussi nos soldats cherchaient-ils inutilement à s'en défendre.

Les savants qui accompagnaient l'expédition d'Égypte furent témoins de ce phénomène. Monge, le plus célèbre d'entre eux, l'expliqua le premier et montra, dans le mirage, l'un des nombreux effets de la réfraction.

Ce curieux phénomène se produit également en Afrique. Voici, à cet égard, de curieuses observations faites par M. Bonnefont dans le cours de la campagne qui précéda le traité de la Tafna.

« L'expédition, partie d'Oran le 15 mai 1837, bivaqua le soir au village de Mezerguin, le 16 à Brédéah, et le 17 nous quittâmes le camp à cinq heures du matin (temps très-beau, vent nord-est frais, seize degrés centigrades de chaleur). A huit heures nous aperçûmes d'un petit monticule une immense surface blanche miroitant au soleil, et connue sous le nom de *lac Salé*. Cette surface n'a pas moins de quatre à cinq lieues de long et une lieue à une lieue et demie de large. Sa direction va de l'est à l'ouest.

« L'armée, arrivant du côté nord, fit sa grande halte à neuf heures sur le bord de ce lac. Il ne présenta à tous ceux qui occupaient le côté nord autre chose que cette teinte blanchâtre et neigeuse dont nous avons parlé. Et'e était produite par la cristallisation du sel dont la terre est imprégnée et qui, dissous par les pluies torrentielles en hiver, se dépose à la surface du sol quand les chaleurs ont été assez intenses pour déterminer l'évaporation de l'eau. Mais tous ceux qui, comme moi, occupaient l'extrémité occidentale du lac et faisaient ainsi face au soleil, purent remarquer le phénomène suivant : à la distance d'un kilomètre environ on apercevait des ondulations pareilles à celles d'une masse liquide, et toute la partie du lac située au delà ressemblait à une petite mer agitée par une brise très-fraîche.

« Au moment où le corps expéditionnaire allait se remettre en marche, il se produisit un autre fait digne d'être mentionné, mais aperçu seulement du même point de la rive qui faisait face au soleil. Un troupeau de flammants, échassiers fort communs dans cette province, suivit le bord sud-est, à six kilomètres de distance. Ces volatiles, à mesure qu'ils quittaient le sol pour s'engager sur la surface du lac, prenaient des dimensions si considérables, qu'ils ressemblaient, à s'y méprendre, à des cavaliers arabes défilant en ordre. L'illusion fut un instant si complète, que le général en chef Bugeaud dépêcha un spahi en éclaireur. Ce cavalier traversa le lac en ligne droite ; mais, arrivé au point où les ondulations commençaient à se produire, les jambes de sa monture s'accrurent tellement, que cheval et cavalier semblaient être supportés par un animal fantastique de plusieurs mètres de hauteur, et se jouant au milieu des flots qui semblaient le submerger. Tout le monde contemplait ce curieux spectacle lorsqu'un épais nuage, interceptant les rayons du soleil, fit disparaître ces effets d'optique et rétablit la réalité de tous les objets.

« L'armée continua sa marche sur Tlemcen et sur la Tafna ; mais en revenant de ce dernier point pour rentrer à Oran, je reçus l'ordre de suivre le mouvement du 1er de ligne, qui allait camper, jusqu'à la ratification du traité conclu avec Abd-el-Kader, à Aïn-Ambria, situé à peu de distance du lac salé de Dréhan. Le 8 juin mon ambulance plantait ses tentes à côté de ce lac, sur lequel, pendant un campement de dix à douze jours, j'ai pu observer de nouveaux effets de mirage.

« Ainsi, tous les matins la surface du lac était recouverte d'une couche légèrement nébuleuse d'un mètre de hauteur, et assez transparente pour laisser distinguer les objets à une grande distance. Jusqu'à sept heures trente minutes ou huit heures du matin on pouvait parcourir le lac en tous sens sans rien remarquer de particulier ; mais à cette heure, si l'on regardait du côté du soleil, on voyait les ondulations commencer, toujours à un kilomètre de distance. A mesure que le soleil montait, l'eau semblait aussi se rapprocher du côté du levant, tandis que vers le couchant la surface du lac conservait la plus complète immobilité.

« Quand le soleil arrivait au méridien, et que ses rayons tombaient perpendiculairement sur le sol, la scène changeait subitement ; les ondulations aqueuses, semblables aux vagues de la marée montante, envahissaient tous les côtés du lac et menaçaient de submerger l'observateur placé au milieu d'elles. Dès que le soleil s'éloignait du méridien, les effets du mirage disparaissaient du côté du levant pour se rapprocher quelque peu du couchant. Souvent même ils manquaient complètement sur ce point.

« Parfois il se produisait un autre effet qui devint bientôt un motif de récréation pour les militaires. Si, pendant que le soleil était à l'est et que le vent soufflait du côté opposé, on projetait sur le lac un petit corps léger, on le voyait bientôt grossir au fur et à mesure de son éloignement. Le vent lui avait-il fait atteindre les ondulations, il affectait alors la forme d'une petite nacelle qui, sous l'influence de l'air agité, semblait coquettement se jouer au-dessus des vagues. Les têtes de chardon, obéissant à la plus légère brise, se prêtaient surtout à ce curieux exercice; alors l'illusion était complète. Plus d'une fois elles nous offrirent le dramatique spectacle d'une flottille en désordre. Les nacelles semblaient se heurter les unes contre les autres; puis, poussées par le vent jusqu'à une trop grande distance, elles disparaissaient complétement comme si elles eussent sombré.

« Mais quelle que fût la variété des effets produits par ce mirage, je n'ai jamais eu lieu d'observer la double réflexion des objets, comme Monge, de célèbre mémoire, l'avait remarquée sur les sables et la plaine du Nil, en Égypte.

« Une chose digne d'attention, c'est que pendant quarante-huit heures que le simoun, ou vent du désert, souffla, et qu'il éleva la température à trente-quatre degrés centigrades à l'ombre, et à quarante degrés au soleil, les effets de mirage ne purent être remarqués à aucun instant du jour. »

Le mirage se reproduit aussi sur la mer dans les temps très-calmes; mais il est plus rare et de moins longue durée que sur la terre, car les eaux ne peuvent jamais s'échauffer comme les plaines sablonneuses sous l'action des rayons solaires. Le capitaine Scoresby l'a souvent observé dans les mers du Groënland. Le mirage s'est même présenté sur le lac de Genève à MM. Jurine et Soret. L'air a-t-il une température supérieure à celle de la surface du sol et de la mer; de plus sa densité décroît-elle rapidement, on peut observer un phénomène inverse de celui qui a été décrit. Dans ce cas, l'image occupe alors une position supérieure à l'objet. Enfin, ce dernier se trouve-t-il caché par la convexité du globe, on n'en découvrira que la représentation; c'est le cas d'un vaisseau vu en l'air et renversé, spectacle assez fréquent dans les voyages de long cours.

En fouillant dans les anciens souvenirs, on a reconnu que beaucoup de faits merveilleux, en apparence inexplicables, résultaient uniquement du mirage. Ainsi, par exemple, à Bellac, en 1621, on aperçut, six jours durant, au-dessus de la rivière, une procession aérienne de personnes portant une croix, des encensoirs et des vases sacrés. C'était l'image des dévots habitants de Bellac eux-mêmes, réfléchie au-dessus de la rivière par l'effet du mirage. De même, à Milan, on vit un jour un chérubin au milieu des airs; la figure d'un ange de pierre élevé sur le clocher d'une église voisine, figure projetée dans l'atmosphère par un nuage, causait tout le phénomène. L'archange à épée nue de Vézelai provenait de circonstances analogues : la tour de la ville porte une image de Saint-Michel. La plupart des croix qui de temps à autre se dessinent au ciel, ont de même leur source dans la réflexion de l'auguste symbole élevé sur le dôme de nos maisons de prière.

FERDINAND P. Q.

CXVIII

LA CAMPAGNE DANS LES ENVIRONS DE LONDRES

Chaque peuple a son goût en fait de jardins : les jardins italiens sont des œuvres d'art où la sculpture et l'architecture s'emparent des arbres eux-mêmes pour les soumettre à l'effet monumental; les jardins français se composent de longues allées percées dans de grands bois, et d'élégants parterres où des massifs de verdure et de fleurs marient leurs couleurs et leurs formes; le jardin anglais n'a rien de pareil, tout y est exclusivement champêtre. Ce peuple est pasteur, agriculteur et chasseur par excellence, avant même d'être marin. Pas de bois proprement dits, des arbres semés çà et là sur d'immenses prairies, des chemins au lieu d'allées; rien d'artificiel, d'arrangé ou ayant l'air de l'être; la vraie campagne portée à sa perfection par la fraîcheur des gazons, la beauté des arbres et des troupeaux, la profondeur des horizons, l'heureuse distribution des eaux, l'utile enfin essentiellement uni à l'agréable, l'art n'aspirant qu'à dégager la nature de ses aspérités et de ses défaillances pour la laisser parée de ses agréments et de sa fécondité : tel est le spectacle que présente de toutes parts le comté de Surrey. La forme onduleuse du sol, comme disent les Anglais, qui aiment à retrouver sur la terre l'image de l'Océan, y ajoute la grâce des perspectives. — « Montons sur la colline, délicieux Richmond, chantait Thompson il y a plus d'un siècle, et contemplons de là l'heureuse Angleterre. Partout de frais vallons, des plaines fertiles, des villes populeuses, des ruisseaux d'argent, des prés qui verdissent en plein été, des moissons qui flottent en vagues dorées. »

Tout Anglais, en parcourant cette campagne chérie, chante dans son cœur cet hymne de l'orgueil national. Ce n'est pourtant pas la bonté du sol qui a fait toutes ces merveilles; naturellement aride sur les hauteurs et marécageux dans les bas-fonds, il n'a pu être amélioré qu'à force de travail. Il n'y a pas jusqu'aux landes qu'on rencontre encore de temps en temps, toutes couvertes d'ajoncs, de genêts et de bruyères, qui ne contribuent par leur mine sauvage à la variété du coup d'œil : on les appelle des champs communs, *common fields*. Tout ce qui est en Angleterre est beau aux yeux des Anglais, et en effet la terre inculte a bien son charme à côté de la terre cultivée. Les champs communs sont traversés par de nombreux sentiers et remplis de promeneurs; ils sont là comme un souvenir de l'ancien état du pays, comme un prélude de ces immenses bruyères d'Écosse si chères aux voyageurs et aux poëtes. Les jeunes amazones des villas voisines y font galoper leurs chevaux avec un sentiment de fière liberté, comme si elles se lançaient dans les savanes de l'Amérique, et l'étranger ne peut qu'admirer ce goût ingénieux qui fait tirer parti même de la pauvreté du sol pour en faire un objet de plaisir et de luxe.

Les moindres coins de terre, dans cette banlieue de Londres, ont leurs souvenirs. Les plus grands hommes de l'Angleterre, ministres, poëtes, guerriers illustres, y ont résidé. Pour nous-mêmes, Français, ils commencent à se peupler de pieuses traces : les plus grands débris de nos discordes civiles y sont venus chercher un port. C'est dans un de ces villages calmes et agrestes, à Weybridge, que reposent dans une petite chapelle les restes mortels du roi Louis-Philippe, non loin de Twickenham, où il a passé une partie de sa jeunesse, et de Claremont, où il est mort après avoir porté une couronne entre deux révolutions. Toute l'histoire moderne de l'Angleterre et de la France est dans ce rapprochement. Ici toujours l'orage, là toujours la paix.

LÉONCE DE LAVERGNE.

CXIX

LA PENSÉE

Je pense. La pensée, éclatante lumière,
Ne peut sortir du sein de l'épaisse matière.
J'entrevois ma grandeur ; ce corps lourd et grossier
N'est donc pas tout mon bien, n'est pas moi tout entier.

L. RACINE.

17

CXX

CATÉCHISME D'AGROMANIE

PAR DEMANDES ET PAR RÉPONSES

« Honni soit qui mal y pense! »

Pendant une soirée du mois de janvier dernier, je m'amusais à mettre en ordre quelques manuscrits qui m'ont été légués par un savant inconnu, lorsque je mis la main sur une pièce qui m'a paru de nature à ne pas rester ensevelie dans un poudreux carton.

Cette pièce, qui est d'ailleurs fort courte, mérite qu'on n'apprécie peut-être pas assez de nos jours, est intitulée, comme on l'a vu plus haut, avec une épigraphe qui me semble révéler l'intention de l'auteur. La voici; ce n'est qu'une plaisanterie dont les véritables et sérieux agronomes riront les premiers, et ils feront bien, s'il y a lieu.

PH. T. L.

D. — Qu'est-ce que l'agriculture moderne?

R. — C'est l'art de cultiver la terre avec une plume, de l'encre et du papier.

D. — Est-on tenu d'habiter la campagne pour se faire une idée des travaux champêtres et des moyens assurés de favoriser la fécondité de la terre?

R. — Pas le moins du monde; la campagne ne saurait convenir qu'aux laboureurs et aux manœuvres. Les gens d'esprit qui se plaisent aujourd'hui à exercer l'agriculture transcendante se gardent bien de franchir les barrières des grandes villes. C'est du sein des cités industrielles et commerçantes qu'ils fécondent les champs; c'est à force de réclames dans les journaux qu'ils font tout pousser admirablement. Ils ne s'aventurent pas loin de leurs doctes foyers, et, moyennant certains cours champêtres, surtout poétiques, qu'ils écrivent le matin, en pantoufles et en robe de chambre, ils font si bien que les produits s'entassent dans les greniers, et que les propriétaires meurent de faim, à côté de leurs gerbes, dont ils ne battent plus qu'une partie pour la semence.

D. — On n'a donc pas besoin d'un domaine pour y faire les expériences nécessaires au progrès de l'art?

R. — Il suffit d'avoir une chambre plus ou moins garnie à un quatrième étage ou à l'entre-sol, dans la rue Montmartre, près des boulevards, ou mieux, s'il est possible, dans les Champs-Élysées, sur l'avenue de Neuilly. Nos agromanes se permettent à peine les pots de fleurs sur la fenêtre ou sur la terrasse.

D. — Que faut-il faire pour s'initier dans les mystères de cette science?

R. — Il faut faire de fréquentes visites chez les marchands de comestibles en renom; il faut y étudier les produits qu'ils étalent aux yeux des gourmands. Mais ce qui est de toute nécessité, c'est de se faire admettre dans quelque société savante où l'on devra, au moins une fois par mois, lire un chant des *Géorgiques* de Virgile, des *Saisons* de Thompson, des *Mois* de Roucher, de *l'Homme des champs* de Delille, le tout accompagné d'ingénieuses remarques sur les formes du style, la richesse des descriptions et la profonde sensibilité de ces charmants agriculteurs qui n'ont pas prétendu déshonorer leur talent en habillant de gracieuses métaphores les instruments du labourage.

D. — Quels autres travaux doivent occuper les heures d'un agromane moderne?

R. — Il suit naturellement de ce qui précède qu'il doit apprendre a tourner, non pas un manche de charrue, mais une élégante période, à bien raisonner, s'il le peut, de la politique et de l'économie, des pièces nouvelles, des modes, des brevets d'invention, parfois même, mais rarement, de haute agriculture, seulement pour apprendre aux hommes à manger, sans inconvénient, les produits des prairies artificielles, absolument comme les bêtes, ou la pulpe du marron d'Inde. Mais comme sa bienveillance aimable doit s'étendre à la plus belle moitié du genre humain, il doit s'exercer à parler avec esprit des compotes de pommes et de la gelée de groseilles.

D. — Où sont généralement établies les sociétés d'agriculture?

R. — Loin des lieux où s'exhalent les odeurs fétides du fumier, loin des étables nauséabondes, mais dans un brillant salon éclairé par cent bougies. C'est là que se placent les membres de la société, à l'abri des vents et de la pluie, autour d'un tapis vert que n'ont jamais foulé les pieds des bœufs.

D. — Les laboureurs peuvent-ils être membres des sociétés d'agriculture?

R. — Ils en sont exclus de droit. Ces gens-là ne savent point faire de livres, n'entendent rien à la nomenclature grecque ou latine qu'on a savamment imaginée pour expliquer des choses, pour exprimer des idées dont ils ne se sont jamais doutés. D'ailleurs l'expérience des laboureurs, ce fruit tardif et pénible des travaux les plus soutenus, ne sert absolument à rien, et les vieilles pratiques ne sont que les enfants aveugles de grossiers préjugés.

D. — Quels hommes font donc partie de ces sociétés ?

R. — On y admet des avocats (car peut-on en quoi que ce soit se passer des avocats) ; on y admet des procureurs, aujourd'hui des avoués qui prennent assez bien partout, des médecins qui ne guérissent, le plus souvent, que des maladies qu'on n'a pas, des apothicaires transformés en pharmaciens, des fabricants de produits chimiques, des géomètres, des peintres, des musiciens, des poëtes et même des architectes, tous gens fort habiles assurément, les uns à parler, les autres à écrire. Ceux-ci peignent la nature et donnent à la terre la couleur du chocolat de la compagnie coloniale ; ceux-là bâtissent des fermes qui ressemblent à des palais. On en voit dont les mains délicates entrelacent de charmants treillages, pétrissent la terre glaise en vases plus ou moins étrusques ; d'autres même font des almanachs, qui ne valent pas celui du *Bon laboureur*. L'un s'occupe d'entomologie, l'autre des simples et des actionnaires bénévoles des compagnies industrielles. Tout cela vit, boit, mange, chante et dort, tout cela est agriculteur.

D. — A quoi sont consacrées les séances particulières des sociétés ?

R. — A faire de l'esprit, beaucoup d'esprit, toujours de l'esprit sur la végétation, à étudier la nature sur un canapé, à la redresser avec art, quand elle s'avise, dans sa spontanéité rustique et sauvage, de faire germer des graines contre les principes consacrés par la société.

D. — Et les séances publiques ?

R. — A faire l'éloge des morts et un peu celui des vivants, surtout quand ils sont ministres ou quelque chose comme cela.

D. — Quelles sont les productions qu'elles se font honneur d'encourager ?

R. — Toutes celles qui viennent sous verre et sur couches, dans des serres bien chaudes ; celles qui croissent sur les rochers, dans des marécages infects ou sur la cime des montagnes les plus pelées. Elles coûtent fort cher !... mais n'importe ! la nature a été vaincue, l'art a fait un immense progrès... pour la ruine des véritables cultivateurs.

D. — L'étude des plantes usuelles est-elle nécessaire dans le nouveau système ?

R. — Malédiction !... les trèfles, les sainfoins, les luzernes doivent être à jamais abandonnés ; ils n'ont pour objet que la nourriture des bestiaux auxquels on devait, il est vrai, autrefois les fumiers les plus actifs ; mais on a changé tout cela, comme disait Molière ; le guano et l'engrais concentré, sans parler de celui de Dusseaux, sont destinés à en tenir utilement la place.

D. — Quels arbustes les sociétaires cultivent-ils dans leurs jardins, quand ils ont des jardins ?

R. — Le dalhia, si l'on ne préfère toutefois les délicieuses bruyères du Cap, les tamiris, les rhododendrons, les amaryllis, et parmi les plantes, le camellia, qui a détrôné l'hortensia, cette fleur de la Chine que nous avait donnée le célèbre voyageur Commerson. N'envions pas à nos agromanes cette agréable culture ; ce sont tous gens bien appris, qui se font un plaisir d'assortir les plus charmantes fleurs pour les bouquets de bal.

D. — Comment doit donc être définitivement constitué un membre d'une société d'agriculture ?

R. — Grande et belle question !... tâchons d'y répondre.

D'abord il doit être honnête, avoir des manières élégantes et polies, un habit fait par Staubb, et des bottes par Sakoski. Il sera membre de la Légion d'honneur (c'est bien le moins !) ; un peu de fierté lui siéra à merveille ; il n'aura point les mains calleuses, ni le teint hâlé. Ses poches seront pleines des graines de toute sorte qui lui auront été envoyées des quatre coins du globe. Sous son bras seront roulés et attachés avec une faveur rose ou bleue (la couleur n'est pas rigoureusement déterminée) les plus jolis traités du monde sur les choses les plus diverses, même sur la graine de moutarde blanche, sur la pâte de nafé et les tablettes de Regnault, si habilement exploitées par un *bourgeois* de Paris. Il dira fort agréablement les vers, il en fera au besoin, tournera le couplet et le madrigal ; il dansera même la polka pour l'agrément de madame la femme du maire de son endroit. Enfin l'on s'accorde à dire qu'il doit réunir dans sa personne tous les talents désirables dans un homme qui peut, à bon droit, se regarder comme la colonne... fi donc ! comme le père nourricier de l'État.

D. — L'agromane doit-il être marié ?

R. — Hippocrate dit oui, mais Galien dit non ; je suis de l'avis de Galien. Bien que le poëte nous ait fait un tableau charmant des enfants du laboureur suspendus à son cou (Virg.), et se disputant ses caresses ; bien que les enfants soient une partie de la richesse des agriculteurs vulgaires ; bien qu'une femme soit quelque peu nécessaire dans la ferme, le savant agriculteur moderne, qui n'a rien à cultiver dans les champs de la nature, qui se charge de ne rien produire, devra rester célibataire ; sa marche sera plus libre, plus dégagée, et il ne traînera point après lui un fardeau pesant qui rendrait assurément trop lourd son vol vers la gloire et même vers l'immortalité...

Là se termine mon manuscrit. L'auteur ! allez-vous dire, l'auteur !... Il lui a plu de garder l'anonyme. La modestie était de mise autrefois, et je voudrais qu'il en fût encore ainsi aujourd'hui. Nous avons repris beaucoup des anciennes modes ; nous reviendrons peut-être à celle-là.

PH. T. L.

CXXI

UN BON EXEMPLE A SUIVRE

L'auteur de *la Mère rivale*, des *Deux Cousines* et du *Bachelier de Ségovie*, Casimir Bonjour, né en 1795 à Clermont, en Argonne, de parents que les événements politiques avaient ruinés, ne dut qu'au hasard le bienfait de l'éducation. La nature lui avait donné l'instinct de l'étude; des accidents vraiment singuliers favorisèrent ce goût irrésistible.

Sa famille était venue habiter Reims. Il avait neuf ans, et pour toute science il savait lire, écrire et faire une addition. Sa mère, chargée de plusieurs enfants, n'avait pour soutenir le ménage que les économies que faisait le père sur sa solde d'officier. L'éducation de C. Bonjour ne pouvait donc être poussée bien loin.

Un hasard le conduisit à une distribution de prix du collége. Ce spectacle émut profondément le jeune élève de l'école primaire. La pensée de faire ses études le saisit et ne le quitta plus.

Il rentra à la maison soucieux et triste. Sa mère s'inquiète et le presse de lui en dire la cause. Il avoue en sanglotant qu'il meurt d'envie de s'instruire.

« Mais le moyen, dit cette bonne mère, avec le peu que nous avons? »

C. Bonjour reconnaît ces tristes impossibilités; mais la passion ne s'y soumet pas. Le hasard vint à son aide.

Il fit connaissance d'un jeune homme qui sortait du collége; il lui communiqua ses chagrins et son désir. La douleur de l'enfant toucha le rhétoricien qui s'offrit à lui donner quelques leçons de latin.

En un mois, déclinaisons, conjugaisons, syntaxe tout fut appris, dévoré. Mais les vacances du rhétoricien finirent, et avec elles son professorat. C. Bonjour allait donc finir ses classes à la septième; un autre hasard lui fit faire un second pas dans la carrière. Le père de l'écolier-professeur parla au proviseur des heureuses dispositions du jeune Casimir. On l'admit au collége sans payer... Sans payer! quel bonheur pour le jeune élève avide de science, c'est le fameux *sans dot!* — Oui, mais le papier, les plumes, les livres, qui les payera? Sa famille cette fois fait un sacrifice; on lui achète son premier cahier et une grammaire. Ce fut sa seule mise de fonds au lycée, tout son trousseau classique. Auteurs latins, français, grecs, dictionnaires, il n'eut rien que grâce à la complaisance généreuse de ses camarades qui les lui prêtaient pour être vaincus par lui dans la composition. Cette abnégation naïve et cordiale est le propre de la jeunesse : le plus bel âge de l'homme est aussi le meilleur.

Son industrie suppléait au reste. En classe il suivait l'explication sur le livre du voisin. Il faisait en cachette le thème d'un paresseux pour un cahier, la version d'un autre pour quelques plumes. Il ne devait sans doute manquer de rien, car ce marché convient à bien des écoliers.

Il était externe et travaillait chez lui. Sa mère, pour épargner l'éclairage, allait le soir chez des voisins. Comment faire? quel moyen d'éviter les solécismes et d'échapper aux contre-sens, en entendant parler huit ou dix femmes à la fois?

Voici l'expédient que C. Bonjour raconte dans des notes où l'on a puisé ces détails :

« Nous étions sous l'empire, et les guerres ne manquaient pas alors. Chaque bataille amenait une victoire, chaque victoire une fête, chaque fête des illuminations.

« Toutes les fois que ces réjouissances avaient lieu, je me mettais le soir en campagne ; je parcourais toute la ville, et saisissant l'instant où je n'étais pas vu, je soufflais çà et là quelques lampions ; cela passait sur le compte du vent ou de la pluie. Le lendemain au petit jour je venais chercher ma provision, que je cachais dans un coin jusqu'à l'arrière-saison. Mon luminaire me servait à deux fins : il m'éclairait quand je travaillais, et quand mes mains étaient engourdies, il me.les réchauffait. »

Il avait enfin, malgré tant d'obstacles, suivi tous les cours du collége, chaque année couvert de lauriers au milieu des applaudissements et des fanfares, qui maintenant étaient pour lui.

Il se présenta et fut reçu à l'examen de l'école normale. Mais pour y entrer il fallait avoir dix-sept ans, et il n'en avait que quinze. Comment vivre jusque-là? Il se fit maître d'études à Bruges, alors ville française. Mais il ne resta que six mois dans ce grand estaminet qu'on appelle la Flandre. Le directeur de l'école normale, le digne et savant Guéroult, lui accorda une dispense d'âge. La faveur était ici une justice. M. Guéroult n'en accordait jamais d'autres.

C'est à l'école normale, une des plus belles institutions modernes, que C. Bonjour fortifia son esprit, qu'il puisa dans l'étude de l'antiquité l'amour du beau et du bon, qui a été la règle de ses ouvrages comme de sa vie.

C. Bonjour aurait sans doute réussi dans l'enseignement; mais le goût lu théâtre le détourna de cette carrière, et il porta sur la scène française les fruits de l'étude de l'antiquité, le culte du vrai, du naturel, la science du cœur humain.

Il débuta par la *Mère rivale*, qui eut un grand succès, et il finit par un autre succès : le *Bachelier de Ségovie*.

Cet homme, dont les commencements avaient été si difficiles, obtint du gouvernement la pension d'homme de lettres, la décoration de la Légion d'honneur, la place de bibliothécaire à Sainte-Geneviève, l'inspection des études de l'école de la Flèche. Sa place paraissait marquée à l'Académie française ; en 1844, il manqua l'élection d'une seule voix. Cet échec l'affecta vivement. Sa santé, depuis plusieurs années, s'était affaiblie ; une hydropisie de poitrine se déclara, et il mourut en quelques heures le 8 juin 1856, à l'âge de 61 ans.

M. A. FRANÇOIS, maître des requêtes
au conseil d'État.

CXXII

LA TERRE ET LE PAYSAN.

La terre est la maîtresse du paysan. Le dimanche encore, après six jours de travaux, le paysan va la voir, tant il l'aime. Et la terre veut cet amour pour produire, autrement elle ne donnerait rien, cette pauvre terre de France, sans bestiaux presque et sans engrais.

Mystère étrange ! le paysan a un trésor caché : le travail persistant, la sobriété et le jeûne !

Le paysan, dans beaucoup de localités, fait la terre. Elle est dans le bras infatigable qui brise le caillou tout le jour, et mêle cette poussière d'un peu d'humus. Elle est dans la forte échine du vigneron qui du bas de la côte remonte toujours son champ qui s'écroule toujours. Elle est dans la docilité, dans l'ardeur patiente de la femme et de l'enfant qui tirent à la charrue avec un âne.... chose pénible à voir.... et la nature y compatit elle-même. Entre le roc et le roc s'accroche la vigne. Le châtaignier, sans terre, se tient en serrant le pur caillou de ses racines ; sobre et courageux végétal, il semble vivre de l'air, et comme son maître produire tout en jeûnant.

Oui l'homme aime la terre parce que, des siècles durant, des générations entières ont mis là la sueur des vivants, les os des morts, leur épargne, leur nourriture....

Il l'aime ; pour l'acquérir, il consent à tout, même à ne plus la voir ; il émigre, il s'éloigne, s'il le faut, soutenu de cette pensée et de ce souvenir.

A quoi supposez-vous que rêve, à votre porte, assis sur une borne, le commissionnaire savoyard ? il rêve au petit champ de seigle, au maigre pâturage qu'au retour il achètera dans sa montagne. Il faut dix ans ! n'importe. L'Alsacien, pour avoir de la terre dans sept ans, vend sa vie, va mourir en Afrique. Pour avoir quelques pieds de vigne, la femme de Bourgogne ôte son sein de la bouche de son enfant, met à la place un enfant étranger, sèvre le sien, trop jeune : « Tu vivras, dit le père, ou tu mourras, mon fils, mais si tu vis, tu auras de la terre! » Que de choses dans ce peu de mots !

Les poëtes ont parlé souvent des attractions de l'eau, de ces dangereuses fascinations qui attiraient le pêcheur imprudent. Plus dangereuse, s'il se peut, est l'attraction de la terre. Grande ou petite, elle a cela d'étrange et qui attire, qu'elle est toujours incomplète ; elle demande toujours *qu'on l'arrondisse*. Il y manque très-peu, ce quartier seulement ou moins encore, ce coin.. voilà la tentation : s'arrondir, acheter, emprunter. « Amasse si tu peux, n'emprunte pas, dit la raison. » Mais cela est trop long, la passion dit : emprunte.....

Prendra-t-il cet argent funeste? Rarement sa femme en est d'avis. Son grand-père, s'il le consultait, ne le lui conseillerait pas. Ses aïeux, nos vieux paysans de France, à coup sûr, ne l'eussent pas fait. Race humble et patiente, ils ne comptaient jamais que sur leur épargne personnelle, sur un sou qu'ils ôtaient à leur nourriture, sur la petite pièce qu'ils sauvaient parfois au retour du marché, et qui la même nuit allait (comme on en trouve encore) dormir avec ses sœurs au fond d'un pot enterré dans la cave.

Le paysan d'aujourd'hui n'est plus cet homme-là : il a le cœur plus haut, il a été soldat. Les grandes choses qu'il a faites en ce siècle l'ont habitué à croire sans difficulté l'impossible. Cette acquisition de terre pour lui est un combat. Voyez aussi, avant le jour vous trouverez votre homme au travail, lui, les siens, sa femme qui vient d'accoucher. A midi, lorsque les rocs se fendent, lorsque le planteur fait reposer son nègre, le nègre volontaire ne se repose pas... Dans cette terre sale, infime, obscure, il voit distinctement reluire l'or de la liberté...

MICHELET, le Peuple.

CXXIII

DEBOTAVIT ET DEBOTAT

ANECDOTE

On a prétendu, même tout dernièrement, que « l'usage de la langue atine s'est maintenu au barreau, jusque sous Louis XIV, » et l'on a cité à l'appui de cette assertion le fameux *debotat et debotavit*; c'est tout simplement un anachronisme.

L'anecdote remonte au temps de François Ier. Jacques Colin, d'abord principal du collége des *Bons-Enfants*, devint sucessivement lecteur et aumônier de François Ier. Poëte latin, poëte fançais, il est moins connu par tous ces titres que par l'honneur qu'il eut de commencer la fortune du célèbre Amyot, qui dédia au roi sa traduction de *Théagène et Chariclée* (1547), et qui, par l'intervention bienveillante et éclairée du principal, obtint l'abbaye de Bellozane.

Colin fut admis dans la familiarité du roi de France, et c'est de lui que Marot a dit :

> Est du grand roi, qui les siens favorise,
> Et les lettrez avance et autorise,
> Non-seulement volontiers escouté,
> Mais tant plus plaît, que plus il est gousté.

Colin usa de son influence dans une circonstance assez curieuse. Il venait de perdre un procès, et il ne manqua pas d'en parler au roi, en assaisonnant son récit de mille plaisanteries sur le prononcé de l'arrêt : « *Dicta curia debotavit et debotat dictum Colinum de sua demanda !* » (ladite cour a débouté et déboute ledit Colin de sa demande). Or il n'était nullement question de *bottes* dans l'affaire; néanmoins François Ier y fut pris et rit de bon cœur des saillies de Colin. Il fit mieux encore et la célèbre ordonnance de *Villers-Cotterets*, donnée au mois d'août 1539, fit justice d'un ridicule usage. Cette ordonnance, en effet, avait trois objets principaux :

Le premier, la réformation et l'abréviation des procès; le second, qui ne concerne que la forme, eut du moins l'avantage d'être rempli, et l'ordonnance, selon la remarque de Gaillard (*Histoire de François Ier* liv. VIII, chap. IV), fait époque dans l'administration de la justice. Il s'agissait de supprimer l'usage du latin barbare, du mauvais français latinisé, que l'on parlait depuis l'origine de la monarchie, dans les actes et dans les arrêts.

Rodolphe de Hapsbourg, en Allemagne, Alphonse le Sage, en Castille. Édouard III, en Angleterre, avaient fait une réforme pareille.

François Iᵉʳ y trouva deux avantages : l'un de donner plus de décence et de clarté au langage des tribunaux, l'autre de renverser un des obstacles qui ralentissaient le progrès de la belle latinité. C'était là une œuvre digne du fondateur du *collège royal de France.*

Il n'est pas possible d'admettre que, pendant tout le temps qui s'est écoulé de 1539 à 1638, époque de la naissance de Louis XIV, juste cent ans, l'abus se soit maintenu malgré l'ordonnance de Villers-Cotterets, et que la langue française n'ait fait aucun progrès dans nos tribunaux.

Toutefois il est juste de dire que l'ordonnance de 1539 souleva de toutes parts des réclamations. « Il y eut alors, dit Ramus, dans sa grammaire française, de merveilleuses complaintes, de sorte que la province envoya des députés par devers Sa Majesté, pour en remontrer les grands inconvénients. Mais ce gentil esprit de roy les *délayant* (les remettant) de mois en mois, et leur faisant entendre par son chancelier qu'il ne prenait point plaisir d'ouïr une autre langue que la sienne, leur donna occasion d'apprendre soigneusement le français. » Puis, quelque temps après, ajoute Ramus, *ils exposèrent leur charge en langue françoyse.*

Ces braves députés qui étaient venus armés de toutes pièces et bardés de latin, pour combattre la langue nationale, dont le caractère se dessinait déjà si largement, devinrent la risée de la cour; mais ils y gagnèrent du moins de parler d'une manière moins sauvage et moins barbare. Ces formes nouvelles, auxquelles ils avaient pu se plier en si peu de temps, combien ne durent-elles pas être plus vite adoptées par les jeunes gens !... C'est ce que nous attestent, avec l'histoire littéraire de ce temps, les monuments qui nous sont parvenus.

Dans la dissertation qu'il a placée à la suite de son *Traité des participes,* Bertrand de Cernay examine *combien il est instant d'épurer le style de pratique,* et il enchérit de beaucoup sur Ramus, « Il est incontestable, dit-il, que les gens du barreau, du moins dans les provinces, ne savaient point alors parler français. » Ils l'apprirent sans doute de leurs députés, qui l'avaient appris eux-mêmes de la cour.

PH. T. L.

CXXIV

LE TEMPS VRAI ET LE TEMPS MOYEN [1]

OU DISSERTATION MORALE ET PHILOSOPHIQUE SUR UNE INSCRIPTION LATINE
DE LA RUE DE RIVOLI

Je suis flâneur ; qui ne le sait pas ? Je l'ai dit à tout Paris, je l'ai dit au monde entier, puisque je viens de le faire imprimer dans le *Musée des écoles et des familles.*

Or, pendant les premiers jours du *joli mois de mai*, comme on s'obstine à le dire par une sorte d'antiphrase, je me promenais le long de la grande artère nouvellement ouverte dans Paris... Ce n'est pas le boulevard de *Sébastopol* que je veux dire, celui-là, j'y reviendrai un autre jour.

Cette artère, s'étendant depuis la rue *Saint-Florentin* jusqu'à l'endroit où s'élevait jadis la fontaine de *Birague*, au beau milieu de la rue *Antoine*, dans le style de nos premiers républicains, qui avaient horreur de tout ce qui est saint et sain, cette artère s'appelle la *rue de Rivoli*, plus longue, peut-être, car je n'ai pas vérifié le fait, que n'est large le plateau sur lequel se livra la célèbre bataille du 14 janvier 1797.

Je m'étais tiré, comme j'avais pu, mais non pas sans peine, des flaques d'eau de la chaussée (il avait plu le matin), et surtout des décombres que le marteau des démolisseurs, ménageant fraternellement du travail à la truelle des maçons, s'est plu à entasser dans certaines parties de mon beau quartier du *Marais*. En allant de gauche à droite et de droite à gauche, par une suite heureuse de mes vieilles habitudes, j'avais dépassé la caserne Napoléon et le dépôt des *encres de la petite vertu*, fondé en 1602, c'est-à-dire depuis 256 ans, si j'en crois l'inscription tracée en lettres d'or au-dessus de la porte. Derrière moi, l'*hôtel de ville*, dont la porte principale, tout embellie qu'elle est de l'image de Henri IV à cheval, est étroite et basse, et a cessé d'être en harmonie avec les développements donnés à l'édifice, l'hôtel de ville disparaissait déjà, ainsi que la vieille tour *Saint-Jacques*, si merveilleusement restaurée, et aux pieds de laquelle fleurit un délicieux *square* pour le plaisir des enfants, de ce quartier populeux.

---

1. Il ne faut pas que le lecteur s'attende à trouver ici une explication savante du *temps vrai* et du *temps moyen* ; c'est un soin que nous laissons à un plus habile que nous en ces sortes de matières.

J'avais vu les ambitieux étalages de tous ces *magasins*, qu'on appelait autrefois des *boutiques*, avant que, par une sotte vanité, nos marchands se permissent, sans respect pour la langue, d'altérer le véritable sens des mots ; je n'avais plus que quelques pas à faire pour me trouver dans le quartier du *Louvre*, que l'on a fait si beau qu'il enlaidit le reste de la grande cité ; j'allais... lorsque, les mains sur le dos, le nez en l'air, je découvris, à l'angle nord-est de la rue des Déchargeurs, une maison toute fraîche, toute coquette, portant le nº **122**, et décorée de sculptures et de figures allégoriques.

Le travail m'en sembla d'assez bon goût ; les figures ont de la grâce, les emblèmes sont heureux et justes. L'auteur a dit, sur cette page de pierre, ce qu'il voulait dire, chose que ne font pas tous les jours, la plume à la main, MM. tels et tels ; mais « *je m'en tais, et ne veux leur causer nul* « *ennui : ce ne sont pas là mes affaires*. (La Font.) » Le rez-de-chaussée de cette maison, dite la *maison du Méridien*, est destiné sans doute à un horloger, car la sculpture représente, à l'aide d'un cadran et des figures dont je viens de parler, *le temps vrai* et *le temps moyen*.

Chacun sait que, dans la science de l'astronomie, le *temps vrai* est le temps mesuré par le mouvement réel et inégal de la terre autour du soleil, tandis que par le *temps moyen* il faut entendre le temps mesuré par un mouvement uniforme réglé sur la vitesse moyenne de la terre. Au bas de ce gracieux ensemble est une inscription latine, afin, sans doute, que les humanistes seuls comprennent ce qu'on a voulu faire : un peu de mystère éveille la curiosité et prête du charme à certaines choses. On y lit donc ces mots : « *Vera intuere, media sequere*, » que je n'ai pas manqué de traduire ainsi :

« Vois quel est le temps vrai, mais suis le temps moyen,
          Et tes horloges iront bien. »

J'ai ajouté le second vers, d'abord pour la rime, puis pour la raison, et charitablement, surtout, afin d'épargner à certains Parisiens le petit désappointement de ces honnêtes habitués du *Palais-Royal*, dont les montres marchent d'autant plus mal qu'ils ont soin de les régler d'après la détonation du canon du jardin, à savoir sur le *midi vrai*.

Faut-il le dire, cependant ? Ce *media sequere*, que l'on peut expliquer de deux manières, et dont les mots peuvent être pris au propre et au figuré, me tourmentait un peu l'esprit. Le lendemain matin, en lisant un journal grave, s'il en fut, j'y trouvai une petite bouffonnerie qui me fit rire ; ce qui m'arrive assez souvent par le temps qui court. L'auteur d'un superbe *entre-filets*, style ou plutôt argot de journal, avait vu, comme moi, la décoration de la *maison du Méridien*, et, après avoir décrit la jeune fille qui, tenant une palme et un livre, présente au soleil le miroir de la *Vérité*, pour y marquer le chiffre du *midi vrai*, puis le jeune garçon qui semble se détacher de sa compagne et s'en éloigner, portant une horloge réglée sur le *temps moyen*, il citait triomphalement l'inscription latine, et ajoutait, avec une adorable bonhomie, en passant sans façon du sens propre au figuré, que le *tiens-toi entre les deux* (media sequere) est la règle de conduite dont il ne convient, dans aucun cas, de s'écarter. Il oubliait les deux premiers mots de l'inscription; mais ce n'était pas pour lui la grande affaire. Il est pourtant vrai que, si l'on rapproche les deux parties l'une de l'autre et qu'on s'avise de suivre la règle de notre homme, il en résultera tout simplement qu'on doit laisser de côté la vérité, et suivre, en toute sécurité de conscience, la route qui se dessine entre la vérité et l'erreur, puisqu'il y a toujours un vice qui correspond à une vertu.

Il en résultait encore pour moi que, dans cette position intermédiaire, qui n'est au fond et en bonne logique qu'une négation, tant soit peu effrontée, on n'a absolument rien à craindre des dangers, pourtant inévitables, que traînent après elles dans le monde, quoi qu'on dise et quoi qu'on fasse, ces deux sœurs ennemies, la Vérité et l'Erreur, cet Étéocle et ce Polynice en jupons, dont l'une se cache dans un puits, tandis que l'autre se pare, au grand jour, des plus brillants oripeaux. Leur éclat, soit politique, soit religieux, soit littéraire, éblouit nos pauvres yeux, et fait de chacun de nous autant de hiboux qui vont se heurter malencontreusement à toutes les bornes de la route, à toutes les pierres du chemin.

On doit plaindre le rédacteur qui a laissé passer une telle absurdité. C'est à de pareilles absurdités, au surplus, que s'exposent ceux qui, sans y penser peut-être, transportent, comme si c'était la chose du monde la plus indifférente, les mots du sens physique, ou scientifique, si vous voulez, dans le sens métaphysique ou moral. Il ne tiennent aucun compte de différences essentielles, d'éléments et d'idées accessoires invinciblement unies au sujet principal, et manquent à cette discrétion philosophique qui fait qu'un esprit sérieux, pour rester exact, s'abstient de poser comme absolument vraies des propositions qui ne sont vraies que relativement.

Oui, en astronomie, la maxime du cadran est rigoureusement vraie dans un cas particulier, mais elle est fausse dans le cas général. Quoi! parce que la *vérité* a ses dangers, comme la mer a ses tempêtes, il faudra que l'homme dont parle Horace (*Art poét.*, v. 28) côtoie seulement le rivage, et ne livre aux vents qu'une partie de ses voiles, en prenant des ris, comme disent les marins!... Cela est mauvais; et cet homme, pour peu qu'il ait de cœur, devra suivre la vérité à travers les flots, et repousser parmi les vils fucus que la mer tantôt couvre de ses lames et tantôt laisse à sec, la barque du pusillanime navigateur qui ne voudra pas, comme Colomb, aller chercher un monde qu'a deviné son génie, au delà des bornes d'Hercule.

Qu'on ne m'objecte pas que notre journaliste-philosophe s'est bien gardé de toucher la première partie de l'inscription, *la vérité;* que sa règle ne pose que sur la seconde, *tiens-toi entre les deux;* je répondrai, moi, que, si j'entends quelque peu le latin, il sera fort bon à ce compte de se tenir prudemment entre le bien et le mal, entre le vice et la vertu, de ne pas trop s'aventurer de l'un ou de l'autre côté; à défaut de quoi, ainsi que cela se pratique au jeu du colin-maillard, les autres ne cessent de vous crier : « Casse-cou! »

Jusqu'à quel point, d'ailleurs, a-t-on le droit de diviser ainsi les choses qui, pour avoir un sens positif et précis, doivent rester unies? Ce droit m'a toujours paru exorbitant et abusif, et, dans cet abus, il y a toujours le tort, fort grave à mes yeux, de faire dire à un auteur autre chose que ce qu'il a voulu dire. Il y a mille exemples que je pourrais citer à l'appui de ce que je viens de dire; mais je m'arrête, car je sens que je m'emporte. La colère a toujours troublé ma digestion. Je vais donc continuer ma promenade, et si je rencontre quelque chose qui puisse vous divertir, je ne manquerai pas de vous en informer.

PH. T. L.

CXXV

LA PARESSE

Rien n'est plus déplorable, même dans le sein de l'abondance, que le paresseux. Il est à charge à lui-même, les heures pèsent lourdement sur sa tête. Il s'amuse de tout, sans savoir à quoi se fixer. Ses jours passent comme l'ombre d'un nuage, et il ne laisse de lui aucune trace dans la mémoire des hommes. Le défaut d'exercice rend son corps pesant. Il voudrait agir, mais il est incapable de se mouvoir; son âme nage dans les ténèbres, ses pensées sont confuses. Il soupire après le savoir sans cependant pouvoir s'appliquer ; et, pour le dire en un mot, il voudrait jouir du parfum de la rose sans avoir la peine de la cueillir.

Mais on n'arrive pas tout d'un coup à un tel état de prostration et d'anéantissement. On meurt pour ainsi dire peu à peu. Nos qualités s'en vont l'une après l'autre ; chaque vice nous en ôte une : chaque imperfection grave est donc un degré de la paresse. Cette honteuse passion est la conseillère, l'alliée, la complice de la gourmandise, de la luxure, de l'envie, de l'avarice. A sa naissance, elle s'offre comme une inclination séduisante. Aussi a-t-elle eu ses temples et ses poëtes. Déesse inoffensive, la lèvre souriante, le front couronné de pavots, elle semble chercher à donner la paix et le calme.

C'est la paresse qui le matin nous invite au sommeil ; c'est elle qui, pendant le jour, nous occupe du vol d'un moucheron, de la figure des passants et de mille affaires, excepté des nôtres. Rien de moins dangereux en apparence que ses attaques, mais c'est ainsi qu'elle surprend notre vigilance, et qu'elle nous désarme sans bruit. C'est la Dalila qui, au moment où l'on s'endort, nous coupe notre chevelure et nous ravit nos forces. Premier symptôme de l'égoïsme, la paresse en est aussi le dernier. Elle nous fait d'abord regarder avec indifférence ce qui n'est pas nous ; puis à ce sentiment, succèdent bientôt le dégoût et l'aversion.

La paresse, nous regrettons d'avoir à le constater, est devenue chez nous une marque d'honneur, un attribut aristocratique. Pour remplir le vide d'une existence vouée à une noble fainéantise, on se fait des visites, des compliments, des révérences. Parce qu'on se donne des mouvements, on croit agir ; parce qu'on n'opère pas tout le mal dont on pourrait être capable, on croit qu'on a fait assez de bien. La lecture d'un roman, un commérage politique ou littéraire passent pour des occupations sérieuses annonçant la gravité. N'y aurait-il pas quelque raison d'avancer que c'est la paresse qui a dépossédé la noblesse de ses anciennes prérogatives, et que cette même inclination fâcheuse pourra également enlever à la bourgeoisie les droits qu'elle a conquis par le travail ?

ANONYME.

CXXVI

MACÉDOINE

Dans presque tous les temps, le lot des inventeurs a été la misère. Jacquart est mort pauvre ; Sauvage, l'inventeur de l'hélice, ruiné à la suite des frais nécessités par son invention, est mort comme Jacquart, après avoir été jeté en prison par ses créanciers. M. Fristh, un autre inventeur de notre

époque, a eu une destinée tout autre. Il est vrai que M. Fristh n'a inventé
ni le métier Jacquart, ni la vapeur, ni même la poudre; il a inventé la *crinoline*, et la crinoline lui a donné des millions.

—

On connaît le vœu de Rousseau : Voir les mères allaiter leurs enfants ;
Balzac dit dans ce sens : « Enfanter n'est rien ; mais nourrir, c'est enfanter
à toute heure !

—

Plusieurs diamants historiques présentent des particularités curieuses,
le *Sancy* est un de ceux qui ont eu l'existence la plus vagabonde.

Après la mort de Henri III, nous dit la *Science pour tous*, Henri IV se
trouvant dans la plus grande détresse, ce fut Nicolas de Harlay de Sancy,
véritable ami de son maître et son ambassadeur auprès des cantons
Suisses, qui le secourut le plus efficacement en mettant en gage, chez les
juifs de Metz, le superbe diamant connu sous le nom de *Sancy*.

Ce diamant, retrouvé par un soldat près du cadavre du duc de Bourgogne, tué sous les murs de Nancy en 1477, fut vendu à un curé, qui le
paya un écu. Il passa aux mains du duc de Florence et ensuite dans celles
du roi de Portugal dom Antoine, qui, réfugié en France, le remit à Sancy
pour une somme de 70,000 francs.

Ayant laissé ce diamant à Paris, Sancy envoya son valet de chambre le
chercher, en lui recommandant bien de prendre garde qu'il ne fût volé à
son retour par quelques-uns des brigands qui infestaient les routes.

« Ils m'arracheront plutôt la vie que le diamant, » répondit le fidèle
serviteur en faisant entendre qu'il l'avalerait, afin qu'il fût à l'abri de tout
danger.

Ce qu'avait craint Sancy arriva; son valet de chambre fut arrêté, pillé
et massacré. Ne le voyant pas revenir, il se douta de l'événement, et après
les plus grandes perquisitions, ayant découvert qu'un homme tel qu'il le
désignait avait été trouvé assassiné dans la forêt de Dôle, et que des
paysans l'avaient enterré, il se transporta aussitôt sur les lieux, fit exhu-
mer le cadavre après l'avoir reconnu pour celui de son domestique, le fit
ouvrir, et retrouva le diamant dans les entrailles du fidèle serviteur.

—

L'expérience est le total de nos déceptions.

—

18

Dans une visite que fit le jeune roi de Portugal à l'hospice des fiévreux, il reconnut un trompette d'un régiment de cavalerie qui se mourait. Le roi s'avança près du lit, prit le malade dans ses bras, et, d'une voix ferme et haute, il lui cria :

« Du courage, ami ! du courage ! tu n'es pas encore près de mourir; relève-toi, et viens faire entendre le son de ta trompette sous les croisées de mon palais ! »

Le malade sembla s'éveiller au bruit de la voix royale, ses yeux s'ouvrirent et une légère rougeur colora ses joues. Il pressa les mains de son souverain en signe de gratitude, et dès ce moment il eut un mieux progressif.

Aujourd'hui il fait entendre à sa Majesté le son de sa trompette, à laquelle peut-être, sans cette visite, il eût dit un éternel adieu.

—

On a cherché plusieurs fois à exprimer en lettres le chant du rossignol. Voici une citation écrite par Bechstein et citée par Broderip :

Zo zo zo zo zo zo zo zo zo zo zo zo zo zirrhading.

He ze ze ze ze ze ze zeze ze ze ze ze ze towar ho dze hoi.

Higai gai gai gai gai gai gai gai gai gai guavagai coricor dzio dzio pi.

Bechstein, en sa qualité d'Allemand, peut être une bonne autorité : les Allemands aiment la musique du rossignol presque aussi passionnément que les Chinois aiment la lune.

—

Un homme, à la Chine, étant condamné à avoir les mains coupées, sa fille vint présenter les siennes : ce sont des mains qui appartiennent à mon père; coupez celles-là, notre famille a besoin des autres.

FERDINAND P. O. Mes lectures.

CXXVII

LA VIE

ALLÉGORIE A E. B., MON PETIT-FILS

« Il en est de la vie comme du jeu de dés : si
l'on n'amène pas le nombre de points dont
on a besoin, il faut que la science du joueur
corrige le sort. »

(Trad. de TÉRENCE, *Adelp.*, a. IV, sc. VIII.)

A genoux, mon enfant!... prions!... j'entends l'orage!...
   Et de la mer les flots amoncelés
     Courent, l'un sur l'autre roulés,
Battre, en grondant, les rocs qui bordent le rivage!...

    Quel spectacle a glacé mon cœur!
     Là-bas, dans l'enceinte liquide
     Où mugit l'élément perfide,
Vois-tu le nautonier, pour tromper sa fureur,
     S'armer d'un courage intrépide,
     Plus grand encor que le malheur!...
     Efforts impuissants!... la tempête,
     A coups redoublés, sur sa tête
     Tonne, éclate, vomit des feux...
C'en est fait!... devant lui s'ouvre un gouffre écumeux...
Le malheureux y tombe et, sortant de la vie,
Cherche d'un œil mourant la céleste patrie!

Mais la scène a changé... L'astre, père du jour,
Dans le parfum des fleurs où se baignait l'Aurore
Se lève radieux sur la mer qu'il colore,
Et de feux rajeunis couronne son retour.

    Déjà l'haleine du zéphyre,
Qui mollement se joue et dans les airs soupire,
D'un mouvement égal a balancé les flots;
     Déjà la surface des eaux
S'endort languissamment en un vaste silence,
Et l'œil, qu'ont chatouillé les plus riants tableaux,
S'égare avec amour dans un lointain immense!

Tout s'anime d'espoir!... impatient du port,
Et confiant sa vie à la foi d'une étoile,
De son frère englouti sans redouter le sort,
Un autre nautonier a déplié sa voile...
          Il part!... le voilà loin du bord!...

Admire son courage, ô mon enfant, et prie
          Que la douce vierge Marie,
          La patronne des mariniers,
Ramène son navire aux bords hospitaliers
Où l'attend en pleurant une mère chérie.

          Eh bien! de cette allégorie,
Miroir qu'un fol orgueil s'efforce d'obscurcir,
Le sens brille à tes yeux... tu le vois!... c'est la vie,
Ce court banquet, hélas! où l'amour nous convie,
Et promet le bonheur dans le sein du plaisir,
De la gloire, des arts, et d'un long avenir,
          Mais où s'assied avec nous la misère,
          La pauvreté, le deuil et le malheur;
          Où le dégoût verse la coupe amère
Qui de ses flots impurs empoisonne le cœur;
Où, sans cesse assiégé de soucis et d'alarmes,
Dans la foule perdu, dans les palais pompeux,
L'homme en vain se débat sous le pied rigoureux
Dont le destin l'écrase, insultant à ses larmes!...

Mais qu'ai-je fait, enfant? pourquoi de nos douleurs
Étaler à tes yeux la funèbre peinture,
Auprès de ton berceau chanter l'hymne des pleurs,
Quand, dénouant pour toi sa féconde ceinture,
          L'indulgente Nature
Sur tes pas jusqu'ici n'a semé que des fleurs?

Quoi! toujours dans les airs un voile de nuages
De son crêpe importun vient-il blesser nos yeux?
          La voix terrible des orages
Rugit-elle sans cesse en ébranlant les cieux?

Non; comme sur les mers, dans les champs de la vie,
          Souvent un ciel brillant et pur,
Ainsi qu'aux bords heureux de l'odorante Asie,
A tendu sur nos fronts son pavillon d'azur.
L'Hiver aux doigts glacés, sous la neige entassée
          Cache les herbes qu'il flétrit;

Mais, ranimant la fleur sur sa tige affaissée,
Le doux Printemps renaît, et la terre sourit.

Du bien, du mal cet assemblage,
O mon enfant, pour l'homme sage
Est un avis donné par la bonté des dieux;
Quand du bonheur la coupe enchanteresse
Mouille sa lèvre, il y boit sans ivresse...
Le bonheur!... c'est du sort l'enfant capricieux!
Puis dans sa main de fer, si le malheur le presse,
Il accepte la lutte, et, sans lâche faiblesse,
Il combat, et souvent de ce champ glorieux,
Athlète infatigable, il sort victorieux!...

Toi, le fils de ma fille et son plus cher ouvrage,
Marche, marche aux rayons de l'astre qui te luit;
A ses vives clartés achève ton voyage...
Enfant, pour les grands cœurs la foudre est un vain bruit.

PH. T. L.

CXXVIII

PENSÉE DE REGNARD

De louange et d'encens les hommes sont avares :
Ils font rarement grâce aux vertus les plus rares,
Au lieu qu'avec plaisir, d'une langue sans frein,
De leurs traits médisants ils chargent le prochain.

(*Le Distrait*, a. IV, sc. VI.)

CXXIX

LA LITTÉRATURE ET LA CONSTITUTION POLITIQUE

Qui n'a pas observé les rapports de la littérature avec les différentes constitutions des peuples, et son intime connexité avec le principe du gouvernement? partout on a vu cette noble interprète de la pensée, exaltée, sublime, sous l'inspiration du sentiment religieux; esclave sous le joug du despotisme et de la crainte; indépendante et fière à l'ombre de la liberté républicaine ; inquiète et timide sous la tyrannie de plusieurs; riche et brillante dans la molle oisiveté des monarchies absolues ; énergique et sérieuse au milieu des graves discussions du gouvernement représentatif. De tant de principes reconnus et signalés bien des vérités ressortent d'elles-mêmes ; il en est une surtout qui appelle la réflexion : c'est que le bonheur de l'homme n'est pas moins inhérent au développement de ses facultés qu'à l'exercice de ses droits, et qu'une sage constitution est celle qui, en garantissant à chacun la sûreté de sa personne et de ses biens avec la liberté de ses actions, encourage encore les nobles plaisirs de l'esprit, respecte l'indépendance de la pensée, et permet à l'intelligence humaine de se produire avec tout l'éclat d'un rayon émané de l'intelligence divine.

M. CORNE.

CXXX

LA GARDE MEURT ET NE SE REND PAS

Un dernier bataillon de réserve, illustre et malheureux débris de la colonne de granit des champs de Marengo, était resté inébranlable au milieu des flots tumultueux de l'armée. L'empereur se retire dans les rangs de ces braves, commandés par Cambronne, il les fait former en carré et s'avance à leur tête au-devant de l'ennemi; tous ses généraux, Ney, Soult, Bertrand, Drouot, Corbineau, Flahaut, Labédoyère, Gourgaud, etc., mettent l'épée à la main et deviennent soldats. Les vieux grenadiers, incapables de trembler pour leur vie, s'effrayent du danger qui menace celle de l'empereur; ils le conjurent de s'éloigner : « *Retirez-vous*, lui dit un d'eux, *vous voyez bien que la mort ne veut pas de vous.* » L'empereur résiste et commande le feu. Les officiers qui l'entourent s'emparent de son cheval et l'entraînent. Cambronne et ses braves se pressent autour de leurs aigles ensanglantées et disent à Napoléon un éternel adieu. Les Anglais, touchés de leur héroïque résistance, les conjurent de se rendre. « *Non*, dit Cambronne, *la garde meurt et ne se rend pas!* [1] » Au même moment ils se précipitent tous sur l'ennemi aux cris de : « *Vive l'empereur!* » On reconnaît à leurs coups les vainqueurs d'Austerlitz, d'Iéna, de Wagram et de Montmirail. Les Anglais et les Prussiens, dont ils ont suspendu les chants de victoire, se

---

1. Ce mot, que Cambronne a loyalement désavoué, paraît être sorti de la bouche du général Michel, un des colonels de la garde impériale.

réunissent contre cette poignée de héros et les abattent. Les uns, couverts de blessures, tombent à terre noyés dans leur sang ; les autres, plus heureux, sont tués ; ceux enfin dont la mort trompe l'attente se fusillent entre eux pour ne point survivre à leurs compagnons d'armes ni mourir de la main des ennemis.

FLEURY DE CHAMPOULON.

N. B. La bataille de Waterloo se livra le 18 juin 1815.

CXXXI

UN MOT DU SURINTENDANT ÉMERY.

Émery, surintendant des finances sous Mazarin, sut créer des ressources dans un moment où elles étaient épuisées ; mais ce ne fut pas sans exciter de grands mécontentements. Il fut insensible aux plaintes qui se faisaient entendre de toutes parts, au ridicule même dont on cherchait à l'accabler, tant il poussait loin le mépris pour l'opinion publique. Un jour Boutru lui présenta un poëte de ses amis, en lui disant : « Voici un homme qui peut vous donner l'immortalité, mais il faut que vous lui donniez de quoi vivre. — Monsieur, répondit Émery, je serai utile à votre protégé, si je le puis, mais à la condition qu'il ne me louera point. Les surintendants ne sont faits que pour être maudits. »

CXXXII

FRÉDÉRIC II A CAMENZ

En l'année 1757, le calme qui régnait habituellement dans l'abbaye de Camenz, de l'ordre de Citeaux, bâtie au pied d'une montagne sur la Neisse, en Silésie, fut fortement troublé. La guerre entre l'Autriche et la Prusse avait rapproché les armées des deux puissances ; Frédéric, avec ses régiments, tenait tête à l'armée autrichienne, qui occupait les environs de l'abbaye. Les jeunes moines n'étaient pas fâchés du mouvement qui régnait autour d'eux et qui rompait la monotonie de la vie monastique. Les vieux faisaient de la politique à perte de vue et se communiquaient mutuelle-

ment leurs craintes : quel serait le sort du couvent si la guerre se termi
nait par l'abandon de la Silésie de la part du roi de Prusse, ou si les vilains
pandours [1] de l'armée autrichienne saccageaient leur paisible demeure en
mettant peut-être tous les moines dehors, et n'y laissant rien qui eût quel
que valeur? Des troupes aussi farouches étaient capables de tout, et il n'y
avait ni prêtre ni religieux qui pût leur imposer le respect.

Ces sentiments divers agitaient les tranquilles habitants du cloître de
Camenz, le lendemain du jour où l'on avait entendu le bruit d'une canon-
nade dans les environs. L'abbé du couvent s'entretenait de bon matin avec
les anciens au réfectoire, quand la cloche de l'église sonna les matines.
Pour donner l'exemple de l'exactitude aux jeunes moines, les vieux se
rendirent au chœur, et l'abbé allait les suivre; il donnait quelques ordres
à l'économe, lorsqu'un frère lai accourut en toute hâte dans la salle en
s'écriant : « Monsieur l'abbé! monsieur l'abbé! allez vite à votre appartement; des cavaliers de l'armée prussienne vous demandent avec instance;
ils se disent extrêmement pressés.

— Sont-ce des officiers? demanda l'abbé.

— Je le crois bien, répliqua le frère lai [2]; ce sont au moins des capi-
taines, peut-être des majors, peut-être des généraux; que sais-je? ils ont
l'air très comme il faut, car ils commandent comme s'ils étaient au camp.

— Ils ne sont que deux?

— Oui, pour le moment; mais j'ai peur que toute l'armée pruss.enne ne
soit sur leurs talons. »

L'abbé se hâta de se rendre à son appartement, étant un peu ému de ce
qu'on venait de lui apprendre. En entrant il vit deux militaires, dont l'un
était de moyenne taille, excessivement maigre, et avait le dos un peu
voûté; il portait une vieille redingote bleue et un chapeau à trois cornes,
qui n'était pas plus neuf que la redingote. L'autre était un homme de
grande taille, ayant l'air très-martial et revêtu de l'uniforme d'officier supérieur. « Monsieur l'abbé, lui dit celui-ci sans préambule, il faut sur-le-
champ mettre le roi en sûreté; dans une reconnaissance que nous venons
de faire, nous avons été aperçus de loin par les pandours; il est probable
qu'ils nous suivent. Il faut vite cacher Sa Majesté.

— Ah! mon Dieu, s'écria l'abbé tout tremblant de frayeur; comment?
Sa Majesté le roi, notre maître? les ennemis? les pandours?

1. Pandour est un village de Hongrie (Pesth); ses habitants, d'abord employés à la poursuite des voleurs, puis enrégimentés en corps francs, ont fait donner le nom de *pandours* aux
divers corps francs qu'avait l'Autriche.

2. *Lai, laie*, adj. laïque. Frère lai, moine lai, frère servant qui n'est point destiné aux ordres
sacrés. On dit aussi *sœur laie*, pour *sœur converse*, qui est seul usité maintenant.

— Oui, oui, Sa Majesté ici, et les pandours peuvent venir; ainsi ne perdez pas de temps pour cacher le roi !

— Ah! mon Dieu! mon Dieu! Sa Majesté nous fait l'honneur...

— Il ne s'agit pas d'honneur. Voyons où vous pourrez cacher le roi.

— Hélas! il n'y a pas de cachette pour ces coquins de pandours; ils vous trouveraient au fond de la terre. N'ont-ils pas déterré tout l'argent que nos fermiers avaient caché pour le soustraire à leur rapacité !

— Eh bien! dit Frédéric en souriant, voyons, monsieur l'abbé, ce que vous inventerez pour me dérober à la vue des ennemis, s'ils viennent.

— Ah! sire, je suis si troublé que je ne sais que faire... (Après quelques moments de réflexion.) J'imagine bien un moyen; mais Votre Majesté ne daignera sûrement pas l'employer.

— Dites toujours, monsieur l'abbé; mais surtout dites vite; car les pandours pourraient nous surprendre, répondit Frédéric.

— Eh bien! j'ai là un second vêtement monastique; si Votre Majesté daignait l'endosser et aller avec nous au chœur, on la prendrait pour un de nos religieux, et elle échapperait aux recherches qu'on pourrait faire.

— C'est une excellente idée que vous avez là, dit Frédéric en riant. Pour la première fois de ma vie je chanterai matines. Donnez vite votre robe, monsieur l'abbé. »

Sans perdre de temps le roi endossa la robe de moine, et, grâce aux soins de l'abbé et de l'aide de camp, il fut transformé promptement en bénédictin.

« Il faut maintenant, reprit l'abbé, que Votre Majesté prenne un air bien édifiant; ces scélérats de pandours ont le nez fin; il est, dit-on, difficile de les tromper.

— Soyez sans inquiétude, répliqua le roi, je n'ai jamais fait le dévot; mais aujourd'hui je sens qu'il faut l'être, ou du moins le paraître. »

Frédéric, déguisé, suivit l'abbé au chœur, les yeux baissés, mais riant sous cape. Le supérieur du couvent le fit placer près de lui. La vue de ce moine inconnu excita la surprise des religieux. D'où venait-il et comment avait-il pu se trouver chez l'abbé, que peu de minutes auparavant on avait laissé seul au réfectoire? On présuma que c'était un religieux d'un autre couvent de la Silésie qui venait d'arriver. Un des jeunes moines chuchota à l'oreille de son voisin : « Il a l'air bien novice, le nouveau frère! »

Les matines commencèrent; déjà l'on avait chanté le premier psaume et on allait commencer le second, quand la porte de l'église fut brusquement ouverte, tandis que le bruit des armes se faisait entendre au dehors Un officier de pandours se précipita dans l'intérieur en s'écriant · « Morbleu! je saurai les trouver. » Ce juron accentué avec force, et assez haut pour être entendu du chœur, glaça les moines de terreur; la voix leur manqua et le chant fut suspendu.

« Où est l'abbé de ce couvent? » s'écria l'officier en s'avançant dans le chœur. Les moines dirigèrent les yeux sur leur supérieur, qui était devenu pâle et tremblant. « Sacrebleu! où est l'abbé? »

Celui-ci rassembla le peu de courage qui lui restait, et s'avança en disant : « Me voici! que me voulez-vous?

— Il me faut deux militaires prussiens que nous avons vus de loin se diriger sur ce couvent. Il me les faut, ou je mettrai le feu à votre abbaye.

— Ah! Jésus, Marie! » s'écria la communauté.

L'abbé sentit l'importance de ce moment décisif. « Il n'y a, répondit-il, qu'un seul officier prussien dans le couvent; vous le verrez, et vous pourrez visiter toute notre demeure.

— C'est ce que je vais faire, répliqua l'officier; en avant l'abbé, et malheur à vous si je trouve quelque ennemi caché ici. Et vous autres, continua-t-il en s'adressant aux moines, vous resterez sous la garde de mes pandours jusqu'à ce que la visite soit faite.

— Ah! mon Dieu! que deviendrons-nous? » s'écrièrent les moines en se lamentant à la vue de ces farouches soldats qui entrèrent dans l'église, la baïonnette au bout du fusil.

L'abbé, non moins tremblant que ses subordonnés, commença par conduire aux celliers le capitaine, suivi de deux pandours.

« Eh! l'abbé, dit l'officier, voilà des magasins bien fournis de vins; y en a-t-il de très-vieux?

— De cent ans, » répondit l'abbé, qui n'était point fâché de mettre le pandour et ses estafiers de bonne humeur. Il leur fit présenter des verres et quelques bouteilles des meilleurs vins que possédaient les caves de l'abbaye. Ces messieurs ne se firent pas prier pour les vider.

Le vin de Hongrie eut l'effet de les dérider un peu. On vit comme un sourire sous leurs longues moustaches retroussées, et leur visage farouche prit un air presque agréable. Après avoir visité minutieusement les caves, on examina un peu plus rapidement les divers étages du principal bâtiment; dans l'appartement de l'abbé on trouva l'aide de camp, qui ne s'était point caché. « En voilà déjà un, s'écria joyeusement l'officier; mais où est l'autre? car vous étiez deux quand nous vous avons vus fuir vers l'abbaye?

— Ah! vous parlez de mon soldat d'ordonnance? pour celui-là, plus avisé que moi, il a vite rejoint le camp.

— Nous allons voir cela, dit l'officier; en attendant, vous êtes mon prisonnier. »

La visite fut continuée : on ne trouva rien. Il était déjà tard quand les pandours se retirèrent avec leur capture. Les moines, gardés à vue dans le chœur de l'église, sans manger ni boire, avaient trouvé le temps bien long. Ils s'étaient entretenus avec le confrère étranger; il leur avait paru homme de bonne compagnie, et presque digne de faire partie de la communauté de Camenz.

L'abbé se hâta de prévenir le roi que le danger était passé. Frédéric se dépouilla, dans l'appartement du supérieur, de sa robe de moine, et on lui donna un guide pour le ramener au camp, à la faveur de l'obscurité de la nuit.

L'armée prussienne était depuis le matin dans une vive anxiété sur le sort du monarque; aussi, grande fut la joie lorsqu'on le vit rentrer sain et sauf.

Les moines furent bien ébahis quand ils apprirent plus tard quel était l'illustre personnage à qui l'habit monastique avait servi de salut. Au dehors peu de personnes connurent l'aventure de Frédéric; mais la tradition s'en est conservée à l'abbaye, et l'on montre encore dans l'église, aux étrangers qui la visitent, la stalle du chœur où le roi protestant, déguisé en moine, a chanté matines avec les religieux.

DEPPING.

CXXXIII

DES ALCARAZAS

ET DE L'INVARIABILITÉ DANS LA TEMPÉRATURE DU CORPS HUMAIN

Les *alcarazas* fournissent un moyen ingénieux de rafraîchir les liquides destinés aux peuples qui vivent dans les pays chauds. Cette invention, que les Égyptiens ont connue depuis un temps immémorial, a passé en Espagne avec les Arabes, et de nos jours elle s'est introduite en France.

Les vases réfrigérants nommés *alcarazas* sont formés d'une espèce de poterie très-légère et très-poreuse, qui laisse facilement suinter l'eau à travers ses parois; le liquide, se filtrant pour ainsi dire par tous les pores du vase, en imprègne d'humidité toute la surface extérieure, et donne lieu à une évaporation d'autant plus vive que la température de l'air se trouve plus élevée, ou que le vase est exposé à un plus grand courant d'air. Cette évaporation ne peut avoir lieu qu'en absorbant la chaleur du liquide contenu dans le vase, dont la température s'abaisse en conséquence de plusieurs degrés et produit une boisson d'une fraîcheur délectable. On obtient un résultat analogue en exposant à l'air des vases métalliques pleins d'eau et recouverts de linges mouillés. La propriété réfrigérante des alcarazas est donc uniquement due à la transsudation qui a lieu dans ces sortes de vases, et cette transsudation est elle-même le résultat d'une texture peu serrée que l'on parvient à donner à la terre cuite en y mélangeant, lors du pétrissage, une certaine quantité de sel marin. Cette substance a pour effet de diviser la matière, d'en écarter les molécules, et de produire, en s'y dissolvant, une infinité de petits trous.

Le froid produit par la vaporisation est une des causes de l'invariabilité dans la température du corps humain, qui se maintient à 37° en hiver comme en été. La transpiration étant, en effet, plus abondante pendant les chaleurs de l'été que pendant les froids de l'hiver, donne lieu à une plus grande vaporisation, et par suite à une plus grande perte de calorique pendant la première saison. Ainsi, sous la zone torride, où l'air s'élève souvent à des températures de 50°, les hommes vivent dans cette atmosphère brûlante sans participer à sa température ; l'activité de la transpiration est sans cesse proportionnée à l'énergie de la chaleur, et les causes contraires se balancent avec tant d'harmonie, que le sang d'un nègre reste à une température fixe comme le sang d'un Lapon.

···

CXXXIV

L'ASTRONOME LALANDE

OU EXTRAVAGANCE ET ATHÉISME

> « Combattre l'évidence est une faible gloire ;
> La honte est de douter, le bonheur est de croire. »
> (Le cardinal DE BERNIS, *Relig. veng.*, 7ᵉ ch.)

Ce n'était pas un homme ordinaire que *Jos. Jérôme Le Français de Lalande*. Né en 1732, à Bourg en Bresse, il étudia l'astronomie sous P. Ch. *Lemonnier*, avec lequel il eut plus tard d'assez vives discussions. Bien jeune encore, il fut chargé en 1751 d'aller à Berlin pour y faire des observations sur la distance de la lune à la terre. De retour en 1753, il vit les portes de l'Académie des sciences s'ouvrir devant lui, et en 1762, quand il n'avait encore que trente ans, il fut appelé à la chaire d'astronomie du collège de France. Il l'occupa jusqu'à sa mort, en 1807. Le célèbre astronome avait alors soixante-quinze ans.

Lalande a singulièrement contribué à répandre le goût de la science qu'il a professée avec un grand éclat. Il fonda même, par testament, une médaille en faveur de l'auteur du mémoire le plus utile aux progrès de l'astronomie. Il fut reconnaissant envers ceux qui l'avaient initié à cette savante étude, et il donna le nom de *Messier*, un de ses maîtres, à une constellation; il a formé un grand nombre d'élèves. Il était bon, sensible et surtout charitable. Ne sait-on pas qu'il prit souvent chez lui, à très-bas prix, et même gratuitement, des jeunes gens qui donnaient quelques espérances, afin de diriger de plus près et plus utilement leurs travaux?

Il a publié un très-grand nombre d'ouvrages. Je laisse à d'autres, et pour cause, le soin d'apprécier les travaux de Lalande; mais je puis dire à coup sûr que la réputation qui s'attachait à ses talents, à ses ouvrages, que l'estime et la considération scientifiques auxquelles il pouvait justement prétendre, devaient suffire à son ambition, et qu'il n'avait pas besoin, pour marquer sa place dans le souvenir des hommes, de chercher un refuge dans l'affectation des goûts les plus bizarres, dans les extravagances les plus folles, et surtout dans l'étalage des opinions les plus impies et la profession insensée du plus grossier athéisme.

Pourquoi faut-il que le même esprit qui s'était élevé si haut, pour qui le livre du ciel n'avait pas une page qu'il ne sût par cœur, pour qui une si noble étude devait être une source inépuisable de jouissances vives et pures, n'ait pas reculé même devant le ridicule, et n'ait pas craint de jeter ainsi en pâture à la malice des hommes un nom qu'il aurait dû mettre à l'abri de ces amères plaisanteries qui, partout en France, font de mortelles blessures? Si la gloire du savant ne s'est pas engloutie sous ces flots de sarcasme qu'il semblait prendre plaisir à soulever lui-même, l'homme s'y est perdu tout entier. Le sentiment de sa dignité personnelle, ce respect de soi-même qui est, comme on l'a dit, la pudeur du sexe fort, Lalande n'en a pas tenu compte. Les travers de son esprit l'ont fait confondre avec les saltimbanques de société (qu'on me passe ce mot) qui font rire quelquefois, mais qui, le plus souvent, n'inspirent que pitié, dégoût et mépris. Cela est sans doute pénible à dire, mais cela est vrai; et pour montrer que ce n'est point ici un vain thème que j'ai cherché pour une diatribe déplacée et coupable, j'emprunterai aux mémoires du temps quelques traits qui justifieront la sévérité de mes dernières observations.

Disons-le d'ailleurs, mais disons-le avec le plus profond regret, la vie intime et la vie littéraire ou scientifique d'un homme se donnent souvent de cruels démentis. Quand on ose soulever un coin du voile qui cache la première, on s'étonne à bon droit que l'esprit et le cœur se trouvent rarement à la même élévation.

Lalande avait certainement beaucoup d'esprit, mais il était malheureusement travaillé de la manie de faire parler de lui ; il poursuivait sans cesse la renommée, courait, tout haletant, après un peu de bruit, et il ne rencontra souvent que le ridicule. Ce n'est pas qu'on eût rien à lui prêter de ce côté-là ; il se suffisait à lui-même pour le semer sous chacun de ses pas.

Il mangeait des araignées, tout le monde le sait ; mais ce que tout le monde ne sait pas, c'est que plus elles étaient grosses et noires, plus il les trouvait succulentes. Il voulait ainsi, dit-on, combattre le préjugé qui fait considérer les araignées comme des insectes venimeux ; mais cet amour de la vérité, qui n'avait guère, en cette circonstance, l'intérêt de l'humanité pour objet, lui attira plus d'une épigramme, et un vaudevilliste du temps lui décocha ce trait dans une chanson fort spirituelle :

> Quand sur votre blanche assiette
> La noire Arachné courra,
> Pour la croquer, sans fourchette,
> Entre deux doigts prenez-la,
> Sinon de vous, landerirette,
> Monsieur de Lalande rira.

Il aimait à caresser les souris, qu'il trouvait très-éveillées, très-gentilles. On ne dit pas qu'il les mangeât ; mais on peut s'étonner qu'il se soit arrêté à de simples caresses, à moins qu'il n'ait cherché par-là à consoler de la haine des autres hommes ces hôtes incommodes et ennemis de la propriété. Si le communisme eût été, à cette époque, un dogme à l'ordre du jour, ou bien encore le socialisme, Lalande, avec l'excentricité de ses habitudes et l'étrangeté de ses systèmes philosophiques, en aurait étendu les principes à ces petits animaux ; il eût réclamé pour eux une part des biens de ce monde, et n'aurait pas manqué de dire, en considération de leurs larcins, que *la propriété c'est le vol*.

Ce que je viens de dire n'a pas pour but de jeter quelque blâme sur ces âmes éminemment sensibles qui, fuyant la société des hommes, se réfugient dans celle des bêtes. Je laisse à Lalande ses souris, aux vieilles filles leurs chiens, leurs chats et leurs perroquets, à la condition néanmoins que cette espèce de charité se renfermera dans de justes bornes, et que les enfants du pauvre ne seront pas déshérités de leurs droits à la pitié et à l'assistance.

Dans le monde, et ses talents lui donnaient accès dans la meilleure compagnie, notre astronome hasardait, avec le plus grand sang-froid, les paradoxes les plus fous.

Un jour, on parlait devant lui du mérite de Jean La Fontaine :

« Je ne puis vous cacher, dit Lalande, que La Fontaine me paraît un auteur médiocre [1] ; point d'idées, une foule de mauvais vers... »

On se récria très-fortement contre ce jugement.

« Messieurs, reprit-il, permettez que j'ajoute un commentaire à ce qui vous semble un blasphème et un véritable crime de lèse-poésie. D'abord il est reconnu que La Fontaine n'a créé aucun de ses sujets ; il a tout imité.

— La chose est démontrée, dit l'abbé Morellet, présent à la discussion.

— Oui, dit un homme d'esprit, il n'a pas plus inventé ses fables, que le Poussin n'a tissé la toile de ses tableaux. Mais, en vous accordant ce premier point, comment vous tirerez-vous du second?

— D'une manière toute simple. Quand je lis La Fontaine, je sens *(le mot est heureux!)* qu'il n'est rien de plus aisé que de faire de grands et de petits vers, de les enchevêtrer les uns dans les autres, sans goût et sans harmonie... J'en ferais presque de pareils... »

Il est vrai que Lalande a fait des vers ; c'est un délassement que les gens d'esprit se permettent et auquel personne ne trouve à redire, pourvu que les vers soient bons. Ces bagatelles n'ont de prix, en effet, qu'autant que le fini de l'exécution, et on peut le dire de même de tous les arts, fait oublier le peu de valeur du fond. Mais que penser des vers de l'astronome qui, soupirant pour madame *Hortense Lepaute,* celle que le voyageur Commerson a immortalisée en donnant son nom à une fleur du Japon, *l'hortensia,* lui disait fort galamment qu'elle était le *sinus des grâces* et *la tangente des cœurs?* Il a fait plus : on parle d'une satire contre Boileau. Je ne l'ai pas lue, peu de personnes l'ont connue sans doute ; il s'étonnait naïvement, si j'en crois les mémoires du temps, que ses vers ne fussent pas dans la bouche de tous les hommes de lettres de quelque valeur.

Je ne sais pas si beaucoup de personnes préféreraient, comme lui, Téniers à Wouvermans, et blâmeraient sévèrement Louis XIV de n'avoir pu souffrir les *délicieux tableaux* de l'auteur de la *Noce de village.* Quant à moi, s'il peut m'être permis de dire ce que j'en pense, je conviendrai que Téniers a peint la nature avec fidélité, mais que le goût se soulève plus d'une fois à la vue de ces toiles où la délicatesse et la bienséance sont sacrifiées à une vérité triviale. On a vu la même chose de nos jours. Mais les grands peintres ont été vrais aussi, sans profaner leurs pinceaux par la représentation d'images repoussantes et d'une nature qui pue.

La perversité du goût physique semble avoir entraîné chez Lalande la

1. M. Lamartine, comme on le voit, a eu le malheur de se rencontrer avec Lalande dans ses folles attaques contre le fabuliste; mais l'un n'a pas mieux réussi que l'autre à faire tomber le *Bonhomme* du rang qu'il tient en poésie, au jugement des gens de goût.

perversité du goût moral, et aussi peut-être l'oubli des convenances de société et de famille.

A l'appui de cette observation je pourrais citer une circonstance où, s'affublant des haillons du cynisme le plus effronté, il ne craignit pas d'exposer aux gémonies de l'opinion publique sa propre nièce, qu'il appelait sa *fille*. Mais je me tairai, en faisant remarquer toutefois que, quand l'amour de la singularité va jusque-là, il ne faut pas craindre de le flétrir. César ne voulait pas que sa femme pût être même soupçonnée, et voilà un père qui ose souiller la robe de sa fille!...

Aura-t-on maintenant quelque peine à croire que Lalande se rangea, sans aucun scrupule de conscience, parmi ceux auxquels Sylvain Maréchal a donné une place dans le fameux dictionnaire, œuvre de folie, où l'on voit Jésus-Christ, Bossuet, Fénelon, Leibnitz, etc., figurer parmi les héros de l'athéisme? Lalande partageait les opinions de son ami, et il ajouta même un supplément à l'ouvrage, qu'il trouvait incomplet.

Je ne veux point ici discuter contre Lalande; je crois en Dieu, il n'y croyait pas; comment nous entendre? D'ailleurs tout ce qui est de sentiment ne peut pas se discuter, et si les imperfections du monde m'étonnent, du moins ses merveilles me ravissent. Je ne puis croire, comme le disait un critique du temps de l'empire (Salgues), que tant de prodiges, malgré les contrastes dont ils sont mêlés, soient l'effet du hasard.

Lalande professait donc ouvertement l'athéisme; c'est un fait incontestable, et, à cet égard, on lui attribue un mot qui serait plaisant, s'il n'était impie. Il avait une figure de singe, dit un de ses contemporains, des yeux de satyre, un front large et plat. Dans une dispute sur la religion, dispute qu'il avait indubitablement provoquée, il s'écria : « Comment veut-on que je puisse croire en Dieu? je suis trop laid pour avoir été fait à son image! » Le mot est digne de celui qui l'a dit; seulement Lalande oubliait que ce n'est pas la figure de l'homme qui est faite à l'image du Créateur, mais son âme. Les mots de la Genèse n'ont pas d'autre sens. Ce mot d'ailleurs m'en rappelle un autre de Fontenelle : « Dieu a fait l'homme à son image, c'est vrai; mais les hommes le lui ont bien rendu. » Ce n'est pas le même sens, mais il n'y a pas moins de libertinage, pour parler la langue du dix-septième siècle, dans le second que dans le premier; l'un de ces mots est fin, l'autre presque grossier. C'est l'effet de la différence entre l'esprit du philosophe et celui du savant.

« J'aime les jésuites, et je suis athée, » écrivait Lalande avec un sang-froid risible. Il y avait une contradiction manifeste dans ces paroles; mais que lui importait? il trouvait ce rapprochement piquant, et, pour le rendre plus sensible encore, il envoyait au *Journal des Débats*, en 1805, un arti-

cle contre Marmontel et les jansénistes, pour venger les jésuites des coups
que l'écrivain avait portés aux révérends pères, dans son *Histoire de la
régence du duc d'Orléans*, publiée en 1788. La vengeance était un peu
tardive, et la rancune avait été longue.

Sans imiter la réserve du Normand Fontenelle, qui aurait tenu sa main
fermée, si, disait-il, il l'avait eue pleine de vérités, Lalande, s'il avait eu la
sagesse de ne pas se faire l'apôtre d'une doctrine philosophique en opposition avec les opinions généralement admises et proclamées dans son pays
par la voix de la religion, s'il eût sacrifié dans sa solitude au prétendu
Dieu qu'il s'était fait, Lalande n'aurait pas eu si souvent à expier ses folles
témérités. Il oublia que Socrate en mourant rappela à ses amis qu'il devait
un coq à Esculape, et il eut à recevoir mille coups qu'on lui porta de
toutes parts, tant il avait blessé le sentiment public!

Un poëte lui adressa ces vers :

> De l'espace infini mesurant l'étendue,
> Tu n'y reconnais pas la main du Créateur.
> La nature, pauvre homme, en allongeant ta vue
> A donc bien rétréci ton cœur?
>
> (Fab. Pillet.)

Lebrun ne le ménagea pas :

> Fuyez monsieur de la comète;
> C'est de tous nos pédants le plus fastidieux.
> Aussi bavard que laid, aussi laid qu'ennuyeux,
> Des astres il fait la gazette.
> Son esprit est dans sa lunette :
> Il n'en est que plus fort quand il descend des cieux.

Le même poëte a dit encore :

> Lui! courtiser Pallas!... à quoi veut-on que serve
> A la sage déesse un aussi triste fou?
> A moins qu'elle ne lui réserve
> La survivance du hibou.

On trouve cet autre trait dans un poëme où l'auteur, pour varier, dit-il,
l'essor de sa muse, ose suivre Astolphe dans la lune, et il ajoute :

> Lalande, qui se croit souverain de ces lieux,
> Va sans doute fronder mon vol audacieux,

19

> Et, braquant sur mon chant le tube d'Uranie,
> Se servir du sophisme à défaut de génie;
> Mais la muse qu'il sert, et qui l'estime peu,
> Ne croit en son talent que comme il croit en Dieu.

Il y a de l'injustice dans ces deux derniers vers; le talent de Lalande était incontestable; mais, à l'avance, l'homme avait fait perdre au savant toute espèce de droit à l'indulgence des contemporains, surtout à une époque (1799), où ils avaient besoin de croire à quelque chose pour se consoler d'un passé qui touchait de si près à leur présent. N'en doutons pas, ce fut une des causes du grand succès qu'obtint alors le *Génie du Christianisme* : c'était comme le rameau apporté dans l'arche pour annoncer la fin du déluge. On pouvait d'ailleurs à Lalande opposer Voltaire lui-même, qui a dit : « Les ennemis des causes finales m'ont toujours paru plus hardis que raisonnables; s'ils rencontrent des chevilles et des trous, ils disent sans hésiter que les uns ont été faits pour les autres. ils ne veulent pas que le soleil soit fait pour les planètes. » Si l'astronome n'avait pas trouvé ce raisonnement fort concluant, puisqu'il n'a trait qu'au rapport nécessaire que les choses ont entre elles, sans rien dire de l'ouvrier qui a fait les trous et les chevilles, ne pouvait-il pas se rappeler, entre mille autres, ce vers du même poëte.

> Si Dieu n'existait pas, il faudrait l'inventer.

En 1801, dans une satire intitulée : *Étrennes aux sots*, Lalande ne fut pas oublié :

> Ne vois-je pas Lalande? immortel astronome,
> Qui ne croit pas en Dieu, mais se croit un grand homme.

Et quelques vers plus bas :

> Ce Dieu, dont tant de fois il nia l'existence,
> En le créant si laid méritait sa vengeance;
> Moi j'aime son front chauve, et je crois en effet
> Que le feu du génie a brûlé son toupet.

Le célèbre abbé Barthélemy, en parlant de l'*Origine des cultes* par Dupuis, disait : « La tête m'en tourne ! » Lalande, dont Dupuis avait longtemps suivi les cours, et qui était devenu son ami, ne manqua pas de prendre pour un éloge cette expression de l'étonnement, et félicita l'auteur d'avoir si bien prouvé, disait-il, que les religions, les fables, les théologies n'étaient que des allégories physiques et astronomiques. Le système de Dupuis est ingénieux ; mais Lalande, s'il n'eût point été sous l'empire de ses préjugés antireligieux, aurait compris que, même dans ce système, la plus grande difficulté n'est point résolue, et que l'effet suppose nécessairement une cause, ainsi que le lui faisait clairement entendre le pape Pie VII, venu à Paris pour le sacre de l'empereur.

Lalande, en effet, alla voir le souverain pontife, et il se disposait sans doute à lui adresser un fort beau discours, lorsque le pape le prévint adroitement, et, tout en faisant l'éloge de ses talents, lui dit : « Comment celui qui a vu dans les astres tant d'harmonie, dans l'ordre de leurs révolutions tant de sagesse ; vous, enfin, qui vous êtes savamment initié aux mystères de la nature, comment avez-vous pu arriver à l'origine des choses sans parvenir à leur auteur ? Comment, des chefs-d'œuvre de la création n'avez-vous pas fini par remonter jusqu'à la croyance de celui qui a tout créé ? » La leçon était bonne, surtout donnée par un vieillard à un autre vieillard. Lalande n'avait sollicité cette entrevue que dans l'intention vaniteuse de fixer un instant les yeux sur lui, et peut-être aussi dans l'orgueilleuse prétention de faire voir en présence l'un de l'autre l'apôtre de l'Évangile et l'apôtre de l'athéisme. Toutefois il ne dit mot, et la bienséance, qu'il fut forcé de respecter, l'empêcha de répondre ce qu'il répétait tous les jours : « Où vous voyez Dieu, je ne vois que la matière et le mouvement ; vous supposez un être qui existait avant tout et qui a tout créé de rien ; je vous épargne la moitié de l'ouvrage. »

J'avais l'intention, en finissant, de rapporter ici une diatribe écrite en 1805, deux ans seulement avant la mort de Lalande ; elle résumait, sous une forme piquante et dans un style fort incisif, elle confirmait en même temps tout ce qui précède ; j'y ai renoncé ; mais il fallait que l'astronome, par ses extravagances et son impiété, fût descendu bien bas dans l'estime et la considération publiques, puisqu'on ne craignait pas de publier de pareilles choses sur le compte de l'homme dont on avait dit, dans son meilleur temps :

« Sa tête est une sphère où se meuvent les mondes ! »

Qu'avait-il donc fait de la noble et belle couronne qui ceint le front des vieillards ? On salissait ses cheveux blancs, et il en riait !.... C'était acheter bien cher une célébrité qu'il devait attendre seulement de ses vastes connaissances et de ses ouvrages. « Partout où il y a de l'honneur à recevoir, disait-il, j'en veux prendre ma part. » Il se mentait à lui-même, ou plutôt croyait-il à l'honneur comme il croyait en Dieu ?

CXXXV

UNE FABLE DE LESSING

La brebis avait beaucoup à souffrir des mauvais traitements de tous les autres animaux; elle s'en plaignit à Jupiter, qui l'écouta avec bienveillance et lui dit :

« Ma bonne créature, je vois bien que je t'ai créée avec trop peu de défense; c'est une injustice qu'il faut que je répare. Veux-tu que j'arme tes pieds de griffes, et ta bouche de dents terribles?

— Oh! non, dit la brebis, je ne veux pas être semblable aux animaux carnassiers.

— Aimes-tu mieux que je cache un venin subtil sous tes dents?

— Ah! reprit la brebis, les bêtes venimeuses sont si détestées!

— Eh bien! que veux-tu donc? Je vais attacher des cornes à ton front, et donner à ton cou plus de force.

— Point du tout, père bienfaisant; je pourrais devenir un animal aussi querelleur que le bouc.

— Cependant, si tu veux que les autres n'osent te nuire, il faut que tu puisses nuire toi-même.

— Il faut cela! dit la brebis en gémissant; alors, père bienfaisant, laissez-moi telle que je suis; car le pouvoir de nuire en excite (je crains) le désir, et j'aime mieux souffrir le mal que de le faire. »

Jupiter bénit la bonne brebis, et depuis ce jour elle oublia de se plaindre.

CXXXVI

HABITUDES GUERRIÈRES DES CAFRES

Le lieutenant anglais Rogers, chargé autrefois de protéger dans la Cafrerie les troupeaux et les chevaux des colons voisins contre les déprédations des Cafres, a donné sur ce peuple de curieux détails que nous reproduisons ici.

« L'aspect des Cafres avançant contre l'ennemi a quelque chose d'imposant, dit-il. Ils dépouillent leur karo ou vêtement ordinaire, fait en cuir de bœuf assoupli, qu'ils portent comme la toge romaine, et se présentent nus au combat. Les seuls objets qu'on remarque sur leur peau brun-rouge et polie sont des anneaux de cuivre et d'ivoire qui entourent, les premiers leurs poignets jusqu'à une certaine distance du coude; les autres, au nombre de six, la partie moyenne et musculeuse du bras. Quelques cordes, dans lesquelles sont enfilés des grains colorés, des dents de chacal, s'enroulent autour du cou ou servent de ceinture, et complètent ainsi leur toilette guerrière. De la main gauche ils soutiennent un faisceau de six à sept zagaies ou lances, attachées à une massue ou bâton noueux dont ils se servent pour lutter corps à corps ou pour achever l'ennemi renversé. La zagaie a environ trois mètres de longueur, une lame de vingt centimètres souvent barbelée; la hampe en est mince et légèrement conique vers le bout. Quand elle traverse les airs, après être échappée à la main du guerrier, elle vibre avec force et on peut aisément la suivre de l'œil dans sa course, non moins rapide que celle d'une flèche. Les Cafres les projettent avec adresse et s'efforcent constamment de les reprendre; ils jettent aussi le bâton avec dextérité. Quelquefois ils brisent leur dernière zagaie et en font ainsi un poignard, arme très-dangereuse dans leurs mains. L'embuscade est leur mode ordinaire d'agression, et s'ils parviennent à provoquer l'ennemi à faire une décharge, leur attaque alors est si vive, si imprévue et si rapide, que très-souvent elle a été fatale aux Européens.

« Les Cafres paraissent d'une taille élevée, lorsque surtout on les voit au milieu d'une conférence, le bras droit découvert et donnant de l'expression à leurs discours par un geste gracieux et animé. Cependant il n'en est rien. On a même eu lieu de constater que leurs bras, leur corps et la largeur de leurs épaules sont moindres que chez les Européens.

« Par suite de l'exercice constant auquel ils se livrent, leurs jambes, leurs cuisses et leurs pieds sont très-charnus et hors de proportion. Ce sont d'infatigables marcheurs, et leur activité ne semble pas avoir de limites. Comme on le dit des antilopes, ils ne tombent pas, même lorsqu'ils ont le corps percé d'une balle. Quoique blessés très-grièvement, ils parviennent toujours à gagner quelque fourré. On en a vu, se traînant à peine, continuer leur marche tout en arrachant des touffes de gazon dont ils se servaient pour boucher leurs plaies ensanglantées.

« La sobriété des Cafres pour les liqueurs fermentées, et leur vie excessivement active, favorisent chez eux la guérison de blessures provenant d'armes à feu, qui seraient ordinairement mortelles pour des Européens. »

(*Moniteur.*)

CXXXVII

ANECDOTE SUR MILTON

A M. JOHN TURNER, DE BIRMINGHAM

Il y a presque toujours, dans la vie de certains hommes privilégiés, un moment précis où leurs aptitudes s'éveillent au souffle fortuit de quelque mystérieuse influence. Sans qu'ils soupçonnent la main invisible du génie qui les guide, mais portant partout avec eux l'idée qui doit un jour prendre dans leur existence sa part sinon la plus large, du moins la meilleure, ces hommes se détournent souvent du but assigné à leur course passagère ici-bas, mais ils n'en finissent pas moins par le trouver. C'est en vain que le monde fait entendre à leurs oreilles un bruit tantôt confus, tantôt tristement éclatant, il y a en eux d'autres voix qui chantent et dont les concerts couvrent enfin ces bruits importuns, qui s'évanouissent insensiblement dans les accords d'une suave mélodie.

L'histoire littéraire nous apprend tout ce qu'il y a de sérieux dans ces réflexions; et un fait, que j'ai emprunté, mais en me réservant le droit d'en arranger les détails, sans en altérer le fond, au numéro 8 du *Journal anglais* de 1776, vient en confirmer la vérité.

C'était en été; le soleil, selon l'expression d'un poëte anglais, versait tous ses feux sur les campagnes si fertiles et si riches qui environnent *Cambridge*, la ville aux dix-sept collèges dont se composait son ancienne université. Pas une brise, malgré le voisinage de la rivière de la *Cam*, ne rafraîchissait l'atmosphère; le voyageur, épuisé de fatigue, inondé de sueur, allait chercher un abri dans l'ombre que projetaient sur les bords de la route quelques arbres voisins.

Un jeune homme, dans la première fleur de l'âge, que sa beauté, sa modestie, faisaient appeler *la demoiselle du collége de Christ*, gracieuse dénomination qui rappelle le surnom de *Parthenias*, « le pudique, » que donnaient à Virgile les habitants de Naples, avait franchi, vers l'an 1625, le seuil de sa studieuse retraite. Entraîné par la rêverie à la poursuite d'une idée qui l'agitait sourdement, il s'était égaré dans les champs et n'avait pas tardé, pour se dérober à l'ardeur des rayons du soleil, à s'asseoir sous un chêne et à s'y endormir.

Dans ce sommeil qui, sous le poids de la chaleur, accable en même temps nos membres et notre esprit, dans cette lutte pleine de charmes entre l'activité et l'inertie, où nos facultés semblent s'éteindre graduellement, il y a quelque chose de prestigieux, surtout à l'âge où les images s'offrent à nous sous les formes les plus aimables. C'est un plaisir ineffable que de s'abandonner à cette langueur qui s'insinue dans tout notre être, et nous plonge dans une ravissante extase que les hommes de l'Orient, ces rêveurs voluptueux, demandent à l'opium dont ils s'enivrent.

Quelles images donc venaient, en folâtrant, amuser l'esprit de notre jeune écolier? Nul ne le sait, mais elles étaient belles, sans doute, de fraîcheur et de poésie, car cet écolier, c'était *Milton*, le chantre futur du *Paradis perdu!*

Dans ce même moment deux dames étrangères viennent à passer dans ce lieu. La beauté du jeune homme les frappe; elles descendent de voiture, et, après avoir quelque temps considéré ces traits si purs, ces signes si suaves du visage de l'adolescent, l'une d'elles, la plus jolie, sur le front de laquelle quinze printemps avaient à peine fleuri, tire de sa poche un crayon, écrit, toute palpitante d'émotion, plusieurs lignes sur un papier qu'elle glisse, en tremblant, dans la main de Milton; et, sans l'éveiller, elle remonte dans son carrosse avec sa compagne, puis s'éloigne précipitamment.

Est-ce qu'il ne resta rien dans le cœur et dans l'esprit de l'écolier de la soudaine apparition de cette jeune femme, qui semblait ici faire le naïf et tendre essai des armes qu'elle porterait un jour dans le monde, où elle allait entrer avec toutes les grâces de son âge? ce n'était pas la fée qui venait déposer ses plus riches dons sur le berceau d'un nouveau-né; mais c'était peut-être la muse qui, par une sorte d'action magnétique, s'emparait du jeune homme déjà poëte, comme on l'est au collége, et qui devait plus tard semer les fleurs les plus riantes sur la couche du premier hymen.

Cependant les jeunes amis de Milton, qui le cherchaient de tous côtés, avaient vu de loin cette scène muette, mais n'avaient pu distinguer les traits du jeune dormeur. Cédant bientôt à la curiosité naturelle à leur âge, ils s'approchèrent après le départ des deux dames, reconnurent leur condisciple, l'éveillèrent et lui firent, avec un amical empressement, le récit de tout ce qui venait de se passer.

Quel ne fut pas l'étonnement de Milton!... ce n'était donc point le rêve pénible d'un malade; c'était une délicieuse réalité, et le billet qu'il trouva dans sa main lui en dit plus que les bruyants discours des autres écoliers. Il l'ouvrit, ce charmant billet, non pas sans quelque frémissement, et y lut ces quatre vers de l'auteur du *Pastor fido :*

> « Occhi, stelle mortali,
> Ministri de miei mali,

> Se chinsi m'uccidete,
> Aperti chè fare te! »

Ces vers délicats, qui, dans cette piquante aventure, n'étaient sans doute qu'une charmante espièglerie d'une enfant de quinze ans, ont été traduits ainsi en français, dans la langue du quinzième siècle :

> « S'il faut, hélas! que vous rende les armes,
> Beaulx yeux, tandiz qu'estes d'ombres couverts,
> Ainsi fermés, je ne tiens à vos charmes,
> Que feriez-vous, s'étiez possible ouverts? »

Milton resta quelque temps rêveur; il lui sembla qu'une lumière plus vive éclairait ses yeux, et, si sa vanité dut être flattée, son cœur se pénétra de la plus douce sensibilité. Il ne rentra pas au collège dans la même disposition qu'il en était sorti... Milton aimait, Milton était devenu poëte! il n'eut plus d'autre pensée, d'autre désir que de voir la belle Italienne; il la chercha partout, et c'est, on peut le croire, le motif de ses voyages à Gênes, à Naples, à Florence, dans toute l'Italie et même en France, jusqu'au jour où éclata, dans son pays, la révolution de 1640; mais cette femme il ne la trouva jamais, et, plus discrète ou plus sévère que la Galatée de Virgile, elle ne se laissa pas voir avant de se cacher sous les saules.

C'est à cause de son inconnue que Milton aima la langue italienne, comme Florian aimait à parler l'espagnol, en mémoire de sa mère. Il ne se fit d'abord connaître que par des poésies latines d'une élégance et d'une harmonie tout à fait classiques, par de petits poëmes, des élégies, des intermèdes, et bientôt par des pamphlets politiques... mais nous ne le suivrons pas dans cette nouvelle carrière, sur ces flots orageux où le cygne altéra la blancheur de son plumage.

Toutefois, les années se succédaient; le pain que mangea le poëte fut amer, il fallut l'acheter au prix de la liberté et de l'indépendance; mais qu'importe, après tout, à ceux qui ne voient dans Milton que le chantre de l'Éden? longtemps enchaîné aux pieds du despotisme, l'aigle prend enfin son essor et plane dans les seules régions où il peut vivre de sa véritable vie. Alors, nous dit un de ses admirateurs, le poëte se développe tout entier. « Il est plongé dans les ténèbres d'une cécité complète, mais ses deux filles ont des yeux pour lui... La piété filiale recueille avec attendrissement et fixe sur le papier les vers destinés à se graver éternellement dans la mémoire des hommes. » (M. de Pongerville.)

Arrêtons-nous sur le spectacle intéressant que présente Milton entouré de ses filles ; que cette pieuse image ne s'efface pas de nos souvenirs, et qu'elle nous rappelle que si le malheur vient trop souvent s'asseoir auprès du génie, du moins il le grandit.

PH. T. L.

CXXXVIII

LE CENTRE DE GRAVITÉ

Tous les corps sont pesants, car tous sont attirés vers le centre de la terre. Le poids d'un corps n'est en effet que la pression produite par ce corps sur les obstacles qui s'opposent à sa chute. Il peut être considéré comme la résultante d'une infinité de petites forces agissant chacune sur un atome de matière, suivant des directions sensiblement parallèles entre elles. Or, si l'on tourne et retourne le corps, afin de lui faire occuper différentes positions, le point où devra être appliquée la résultante, dans chacun de ces cas, se nommera CENTRE DE GRAVITÉ.

Si donc on suspend un corps par un cordon qui, prolongé, passe par ce point, le corps demeurera immobile dans toutes les situations possibles ; d'où il résulte une manière fort simple de déterminer, par l'expérience, le centre de gravité d'un corps d'une figure quelconque.

Suspendons ce corps à l'aide d'un fil qui le soutienne successivement par deux points différents, prolongeons par la pensée les deux directions du fil au dedans du corps ; le point d'intersection sera le centre de gravité cherché [1].

Le centre de gravité peut être considéré comme un point situé dans l'intérieur d'un corps, de telle sorte que tout plan qui y passe divise le corps en deux segments qui se font équilibre ; c'est-à-dire dont l'un est dans l'impuissance de faire mouvoir l'autre. On peut déduire de là que si on empêche la descente du centre de gravité, ou, en d'autres termes, si l'on

---

1. Il est évident que le centre de gravité et le centre de figure ne font qu'un dans tous les corps homogènes. Ainsi, le centre de gravité d'une ligne droite est au milieu de cette droite ; celui d'un cercle est au centre de ce cercle ; celui d'un parallélogramme, à l'intersection des deux diagonales ; celui d'une sphère, au centre de la sphère, et ainsi des autres. Quant au centre de gravité d'un triangle, il se trouve à l'intersection des droites menées des angles au milieu des côtés opposés, et, par suite, aux deux tiers de ces droites à partir des angles. Dans la pyramide triangulaire, il se trouve à l'intersection des droites menées des sommets aux centres de gravité des faces opposées, et, par là même, aux trois quarts de ces droites, à partir des sommets.

suspend un corps par son centre de gravité, le corps restera en repos ou en *équilibre*.

Il y a donc équilibre dans un corps toutes les fois que le centre de gravité de ce corps se trouve soutenu. Cette condition peut être remplie de diverses manières, suivant que le corps est suspendu à des points fixes ou posé sur des appuis.

On distingue deux sortes d'équilibre : 1° l'équilibre *stable;* 2° l'équilibre *instable.* Un corps est en équilibre stable quand son centre de gravité est plus bas placé qu'il ne le serait dans les positions voisines de celle qu'occupe ce corps.

Il arrive ainsi que les dérangements imprimés au corps élèvent son centre de gravité; mais celui-ci, en redescendant, ramène le corps à sa situation première. Ce retour s'accomplit souvent après de nombreuses oscillations effectuées autour de la verticale. Une lampe d'église suspendue à la voûte est en équilibre stable; il en est de même d'un pain de sucre assis sur sa base. — Un corps est en équilibre instable, lorsque son centre de gravité est plus élevé qu'il ne le serait dans les positions voisines de celle qu'occupe ce corps. Alors, le moindre dérangement faisant passer ce corps dans une de ces positions voisines, le centre de gravité, qui s'y trouve plus bas placé, s'y maintient et ne ramène pas le corps à sa première situation. Tel serait un pain de sucre posé sur sa pointe. — L'équilibre est encore *indifférent;* c'est lorsque l'axe de suspension d'un corps passe par le centre de gravité. Dans cette circonstance, le poids du corps sera constamment détruit. C'est le cas d'une poulie traversée à son centre de gravité par un axe fixe sur lequel elle peut tourner librement.

Le centre de gravité est d'une grande importance pour les arts et le mouvement des corps. Chez l'homme, il se trouve placé vers le milieu de la partie inférieure du bassin. Pour qu'un homme garde l'équilibre, il faut que la verticale menée par le centre de gravité aboutisse en un point du sol situé dans la base que la position des pieds détermine. Lorsqu'un homme se tient *très-droit,* c'est-à-dire verticalement, il est en équilibre, d'après ce principe; au contraire, s'il se penche trop en avant ou en arrière, la verticale cessant de passer par la base, il fait la culbute.

C'est d'après la même loi que l'homme qui porte un fardeau sur son dos doit se pencher en avant, tandis que celui qui en soutient un sur ses bras est tenu de s'incliner en arrière. Telles sont les personnes douées d'embonpoint. Pareillement le porteur d'eau, dont la main droite seule est occupée, se trouve contraint de porter le haut de son corps à gauche, tandis qu'il reste dans une position verticale, si chacune de ses mains est chargée d'un seau de même poids. Dans tous ces cas, les différents mouvements auxquels l'homme est astreint ont pour but d'amener la résultante de son poids sur le terrain où repose la plante de ses pieds.

On remarque à Pise, en Italie, une tour ronde, en marbre, qui a 64 mètres de hauteur et 5 mètres d'inclinaison. Le voyageur ne s'en approche qu'avec une sorte d'effroi, car il lui semble à chaque instant voir l'édifice s'écrouler et semer la mort dans son voisinage. Cependant ces craintes sont illusoires, et la tour garde son équilibre. S'il en est ainsi, c'est parce que la verticale, passant au centre de gravité, tombe sur le cercle qui sert de base au monument.

Plus la charge d'une voiture est haut placée, plus le centre de gravité est lui-même élevé. On comprend alors que, dans ce cas, les exhaussements de l'une des roues, par suite de l'inégalité du sol, agiront plus activement pour faire parcourir au centre de gravité un arc considérable. Ces grands mouvements de projection sont à éviter avec soin, parce qu'ils permettent à la verticale de sortir plus aisément de la base d'appui comprise entre les roues, et d'entraîner ainsi la chute de la voiture.

FERDINAND P. O.

FIN.

TABLE DES MATIÈRES

CONTENUES DANS CE VOLUME

N. B. Les noms des deux auteurs sont représentés, soit dans le cours de l'ouvrage, soit dans cette table, par les chiffres Ph. T. L. et Ferdinand P. O. — Tous les morceaux qu'ils ont empruntés à d'autres, le plus souvent en les modifiant (voir l'Avant-propos), sont signés du nom de leurs auteurs.

TABLE DES MATIÈRES.

Limoges. — Imp. E. ARDANT et Cie.

www.ingramcontent.com/pod-product-compliance
Lightning Source LLC
Chambersburg PA
CBHW070204030726
47505CB00006B/1575